JN214907

三木雅博〈著〉

日本古典文学と中国の古伝承

物語形成の比較文学的考察

勉誠社

はしがき

本書でいう「物語」とは、「人物やできごとの始めから終わりまでを語りあるいは記したもの」の意で、英語の「ストーリー」に近い概念で用いている。『竹取物語』や『源氏物語』などの、日本古典文学において平安朝から中世にかけて作られた仮名で書かれた一連の散文作品の総称として用いられる「物語」として用いたものではない。混同・誤解を避けるために当初は「物語(ストーリー)」と振り仮名を付けて記そうとも考えたが、英語の「ストーリー」と日本語の「物語」の間には、なお懸隔があるように思われる。今、こうした問題に立ち入ることは本意ではないので、本書では「物語」を冒頭の概念を表す語として用いることにしたい。

さて、日本古典文学には様々な物語が登場する。そして日本以外の諸国・諸地域にももちろん様々な物語が存在している。場所は異(こと)なれど同じ人間の仕業(しわざ)として、これらの物語には当然類同のものがたくさん存在する。比較神話学や比較伝承学の分野では、これらをタイプ別に分類し、各タイプ内で物語を相互に比較しながら、物語(○○神話や○○伝承と称されることが多い)の伝播の様相や各地域における独自性を研究していくのが一般的な研究のあり方である。

本書においても日本古典文学に登場する様々な物語を、中国の古伝承という、日本以外の地域の物語と比較しながら考察するが、そのアプローチの方法は、口承により伝えられた神話や伝承を比較する一般的な比較神話学や比較伝承学の研究方法とは異なっている。本書で扱う中国の古伝承の中心は、ⅠからⅢで扱う「中国孝子譚」であるが、漢代から行われていた様々な孝子の伝承は六朝時代になると何種類もの『孝子伝』として書物にまとめて記載され、一部の『孝子伝』が奈良時代以前から日本に伝来し、官人層に広く学ばれていた（本書Ⅰ―1「日本古典文学と中国孝子譚――本書への導入――」参照）。また第二部で扱う韓朋譚については、古代における書物での伝来は確認されていないが、『古事記』中巻・垂仁記の佐保毗古王の反逆記事に拠ると古代から既に韓朋譚が伝えられていて記事に利用された可能性がある（本書Ⅳ―2「『伊勢物語』梓弓章段と韓朋譚――「弓矢」の「血書」に込められた女の誠心――」参照）。

つまり中国の孝子譚や韓朋譚という物語は、中国の古伝承であると同時に、奈良時代以降の日本人にとっても旧知の物語であるわけだ。日本古典文学において新たな物語が創造される際に、これら中国の旧知の物語がどのような影響を与えたのか、あるいは直接影響を与えなかったとしても、新たに創造された日本の物語がこれら中国の旧知の物語と比べてどのような位相にあるのか（どこが共通し、どこが違っているのか）。これらを考察するのが本書の主な目的である。

本書のいくつかの論考でも述べているように、筆者はもともと平安詩歌と中国文学との比較文学研究や平安朝漢文学の研究を主な研究分野（フィールド）としており、本書で取り上げる平安時代の物語や説話、説経その他の散文の分野については門外漢といってよい。しかし漢学の初学者に向けたテキストである幼学書を輪読する「幼学の会」において、黒田彰、後藤昭雄、東野治之、山崎誠の各氏と共に『孝子伝』を読むうちに、この中に出てくる孝子たちの物語が、日本古典文学の様々な物語に少なからず関係しているのではないかとの思いが素人なりに沸々（ふつふつ）と湧き上がってきた。本書のⅠからⅢに収めた諸論考はその思いを承けて記したものである。

もともとはこの部分だけを『日本古典文学と中国孝子譚』という書名で上梓しようと考えていたのであるが、近時、黒田彰氏が発表された「韓朋溯源――呉氏蔵韓朋画象石について――」「韓朋溯源(二)――呉氏蔵韓朋画象石について――」(本書Ⅳ―2「『伊勢物語』梓弓章段と韓朋譚――「弓矢」の「血書」に込められた女の誠心――」参照)の両論考において「韓朋譚」という物語の存在に目を開かれ、さらにその後金文京氏が和漢比較文学会で発表された中国尉犁県出土の「韓朋賦断簡」やベトナム瑶族の民間古籍「韓朋伝」に現れた古代浦島説話と関係する物語の存在を知り(本書Ⅳ―1「古代浦島説話における「玉手箱」開箱と韓朋譚――中国尉犁県出土「韓朋賦」断簡・ベトナム瑶族民間古籍『韓朋伝』に見える開箱の記述との比較考察――」参照)、「韓朋譚」と日本古典文学との関係についても新たに考察する機会を得たので、Ⅳ「日本古典文学と中国の古伝承――物語形成の諸相――」としてこれらの拙稿を付け加えた。また説経「をぐり」の餓鬼阿弥蘇生譚と元曲「鉄枴李」との関係について、他者の屍を借りて蘇生する〈借屍還魂〉譚をテーマに論じた拙稿も、中国の物語が説経の物語の形成にどのように関与しているのかを論じたものであり、孝子譚や韓朋譚に比べると新しい時期の伝承を扱ってはいるが、これもⅣに収めた。

なおⅠからⅣの各部の冒頭に〈概説〉として、各部に収めた論考の要点や本書における位置づけを記しておいた。また各論考の末尾に〈初出〉として初出時の掲載誌等の情報を記し、初出時にもともと〈附記〉あるいは〈補記〉として記述があった場合には〈初出時附記〉としてそれを記した。さらに当該論考が初出時に公刊されてから本書刊行までに新たに注意すべき資料や論文が公刊されていた場合、あるいは見落としていた資料や先行研究を知り得た場合、その他本書に所収するのに際して必要な情報がある場合には、別に〈刊行時補記〉としてそれを記した。また各論考の引用資料に施された傍線や傍点は、断りのない限り筆者に拠るものである。

目次

II 「竹取」をめぐる中国孝子譚――原穀譚・董永譚――……43

I　日本古典文学と中国孝子譚

〔概説〕

「はしがき」に述べたように、本書のⅠからⅢに収めた論考は、幼学書である『孝子伝』を輪読するうちに、この書物に載せられた孝子譚が日本古典文学に登場する様々な物語にも関係しているのではないかとの思いを承けて記したものであるが、Ⅰ―1「日本古典文学と中国孝子譚――本書への導入――」では、まず中国における孝子譚の位置づけや歴史的な展開を概説し、次いでこれらの孝子譚が日本でどのように受け入れられてきたかについて、時代を追いながら詳しく紹介した。そのうえで、本書において、中国の孝子譚と日本の古典文学に登場する物語との関係を、どのような視点で捉え、どのように比較考察していくのか、そのあらましを述べた。これをもって本書への導入としたい。

続いてⅠ―2「〈忠と孝との鬩ぎ合い〉と中国孝子譚――『経国集』対策文から平家・近松へ――」では、日本において古代から近世に至るまで受容され続けた孝子譚である「申明譚」を取り上げ、日本の古典文学と中国の孝子譚の息の長い関係を見ていくとともに、前の1「日本古典文学と中国孝子譚――本書への導入――」であらましを述べた、本書における視点や考察の有り様を具体的に知ってもらおうと思う。

申明譚は前漢・劉向撰『説苑』や同・韓嬰撰『韓詩外伝』に載せられた、春秋時代の楚国の申鳴（前掲の両書ではこのように表記される）の説話にもとづくもので、『二十四孝』には採られず、日本に残る陽明本・船橋本『孝子伝』にのみ載録された孝子譚である。その概略は次の通り（陽明本『孝子伝』にもとづく）。

楚王は造反した白公に対するために、賢臣の申明に国の相となることを要請する。申明は一旦はこれを拒否するが、父の願いを聞き入れて国の相に就任し、軍を率いて白公の討伐に向かう。白公は申明の父を捕縛し「攻めてくれば父を殺す」と脅迫する。王への〈忠〉と父への〈孝〉の板挟みになった申明は嘆き苦しむが、苦渋の末、父を見殺しにして白公を討つ。凱旋した申明に、楚王は多くの黄金や封邑を与えるが、申明は受けずに家に帰り父を葬り、子として三年の服喪の義務を果たした後、自害する。

この孝子譚では、主人公が国王への〈忠〉と父への〈孝〉との板挟みに陥る話型に注目したい。苦渋の決断とはいえ、父への〈孝〉より王への〈忠〉を選択する結末は、孝子譚としては異例であり、この孝子譚が中国に逸文で残存する古孝子伝の類には見えず、『二十四孝』にも採られていないのは、おそらく主人公申明の、父を見殺しにするという行為が孝子譚として受け入れられにくかったためであろう。

このように申明譚は、前掲の漢代の二つの文献と両孝子伝に見える以外、中国ではほとんど受容の跡を見いだせない孝子譚であるが、日本には奈良時代までに陽明本・船橋本系統の『孝子伝』により伝来し、〈忠〉と〈孝〉という二つの規範の葛藤が生み出す極限の状況を示す格好の事例となった。これ以後「〈忠〉と〈孝〉との板挟み」という極限の状況は、日本人の脳裏に深く刻み込まれ、日本の古典文学にくり返し登場する。

ここでは、中国の古孝子伝や『二十四孝』には取り上げられることのなかった申明譚という目立たない孝子譚が、日本の文献資料に初めて登場する奈良時代の対策文にスポットを当て、奈良時代において早くも〈忠〉と〈孝〉という二つの規範の葛藤が問題にされていたことを提示し、以後の日本の古典文学においてこの問題が話題に上る際には、程度の差こそあれ、そこに申明譚が意識されていることを論じる。

1　日本古典文学と中国孝子譚
――本書への導入――

はじめに

中国の近代文学を切り開いた魯迅が、子供の頃、最初に手に入れた自分の絵本は、目上の親族から贈られた『二十四孝図』だった。初めのうちは自分一人のものになった絵本を見て「ひどく嬉しかった」魯迅だが、人にせがんでその二十四人の孝子の物語を読んでもらうと「その嬉しさはすぐにまた失望に取って変わられた」という。幼いながら「一度として親に逆らおうなどと考えたことはなく、それどころか両親に対しては、できる限り孝行をしようと思っていた」魯迅は、この孝子の教科書を手に入れて、孝行というものが、親の言うことを聞く、親にひもじい思いをさせない、という程度の生やさしいものではなく、その何十倍、何百倍も難しいものだと知り愕然とする。

孝子となるためには、孟宗のように母親の好物の筍がない時は真冬の竹藪で慟哭し天地を感動させて筍を生じさせなければならないし、王祥のように魚を求める継母のために池に氷の張った真冬に衣服を脱いで氷の上に寝転び、天感により氷を解かして鯉魚を得なければならない。幼い魯迅は、自分には到底そんな奇跡を起こせる誠意はないと思い悩んだ。さらに、年老いた両親を喜ばせるために、自分が老人になっているにもかかわらず両親の前で幼児のふりをして児戯を演じわざと転んでみせる老莱子や、年老いた母親を養うために口減らしとして幼い我が子を地に埋めようとする郭巨の物語に至っては、魯迅は「もっとも解せず、反感すら覚え」、「それ以来、二度と孝子になろうなぞとは考えなくなったし、父が孝子になりはしないかと恐れるようになった」と語っている（『朝花夕拾』所収「二十四孝図」、引用は「魯迅全集3」〈学習研究社、一九八五年〉立間祥介訳に拠る）。

もちろん年齢が上がるにつれて、魯迅もこれらの物語が子供に孝行のありがたさを教えるための作り話であったことを理解していくのだが、この逸話から、子供の頃に魯迅が『二十四孝』に収められた数々の孝子の物語から受けたインパクト（マイナスの方向でのインパクトであるが）が、いかに強烈なものであったかがうかがえる。そして読み書きの最初に『千字文』や『論語』とともに『二十四孝』――十世紀以前に遡れば『孝子伝』――を教科書（テキスト）として読むことが常（つね）であった近代以前の中国や東アジアの多くの子供たちも、魯迅と同じようにそこに載せられた孝子の物語――孝子譚――を、強い印象をもって記憶してきた（或いは記憶させられてきた）であろう。

本書のⅠ、Ⅱ、Ⅲでは、中国本土や東アジア各地において、二千年近くにわたり幼童の脳裏に刻み込まれ、陰に陽に彼らの発想や行動に影響を与えてきたと思われる孝子譚と日本の古典文学との関係を考えてみたい。もとより、日本の古典文学における孝子譚の受容については、先駆となった徳田進氏の大著『孝子説話集の研究――二十四孝を中心に――』（後出）や田中徳定氏『孝思想の受容と古代中世文学』（新典社、二〇〇七年）を筆頭に数々の先行研究が既に存在するが、本書では、主として孝子譚が利用している〈話型〉に注目して、日本の古典文学と孝子譚との関係を見ていこうと思う。具体的には後の「本書の視点について」で触れるが、まずはその前段階として中国における孝子譚の展開や日本における受容について、簡単に述べておきたい。

一、中国における孝子譚の展開

中国では漢代から、儒教思想を背景とした統治のあり方を反映し、幼童に〈孝〉がいかに大切なものかを具体的に教える目的で、多くの孝子の物語——孝子譚——が語られ、記録されてきた。この孝子譚には、次のような特徴がある。

1．伝説の帝王である舜や、孔子の高弟である曾参や子路・閔子騫をはじめ、王祥や原穀などまったく無名の人物に至るまで、身分・階層を超えて様々な孝子たちが登場する（日本に伝わる陽明本・船橋本『孝子伝』[1]では人間だけでなく鳥類——孝烏——まで登場する）。

2．さらに個々の孝子について語られる話の内容を見ていくと、継子いじめ譚あり（舜、閔子騫、伯奇など）、復讐・仇討譚あり（魏陽、董黯、眉間尺など）、棄老譚あり（原穀）、天人女房譚あり（董永）と、そこには様々な話型が利用されている。

3．これらの孝子譚では、様々な話型を用いながら、親子から始まり、夫婦、兄弟、主従、隣人といった、多様な人間関係の中で生じてくる様々な苦難・葛藤が描かれ、〈孝〉という強力な磁場の力でもってその解決が図られる。

これらの孝子譚は、唐代までは種々の『孝子伝』、宋代以降は『二十四孝』という形で、幼童のための教科書——幼学書——として一書に束ねられた。そして『孝子伝』や『二十四孝』が、『千字文』や『論語』などとセットで東アジア漢字文化圏の幅広い人々に〈幼学書〉として学び続けられることで、孝子譚は近代以前の東アジアの人々の記憶の中に深く刻み込まれていったのである。

二、日本における孝子譚の受容

東アジア漢字文化圏の東端に位置し、中国・朝鮮と同様の学問体系で漢字・漢文の初学者教育が行われていた日本にも、中国の孝子譚は早くから流入し学ばれていた。例えば、唐代以前に行われていた古孝子伝の形を非常に良く保っている陽明本『孝子伝』の系統の『孝子伝』が、奈良時代までに既に日本にもたらされており、同時代の対策文や『律令』の注釈などに利用されていることが既に指摘されている(2)。

本書Ⅰ―2「〈忠と孝との鬩ぎ合い〉と中国孝子譚――『経国集』対策文から平家・近松へ――」においては『経国集』所収の奈良時代の対策文に取り上げられた「申明譚」、Ⅱ―1「「竹取翁歌」臆解――現存の作品形態にもとづく主題の考察――」においては『万葉集』の「竹取翁歌」に取り上げられた「原穀譚」の事例を扱っているが、これらはいずれも奈良時代にいち早く中国の孝子譚に反応してそれを取り入れた、日本における早期の孝子譚受容の事例として、注2に掲げられた事例とともに注目されてよい。

平安時代になると、中国の孝子譚が『孝子伝』などのテキストによりまとまって受容され学ばれていたことを示す事例が数多く見受けられるようになってくる。例えば、平安時代中期までに成立していた和製の教訓書『童子教』(3)の、親への孝養を説いた句を連ねた箇所には、中国の孝子たちの名と彼らの行いを番(つが)えた句が、次のようにまとめて配されている。

郭巨為養母、堀穴得金釜。(郭巨は母を養ふ為に、穴を堀りて金釜を得)
姜詩去自婦、汲水得庭泉。(姜詩は自らの婦を去り、水を汲みて庭泉を得)
孟宗哭竹中、深雪中抜笋。(孟宗は竹中に哭し、深雪の中に笋を抜く)
王祥歎叩氷、堅凍上踊魚。(王祥は氷を叩きて歎き、堅凍の上に魚踊る)
顔烏負墓土、烏鳥来運埋。(顔烏は墓の土を負ひ、烏鳥来りて運び埋む)
許牧自作墓、生松柏作墓。(許牧〈正しくは「許孜」〉は自ら墓を作り、松柏を生へて墓と作す)

これらはすべて前掲の『孝子伝』に見える孝子譚にもとづいた句であり、『孝子伝』から学び取られた中国の孝子譚が、再び誦句化されて教訓書に組み込まれ、幼童のための教育に用いられていたことがわかる。

また十一世紀後半から十二世紀初頭にかけての成立とみられる説話集『注好選』の上巻の中国故事を連ねた箇所には、「舜は父の盲を明けたり」「閔騫は母が去るを還し留む」「郭巨は地を掘りて児を埋む」以下、船橋本系の『孝子伝』に依拠した孝子の孝養譚がまとまって掲載されており、(4) これらの孝養譚は『今昔物語集』震旦部の中国説話を扱った巻々へと受け継がれていくのである。

さらに仮名で書かれた初期物語の世界においても、十世紀に書かれた『うつほ物語』では主人公の仲忠が食べ物にも事欠く山中の暮らしの中で母の俊蔭女に孝養を尽くし、数々の奇瑞を得て飢えることなく生活を続けていく場面に、『孝子伝』に採られた中国孝子譚(王祥の解氷得魚譚、孟宗の雪中得筍譚など)が用いられていることが明らかになっている。(5)

中国で宋代から孝子譚を学ぶテキストが『孝子伝』の系統から『二十四孝』の系統へと転換した流れを受けて、中世に入ると日本でも『二十四孝』系のテキストを通じて孝子譚が受容されていく。早く徳田進氏『孝子説話集の研究――二十四孝を中心に――中世篇』（井上書房、一九六三年。説話文学研究叢書第四巻〈クレス出版、二〇〇四年〉に復刻）において、

・五山における二十四孝の受容と五山文学と二十四孝の関連
・お伽草子としての成立（お伽草子『二十四孝』の成立、他のお伽草子における受容）
・能・狂言、曾我物語、太平記、幸若舞、連歌の分野における二十四孝の受容

といった内容が既に論じられており、また説話文学や唱導文学においても、孝子譚は重要な素材の一つとなっている。

近世に入ると、江戸幕府が儒教を教育の柱に据えたため、各地の諸大名も盛んに儒教教育を奨励するようになる。さらに寺子屋などの庶民向けの教育機関の普及により、教育を受ける機会が庶民にまで広がったことで、二十四孝に取り上げられた孝子譚は、武家などの上層階級だけでなく庶民たちの間にも広く行き渡り、日本の有名な昔話と同様に誰もが知っている「お話」となっていった。徳田進氏の『孝子説話集の研究――二十四孝を中心に――近世篇』（井上書房、一九六三年。説話文学研究叢書第五巻〈クレス出版、二〇〇四年〉に復刻）には「二十四孝と近世文芸との交渉」として、

・散文―仮名草子・浮世草子・草双紙・読本
・韻文―和歌・俳諧・川柳・狂歌
・演劇―浄瑠璃・歌舞伎

と多種多様な文芸と二十四孝との関連が述べられており、庶民にまで広く浸透した孝子譚があらゆる文芸に取り入れられていることを物語っている。

　さらに近世期に特徴的な現象として、こうした二十四孝の孝子譚の広まりに触発されて、本朝における孝子の物語や反面教師的な不孝の子を題材とした物語が活発に行われ、書物化されたり芸能に取り上げられたりすることが行われるようになってくる。

　初期の仮名草子では浅井了意の『大倭二十四孝』、次いで浮世草子では井原西鶴の『本朝二十不孝』や月尋堂の『今様二十四孝』、浄瑠璃・歌舞伎で定番の演目となった『本朝二十四孝』などがその代表的なものであるが、他にも『会津孝子伝』や『肥後孝子伝』のように各地の孝子の物語を集めたものや、『八幡孝女伝』のように女性の孝子（孝女）を題材としたものなど、様々なタイプの孝子譚を集めた書物が全国各地で作成されている。

　このような近世期の孝子譚の盛行を可能にしたのが木版印刷の普及によりもたらされた出版文化の成熟であったが、江戸時代が終わり明治の新しい世の中になり、政治体制が大きく変わっても、出版文化の有り方自体はすぐに大きく変わることはなかった。また明治政府も徳川政権と同様に「忠・孝」を道徳教育の根本的な徳目に置いたため、近世期の孝子を顕彰する文化は明治期においてもそのまま受け継がれ、これも徳田進氏の『孝子説話集の研究――二十四孝を中心に――近代篇（明治期）』（井上書房、一九六三年。説話文学研究叢書第六巻〈クレス出版、二〇〇四年〉に復刻）によると、中国の「二十四孝」を版行したものとして『明治版日記故事大全』所収「二十四孝」、『児訓二十四孝』、『二十四孝歴史教訓図会』などが刊行され、江戸時代に盛んに版行された本朝の孝子物語も、『本朝二十四孝』など江戸期以来の作品が版行され続けるとともに、『明治二十四孝』『絵入通俗明治孝子伝』など明治期の新しい孝子の物語が出版されている。しかし福沢諭吉や夏目漱石らの知識人が、近代の合理主義の立場から「二十四孝」を批判し、(6) また「脱亜入欧」の世の流れを承けて中国の文化や文物の地位が低下するにつれて、孝子譚は幼童の教育の根幹から少しずつ退けられていった。

第二次世界大戦の敗戦後、欧米式の考えにより初等教育の内容が改められ、日本では儒教的な〈孝〉を背景にした孝子譚や、こうした孝子譚を集めた『二十四孝』のような書物を子どもたちが学ぶ機会は失われていった。しかし、中国や台湾では、まだまだ〈孝〉の文化は健在で、例えば書店の児童向けの書物のコーナーでは『二十四孝』の絵本が売られているし、寺院や道観などを訪れると壁面に二十四孝の絵画と物語が大きく描かれているのを目にすることも珍しくはない。第二次世界大戦前までは日本でも人々の共通の知識として機能していた中国の孝子譚、今では忘れられがちなこの物語が日本文化の中で果たしてきた役割について、もう少し目を向けてみることが必要なのではないか。

三、本書の視点について

「はじめに」で述べたように、本書では主に〈話型〉に注目して、中国の孝子譚と日本の古典文学との関係を考えていく。「中国における孝子譚の展開」でも少し触れたが、中国の孝子譚は、〈孝〉という抽象的な概念を幼童に具体的に教えるために、主人公（すなわち孝子）を立てて、その親（祖父・兄弟の場合もある）に対する〈孝〉的な行いやその行いがもたらした結果を語り、それを賛美・顕彰するものである。その際に孝子譚では、親への忠誠や奉仕がいかに大切なものであるかを幼童に強く印象づけるため、通常ではあり得ないような困難な状況の中で、なお親への忠誠や奉仕を貫く孝子の姿が描かれる（冒頭に掲げた、『二十四孝』の物語を読んだ魯迅が「孝行というのは自分が思っていたより何十倍、何百倍も難しいものだと知り愕然とした」という逸話（エピソード）は、その「印象づけ」が十分に成功していたことを物語る――結果的に魯迅だけではなく多くの子どもたちを孝行から遠ざけてしまったであろうが）。

そして「通常ではあり得ないような困難な状況」や、その「困難な状況の克服」を語る際に、孝子譚においては様々な話型が用いられる。例えば、冒頭の魯迅の逸話に引いた、母親の好物である筍を真冬に得る（孟宗）、氷の張った真冬に継母の好物の魚を求める（王祥）、という困難な状況が、竹林で天を仰いで慟哭する（孟宗）、氷の上に裸で寝転ぶ（王祥）という主人公の孝子の誠意ある思い詰めた行動によって克服され、地面から筍が生えたり、氷が解けて魚が現れたりするのは、「主人公の孝心が天に通じて奇瑞が起こる」という比較的単純な話型が用いられた例といえよう。〈継子いじめ譚〉の場合は、建物の屋根に登らされて火を放たれたり、井戸浚いを命じられ上から石を落とされたりする（舜）、厳寒に薄い衣を着せられて手の感触がなくなり轡（たづな）を落とす（閔子騫）、などの継母による主人公への迫害が「困難な状況」となる。それでも主人公は孝養を続けることで、最後にはその困難な状況が克服され継母も改心する。「復讐・仇討ち譚」の場合は、主人公の父や母が他人から危害や恥辱を受けるが、主人公が親の無念を晴らすため即座に復讐を行えば自分も罪人となり親への孝養ができなくなるため、耐え忍んでそのまま親への孝養を続け、親の死後に復讐を果たして親の無念を晴らす、というパターンが多く用いられ（魏陽、董黯）、親のために復讐をしたくても親への孝養のためにそれができない、という「困難な状況」（この場合はジレンマ）に耐えて親への孝養を果たすことが賞賛されている。董永譚では、父の葬式を営むために自分の身を売って苦役に就く主人公の困難な状況を克服するために、天帝の命を受けた天女（織女）が降臨して彼の妻となり超人的な機織りの能力でその借金を返済し、役目を果たした後に天に帰っていくという、「羽衣説話（天人女房）」の話型が用いられている。

日本の古典文学研究において、〈話型〉の問題は民俗学的な視点で取り上げられることが多い。たとえば『竹取物語』では「羽衣説話」、『落窪物語』では〈継子いじめ〉の話型が用いられているが、それらの話型は「民話・昔話として太古から民間で語り継がれてきたもの」であり、物語の作者は民間で語り継がれてきた伝統的な話型を借りてそこに自らの創意を加え物語を形成した、という理解が一般的に行われているように思われる。今、こうした理解を全面的に否定するつもりはないが、前掲のように様々な〈話型〉を有している中国の孝子譚が、日本においても既に奈良時代から、幼学の世界を通じて幅広い階層（識字層）の人々に浸透していたことをもう少し念頭に置いてもよいのではないか。

たとえば『竹取物語』のかぐや姫を論じる際には、奈良時代に行われていた羽衣説話（帝王編年記養老七年条・丹後国風土記逸文）の天女との関係について言及されることが多いが、同じように羽衣伝説（天女降臨譚）が用いられた董永譚との関係について言及されたことは、これまでほとんどなかったのではないか(7)。前述のように陽明本系の『孝子伝』が奈良時代には将来され、平安期に入っても盛んに官人たちに読まれていたのであるから、中国の文化や文学に詳しい男性官人と想定される『竹取物語』作者の脳裏には、天女が登場する物語として、おそらく日本の羽衣説話だけでなく、中国の孝子譚である董永譚も併存していたはずである。むしろ作者には董永譚の方が馴染みがあったかもしれない。

また、『落窪物語』も、日本の昔話や民話で語られる〈継子いじめ〉の話型を用いて創られた作品と一般的には説かれているが、『落窪』とほぼ同時代の作品『うつほ物語』の忠こその物語に〈継子いじめ〉の話型が見い出されるほかは、それ以前の文献資料において明確に〈継子いじめ〉の話型を示す神話・伝説や説話の類は、管見の限り見いだされていない（これは本書Ⅲ「〈継子いじめ〉の物語と中国孝子譚――舜譚・伯奇譚――」で述べるように、奈良時代までの日本の社会制度・家族制度が中国のような父系制、長子相続制でなかったことと関係していると考えられる）。しかし『孝子伝』には、前述のように舜・閔子騫・伯奇など〈継子いじめ〉を扱った孝子譚が多数採録されている。

平安朝の〈継子いじめ〉の話型を持った物語の創作の基盤を考えるに当たって、これら中国の〈継子いじめ〉を扱った孝子譚の存在を無視してしまってよいのであろうか。

ただし〈話型〉が共通するからといって、「『竹取物語』や『落窪物語』は中国の孝子譚をもとにして創られている」、といった単純な「典拠論」で両者の関係を論じてしまうのは生産的ではない。〈話型〉そのものは話の単純な「枠組み」に過ぎないものであるから、これが一致していることだけを根拠に「典拠論」を展開しても、「偶々日本の古典文学と中国の孝子譚とで双方の話型が一致しているだけ」という反論はどこまでも付き纏うし、もし仮に『竹取』や『落窪』が中国の孝子譚を元にして創られていたとしても、両者の話型の一致を強調するだけでは、『竹取』や『落窪』の創作の方法や作品独自の価値を論じるような創造的な議論は期待できない。

そこで必要とされてくるのが、**〈話型〉の使われ方を基準にして中国の孝子譚と日本の古典作品を比較していくという、「典拠論」を離れた比較文学的な視点**であろう。例えばこの視点を導入して、孝子董永の〈孝〉への報いとして天から遣わされた天女が登場する董永譚と、同様に竹取翁の「いささかなる功徳」への報いとして天（月）から遣わされた天女（かぐや姫）が登場する『竹取物語』とを比較することにより、董永譚と『竹取物語』が「羽衣説話（天人女房）」の話型（枠組み）を共有しながら、それぞれの物語が各々の主張しようとする目的に応じて、どのように異なった展開を見せているかを把握することが可能となる。そのことで羽衣説話という枠組みの中で『竹取物語』が有している独自性が確認され、そこから作者の物語の制作意図を窺っていくことも可能となるであろう。

本書のⅠからⅢでは、このような視点に立って中国の孝子譚と日本の古典文学作品との関係を考察してみたい。また附章として「漢語「人子」と和語「人の子」——古代日本における〈孝〉に関わる漢語の享受をめぐって――」を加えた。これは『孝子伝』にしばしば登場する「人子」という漢語が、〈孝〉に関わる文脈の中で用いられる特別な漢語であることを指摘し、その日本における使用にも留意したうえで、『万葉集』や『伊勢物語』の和歌に見える「人の子」という和語も、漢語「人子」の影響の下に用いられているのではないかということを論じたもので、話型という作品の枠組みだけでなく、語句のレベルにおいても、孝子譚をはじめとした〈孝〉に関する中国の文化が、日本の古典文学に少なからず影響を与えている事例として付け加えた。

もとより本書で扱った中国の孝子譚は、陽明本『孝子伝』で四十五篇もある孝子譚のほんの一部に過ぎず、「日本古典文学と中国孝子譚」と題するのは羊頭狗肉の誹り（そし）を免れまい。しかし「孝子説話」という分類に閉じ込められて、これまであまり注意されることのなかった中国の孝子譚や、その孝子譚が属する幼学の世界が、日本の古典文学に対して意外に大きな影響を与えているかもしれないという注意を喚起できれば、それなりの意義はあるだろう。このような思いを持ってこの導入を閉じることとしたい。

注

（1）陽明本・船橋本『孝子伝』については、黒田彰氏『孝子伝の研究』（佛教大学鷹陵文化叢書5、思文閣出版、二〇〇一年）のⅠ―一「孝子伝の研究」の2「陽明本、船橋本孝子伝について」、さらに船橋本『孝子伝』については、同書Ⅰ―四「船橋本孝子伝の成立――その改修時期をめぐって」をも参照。

（2）小島憲之氏『萬葉以前――上代びとの表現』（岩波書店、一九八六年）第六章「上代官人の『あや』その一――外来説話類を中心として――」、東野治之氏「律令と孝子伝――漢籍の直接引用と間接引用――」（『萬葉集研究』24〈二〇〇〇年六月〉、後に同氏『日本古代史料学』〈岩波書店、二〇〇五年〉第一章「編纂物」に所収）、黒田彰氏注1前掲書Ⅰ―三「令集解の引く孝子伝について」などを参照。

（3）『童子教』の成立時期については、後藤昭雄氏「仲文章・注好選」（『説話の講座4　説話集の世界』〈勉誠出版、一九九二年〉）において、寛治二年（一〇八八）以前に成立したことが確実な『仲文章』に同書が引用されることから、さらにそれを遡る時期に成立していたことを論じている。また『童子教』の孝養譚にもとづく誦句群と『三教指帰』が関係することについて、三木「『童子教』の成立と『三教指帰』」（『平安朝漢文学鉤沈』和泉書院、二〇一七年）において論じている。

（4）今野達氏「陽明文庫蔵孝子伝と日本説話文学の交渉 附 今昔物語出典攷」（『国語国文』22巻5号〈一九五三年五月〉）、「古代・中世文学の形成に参与した古孝子伝二種について――今昔物語集以下諸書所収の中国孝養説話典拠考――」（『国語国文』27巻7号〈一九五八年七月〉）――ともに『今野達説話文学論集』（勉誠出版、二〇〇八年）に所収――を参照。

（5）注4に掲げた今野達氏「古代・中世文学の形成に参与した古孝子伝二種について」において指摘され通説となった。さらに山本登朗氏は「親と子――宇津保物語の方法――」（『森重先生喜寿記念　ことばとことのは』同刊行会編、一九九九年三月）において、仲忠の孝養譚が単に中国孝子譚をなぞって作られたのではなく、『うつほ』作者が自らの構想のもとに、意図的に物語を転換させる〈奇瑞〉を引き起こす方法として中国孝子譚を利用したとの新しい見解を示されている。

（6）宇野瑞木氏『孝の風景』（勉誠出版、二〇一六年）第三部「出版メディアの空間」の「結」599〜601頁参照。

（7）管見の限り、半世紀以上前に白話小説『董永遇仙伝』について言及された山岸徳平氏の「竹取物語と中国文学」（『国文学 解釈と鑑賞』23巻2号、特集「竹取物語は果して外国種か」、一九五八年二月）が唯一ではないか。なお本書Ⅱ―2「『竹取物語』と孝子董永譚――日中天女降臨譚における『竹取物語』位置づけの試み――」を参照。

〔初出〕本書のために新たに稿を起こした。

2 〈忠と孝との鬩ぎ合い〉と中国孝子譚

――『経国集』対策文から平家・近松へ――

はじめに

大当たりを取った近松門左衛門の浄瑠璃『国姓爺合戦』の第五段、延平王となった国姓爺和藤内は、明国再興のための軍を進めて龍馬が原に陣を敷き、韃靼との天下分け目の戦に備えて、呉三桂、甘輝の両将軍と作戦を練る。呉三桂と甘輝は、それぞれ飛び道具や毒薬を用いる奇策・謀略を披露するが、和藤内は、「今回の戦は奇策・謀略を排して正面から韃靼軍に挑み、自らこの手で何としても韃靼王と奸臣李踏天を仕留めねばならない」と述べる。

千変万化の謀も何かせん、只無二無三に攻め入って、韃靼王李踏天におしならべてむずと組み、寸々に刻んで捨てずんば、たとへ国姓爺が百千万の軍功も、君の忠も世の仁義も、母の為には不孝の罪。

（引用は小学館新編日本古典文学全集『近松門左衛門集』三〈二〇〇〇年〉に拠る。以下同じ）

と、「鏡のやうなる両眼に」涙をはらはらと流すのであった。和藤内の母は、息子に韃靼を滅ぼし、明国を再興するという任務を完遂させる為、既に自ら命を絶っていた。こうして並々ならぬ決意で韃靼軍に攻め入った和藤内たちは、獅子奮迅の働きの末、ついに韃靼側を落城寸前まで追い込むが、その時、李踏天はかねて捕らえてあった和藤内の父、一官を楯に縛りつけて引き出し、和藤内に「日本に退却するなら父の命を助けるが、もし攻撃を続けるなら父を即座に斬り捨てる」と脅迫する。すると今まで勇猛果敢に戦っていた和藤内は「目もくらみ力も落ちてうち萎れ」身動きできなくなる。父は「年老いた自分などどうなっても良いから攻撃を続けろ」と大声で息子をしかりつけ、和藤内も気を取り直して韃靼王めがけて飛びかかろうとするが、李踏天が剣を父に突きつけると、

はつと気も消え立ち止まり、進みかねたるしどろ足、頭(かうべ)の上に須弥山(しゅみせん)が今崩れかかっても、びくともせぬ国姓爺、前後にくれてぞ見えにける。

という有様になってしまう。国家再興という目的に向かって主君に忠義を貫く為に、既に母を自害に追い込むという不孝を犯したその上に、父までも死なせてしまう不孝を重ねる辛さが彼を責め立てる。

この後、呉三桂と甘輝の機転で和藤内は窮地を脱し、首尾良く父を取り返して韃靼側を滅ぼし、物語は大団円を迎えるのだが、近松は最後のクライマックスの場面で、国の再興と肉親への情との板挟みになり窮地に陥り苦悩する和藤内を描くことで最大のピンチを演出し、観客の気持ちを最後まで引きつけるとともに、「忠義一筋で大功を立てたスーパーヒーロー」和藤内の、人間としての弱さや苦悩を訴えることにも成功している。

冒頭に掲げた最後の攻撃の直前の軍議の場面で、かなり以前の段階（第三段）で自害した母の話を和藤内に取り上げさせたのも、おそらく父をめぐる葛藤という最後の山場への伏線として張られたものであろう。その母の話を語る和藤内のことばの中には、「君の忠も世の仁義も、母の為には不孝の罪」と、問題の本質が凝縮された

形で表現されていた。

このような葛藤は、『国姓爺合戦』に典型的に描かれてはいるものの、何も『国姓爺』だけのものではなく、近松の他の作品や紀海音の浄瑠璃にも普遍的に見られるもので、(1)近世の演劇の主要な要素の一つと見て良いが、和藤内のことばに見えた「主君への忠義が親への不孝」となるという葛藤は、日本文学の中で、いつ頃から描き出され始めるのであろうか。今、誰でも思い浮かべる近世以前の例としては、『平家物語』巻二「烽火沙汰」において、鹿ヶ谷の謀反事件の背後で動いていた後白河法皇を拘束しようとした平清盛に向かって、長男の平重盛が必死に父を諫めた、

悲しきかな、君の御為に奉公の忠を致さんとすれば、迷盧八万の頂よりも猶高き父の恩、忽ちに忘れんとす。痛ましきかな、不孝の罪を逃れんとすれば、君の御為には不忠の逆臣となりぬべし。進退維谷れり。

ということばが挙げられよう(引用は朝日日本古典全書に拠る)。ここは主君への忠義のために肉親を犠牲にするのではなく、逆に父清盛の命に従えば、主君である法皇を蔑ろにして不忠の臣下となってしまうことに苦しむ葛藤であるが、この場面を後に頼山陽が『日本外史』に採録する際に、この重盛のことばを凝縮して漢文に移し替えたのが、

忠ならんと欲すれば孝ならず、孝ならんと欲すれば忠ならず。

という有名な文句である。こうした〈忠と孝との鬩ぎ合い〉という状況が、日本の文学の中に現れてくるのは、これまでの一般的な感覚では、武士の世界が文学に表立って描かれてくる時代以降のことで、やはりこの『平家』あたりがほぼその始まりと思われているのではないだろうか。

本章では、平安初期に編まれた漢詩文集『経国集』に採られた奈良時代の「対策」において、既にこの忠と孝

との葛藤の問題が論じられていることに注目し、その対策をくわしく分析しながら、対策の中に中国の孝子譚（中でも申明譚）が引かれている点に特に留意して、その意味や背景を考察してみたい。また、その後の日本の文芸において〈忠と孝〉の問題が話題に上る際に、その背後にこの孝子申明譚が少なからず意識されている点についても言及し、これまで見過ごされてきた中国の孝子譚の影響の一端を明らかにしていきたい。

一、『経国集』の主金蘭の対策をめぐって

まず、問題となる「対策」についてであるが、岩波新日本古典文学大系『本朝文粋』の附録の「文体解説」（後藤昭雄氏執筆）に次のように説かれている。

対冊（たいさく）　大学寮における最高課程の試験である文章得業生試の問題文と答案文。「冊」は「策」が一般的な用字であり、またふつうには問題文は策問、答案を対策という。（略）二題が課される。『文心雕龍』議対に「対策は詔に応じて政を陳（の）ぶるなり。射策は事を探りて説を献ずるなり」とあり、政治に関する問題を議論して意見を奏上する「議」の変体とする。（略）策問は比較的短く、中心になるのは答案論文いわゆる対策である。（略）その文章には「文理」、表現性と論理性が要求された。策問の主旨に添って古典に準拠しながら議論を展開すると共に、典故を用いつつ隔句対を多用した駢儷文で綴られており、『文粋』収載の作品のなかでは、賦と並んで最も修辞性豊かな文章となっている。『経国集』には奈良朝期の作が見える。

最後に記されたように、『経国集』の現存巻の一つである巻二十には、「策下」として、作者十三人、一人二題ずつの計二十六題の対策が収められ、その中には奈良時代の作者の手になる作品が数多く存在する。ここではま

ず、その中の主金蘭（村主金蘭を唐風に表記したものであろう）の対策を取り上げてみよう。この対策の前には刀利宣令、後ろには下毛虫麻呂の対策が配されており、作者主金蘭の履歴は未詳という他はないが、前後の対策作者の刀利宣令、下毛虫麻呂はともに『懐風藻』に詩を残しており、養老年間には、刀利宣令は東宮に侍し、下毛虫麻呂は文章博士に任ぜられていることから、金蘭も彼らほどの業績は残せなかったにせよ、奈良時代前期に文筆・学問を業とした官人として生きていた人物であることはまちがいあるまい。金蘭の対策は、次のような問いに対して作成されたものである。

問。孝以事親、忠以報国。既非賢聖、孰能兼此。必不獲已、何後何先問。

問ふ。孝以て親に事へ、忠以て国に報ゆ。既にして賢聖に非ざれば、孰か能く此を兼ねん。必ず已むを獲ざれば、何れを後にし何れを先にせむ。

この問いでは、まず孝をもって親に仕えることと、忠をもって国に報いることの二つの徳目を提示し、「聖人賢者でない普通の人間は、この両者を兼ねることはできない、どうしてもしかたがない時は、そのどちらを優先すべきか」と、「はじめに」で見てきたような「忠と孝」の葛藤の問題を、端的に答者に投げかけている。これに対して、金蘭は次のような対策を奉じている。[2]

（1）臣聞、夫人之生也、必須忠孝。故摩頂問道、負笈従師、然後、出則致命、表忠所天之朝、入則竭力、循孝所育之囲。是以、参損偏弘孝子之風、政軻猶蘊忠臣之操。蓋是、事親之道、莫尚於孝、奉国之義、孰貴於忠。

臣聞くならく、夫れ人の生たるや、必ず忠孝を須ふ。故に頂を摩して道を問ひ、笈を負ひて師に従ひ、然る後に、出でては則ち命を致し、忠を天とする所の朝に表し、入りては則ち力を竭し、孝を育む所の囲みに循らすと。是の以に、参・損偏に孝子の風を弘め、政・軻猶忠臣の操を蘊む。蓋し是れ、親に事ふる道は、孝より尚きは莫く、国に奉ずる義は、孰れか忠より貴からん。

（2）資孝以事君、前史之所載、求忠於孝門、旧典之所編。故雖公私不等、忠孝相懸、揚名立身、其揆一也。

孝を資として以て君に事ふるは、前史の載する所にして、忠を孝門に求むるは、旧典の編む所なり。故に公私等しからずと雖も、忠・孝相懸りて、名を揚げ身を立つるは、其の揆、一なり。

（3）別有或背親以殉国、或捨私以済公。故孔丞割妻子之私、中侯推愛敬之重。即是能孝於親、移忠於君。引古方今、実足為鑑。在父便孝為本、於君仍忠為先、探今日之旨、宜先忠後孝。謹対。

別に或は親に背きて以て国に殉じ、或は私を捨てて以て公を済くること有り。故に孔丞は妻子の私を割き、中侯は愛敬の重きを推す。即ち是れ能く親に孝にして、忠を君に移すなり。古を引きて今に方ぶるに、実に鑑と為すに足れり。父に在りては便ち孝を本と為し、君に於ては仍ち忠を先と為すも、今日の旨を探るに、宜しく忠を先にし孝を後にすべし。謹しみて対ふ。

（1）（2）（3）に分けて全体を解説していきたい。（1）では、まず問の「孝以事親、忠以報国」を受けて、人として生きていくためには、忠と孝とがかかせないものであり、人たる者は、己をすり減らして（＝摩頂）人としての道を問い、書物を背負って（＝負笈）師に付き従い、一人前になってからは、家の外に出たならば、命をかけて天と仰ぐ朝廷に忠を表し、家の内に入ったならば、力の限り自分を育ててくれたあたり（＝囲、親を指す。底本「圏」を岡山大学蔵池田文庫本により改める）に孝を尽くす、ということを自分は聞いている、と述べて、その後に、「孝子」として参・損、即ち曾参・閔損（閔子騫）、忠臣として政・軻、即ち聶政・荊軻の名を挙げている。曾参・閔損はともに陽明本・船橋本の両『孝子伝』[3]に採られ、孝子として名高い人物で、しかも二人とも孔子の高弟であることから、ここに名を連ねて並べられたのであろう。「忠臣」の例としてあげられた聶政・荊軻は、共に『史記』刺客列伝に隣り合って載せられる人物で、現代の我々の感覚からすると、彼らは、頼まれた暗殺を命をかけて遂行しようとした義侠の人物ではあるが、これを「忠臣」と呼ぶのは、少々ためらわれるところであろう。しかし、対策作者の金蘭は、彼らと彼らに暗殺を依頼した人物（聶政―韓の卿相厳仲子、荊軻―燕の太子丹）との関係を主君―臣下の関係と捉え、自らの命を賭して暗殺を成し遂げようとするその行動によって、彼らを主君の命を忠実に実行しようとした〈臣〉と捉え、「忠臣」の例として挙げたものと思われる。

次に（2）では『孝経』開宗明義章の「夫れ孝は始め親に事ふるに於てし、中は君に事ふるに於てし、終に身を立つるに於てす」や、広揚名章の「君子は親に事へて孝なり、故に忠、君に移るべし」、ならびにその注である孔安国伝の「能く親に孝なれば則ち必ず能く君に忠なり。忠臣を求むるに必ず孝子の門に於てするなり」などにもとづき、「親に孝をつくす者は必ず君に忠をつくす者であり、孝と忠とは私と公の違いこそあれ、互いに相反するものではなく、一続きのものである」と、『孝経』に見える伝統的な孝と忠の関係に則った論旨が展開される。

だが、これでは「どうしてもやむを得ないときは、忠と孝のどちらを優先させるのか」という問いの答えにはなっていないので、金蘭は（3）で改めて、私の関係で機能する〈孝〉と公の関係で機能する〈忠〉とでは、〈忠〉を優先すべきであるという結論を述べ、その例として、「孔丞は妻子の私を割き」と「申侯は敬愛の重きを推す」という二人の人物の行動を例に挙げる。まず「孔丞…」であるが、これは後漢の孔奮の故事を踏まえた文言である。『後漢書』列伝巻三十一、孔奮伝からその部分を引用しよう。

孔奮、字君魚、扶風茂陵人也。（略）除武都郡丞。時隴西余賊隗茂等、夜攻府舎、残殺郡守。賊畏奮追急、乃執其妻子、欲以為質。奮年已五十唯有一子。終不顧望。遂窮力討之。吏民感義、莫不倍用命焉。（略）賊窘懼逼急、乃推奮妻子以置軍前。冀当退却、而撃之愈厲、遂禽滅茂等。奮妻子亦為所殺。世祖下詔褒美、拝為武都太守。

孔奮、字は君魚、扶風茂陵の人なり。（略）武都郡の丞に除せらる。時に隴西の余賊の隗茂等、夜に府舎を攻め、郡守を残殺す。賊、奮の追ふこと急なるを畏れ、乃ち其の妻子を執らへ、以て質と為さんと欲す。奮、年已に五十にして唯一子有るのみ。終に顧望せず。遂に力を窮めて之を討つ。吏民義に感じ、命を用ゐるを倍さざるは莫し。（略）賊、窘懼逼急し、乃ち奮の妻子を推して以て軍前に置き、当に退却すべきことを冀ふ。而るに之を撃ちて愈厲み、遂に茂等を禽滅す。奮の妻子亦た為に殺さる。世祖詔を下し褒美し、拝して武都の太守と為る。

（引用は四庫全書本に拠り私に訓読した）

孔奮は武都の丞であった時に（これを対策では「孔丞」と記した）、賊の隗茂（後掲『白氏六帖』では「魏茂」）らが府の庁舎を襲って郡主を殺し、孔奮の追撃を畏れた賊は、奮の妻子を捕らえて人質とした。奮は既に五十才で、人質に取られた子はたった一人の子であったが、妻子を犠牲にして力の限り戦い賊を討ち取った（対策の「妻子の私を割き」はこれにもとづく）。それで部下や民は彼の節義に感じ入って、いよいよ彼の命令に従った、という逸話である。この話は、白居易の撰になる類書『白氏六帖』の巻二十八・寇盗の「執母妻子」の項にも「孔奮字君魯（ママ）、為武都丞。賊魏茂等攻郡守。奮追急。乃執奮妻。奮已年五十唯有一子、終不顧、遂擒賊。妻子亦死。世祖褒美之（孔奮字は君魯、武都の丞為り。賊魏茂等郡守を攻む。奮追ふこと急なり。乃ち奮の妻（「子」脱か）を執らふ。奮已に年五十にして唯一子有り、終に顧ずして、遂に賊を擒らふ。妻子亦死す。世祖之を褒美す）」、また敦煌類書P5002「北堂書鈔体丙」（撰者等未詳、写本は中唐頃の書風を有するとされる[4]）にも、「孔奮心在去盗、不顧其妻（孔奮心は盗を去るに在り、其の妻を顧みず）」という見出しで「孔奮心在去盗、為武都郡丞、有賊夜攻郡、殺太守。畏奮径赴、乃執其妻子、欲以為質。奮終不顧惜、斬賊急、□□〔欠字〕滅賊。奮妻子欲以為□、為賊所殺（孔奮心は盗を去るに在り、武都郡の丞と為り、賊、夜に郡を攻むること有りて、太守を殺す。奮の径ちに赴くことを畏れ、乃ち其の妻子を執らへ、以て質と為さんと欲す。奮終に顧惜せずして、賊を斬ること急なり、□□〔欠字〕賊を滅ぼす。奮の妻子以て□を為さんと欲するも、賊の為に殺さる）」と見える。

では、次の「申侯…」は、一体どのような故事を踏まえた文言であろうか。一般的な漢和辞典（『大漢和辞典』『中文大辞典』等）の「申侯」の項には、周の幽王の時の人で、自らの娘を后にして太子を生ませたが、幽王が美女褒姒を寵愛して后と太子を廃したために、怒って幽王を攻め滅ぼしてしまった人物として記事を載せるが（『史記』周本紀に見える）、この人物が、対策で「愛敬の重きを推す（主君を敬愛する重要さの方を選んだ）」と述べられる「申侯」とはとても考えられない。先の「孔丞」が孔という姓と、丞という官職とを組み合わせた文言であることを考えると、申姓で侯の位にあった人物で、この対策文の文脈にふさわしい人物を考える必要があろう。上代の日本人の知見に入った可能性のある人物で、この条件に該当するのが、陽明本・船橋本『孝子伝』に登場する申明（申鳴とも表記される）である。今、陽明本『孝子伝』によりこの話を示そう。

申明者楚丞相也。至孝忠貞。楚王兄子、名曰白公。造逆无人能伐者。王聞申明賢、躬以為相。申明不肯就命。明父曰、我得汝為国相、終身之義也。従父言往起。登之為相、即便領軍伐白公。々聞申明来、畏必自敗。乃密縛得申明父、置一軍中。便曰、吾以執得汝父。若来戦者、我当殺汝父。申明乃嘆曰、孝子不為忠臣、々々不為孝子。吾今捨父事君。若受君之禄而不尽節、非臣之礼。今日之事、先是父之命、知後受言。遂戦乃勝。白公即殺其父。明、領軍還楚。王乃賜金千斤、封邑万戸。申明不受帰家葬父、三年礼畢、自刺而死。故孝経云、事親以孝、移於忠、々可移君、此謂也。

> 申明は楚の丞相なり。至孝忠貞なり。楚王の兄の子、名は白公と曰ふ。造逆して人の能く伐つ者无し。王申明の賢なるを聞き、躬ら以て相と為す。申明命に就くを肯んぜず。明の父曰く、我汝が国の相為るを得るは、終身の義なりと。父の言に従い往きて起つ。之を登して相と為す。即便ち軍を領じて白公を伐つ。公申明の来るを聞き、必ず自らの敗るることを畏る。乃ち密かに申明の父を縛り得て、一軍の中に置く。便ち曰く、吾以て汝が父を執り得たり。若し来りて戦はば、我当に汝が父を殺さんと。申明乃ち嘆きて曰く、孝子は忠臣為らず、忠臣は孝子為らず。吾今父を捨て君に事へん。若し君の禄を受けて節を尽くさざらば、臣の礼に非ず。今日の事、先には是れ父の命なり、後を知らば言を受けんやと。遂に戦いて乃ち勝つ。白公即ち其の父を殺す。明、軍を領じて楚に還る。王乃ち金千斤、封邑万戸を賜ふ。申明受けずして家に帰りて父を葬り、三年の礼畢りて、自ら刺して死せり。故に孝経に云く、親に事ふるに孝を以てすれば、忠に移り、忠、君に移すべしと。此の謂なり。
>
> （本文の引用は幼学の会編『孝子伝注解』〈汲古書院、二〇〇三年〉に拠る）

申明は楚王に造反した白公に対するために、楚王から国相となることを要請され、一旦はこれを拒否するが、父の「お前が国相となることが私の一生の本懐だ」という願いを聞き入れて国相に就任し、軍を率いて白公の討伐に向かう。これを畏れた白公は申明の父を捕縛し、「攻めてくれれば父を殺す」と脅迫する。王への〈忠〉と父への〈孝〉の板挟みになった申明は「孝子は忠臣為らず、忠臣は孝子為らず」と嘆き苦しむが、「今は父を棄て君に仕えよう、もし君から禄を受けているのに忠節を尽くさないならば、臣下としての礼にもとる」と決断する。しかしそこには「先に父が命じたから国相となったが、もし後でこうなるとわかっていたら、王の言葉を受けただろうか、決して受けはしなかっただろう」という、父への孝心から国相の職に就いたことが、結果として父を見殺しにするという最大の〈不孝〉を犯すことになってしまったことへの後悔がともなっていた。結局申明は白公を攻め滅ぼすが、父は白公に殺される。凱旋した申明に、楚王は多くの金（こがね）や封邑を与えるが、申明は受けずに家に帰り父を葬り、子として三年の服喪の義務を果たした後、自害する。

この申明の話は、『春秋左氏伝』哀公十六・十七年条に記される白公勝の乱を背景にしたものであるが、『左伝』には白公が乱を起こし、葉公子高に攻められて山に奔り、縊死したことが記されているものの、その本文や注疏には申明の名や、この話に関連する記述はまったく見えない。管見に入った中国の文献では、本話は『説苑』（巻四）、『韓詩外伝』（巻十）と、陽明本とともに日本にのみ伝わるもう一系統の『孝子伝』である船橋本『孝子伝』とに見える程度であり、唐代以降に編纂された類書等にはほとんど見えないところから、(5) 漢魏六朝の頃まではある程度広まっていたが、唐代以降になるとあまり注目されなくなった話のようである。ただし幼学の世界では、『千字文』のテキストの一種で日本でも中世以降に広く流布した『纂図附音増広古注千字文』の「資父事君、曰厳与敬」句の注に採られており、日本でも中世以降は『千字文』の学習を通じて初学者にはよく知られていた話であったと考えられる（このことは後世の日本の文芸との関係でまた触れる）。

金蘭の対策に見える「申侯」は、対句として直前に置かれた、人質にされた妻子を犠牲にして盗賊を滅ぼした孔奮の話との対応から考えると、この申明と見てまちがいあるまい。『孝子伝』は奈良時代までには既に日本にもたらされており、同時代の他の対策や『律令』の注釈などにも利用されていたことを考え合わせると、(6) 対策の作者金蘭は、『説苑』や『韓詩外伝』といった書物からではなく、おそらく『孝子伝』によってこの申明の故事を知り、この対策にその名を引いたものと見てよいであろう。申明を「申侯」とした資料は、管見に入った前述の資料には見えないが、前掲の陽明本『孝子伝』には、結局受けなかったものの「封邑万戸」を王が与えたとの文言もあり、あるいは金蘭が目にした資料には、申明を「侯」に封じた旨の記述があったのかもしれない。結局、金蘭は妻子を犠牲にして盗賊を討った孔奮と父を犠牲にして反逆者を攻め滅ぼした申明の例を挙げた後に、〈孝〉よりも〈忠〉を優先すべきことを結論として述べて対策を締めくくるが、孔奮の例は、対策中に「私を捨てて以て公を済く」とあるように、妻子への「私情」を犠牲にして「公」への〈忠〉を貫いた例であり、〈孝〉と〈忠〉とのどちらを優先させるかということの対策の主題から見ると、状況は類似するものの、ややずれた例となっている。それに対して、申明の例は、〈孝〉と〈忠〉との板挟みになって、苦難の末にやむを得ず父への〈孝〉を棄て、王への〈忠〉を優先させるという、まさに主題に即応した逸話であったわけである。(7)

金蘭の対策から私たちは、既に奈良時代から、主君への〈忠〉と肉親への〈孝〉とが共に要求される場面で、そのいずれを優先させるべきかという重いテーマが、官人たちへの問いかけとしてなされていたこと、このテーマに関して、『孝子伝』に載せられた中国の孝子「申明」の、父を見殺しにしなければならなかった悲劇的な逸話が、金蘭のような大学寮で学んだ官人たちの脳裏に刻み込まれていたことを読み取ることができるのである。

二、大神虫麻呂の対策をめぐって

先の主金蘭の対策ほどには、〈忠〉と〈孝〉という言葉を明確に言挙げして論じているわけではないが、同時代の対策には、他にも肉親への〈私的〉な情と、〈公的〉な秩序やルールとの対立を問題としたものが見受けられる。たとえば、次に掲げる天平五年（七三三）に作成された大神虫麻呂の対策も、金蘭の対策と同じような問題意識にもとづいていることがうかがえる。以下、虫麻呂の対策については、小島憲之氏の研究(8)が存するので、その成果を取り入れながら、この対策の必要な箇所を示そう。

問。明主立法、殺人者処死、先王制礼、父讐不同天。因礼復讐、既違国憲、守法忍怨、爰失子道。失子道者不幸、違国憲者不臣。惟法惟礼、何用何捨。臣子之道、両済得無。

問ふ。明主の法を立つるや、人を殺す者は死に処し、先王の礼を制するや、父の讐は天を同じくせず。礼に因りて讐を復せば、既に国憲に違ひ、法を守りて怨を忍べば、爰に子の道を失ふ。子の道を失ふ者は幸ならず、国憲に違ふ者は臣ならず。惟れ法惟れ礼、何れを用ゐ何れを捨てむ。臣子の道、両ながら済すこと得むや無や。

問いでは、法においては、人を殺す者は死刑という厳罰に処すといい、かたや礼においては父の仇に対しては天を共にしない（仇を討つべき）という、と述べ、父の仇を討つという子としての道〈＝孝道↓礼〉から出た行為が、人を殺してはならないという公の掟（＝国憲↓法）に違反して、「臣ならず」すなわち不忠になるという矛盾を述べ、こうした場合、「法」と「礼」のどちらを採るべきかと問い、臣下としての道と子としての道が両立するかどうかをを尋ねている。これに対して虫麻呂は次のように答えている。

対。窃聞、孝子不匱、已著六義之典、幹父之蠱、式編八象之文。是知、興国隆家、必由孝道。故使蒸蒸虞帝、終受昭華之珪、翹翹漢臣、乃標万石之号。自爾、阿劉淳孝、乃殞身而令親、桓温篤誡、終振刀而殺敵。魏陽斬首、存薦祭之心、趙娥刺仇、致就刑之請。

対ふ。窃かに聞くならく、孝子匱きずといふことは、已に六義の典に著はれ、父の蠱を幹るといふことは、式て八象の文に編む。是に知る、国を興し家を隆にするは、必ず孝道に由ることを。故に蒸蒸たる虞帝、終に昭華の珪を受け、翹翹たる漢臣、乃ち万石の号を標さしむ。爾自り、阿劉淳孝にして、乃ち身を殞して親を令り、桓温篤誠にして、終に刀を振ひて敵を殺す。魏陽首を斬りて、薦祭の心を存し、趙娥仇を刺して、就刑の請を致す。

虫麻呂はまず、『詩経』（六義之典）や『周易』（八象之文）といった儒教の聖典から〈孝〉に関する文言を引き、中国では太古から〈孝〉が重視されており、〈孝道〉が国や家を興隆させる根本の道であると説き起こし、その例として、孝子として名高い舜（虞帝）が堯から帝位を譲り受けたことや、これも孝順で名高い漢の石奮（漢臣）とその四人の子が、それぞれ二千石の官に至り、時の景帝がこれを「万石君」と呼ばしめたことを引く。そして次に阿劉、桓温、魏陽、趙娥の四名の名を挙げるが、このうち未詳の阿劉を除けば、他の三名は、いずれも親の仇を討つ、或いは親の恥を雪ぐために人を殺した人物である。桓温は晋の人で、十五歳の時に父を殺害され、復讐の志をたてて自ら刀を手にして敵討ちを行い（『晋書』桓温伝、『藝文類聚』人部・報讎）、魏陽は父が市場でならず者の少年に戟を奪われ侮辱されたが、今自分が父の恥を雪ぐため少年を殺して罪を得れば、父の世話をする者がいなくなるとして自重し、父の死後、少年を討ちその首を父の墓前に供えて祭ったため、お上は孝子として賞賛しその罪を問わず、禄位を与えた（陽明本・船橋本『孝子伝』）。趙娥は、男兄弟が病で亡くなったために、女性の身で十数年間機会をねらい続け、遂に殺された父の仇を討ち、自首して刑に就くことを願い出た（『後漢書』列女伝、『藝文類聚』人部・報讎）。未詳の阿劉は、小島憲之氏は疑われながらも、(9)『令集解』（賦役令）の「節婦」条所引「判集」に出る、亡夫やその舅姑に事えるために夢中で亡夫と交わり一子を生み、兄から貞節を疑われ、世間体のために他家に嫁がされようとするも頑強に抵抗した婦人劉氏のことではないかとされるが、他の三人の故事とは内容がかなり異なり、身を犠牲にして（隕身）という対策の言葉にもあまり合致しない。未詳ではあるが、身を犠牲にして親に恥をかかせないようにしたか、親の恥を雪（そそ）いだ（「令」は「令終」や「令色」の「令」で、かざる、立派に見せる、の意であろう。他の人物の例から類推すると、やはり親のための復讐か仇討ちではないか）劉姓の女性の故事を踏まえるのであろう。阿劉はしばらく措くとしても、この箇所の措辞は、いずれも対策の問いで言われている、〈孝心〉から親のために復讐を行い人を殺してしまった中国の孝子の実例を列挙したものと見てよい。

それを受けて、次の段では虫麻呂は、聖武帝の仁徳による統治を讃え、当代が過酷な刑罰が軽減され、囚人たちにも帝の恩沢が及ぶ治世であることを述べるが、その後で、

猶恐、屈志同天、則彌睽孝弟、推戈報怨、則多挂網羅。広迨芻蕘、傍詢政略。

猶（なほ）恐るらくは、志を屈（ま）げて天を同じくすれば、則ち彌（いよいよ）孝弟に睽（そむ）き、戈を推（お）して怨（あた）に報（むく）ゆれば、則ち多くは網羅に挂（か）かることを。広く芻蕘に迨（およ）び、傍（あまね）く政略を詢（と）ふ。

と、こうした治世においても、法を遵守し志を曲げて親の仇を討たずにいれば（天を同じくすれば）、孝の道に背くことになり、親の怨みを晴らすために武器を手に取って（推戈）仇に復讐すれば、多くは刑の網にかかってしまう、と問いの主旨を再度繰り返し、（主上は）広く卑しい草刈りや木こり（芻蕘、ここでは虫麻呂自身を指す）にまで、どうすれば良いかその方策を尋ねられた、と述べる。そして、これを受けてようやく対策の答えが最後に綴られる。

夫以資父事主、著在格言、移孝為忠、聞諸甲令。由是、丁蘭雪恥、漢主留赦辜之恩、緱氏刃讐、梁配有減死之論。若使酌恤刑之義、験純情而存哀、討議獄之規、矜至孝而軽罰、高柴出宰、良績遠聞、喬卿臨官、芳猷猶在。則可能孝于室、必忠於邦。当守孝之時、不憚損生之罪、臨尽忠之日、詎顧膝下之恩。謹対。

夫（そ）れ以（おも）ふに、父に資（と）りて主に事（つか）ふることは、著（あらは）して格言に在（あ）り、孝を移して忠と為（な）すことは、諸（これ）を甲令に

聞く。是に由りて、丁蘭恥を雪ぎ、漢主赦辜の恩を留む、緱氏讐を刃り、梁配減死の論有り。若し恤刑の義を酌みて、純情を験みて哀れを存し、議獄の規を討ねて、至孝を矜みて罰を軽くせしめば、高柴宰に出でて、良績遠く聞こえ、喬卿官に臨みて、芳猷猶在り。則ち能く室に孝なるは、必ず邦に忠なるべし。孝を守る時に当たりては、損生の罪を憚らず、忠を尽くす日に臨みては、詎ぞ膝下の恩を顧みむ。謹しみて対ふ。

ここで虫麻呂は、「父につかえることを元にして主君につかえる」(資父事主)や「親に対する孝を移して主君に対する忠となす」(移孝為忠)ということが、中国においては「格言」や「甲令(一番大切な教え)」になっていると言い、親に対する〈孝〉の心が、そのまま主君に対する〈忠〉へと転化していくと述べる。これは『孝経』士章の「父に事ふるを資りて以て君に事ふるは、その敬同じ」や同上広揚名章の「君子は親に事へて孝なり、故に忠、君に移るべし」にもとづく文辞であり、先の主金蘭の対策にも見られた論理である。次いでその実例として丁蘭(男性)と緱氏(女性)の例が対句で挙げられるが、丁蘭は『孝子伝』や『蒙求』「丁蘭木母」で名高い孝子で、母の死後、木で母の像を作り(木母)、生きているときのように日夜これに仕えた人である。対策の文辞の元になった故事は、ある時隣人が斧を借りに来たが、木母にその可否を問うと難色を示したので斧を貸さなかった。怒った隣人が丁蘭の不在の折に木母の臂を刀で斬りつけたところ、生身の人間のように血が地面に流れ落ちた。帰ってきた丁蘭がこれを見て事の次第を知り悲しみ怒り、隣人を斬り殺してその首を母の墓に供えた。官司は彼の孝心に免じて罪を不問にし俸禄や位を与えたという話である(陽明本・船橋本『孝子伝』による、『法苑珠林』四九所引鄭緝之『孝子伝』や『捜神記』は「官司」を「皇帝」としていて、対策の本文とより一致する)。「緱氏」は、緱氏の女、緱玉のことで、父の仇討ちの為に人を殺し、官吏に捕らえられ死刑になりかけたが、官吏の上官であった梁配が彼女の話を聞き、その孝心に免じて減刑したという話である（『藝文類聚』人部・報讐）。

虫麻呂は、この二人を例に挙げて、孝心から人を殺めた孝子に対して、もしお上がその純情・至孝の心を汲み取って憐れみをもって刑を軽くしてやるならば、（その孝子は）孔子の高弟で有名な孝子であった高柴が費の宰（長官）となっても良き治績を挙げ名声を得たように、或いは親を早く失い残された兄弟やその子に真心の限りを尽くした――これは親への〈孝〉に対して兄弟への〈悌〉を取り上げたのであろう――後漢の魏覇（喬卿はその字）が、鉅鹿の太守となり清廉で寛大な政を行い郷人から慕われ讃えられたように（『後漢書』五五魏覇伝、『東観漢記』一九魏覇伝他[10]）、官に有用なすぐれた人物となるだろうと述べる。そしてこれらの例から、「家の中で孝である者は必ず国家に対して忠である（可能孝于室、必忠於邦）」と帰納し、孝のために自らの命を損なうような大罪を犯してまで親の讐を討つ者は、忠を尽くす場合に臨んでも、どうして親の恩愛を顧みることがあろうか（親の恩を振り捨てて主君に忠義を尽くすであろう）とまとめる。

この大神虫麻呂の対策においては、私的な肉親への〈孝〉にもとづく「子の道」と、天子が法で定めた公の秩序を守るべき「臣の道」とのいずれを優先させるべきかという問いに対して、「臣の道」である〈忠〉を優先すべきと答えた先の村主金蘭の対策の場合とは逆に、「臣の立場」からいえば、殺人の罪で死刑に処するところを、減刑或いは免罪するという、「子の道」を優先させるべきと結論を導いているが、結果は逆とはいえ、金蘭の対策においても、虫麻呂の対策においても、『孝経』の「君子は親に事へて孝なり、故に忠、君に移るべし」、ならびにその孔安国伝の「能く親に孝なれば則ち必ず能く君に忠なり。忠臣を求むるに必ず孝子の門に於てするなり」に端を発する「親に孝なる者は君にも忠である」という考え方が、その論理構成の基調となっている。中国の律令制や官僚制を手本にして組織の整備を進めてきた奈良時代の官人社会において、既にこうした〈孝〉と

〈忠〉との関係や、両者の鬩ぎ合いが生じることが注目され、また、その先蹤として、中国の書物に見える様々な孝子であり忠臣でもあった人々の事例が意識されていたことは、日本における官人社会の形成期において、官人たちが、私人としての人間、公人としての人間という立場を意識し、その両者の立場のはざまに立たされた場合に、どのように身を処していけば良いのかを、中国の先例から学んでいこうとしていたことをよく物語っていると思われる。

三、その後の日本における孝子申明譚の受容——平家・近松との接点——

以上、奈良時代に作られた対策文において、主君への〈忠〉と親への〈孝〉との対立・葛藤が問題とされている点に注目し、そこに中国の『孝子伝』等に見える様々な孝子譚が引用されているところから、日本の律令政治の草創期において、官人たちが〈公〉〈私〉の対立が先鋭化して現れる〈忠〉と〈孝〉の問題を考える際に、これらの孝子譚を中国における具体例、先蹤として受け止めていた様子を眺めてきた。

そこに引用されていた孝子譚の中でも、「申明譚」は〈忠〉と〈孝〉との鬩ぎ合いを直接的に扱った話であり、板挟みになった主人公の切羽詰まった心情や悲劇的な最後が語られ、ストーリーの展開も劇的であったことから、中国でも古くから注目されていたと思われ、『孝子伝』以外の文献では、一節で述べたように、漢代の韓嬰撰『韓詩外伝』や劉向撰『説苑』にも載せられている。この両書に載せられた申明譚は、話の大枠は『孝子伝』と共通するものの、主人公の名を両書ともに「申鳴」と記し、話の細部では『孝子伝』とは異なりも見せている。今は中国における申明譚の展開について論じる場ではないので、詳しくは触れないが、両書のうち『韓詩外伝』

が、『詩経』（大雅・桑柔）の「進退維谷」句にまつわる逸話として申明譚を掲げるのには注意しておく必要がある。便宜上話の後半、申明（申鳴）が敵将の「降伏すれば父の命も助けるし、楚国をあなたと私とで折半しよう」という呼びかけに対し、「今は主君の臣となっているのでそれはできない」と拒否して敵を打ち破るが、その報復として父を殺されてしまうという下りに続く部分を訓読文により示そう（本文は「四部叢刊」に拠る）。

王帰りて之を賞す。申鳴曰く、君の禄を受けて君の難を避くるは忠臣に非ざるなり。君の法を正し以て其の父を殺すは又孝子に非ざるなり。行い両ながら全からずして名も両ながら立たず。悲しいかな、夫れ此の若くして生きて、亦何を以て天下の士に示さんやと。遂に自ら刎ねて死す。詩に曰く、進退維谷れりと。

『詩経』の詩句「進退維谷」を、申明（申鳴）が忠臣であることと孝子であることの板挟みになって、忠を貫くために父を見殺しにし、結局最後には自刎せざるを得なかった苦悩と結びつけて解しようとする、この『韓詩外伝』のあり方は、「はじめに」に引いた『平家物語』「烽火沙汰」の平重盛のことば、

悲しきかな、君の御為に奉公の忠を致さんとすれば、迷廬八万の頂よりも猶高き父の恩、忽ちに忘れんとす。痛ましきかな、不孝の罪を逃れんとすれば、君の御為には不忠の逆臣となりぬべし。進退維谷れり。

との関連で見逃せないものがある。『詩経』由来の「進退維谷る」は「進むことも退くこともかなわず、どうすることもできない」意の慣用句として、日本でも平安朝の書状や日記類に散見するが、管見の限り〈忠〉と〈孝〉との板挟みという状況でこの語句を用いたのは、この『平家』の重盛のことばが初めてであるようだ。ただし、先に引用してきたのは通行の語り本系の本文で（ここでは米沢本を底本とした朝日古典全書を使用）、延慶本では、この部分は次のように記される。

悲哉、君ノ御為ニ忠ヲ致トスレバ、迷廬八万ノ頂猶下レル、父ノ御恩ヲ忽ニ忘レナントス。痛哉、不孝ノ罪

ヲ遁レントスレバ、蒼海万里之底猶浅キ、君ノ御為ニ不忠ノ逆臣トナリヌベシ。是ト申、彼ト云、思ニ無益ノ事ニテ候。　（北原保雄、小川栄一編『延慶本平家物語 本文篇』〈勉誠出版、一九九〇年〉による）

つまり語り本系の「進退維谷れり」という本文は、延慶本の「是ト申、彼ト云、思ニ無益ノ事ニテ候」に対して、より切羽詰まった表現となっており、語り本系本文の作成者（編者？）は、このような場合によく使われる『詩経』の詩句を単に慣用句的に用いただけなのかもしれないが、或いは『韓詩外伝』に記された申明譚と結びついた詩句の理解を背景に使用した可能性もあるのではないか。平安期の申明譚の受容については、漢詩文・説話文学等においてまだ明確な徴証を見いだせていないが、今後とも注意深く調査していく必要があるだろう。

ここでもう一度、「はじめに」の冒頭に取り上げた近松の「国姓爺合戦」の第五段について振り返ってみたい。この段の、主人公に追い詰められた敵側が、あらかじめ捕らえていた父親を人質にして「攻撃をやめなければ父を殺す」と主人公にせまり、主人公が懊悩する筋立ては、申明譚に酷似している。また和藤内の「君の忠も世の仁義も、母の為には不孝の罪」ということばも、申明譚に見える「孝子は忠臣為らず、忠臣は孝子為らず」（陽明本『孝子伝』）や「君の禄を受けて君の難を避くるは忠臣に非ざるなり。君の法を正し以て其の父を殺すは又孝子に非ざるなり」（『韓詩外伝』）という申明のことばに通じるものがある。近松が申明譚をもとにこの場面を形成した可能性があるとすれば、彼はいったいどのような資料からこの話を知り得たのだろうか。

第一節の『経国集』の主金蘭の対策文で取り上げた『孝子伝』の申明譚についていえば、陽明本・船橋本などの『孝子伝』は、『注好選』や『今昔物語集』『言泉集』『普通唱導集』などの平安後期から鎌倉前期頃までの説話集や唱導資料にその引用が認められているが、鎌倉後期から室町期になると『二十四孝』系のテキストに取って代わられ、次第に行われなくなってくる。申明譚は『二十四孝』系のテキストには採られておらず――おそらく父を見殺しにするという話の内容が「孝」の範疇から大きく逸脱すると見なされたためであろう――、近松の時代となると、彼が鎌倉期以前に行われていた『孝子伝』や、それを引用した文献により申明譚を知った可能性は非常に低いといえよう。また第一節で述べたように、申明譚は唐代以降の文献にはあまり姿を見せず、かといって、先に見た『韓詩外伝』や『説苑』のような漢代の書物から近松が直接取材するとも考えられないので（これらの書物の版本は既に日本において入手可能ではあっただろうが）、近松がもし申明譚に依拠したのであれば、彼が利用した可能性が高いのは、第一節で少し触れた、中世室町期以降、版本として日本でも広く流布した『千字文』のテキスト『纂図附音増広古注千字文』の「資父事君、曰厳与敬」句の注に採られた申明譚ではないだろうか（あるいは室町・近世初期の随筆・小説・草子の類に、この注を元にして書かれた話があり、それに拠った可能性もあろうが、今のところこうした話を見いだせていない）。その注は次のような形で記されている（内閣文庫蔵無刊記版本の本文を訓読により示す）。

資父事君　曰厳与敬

①孝経に曰く、父に事ふるを資りて以て君に事ふ。而して敬は同じ。又曰く、父に事へて孝なるが故に、忠、君に移るべし。聖人厳に因りて以て敬を教ふ（中略）②凡そ父と君とに事ふる者は、皆当に尊厳愛敬の道を尽くすべし。能く孝以て君に事ふれば、則ち忠臣と為る。故に忠臣を求めんと欲すれば、必ず孝子の門に於てするなり。③昔、楚の恵王の兄の子白公乱す。楚王之を伐つに得ず。王曰く、「寡人、忠臣は必ず孝子の門より出づと聞く。若し孝子を得て軍将と為さば必ず能く之を伐たん」と。左右奏して曰く、「臣、申明なる者、父に事へて極めて孝多しと聞く」と（以下、注の最後まで申明譚が続く）。

まず初めに①のように『千字文』本文の「資父事君　曰厳与敬」句の元になっている『孝経』士章の「資於事父以事君而敬同」、広揚名章の「君子之事親孝、故忠可移於君」、聖治章の「聖人因厳以教敬」を掲げ、次に②で改めて『千字文』句の意味を説き、引き続き②に述べた「孝子は則ち忠臣と為る」という内容を承けて、③以下に問題の申明譚が引用されるのである。鎌倉期以前に日本で流布していた『千字文』注の本文を今に伝える『上野本　注千字文』（弘安十年〈一二八七〉の書写奥書、建仁二年〈一二〇二〉の本奥書を有する）[11]の当該句の注は①の『孝経』の部分を引くだけにとどまっており、『纂図附音増広古注千字文』の書名の「増広」が示すように、申明譚は、この『纂図―』本において、当該句に関係する具体的な逸話として増補されたものであろう（ちなみに増補に用いられた申明譚は、「申明」と孝子の名を表記するが、陽明本・船橋本『孝子伝』そのものの引用ではなく、『説苑』「申鳴」条の文言も取り込まれているが、同条そのものの引用でもない。現時点で何にもとづいたかは未詳）。この注に採られたことにより、申明譚は、室町期以降、江戸時代に至るまで、「千字文の注」という幼学の世界の中で版本として流布していくことで、より多くの読者の目に触れながら、広く読まれ続けたのであろう。

おわりに

以上、〈忠と孝との鬩ぎ合い〉という公・私の葛藤を、正面から問題として取り上げた嚆矢は、日本においては『経国集』所収の上代の対策文であること、また、そこで具体例の一つとして取り上げられていた申明譚は、今でこそそれほど知られていない話ではあるが、その後、中世の『平家物語』や近世前期の近松の浄瑠璃『国姓爺合戦』にまで影響を及ぼしているかもしれないということなどを縷々述べてきた。申明譚は、当初『孝子伝』に採られることで、上代の官人たちの目に留まり、彼らに、親に〈孝〉である者は主君に対しても〈忠〉であるという、『孝経』の教えの実例として意識されるとともに、〈忠〉と〈孝〉とが、時と場合によっては、どちらかを立てればどちらかを犠牲にしなければならないという、厳しく相対立する命題になり得ることをも具体的な形で提示してきた。さらに申明譚は、中世以降、『孝子伝』が廃れてからは、幼学の世界の基礎テキストの一つであった『千字文』の注に新たに採られることで、広範に息長く学ばれ続け、日本人に〈忠〉と〈孝〉――〈公〉と〈私〉――の葛藤を具体的な形で印象づけるとともに、日本人がこうした問題を文学の素材として積極的に取り上げようとするきっかけとなっていったのではないだろうか。

江戸時代の文学・演劇において盛んに取り上げられ、その後も日本の文学や演劇の主要なテーマとなった義理と人情の葛藤――その裾野が形成されていく過程において、遙か漢代から語り継がれ、上代に日本に渡ってきた孝子申明譚が関わっていたことを、私たちは記憶しておく必要があろう。

注

（1）白方勝氏「時代浄瑠璃における道義性」（『論集近世文学1 近松とその周辺』〈勉誠出版、一九九一年五月〉所収）参照。

（2）当該の主金蘭の対策文については、小島憲之氏『上代日本文学と中国文学下』（塙書房、一九六五年）第七篇第一章「散文」に全体の訓読文と簡単な概要を載せるが、初出時以後、津田博幸氏編『経国集対策注釈』（塙書房、二〇一九年）が刊行された。ここでは群書類従版本にもとづき、前掲注釈も参照しながら私に校訂した本文と訓読を示し、必要に応じて注釈を加えていくことにする。また初出時の記述についても、前掲注釈の指摘により適宜改めた所が有る。

（3）『孝子伝』については、黒田彰氏『孝子伝の研究』（思文閣出版、二〇〇一年）参照。陽明本・船橋本についても同書I―一「孝子伝の研究」の「2陽明本、船橋本孝子伝について」参照。

（4）王三慶著『敦煌類書』（麗文公司印行、一九九三年）参照。

（5）『藝文類聚』人部・嘲戯に引く後漢蔡邕の「釈誨」に「夫申鳴違レ父。楽羊食レ子。季友鴆レ兄。周公戮レ弟。猶忍而行レ之。王事所レ不レ得レ已也」と、国のために肉親を犠牲にした例を並記した箇所に出るのが唯一の例で、この話の内容自体は各類書には見えない。

（6）小島憲之氏『萬葉以前――上代びとの表現』（岩波書店、一九八六年）第六章「上代官人の『あや』その一――外来説話類を中心として――」、東野治之氏「律令と孝子伝――漢籍の直接引用と間接引用――」（『萬葉集研究』24〈二〇〇〇年六月〉、後に同氏『日本古代史料学』〈岩波書店、二〇〇五年〉第一章「編纂物」に所収）、黒田彰氏注3前掲書I―三「令集解の引く孝子伝について」などを参照。

（7）「申侯」の候補として、注2に掲げた『経国集対策注釈』では、申明と並んで晋の献公の太子申生を挙げる。申生は自分の子を太子にしたい継母驪姫の奸計にかかり、父を毒殺しようとした罪を被せられ、継母の奸計の告発を勧める臣下に「父は驪姫がいなければ安楽に過ごせない」と告発をせずに自死した人である。父親の安楽を願いそのために命を捨てた行動が〈孝〉と見做され『孝子伝』に採られる。前掲『注釈』では、この人物を父の臣下と捉え、継母を告発せずに命を捨てた行動を〈忠〉と見なし、「主君は父でもあるから、同時に孝の人でもあった例(ためし)となる」と述べるが、対策の趣旨から見て、なぜこの申生の行動が父親への孝より主君への忠を優先させた例(ためし)となるのかが今一つ明確ではない。

（8）『国風暗黒時代の文学 上』（塙書房、一九六八年）の「序説 三」（二七～三五頁）、『萬葉以前――上代びとの表現』（岩波書店、一九八六年）の「第六章 上代官人の『あや』その一――外来説話類を中心として――」、『国風暗黒時代の文学』補篇（塙書房、二〇〇二年）の「経国集詩注（256）」など。

（9）注8の『国風暗黒時代の文学』補篇の当該対策の注を参照のこと。

（10）小島憲之氏は注8の『国風暗黒時代の文学 上』「序説 三」において、喬卿を「後漢の人(ひと)喬卿、即ち郭賀が官についで善政を行なったことを云ふ」として『後漢書』五六郭賀伝に「賀、字喬卿…及レ到レ官、有二殊政一、百姓便レ之歌曰、厥徳仁明、郭喬卿忠正、朝廷上下平」とあるのを引き、さらにそれに関連する注において、「なほほかに善政を行なった後漢の魏覇も喬卿と呼ばれたが、しばらく郭賀をさすとみて置く」として『後漢書』五五の魏覇伝を引く。しかしこの箇所は、単に善政を行った人物というだけで取り上げているのではなく、親や兄弟に対して孝や悌であった人物が、結果的に善政を行う良吏でもあるという例として高柴と対にされているので、この喬卿は、兄弟に〈悌〉であったことで有名な魏覇でなければならない。

(11) 『上野本 注千字文注解』(黒田彰、後藤昭雄、東野治之、三木雅博編著、和泉書院、一九八九年)の「略解題」(黒田彰氏執筆)参照。

〔初出〕『国語と国文学』第88巻10号(二〇一一年十月)に同題で掲載。

〔初出時附記〕本稿は和漢比較文学会第29回大会(二〇一〇年九月二十六日、於信州大学教育学部)での研究発表にもとづくものである。当日、発表後の質疑において、阿倍仲麻呂の唐土を辞する詩(「銜レ命還レ国作」)や小野篁の辞表などに、主君への忠と親への孝を並列させた例がある旨を教示いただいた。これらは、中国において「辞表」の表現の中で、職を辞する理由として親への〈孝〉を持ち出すという、一種の〈型〉として確立していたものを踏襲した可能性があり、本稿で扱ってきた問題と関連はあるものの、やや性格を異にすると考え、ここでは取り上げることをひかえた。

〔刊行時補記〕初出刊行後に中国で刊行された孫子超氏『唐代試策文化東漸与日本古代対策文研究』(中国社会科学出版社、二〇一八年)の第六章「対策文与早期中国思想文化的摂入」の第一節「忠与孝的鬩闘:対策文与奈良時代的忠孝観」において、本章で扱った主金蘭と大神虫麻呂の対策文を取り上げ、本章の記述にもとづいて論が展開されている(参考文献一覧に初出稿も挙げられる)。

II

「竹取」をめぐる中国孝子譚

――原穀譚・董永譚――

〔概説〕

『竹取物語』は近世以前、「竹取の翁」と呼ばれることはあっても「かぐや姫物語」「かぐや姫」と呼ばれることはなかった。従って近代的な作品の「主人公」像からは離れていても、この作品の主体はやはり「竹取の翁」なのであろう。この「竹取の翁」との関連において、『竹取物語』の解説等で必ず言及されるのが、『万葉集』巻十六に載せられた作者未詳のいわゆる「竹取翁歌」である。早く柳田国男が論じて以来、両者の関連について言及した先行研究は枚挙にいとまないが、両者には竹取の翁という老翁と、天女（かぐや姫）あるいは九人のうら若き乙女（翁は「神仙」と呼ぶが題詞中では天女・仙女とは記されない）という若い女性とが登場する点は共通するが、物語の内容自体に大きな一致点は見いだせない。

しかし、両者には、豊富な漢文学の知識を持った男性官人の手によって書かれたと想定される、という共通点がある。そして興味深いことに「竹取翁歌」には、長歌の締めくくりに本書が問題としている中国の孝子譚――原穀譚――をもとにした歌辞が置かれているのである。奈良時代、中国の孝子譚が対策文や律令の注釈に引かれた例はいくつか見えるが、この「竹取翁歌」末尾に置かれた原穀譚にもとづく歌辞は、奈良時代に孝子譚が和文脈の文芸（＝和歌）の世界に用いられた唯一の例である。1「「竹取翁歌」臆解――現存の作品形態にもとづく主題の考察――」では、これまで様々な説が提出されてきたこの長大な作品の主題を、長歌末尾に置かれた歌辞とその元になった原穀譚の持つ意味から捉え直す。

さらに2『竹取物語』と孝子董永譚――日中天女降臨譚における『竹取物語』位置づけの試み――」では、

Ⅰ―1「日本古典文学と中国孝子譚――本書への導入――」の「本書の視点について」において、「中国の文化や文学に詳しい男性官人と想定される『竹取』作者の脳裏には、天女が登場する物語として、おそらく日本の羽衣説話だけでなく、中国の孝子譚である董永譚も併存していたはずである。むしろ作者には董永譚の方が馴染みがあったかもしれない」と述べた、孝子董永譚と『竹取物語』について、それぞれの物語が「羽衣説話（天人女房）」の話型を共有しながら、各々の主張しようとする目的に応じて、どのように異なった展開を見せているかを論じ、羽衣説話という枠組みの中で『竹取物語』が有している独自性や、作者の物語制作の意図を探っていく。

1 「竹取翁歌」臆解
――現存の作品形態にもとづく主題の考察――

はじめに

『万葉集』巻十六にとられたいわゆる「竹取翁歌」については、これまで数多くの言及がなされてきた。古く柳田国男が『昔話と文学』所収の「竹伐翁」という論考で、古来「竹取の翁」の説話は、家に専属した田園から衣食の糧を得る百姓ではない、「野山にまじりて」竹を取るにすぎない極貧の翁が、一朝にして宝の美少女を得、さらにつぎつぎに竹の中の黄金を見出して、希有の福人となった、という点に根本の趣向があるとしたうえで、『万葉』の竹取翁は残片であるけれども、なおその中からでも窺い知られることは、この一伝が特に「天人女房」譚の趣向に重心を置いていたこと、およびあの当時京華文藻の士が、競うて説話の修飾に参加していたことである。すなわち現存『竹取物語』一流の文芸化には古い先型があり、数百年の前代へ遡ってみても、なお一部のよく開けた階級の間には、うぶのままの長者話を保持する力をもっていなかったことが、偶然ながらもこれによってわかってくるのである（引用は角川文庫による）。

と述べ、『万葉集』の「竹取翁歌」が、既に当時の民間で行われていた「竹取の翁」の説話とは隔たったものであり、都の文人の修飾の手を経たものと想定している。柳田以降の論考については、中西進氏が「竹取翁歌の論」[1]において、この論文成立までの諸説を、それぞれの重点を置くところによって「神仙譚的歌謡（A）、野遊型的歌謡（B）、敬老思想的歌謡（C）」の三種に分類して整理しようと試みられた。私なりにこれまで発表された竹取翁歌にかかわる論考のうち、注意すべきものを示せば、春の野遊びの歌垣の場と現在各地に残る「おらも若い時にゃ」的な老人の歎老を歌う民謡とかかわらせて、竹取翁歌をとらえようとした土橋寛氏の論[2]、インドのジャータカや古代ギリシアの神事に行われた歌曲に現れる、古老と処女たちとの唱和した舞踏歌曲との類似から竹取翁歌の古型を想像し、さらにその古型が難波住吉地方の文化圏に組み込まれて改変され、さらに奈良時代の官人によって整えられたという壮大な展開の道筋を仮想する本田義憲氏の論[3]、これらの論とは対照的に、竹取翁歌の個々の歌句や歌語の表現に、中国文学の影響を細かく読み取っていこうとされた小島憲之氏の論[4]、翁の長歌の末尾の「古の賢しき人も後の世の鑑にせむと老人を送りし車持ち帰りけり」について、契沖の『万葉代匠記』に示された『孝子伝』記事を手がかりに、日本に残存する『孝子伝』や中国側の資料を掲げて、この歌句が『孝子伝』の原穀譚にもとづくものであることを立証された西野貞治氏の論[5]などをあげることができる。

そして、これらの諸氏の発言の成果を取り入れながら、橋本四郎氏は、自身が新たに考察された諸論[6]の成果も含めて、氏の担当された『万葉集を学ぶ』（有斐閣選書、一九七八年）および新潮日本古典集成『万葉集』（一九八二年）の「竹取翁歌」の注や解説を担当された。近時刊行された小学館新編日本古典文学全集『万葉集』（一九九六年）や、伊藤博氏『萬葉集釋注』（一九九八年）においても、個々の語釈や歌句の注解はともかく、竹取翁歌全体のとらえ方としては、基本的には、『万葉集を学ぶ』や新潮古典集成に示された橋本氏のものを踏襲しているように筆者には思われる（岩波新日本古典文学大系『萬葉集』は「神仙思想の色が濃厚である。全体として遊仙窟などの神仙譚との関係が深い」と指摘し、歌全体をどうとらえるかには言及しない）。

橋本氏の竹取翁歌のとらえかたのポイントは、前掲の土橋氏の論を承けてのものであろうが、この長歌がもともと老翁によって演じられる歌曲であり、若かりし頃の翁の描写は、演じ手の老翁とのギャップを際だたせ、観衆の嘲笑を誘うためになされたものであると想定するところにある。そして、翁が娘子たちに反撃を加える長歌末尾の『孝子伝』による部分や、それを受けた反歌二首は、後に付け加えられたものであると見る。また娘子ら九人の唱和歌についても、本田義憲氏の説などを承けて、後世の追補がなされているとされる。

本章では、この竹取翁歌がもともとどのような性質を有するものであったかという原態論や、そこから現存の形にまでどのように生成増補されたかという問題にはあえて立ち入らない。現在見られる漢文の題詞と翁の長歌と二首の反歌、それに九人の娘子らの和歌を、そこにあるがままに、ひとまとまりの作品としてながめ、それがどのようなことを言おうとしているのか――すなわち現存作品としての主題――を、筆者なりに考察してみたい。その過程において、歎老を主題とした山上憶良の「哀世間難住歌」や中国の歎老詩との比較を行い、長歌の締めくくりに引用される『孝子伝』の原穀譚を重視し、その引用の意義を考えていく。以下、本章では、「竹取翁歌」と「 」つきで称する場合には、題詞と長歌、反歌二首、および九人の娘子の和歌の総称として用いる。また『万葉集』本文の引用は、訳文、原文ともに小学館新編日本古典文学全集『万葉集』による。

一、「竹取翁歌」と周縁の天女邂逅譚との比較

まず、手始めに「竹取翁歌」と、古代における天女との邂逅譚を記した資料とを対比させて、それらの資料

と「竹取翁歌」との位相の差異を見ておくことにしたい。取り上げる資料は、老翁夫婦と天女との邂逅譚である『丹後国風土記』逸文「奈具社」の条、および老翁とは規定されない男性が登場するものの、全体的にはこの「奈具社」の話と類似性が強い、『帝王編年紀』所収の「伊香小江」譚、そして「竹取翁歌」よりは後世の作品であり、これまで取り上げてきた奈良時代の諸資料と直接的な影響関係が認められるものではないが、これらの資料の延長線上に位置するものとしての『竹取物語』、この三者を「竹取翁歌」と順に対比してみたい。

1 人間側主人公（老翁）の登場

「竹取翁歌」題詞

　昔老翁（おきな）あり、号（よびな）を竹取の翁といふ。

『丹後国風土記』逸文「奈具社」（以下「奈具社譚」と称する。引用本文は日本古典文学大系『風土記』によるが、訓読を多少改めた）

　…此の井に、天女八人、降り来りて水を浴（あ）む。時に、老夫婦あり。其の名を和奈佐の老夫（おきな）、和奈佐の老婦（おみな）といふ。

『帝王編年紀』所収「伊香小江」（以下「伊香小江譚」と称する。引用本文については同前）

　…伊香の小江、郷（さと）の南にあり。天の八女（やをとめ）、倶（とも）に白鳥と為（な）りて、天より降りて、江の南の津に浴（あ）む。時に、伊香刀美、西の山に在（あ）りて…

『竹取物語』（引用本文は新潮日本古典集成『竹取物語』による）

　今は昔、竹取の翁といふものありけり。

「奈具社譚」「伊香小江譚」の両者が、まず天女八人の降来を話題にし、その後に「時に（于時）」という措辞を用いて、天女と邂逅する人間のことを持ち出すのに対し、「竹取翁歌」は冒頭から「竹取翁」のことを話題に据える。これはとりもなおさず、「奈具社譚」「伊香小江譚」の両者においては、「天女」の側に重きを置きながら話が展開していき、「竹取翁歌」においては、まさに「竹取翁」が話の中心に据えられることと対応するものであろう（ちなみに後発の『竹取物語』においても、やはり「竹取の翁」の存在が冒頭に据えられ、物語の題名にも「竹取」が冠せられるところからみると、あれだけかぐや姫の言動や彼女に対する記事が物語の多くの部分を占めてはいるものの、この物語の本質的な主役は「竹取の翁」ということになるのではなかろうか）。

2　女性との邂逅の経緯

「竹取翁歌」題詞

この翁、季春の月に、丘に登り遠く望す。忽ちに羹を煮る九箇の女子に値ひぬ。百の嬌は儔なく、花の容は匹なし。

「奈具社譚」

此の里の比治山の頂に井あり。其の名を真名井と云ふ…此の井に、天女八人、降り来りて水を浴む。時に、老夫婦あり。其の名を和奈佐の老夫、和奈佐の老婦といふ。此の老等、此の井に至りて、窃かに天女一人の衣裳を取り蔵す。

「伊香小江譚」

伊香の小江、郷の南にあり。天の八女、倶に白鳥と為りて、天より降り、江の南の津に浴む。時に、伊香刀美、西の山に在りて、遙かに白鳥を見るに、其の形奇異し。因りて若し是れ神人かと疑ひて、往きて之を見る。実に是れ神人なり。

『竹取物語』

野山にまじりて竹を取りつつ、よろづのことに使ひけり。名をば讃岐の造となむいひける。その竹の中に、本光る竹なむ一筋ありける。あやしがりて、寄りて見るに、筒の中光りたり。それを見れば、三寸ばかりなる人、いとうつくしうて居たり。

「竹取翁歌」題詞では、邂逅の季節が「季春月」と明示されているが、他の三者には、季節は示されていない。邂逅の場所としては、「丘に登り」とある「竹取翁歌」題詞に対し、「奈具社譚」では老翁夫婦が山の山頂にある井で天女と邂逅し、「伊香小江譚」でも男が西山に居て、遙かに江の南津にいる白鳥を見つけて見に行くとあり、最終的な天女との邂逅の場所は江のほとりであるが、男がまず山に登っていることが重要な要素となっている。『竹取物語』の「野山にまじりて」も、翁の仕事を記す必要上、また柳田国男が早くに指摘するように、翁が田畑を持たない極貧の人であることを示しているのと同時に、ここに取り上げた他の作品と同様、天女との邂逅には、俗人の生活する地上あるいは地域より、高みに登ることが必要であるという考えが、共通して存しているのではないか。

邂逅する女性の数は、「竹取翁歌」が一番多く九人、「奈具社譚」「伊香小江譚」ではともに八人、『竹取物語』では一人である。ただし、「奈具社譚」「伊香小江譚」ともに、老夫婦あるいは男は、結果としては衣を隠されたために天に帰れなくなった一人の女性と暮らすことになるので、そういう観点からは、「奈具社譚」「伊香小江譚」『竹取物語』の三者が一人の女性ということで共通するのに対し、九人の女性からともに好意を寄せられる唱和歌をものにした万葉の竹取翁は、きわめて特筆される存在といえよう。また、その時女性たちがどうしていたのかというと、羹を煮ていた「竹取翁歌」に対して、「奈具社譚」「伊香小江譚」では「水浴」、『竹取物語』ではただ竹の中に「居た」。ちなみに女性の容姿等については、「百嬌無儔、花容無匹」とする「竹取翁歌」題詞に対して、「奈具社譚」には特に記述はなく、「伊香小江譚」では白鳥と化した天女を遠望したときの記述として「其形奇異」と記し、後に神人となった姿を近くで見て「即ち感愛を生じ」たと記すものの、容姿の美しさに対する具体的な言及はやはり無い。これに対し『竹取物語』では「いとうつくしうて」と形容するのは幼子に対するものであるが、容姿に言及する点においては「竹取翁歌」題詞と同様の方向である。

3 邂逅後の天女と人間とのかかわり（話の転換部まで、以下梗概を記す）

「竹取翁歌」題詞

娘子らは羹を煮る火を吹いて欲しいと老翁を呼び、老翁は招きに応じ、娘子らのもとへ参じる。

「奈具社譚」

老夫婦は一人の天女の衣を隠して、帰れなくなった彼女を子とする。子となった天女は良き酒を醸し出して老夫婦に富をもたらす。

「伊香小江譚」

男（伊香刀美）は末っ子の天女の衣を隠し、帰れなくなった彼女を妻にして、子供をもうける。

『竹取物語』

老翁は女を家につれて帰り、媼とともに子として養う。彼女を子としてから老翁は竹の中から黄金をたびたび得て富貴となる。

「奈具社譚」「伊香小江譚」では、人間側の作為により、天女は強制的に人間と暮らしていかねばならなくなる。『竹取物語』では、人間側は特に天女と暮らすために作為的な行動は行っていない。これはこの物語の後半で明らかになるように、女がその人間にゆだねられることが、月の世界において既に決定していたからであろう（次章「『竹取物語』と孝子董永譚」の「四、『竹取物語』と董永譚」を参照）。『竹取物語』はさておき、「奈具社譚」「伊香小江譚」と比べて、「竹取翁歌」において特徴的なのは、翁の側から娘子たちに対して行動を起こすのではなく、逆に最初に女の側から翁を「呼ぶ」という行動がとられていることであろう。

4 天女と人間との物語の結末（話の転換部以降）

「竹取翁歌」題詞、長歌、反歌、娘子の唱和歌

娘子らは翁を厭いはじめる。そこで、翁は長歌・反歌を詠み、娘子らはその歌に感じ入って皆翁になびこうと唱和の歌を寄せる。

「奈具社譚」

老夫婦は富貴になり、もはや必要がないと天女を家から追い出す。天女は天界に帰れず、悲しみを背負いさすらい歩き、地上にとどまり神となる。

「伊香小江譚」

天女は、隠されていた衣を見つけて、天界に戻る。残された男は悲しみ嘆く。

『竹取物語』

天女はさだめにより月の世界に帰る。残された老翁夫婦は悲しみ嘆く。

「竹取翁歌」以外の三者では、原因はそれぞれ人間の側、天女の側に分かれ異なるものの、いずれも人間と天女との間に別離が訪れているのに対し、「竹取翁歌」ではそれが見られず、逆に娘子たちが老翁になびく形で話が閉じられている点が、何より特徴的である。ただし、「竹取翁歌」の老翁と娘子たちとの間に別離の危機がまったくなかったわけではない。娘子たちは「良久（ややひさ）にして」老翁を見て笑いながら、「相推譲（あひせ）め」て「阿誰（たれ）かこの翁を呼びつる」と、お互いに老翁を呼んできた責任のなすりあいを始めている。ここに到って初めて人間＝翁の側から「近づき狎（な）れぬる罪は、希（こひねが）はくは贖（あがな）ふに歌を以（もっ）てせむ」と積極的な働きかけが出て、長歌と反歌二首が繰り出され、それによって別離の危機が回避されているのである。

以上の対比をもう一度整理し直して、「奈具社譚」「以香小江譚」『竹取物語』を一つのまとまりとして、「竹取翁歌」と図式的に比較してみよう。

「竹取翁歌」	「竹取翁歌」以外の三者
（天女降臨ナシ）	天女の降臨（「奈具社譚」「以香小江譚」では八人、『竹取物語』では一人、また降臨のことは『竹取物語』では直接語られない）
	←
翁の登高	登高した（『竹取物語』では「野山にまじりて」が相当するか）
九人の娘子との邂逅	人間による天女の発見、邂逅
←	←

人間側の作為により、天女一人と人間が共同生活を始める（『竹取物語』は人間側の作為ナシ）

↓

天女により人間に富貴がもたらされる（「伊香小江譚」では子供を儲けることがこれに相当しよう）

↓

天女と人間の別離

娘子からの招請により、翁が娘子の側に行き、火を吹く役をもらい、羹を煮る作業に加わる（共同生活とはいえないものの、共同生活的な要素はある）

↓

（致富譚ナシ）

↓

娘子ら翁を厭い始める、別離の危機

↓

翁から歌が娘子らに発せられる

↓

娘子九人の答和歌、九人とも翁になびく旨の意志表示

「奈具社譚」「伊香小江譚」、その延長線上に『竹取物語』までを含めても、現存するこれらの古い時代の作品には、一つの大きな枠組みがあるが、「竹取翁歌」だけは、この枠組みを作品の基底には意識しながらも、その枠組みから大きく踏み出している。その踏み出し方は、ごく粗くいえば、主人公を天女ではなく人間（＝翁）の側に持っていき、(7) 物語の結末も、別離とは逆に、その翁の歌の働きによって翁が娘子たちの心をとらえてしまうというものである。「竹取翁歌」がこのように他の作品とは異なる方向に話を展開させる必要があったのは、お

そらくこの作品の主題と関連してのことではないか。このような問題意識を持ちながら、以下に、先の他の作品との比較から得られた「竹取翁歌」の特徴のうち、作品の主題とかかわると考えられる、いくつかの注目すべき点について論じていきたい。

二、「竹取翁歌」題詞の野遊・菜羹の意味
――菅原道真の子日の詩序からの再検討――

「奈具社譚」「伊香小江譚」での天女と人間の邂逅が、特に季節の指定もなく、水浴している天女を見いだすことから始まるのに対し、「竹取翁歌」では、娘子たちとの邂逅について、「季春月」と季節が限定され、この季節に「羹を煮る」娘子たちに逢うとされているのが、大きな特徴である。既に土橋寛氏は、前掲注2論文において、『万葉集』巻十春雑歌の「詠煙」と題する、

春日野に煙立つ見ゆ娘子(をとめ)らし春野のうはぎ摘(つ)みて煮らしも（一八七九）

の歌から、次に「野遊」題の四首の歌、

春日野の浅茅(あさぢ)が上に思ふどち遊ぶ今日の日忘らえめやも（一八八〇）
春霞立つ春日野を行きかへり我は相見むいや年のはに（一八八一）
春の野に心延(の)べむと思ふどち来(こ)し今日の日は暮れずもあらぬか（一八八二）
ももしきの大宮人は暇(いとま)あれや梅をかざしてここに集(つど)へる（一八八三）

を経て、「歎旧」と題する、

冬過ぎて春し来れば年月は新たなれども人は古り行く（一八八四）

物皆は新しき良しただしくも人は古り行く宜しかるべし（一八八五）

に至る構成に注目されて（早く契沖『万葉代匠記』が「竹取翁歌」の「羹を煮る娘子」に関して、巻十の「詠煙」歌を掲げる）、

この「詠煙」、「野遊」、「歎旧」の配列のし方はどうも偶然ではなさそうであって、これに関連して思い出されるのは巻十六の竹取翁の詞書に描かれている野遊びの光景である。丘の上に乙女の群が菜を摘んで煮ているところへ、老翁が行きあって乙女に揶揄われ、歌のやりとりがなされる。これは説話であるから、野遊びの実景がそのまま出ているわけではないが、巻十の「詠煙」「野遊」「歎旧」の一連教育と、この竹取翁歌の説話とには共通な野遊の光景が認められるのである。

と述べられ、

乙女たちが春の初め、丘に出て若菜を摘み、それを煮て食べる日が、男たちも花や葉を挿頭して歌い踊る日でもあり、そしてまた若者たちが乙女たちに求婚したり性的に結ばれる日であったのではなかったろうか。

と、万葉歌では宮廷化されて詠まれているが、元来は若菜摘み、野遊も歌垣などと同様の場であるとし、こういう場に老人も参加し、現在残る民謡の盆踊り歌などに見られる、老人に対する若者の揶揄や、それに対する老人の「おらも若い時にゃ」式に言い返すという歌の「かけあい」が、こうした場で行われていたと想定して、いくつかの古代歌謡を解釈していかれる。この土橋氏の論に触発されて、橋本四郎氏の、「元来「竹取翁歌」は聴衆の嘲笑を買うべく翁によって演じられる歌であった」という想定も成立してくるわけであろうが、確かに、土橋氏の指摘のように、巻十の「詠煙」以下の歌群と「竹取翁歌」の間には共通する「流れ」が存する。ただ、そこから一足飛びに「若菜摘み」や「野遊」を「歌垣」と同様の場であると想定するには問題がないであろうか。こ

うした民俗学的な立場からの仮定に立つ前に、今一度文献で押さえられる資料で、野遊、若菜摘みといった行事の意味について確かめておく必要があるのではないか。

『万葉集』より時代は少々降るが、平安前期、菅原道真の『菅家文草』に収められた二つの詩序には、これらについての貴重な言及がある（以下『菅家文草』の引用は『菅家文草注釈』第二冊〈文草の会著、勉誠出版、二〇一九年〉の訓読に拠る）。

「早春、宴を宮人に賜ふを観て、同じく「粧を催す」といふことを賦す、製に応ふ」詩序

聖主小臣に命じて、旧史を分類せしむる次でに、上月の子日に、菜羹の宴を賜ふこと有るを見たり…（正月の行事では男性たちは楽しむことができるが、女人には参加できる行事がないと述べる）…夫れ陰は陽を助くるの道、柔は剛を成すの義なり。況むや亦、野中に菜を芼ぶ、世事之を蕙心に推す。炉下に羹を和す、俗人之を荑指に属するをや。（以下略）

（『菅家文草』巻五）

「雲林院に行幸せらるるに扈従し感歎に勝へず、聊か観る所を叙す」詩序

雲林院は、昔の離宮、今仏地為り。聖主玄覧の次で、門を過ぐるに忍びず、功徳を成すなり。…（道真ら侍臣五六人と雲林院の僧侶数名が供奉するだけの質素な参詣であることを述べる）…予亦嘗て故老に聞く。曰く、上陽の子日、野遊して老を厭ぐは、其の事如何、其の儀如何と。松樹に倚りて腰を摩るは、風霜の犯し難きを習ふなり。菜羹を和して口に啜るは、気味の克く調ふるを期するなり。（以下略）

（『菅家文草』巻六）

前者は寛平五年（八九三）、後者は寛平八年（八九六）の作である。「竹取翁歌」では季春に行われていた野遊・菜羹は、道真の時代には子日の行事として定着している。(8) 前者では、道真は宇多天皇が宮中の女人たちに宴を賜ったことに関して、『類聚国史』編纂に際し資料を調べていた際に、「菜羹の宴」が存在したことを見いだした

と述べ、この宴では野中で菜を摘むのも、それを羹に調理するのも、すべて若い女性にまかされていると記す（蕙心は年若い女性、荑指は柔らかい女性の手の喩え）。後者では、子日の野遊の行事が「老を厭ふ」（「厭」はこの場合「嫌う」意ではなく、老を「おさえる、はらう」の意）理由を故老に尋ねたところ、故老の答えとして、松樹で腰をさするのは、松が風霜に犯されず長寿であることにあやかり、若菜の羹を口にするのは身体の気を整えて無病息災を期す[9]ものだとの答えが得られたことを記す。この序で道真は、子日の野遊の行事のいわれを故老に尋ねたというが、前者で『類聚国史』の編纂時に、「旧史」に「菜羹の宴」の存在を発見したと述べている口吻と考え合わせると、道真の頃には、既に子日の野遊の小松引きや菜羹を食する行事の沿革や意味が見えにくくなっていたと想像される（想像をたくましくすれば、後者で「嘗て故老に聞き」と述べているのは、前者の『類聚国史』編纂時の菜羹宴記事の発見と関連しての行為ではあるまいか）。ともかく、これらの詩序で道真自身が述べ、あるいは故老の説として紹介しているところを総合すれば、野遊と菜羹について、次のような情報が得られる。

・子日の野遊は、「厭老」（老いをおさえ、はらう）のために行われる。
・菜を摘み羹を調理する仕事は、すべて若い女性にまかされる。
・菜羹を食するのは、身体の気を整え無病息災を期すためである。

すなわち、道真の詩序によれば、野遊や菜羹（そして小松引きも）は、中国渡来の九月九日の重陽の節句の登高や菊酒と同様に、不老長寿、無病息災を祈る性質の行事ととらえられており、「竹取翁歌」の九人の娘子たちが、野遊して菜を摘み、羹を煮ていたのも、「老を厭ふ」ための行事の一環として、自分たちの「つとめ」として行っていたのだと、まずは解するべきではないか。しかし、若い女性たちだけでは野中に設けられた炉の火を勢いよくおこすのは容易ではない。そこで同じく「老を厭ふ」ためにであろう、丘に登り、遠くを見ていた老翁＝

竹取翁に声をかけたのである。「叔父来れ、この燭火を吹け」と。[10]

ここで娘子たちが翁に「叔父」と呼びかけていることは問題にすべきではないだろうか。現行の諸注釈では「おじさん」と訳されることが多く、「叔父」という漢語自体にはあまり言及されることはない。伊藤博氏『萬葉集釋注』に「父の弟をいう語だが、ここは他人を馴れ親しんで呼んだもの」と説き、おそらくそういう方向で解して良いのであろうが、管見の限りでは、漢語辞典や索引類について、俗語的な方面に気をつけてあたってみても、血縁のない他人に対する呼称として「叔父」を用いた例を中国側の資料に探し出し得ない。だが「九箇女子」「阿誰」等の俗語的言い回しが頻用されるこの題詞に用いられているからには、この「叔父」も、やはり中国でも用いられていた俗語的な用法ではないだろうか（現行の注釈書には、「叔父」を漢語の語性をまったく無視して訓の一致により記紀歌謡などに見える「老翁」の意味の和語「をぢ」の意で用いたとする説明が散見するが如何）。その場合、父の弟という原義から考えて、「叔父」は現代語の「おじさん」という呼称と同様に、「老翁」と呼ばれるほどの高齢の人を指すとは思われず（『万葉代匠記』精撰本に『和名抄』の「釈名云、仲父之弟曰二叔父一…」の記事を引き「是仙女ガ竹取翁ヲヲトヲヂニ比シテ呼詞ナリ」と説くのを支持したい）、乙女たちは最初に翁に声をかけた時点では、彼をそれほどの老人だとは思っていなかったということを、この「叔父」という語で示そうとしているのではなかろうか。

ところが、呼んでみて「よっこらさ」とやってきたのが、予想をはるかに超えた老翁であったから、娘子たちは困惑した。それは、相手が自分たちに似合いの壮齢の男でなかったという理由よりも、おそらく、先に見てきた野遊びに出て羹を調理することの根本の目的である「老を厭ふ」ことにかかわる困惑と見るべきではないか――「せっかく野遊びに来て、若菜を摘んで羹をつくって老をはらおうとしているのに、こんなおじいさんが座に加わって、おまけに料理を手伝ってもらったなんて、行事の意味がないじゃないの」。もちろん厳粛な宗教行事ではないから、娘子たちも「咲みを含み」ながらではあるが、互いに翁を呼び寄せたことの責任をなすりつけ合っている。

竹取翁は、単に姿形のみすぼらしさや滑稽さだけで、娘子たちにからかわれたり、厭われたりしたのではなく、おそらく「老を厭ふ」ことを根本的な目的とする野遊・菜羹を行っていた娘子たちの座に、「老いた存在」である彼自身がまぎれこんだことが、より重要な問題であったのではなかろうか。

三、山上憶良「哀世間難住歌」ならびに中国歎老詩と「竹取翁歌」との比較

さて、他の天女邂逅譚の枠組みに倣えば、ここで娘子たちに「老い」を疎んじられた竹取翁は、彼女たちとの別離を迎えねばならないわけであるが、それをくい止め、かつ、その流れを反転させて娘子たちの心を翁に寄らしめたのが、翁の詠んだ長歌・反歌である。この長歌では竹取翁の若い時の伊達男ぶりがえんえんと歌われるわけであるが、これについては、「はじめに」で述べたように、土橋寛氏の、現在残る「おらも若い時にゃ」型の民謡のように、若者が主役になる場での、道化役として登場する老人の負け惜しみの歌の類型と想定する説や、これを発展させた橋本四郎氏の、演じ手としての老人に、このきらびやかな若き日の様子を歌わせることによって生じるギャップによって、聴衆から笑いをとったものと解する説が一般に行われているように見える。しかし、「竹取翁歌」を一つの作品としてみた場合、翁はこの長大華麗な長歌を、ただの道化として負け惜しみを言い、嘲笑されるために詠んでいるのでは決してあるまい。清水克彦氏が、

わたくしは、ここ（筆者注、「娘子等和歌九首」の第一首）に、「翁の歌に」「感けて居らむ」とあることに注目し

たい。娘子等は翁の歌に感動しているのであり、贖罪の歌は成功したのである。と述べておられるように、(11)娘子たちは、翁の詠歌のあとでは題詞で見られた翁を疎んじる態度をすっかり改めており、この長歌は反歌と組み合わされて娘子たちの心を揺さぶり、「老い」への疎んじを消し去る目的で、翁が彼女たちに挑戦的に詠みかけたものととらえるべきであろう。

それでは、その中でえんえんと述べられる若き日の伊達男ぶりはどういう目的を果たしているのか。それを考えるには、巻五にとられた山上憶良の「哀二世間難一レ住歌」や、小島憲之氏により、この「竹取翁歌」との詩想の類似が指摘されている(12)中国の宋の鮑照の「代二少年時至衰老一行」や、初唐劉希夷の「代下悲二白頭一翁上」などの「歎老詩」と比べてみるのが良いだろう。これらの作品には、いずれも「竹取翁歌」と同様に、老人の立場に立って、若き日の華やいだ姿の回想が詠まれる。憶良の「哀二世間難一レ住歌」ではその回想は「娘子らが　娘子さびすと　韓玉を　手本に巻かし　よち子らと　手携はりて　遊びけむ」「蜷の腸　か黒き髪」「紅の面」「剣大刀　腰に取り佩き　さつ弓を手握り持ちて　赤駒に　倭文鞍うち置き　這ひ乗りて　遊び歩き」「娘子らがさ寝す板戸を　押し開き　い辿り寄りて　ま玉手の　玉手さし交へ　さ寝し」といった、容姿や行動の描写として詠まれる。一方、鮑照の「代二少年時至衰老一行」では、「結友するは多く貴門、出入するは富児の隣。綺羅華風に艶き、車馬自ら塵を揚ぐ。青斉の女と歌唱し、燕趙の人と弾箏す。好酒芳気多く、餚味厭く時新たなり」と、富貴の友人たちとの交友や、綺羅を身につけ、車馬に乗り、音曲に耽り、酒食を楽しむといった若き日の姿が回想される。さらに劉希夷の「代下悲二白頭一翁上」になると、「伊れ昔紅顔の美少年」と憶良の歌の「紅の面」同様の若き日の容姿が歌われ、「公子王孫芳樹の下、清歌妙舞す落花の前。光禄の池台に錦繍を開き、将軍の楼閣に神仙を画く」と鮑照の作と同様に、貴人との交友や、歌舞を楽しみ、豪壮な邸宅へ出入りしたことが記される。

さらに、これらの作品では、その若き日の回想と対比して、年老いた今のつらい状況が詠まれるのが大きな特徴である。憶良歌では「蜷の腸　か黒き髪に　いつの間か　霜の降りけむ」「紅の　面の上に　いづくゆか　皺が来りし」「…這ひ乗りて　遊びあるきし　世の中や　常にありける」「玉手さし交へ　さ寝し夜の　いくだもあらねば　手束杖　腰にたがねて　か行けば　人に厭はえ　かく行けば　人に憎まえ」と若き日の容姿や楽しき遊興に続けて、入れ替わりに老いがやってくる様を、いちいち丹念に叙述していく。鮑照詩では若き日の回想のあとに、「今日再び相念すれど、此の事邈として因る無し」（今思い出しても、はるか遠くの出来事で二度とあの日には帰れない）と述べ、「語を寄す後生の子、楽しみを作して当に春に及ぶべし」と若者に「今の良き時を楽しめ」と訓戒するのみで、老いの描写は憶良歌に比べきわめて抽象的であるが、劉希夷の「代悲白頭翁」になると、「一朝病に臥して相識る無し、三春の行楽誰が辺にか在る。宛転たる蛾眉能く幾時ぞ、須臾にして鶴髪乱れて糸の如し」と、憶良歌と同様に、容姿の衰え、白髪などの具体的な「老い」の訪れが詠まれている。

ところが、「竹取翁歌」長歌には、若き日の回想は長々と詳細に描かれているものの、憶良歌や「代下悲二白頭一翁上」に見られるような、それに対比させて年老いた今を嘆く表現は見られない。長大な若き日の回想を締めくくる「帰り立ち　道を来れば　うちひさす　宮女　さす竹の　舎人壮士も　忍ぶらひ　返らつ見つつ　誰が子ぞとや　思はえてある」に続く「如是所為故為　古　ささきし我や　はしきやし　今日やも児らに　いさにとや　思はえてある」の部分を、現行の注釈書では、「如是所為故為　その昔　こうも華やかにもてていたわたしが　なんということだ　今日は皆さんに　ほんとかしらと　おもわれているのではないかな」（小学館新編日本古典文学全集）、「こんなにちやほやされたものだから、その昔は我が世の春と時めいたこの私としてからが、まあ何とみじめなこと、今日このざまとなってあなたさま方に、さあほんとかなとおもわれていることだろうさ」（伊藤博氏『萬葉集釋注』）、「昔は盛んであった私は、あれあれ、今日はあなたがたに、ほんとかしらねなどと思われている」（岩波新日本古典文学大系）と、若き日の栄華に比して、今日のみじめな様を述べている箇所のように解しているのであるが、この箇所は果たしてそう解すべきなのであろうか。また、この歌が翁を嘲笑することを目的とするものであるならば、そこには憶良歌や「代悲白頭翁」詩のように、今の翁の年老いたみじめな姿がもっと描かれていてしかるべきではないか。

この箇所の冒頭部「如是所為故為」は難読句として、小学館新編日本古典文学全集本のように訓が付されていない注釈も多いが、「如是」は漢訳仏典などに「如是我聞…」の形で頻出する語で「このように」の意であろうし、「所為」の「所」は受け身の助字であるので「される」の意、「故為」は、「為」を「し」と訓で訓み、「故し」と訓ずるのが穏当であり、この句の大意としては「このようにされたから」という方向で、まず動かないものと思われる（訓としては「かくのごとせらゆる故し」〈新潮日本古典集成・萬葉集釋注〉などが妥当であろう）。とすると、この句は素直に解せば「このように華やかに時めき、注目されていたのだから」と、下に続いていくことになり（「如是所為」は直接には前文の「…誰が子ぞとや　思はえ〈所思〉てある」という受け身表現を承けることになろう）、その下接部を現行注のように「今になって娘子たちに疑われているのではないか」と翁にとってマイナスの文脈で解すると、かなり大きな不整合が生じることになるのではないか。現行注のように解するとしたら、「如是所為故為」に「このように時めき注目されてきたのに…」という「逆接」の要素を認めなければならないであろう。だが、配列されたこの漢字表記を見る限り、そこに逆接の要素を見いだすことは難しい。

私見ではこの下接部は、「このように華やかに時めき、注目されていたのだから」という前提を受ける以上は、「今の私も同じように扱われるべきである」と、翁が現在の自分の立場も娘子たちに認めさせようとしたと解すべきものと考える。すなわち、「今日やも」の「やも」を反語と取り、「その昔、時めいていた私が、何ということだ、今日になってあなたがたに『さあねぇ』などと思われるようなことがあっていいものであろうか（そんなことがあっていいはずがない）」というように解するのである。

過剰とも思える修飾の羅列をともない、翁がえんえんと詠みあげる若き日の時めいた姿、そこには、並の男など歯牙にもかけない二人の乙女（稲寸〈＝否来〉丁女・禁尾迹女）が、すばらしい贈り物を持って争って言い寄ってきたという華麗な恋の履歴までもが語られていた。長歌では、翁は今の年老いた自分のことは最後まで歌わない。若き日のすばらしい自分の姿を、ひたすら具体的に、九人の娘子たちに向かい、彼女たちの眼前に在るがごとくに歌い上げていく。その「歌の力」に娘子たちが圧倒されて、脳裏に若き日の翁の姿が完璧に焼き付いたところに、「かくのごと　せらゆる故し…」と、絶妙のタイミングで今の自分をすべりこませて、彼女たちの心をとらえてしまうのである。

四、孝子伝の原穀（原谷）譚が長歌の締めくくりに用いられる意味

さて、「竹取翁歌」長歌は、「如是所為故為　古ささきし我や　はしきやし　今日やも児らに　いさにとや　思はえてある」の次に、もう一度「如是所為故為」と繰り返し、「古の　賢しき人も　後の世の　鑑にせむと　老人を　送りし車　持ち帰りけり　持ち帰りけり」と締めくくる。この二つ目の「如是所為故為」は、「とかく年寄りはこんな風にされるものだから」（『萬葉集釋注』）と訳されるように、一つ目とは承ける対象が異なり、直前の「今日やも児らに　いさにとや　思はえてある」を承ける。この対応関係を図式的に示せば、左のようにな

る。

…誰が児そとや　思はえてある
如ㇾ是所ㇾ為故為　古　ささきし我や　はしきやし　今日やも児らに
いさにとや　思はえてある
如ㇾ是所ㇾ為故為　古の　賢しき人も　後の世の　鑑にせむと…

先行する「…とや　思はえてある」が「如是所為故為」を導き、その次に「古　ささきし我や」「古の　賢しき人も」という「古（の）＋（ささきし／さかしき）＋（我／人）＋（や／も）」という同構成の繰り返しを意図的に用いながら（こう見ると前者の「古」にも「の」を訓み添えた方がより明確になろう）、その内容を巧みにずらして、翁は二段構えで娘子たちを攻める。一つ目の攻撃では、若いときにはこんなに大切にされ注目されていた自分であるから、今、年取ったからといって疎んじられて良いはずはないという、自分だけのいささか身勝手な理屈にとどまっているので、二つ目では、さらに中国の孝子譚を引いて、自分一人だけの問題ではなく、中国の古代の賢人（＝原穀。後掲の船橋本『孝子伝』に「賢人と謂ふべきのみ」とある）の行いにもあるように、普遍的に見ても老人を疎んじることが誤りであるとたたみかけ、娘子たちに反論を許さない方向で長歌を締めくくるのである。

それでは、最後の締めくくりに原穀譚（『太平御覧』所引『孝子伝』や後出『令集解』所引『孝子伝』では「原穀」と表記されるが、日本に残存する古孝子伝〈後述の船橋家本・陽明文庫本〉をはじめ、『注好選』等の後世の説話集では「原谷」と表記されることが多い）が引かれることにはどのような意味があるのだろうか。契沖が『万葉代匠記』でこの歌句の出典として指摘し、西野貞治氏により日本残存の『孝子伝』等により再確認が行われた（注5参照）原穀譚であるが、現行の諸注釈書では、儒教的な倫理観に立って相手を諭し、敬老の精神を説くものという方向で解されている。

無論、その方向が誤りだというのではないが、数ある中国の孝子譚の中から、あえて原穀の話が持ち出されてくる理由を、もう少し踏み込んで考えてみても良いのではないだろうか。

日本に残存する二つの『孝子伝』、陽明文庫本と船橋家本の原穀（原谷）の記事を掲げ、この原穀譚と「竹取翁歌」との関係を考えてみよう（小学館新編日本古典文学全集や『萬葉集釋注』などには、上代に行われていた原穀譚の例として、『令集解』賦役令に引く『孝子伝』をあげるが、これは陽明文庫本と同系統で、文章はきわめて近い。『孝子伝』の引用は幼学の会編『孝子伝注解』〈汲古書院、二〇〇三年〉の訓読文に拠る）。

陽明文庫本『孝子伝』

楚人、孝孫原谷は至孝なり。其の父不孝なること甚だしく、乃ち厭ひ患ひ、原谷をして輦を作り祖父を山中に送らしむ。原谷復た轝を将ち還る。父大いに怒りて曰く、何の故に此の凶物を将ちて還ると。答へて曰く、阿父後に老いて復た棄つるに、更に作ること能はざるなりと。頑父悔悟し、更に山中に往き、父を迎へて率て還る。朝夕に供養し、更に孝子と為る。此れ乃ち孝孫の礼なり。是に於て閨門孝養し、上下怨無きなり。

船橋家本『孝子伝』

孝孫原谷は楚人なり。其の父不孝にして、常に父の死せざるを厭ふ。時に父、輦を作り父を入れ、原谷と共に担ひ、山中に棄て置きて家に還る。原谷（山に）走り還り、祖父を載する輦を賷ち来る。（父が）呵責して云く、何の故に其れ持ち来るやと。原谷答へて云く、人の子は老父を山に棄つる者なり。我が父老ゆる時、之に入れて将に棄てむとす。更に作ること能はずと。爰に父之を思惟して更に（山に）還り、祖父を将て家に帰り、還た孝子と為る。惟れ孝孫原谷の方便なり。世を挙げて之を聞く。善きかな原谷、祖父の命を救ひ、又父の二世の罪苦を救ふ。賢人と謂ふべきのみ。

『孝子伝』等に載せられる中国の他の孝子譚が、実父や実母に孝養を尽くしたり、継母の理不尽な仕打ちにもかかわらず孝養を尽くす、あるいは親の死後も孝養を尽くす、など孝の対象となる親に直接孝養を尽くす筋立てのものが多数を占めるのに対し、原穀譚の大きな特徴は、父の祖父に対する不孝（棄老）を、孫である原穀が機転を利かせて誡め、結果的に、直接的には祖父の命を救い、間接的には不孝の罪を犯そうとした父をも救うことにより、原穀が「孝孫」と称揚されている点にあるといえよう。ここでは原穀の父が、自分の老父に対して、「厭ひ患ひ」（陽明文庫本）「死せざるを厭ひ」（船橋家本）、それゆえに老父を山に棄てようとすることが記されている。この「老への厭い」は、山上憶良の「哀世間難住歌」にも「か行けば　人に厭はえ　かく行けば　人に憎まえ」と歌われていたもので、憶良歌においては、原穀譚との直接のかかわりは云々できないものの、「竹取翁歌」においては、原穀の父の、老父を厭う行状は、題詞に見える娘子たちの「阿誰か此の翁を呼びつる」という言葉や長歌の「今日やも児らに　いさにとや　思はえてある」という歌句と直接に繋がってくることになる。憶良歌では「老への厭い」は解消されることなく終わっているが、「竹取翁歌」では、娘子たちの「老への厭い」をうち砕くために、『孝子伝』の原穀譚の中心になる原穀の機転の行動「老人を　送りしくるま　持ち帰りけり」が象徴的に長歌の締めくくりに据えられるのである（原穀譚のこの場面を描いた後漢時代の画象石の図像は本書Ⅲ—附「漢語「人子」と和語「人の子」」の三「古代日本における和語「人の子」の使用」参照）。そして、原穀がこの行動を通じてうったえようとした「老人を厭う者は、自らも老いた時に同じ立場になることを覚悟せよ」というメッセージは、「竹取翁歌」では、反歌二首において、さらに具体的な形で、翁から娘子たちに提示される。

死なばこそ　相見ずあらめ　生きてあらば　白髪児らに　生ひざらめやも
白髪し　児らも生ひなば　かくのごと　若けむ児らに　罵らえかねめや

翁は、長歌でえんえんと歌い上げた、自らの若き日の華やかな姿について、もはや反歌では何も歌わない。そこには「…やも」「…めや」という激しい口調の娘子たちへの問いかけがあるだけである。しかし、反歌最終歌において「かくのごと　若けむ児(こ)らに　罵(の)らえかねめや」と翁が最後にまとめ上げるとき、そこには長歌で延々と歌い上げてきた翁の若き日の姿が、十分効果的に働いているのではないだろうか。「娘子たちよ、今まで長々と聞かせてあげたように、私だって若い頃は、今の若く華やいだあんたたちでさえ足元にも及ばないくらい輝いていたんだ。それほどの私でも、年とって白髪になれば、こんなふうに若い娘(こ)に厭われる。でも、あんたたちも白髪になれば…」。

おわりに

題詞で語られてきた、娘子たちが翁を厭い始めるという事態は、娘子たちに長歌と反歌二首を詠みかけるという翁の行為で解決され、九人の娘子たちは、それぞれの「和(こた)ふる歌」でもって、翁になびくことを順に宣言する。一節で見たように、古代の文献資料に見られる天女との邂逅譚のいずれもが、天女と人間との別離で終わる――また、こうした邂逅譚の話型〈天人女房譚〉に属する民話・昔話の類もほとんど同様の結末を持つ――のに対し、この「竹取翁歌」のみは、九人の娘子がすべて翁のもとになびき寄るという異例の結末で閉じられるが、その異例な結末を導き出したのが、翁の詠んだ長歌と二首の反歌であり、またこれほどの歌を詠み得た翁の歌に対する力量であった(13)。

「竹取翁歌」は、天女邂逅譚の枠組みを出発点にしながらも、憶良の「哀㆓世間難㆒㆑住歌」が提起した「人間と

老い」の問題を歌の主題に据え、しかもそれだけではなく、

か行けば　人に厭はえ　かく行けば　人に憎まえ　老よし男は　かくのみならし（長歌）
常磐なす　かくしもがもと　思へども　世の事なれば　留みかねつも（反歌）

と、「老い」を取り巻くきびしい現状を、溜め息混じりにあきらめの眼差しで認めるにとどまっている憶良歌に対して、老人が積極的に「歌の力」でもって自分の存在を見直させていくという、「老い」の復権をうったえようとした作品であったのではないだろうか。そこでは、竹取翁は、嘲笑され、揶揄される対象として登場するのではなく、後世の歌徳説話に登場する、詠歌により神をも感応せしめた貫之や和泉式部を先取りする、ただならぬ詠歌の力をもった一種のヒーローとして登場していると見るべきであろう。その翁が何故「竹取」であったのか、そこにはまだ我々に窺い知れない理由があるように思われる。

さらに、後世の説話との関連という点では、『枕草子』などに記された「蟻通明神」の縁起譚のように、棄てられようとしている老人が、老人ゆえに身につけた知恵・知識によって、その存在が見直され、遺棄も廃されるというタイプの説話との関係も、同じ〈棄老〉が重要なモチーフになっている『孝子伝』の原穀譚がこの作品に引用されていることを思えば、今後さらに追求されて良いであろう。

「竹取翁歌」は、背後にまだまだ未知の世界を抱えており、その主人公である竹取翁もまた多くの謎に包まれた存在である。後世の『竹取物語』では翁に悲劇の主人公を演じさせているが、この「竹取翁歌」では、作者は翁を、九人の仙女のような娘子たちをやすやすとなびかせてしまう、ただならぬ詠歌の能力を持った存在として物語ろうとした。「年寄りを外見だけで馬鹿にすると痛い目に遭うよ。年寄りには年寄りにしかない秘められた能力があることを忘れちゃいけない」。作者は翁に半ば同化しながら、持てる知識や技巧をつぎ込んで、翁の詠

歌を作り上げていったのではないか。

注

（1）『万葉集の比較文学的研究（下）』（『中西進万葉論集』第二巻、講談社、一九九五年）所収。
（2）「老人のうた」（『国語と国文学』35巻4号、一九五八年四月）。
（3）「竹取翁歌拾遺」（『澤潟博士喜寿記念萬葉学論叢』、一九六六年）。
（4）「萬葉語の解釈と出典の問題」（『萬葉集大成』3「訓詁篇上」、平凡社、一九五四年）、「原據論の周辺」（『神田博士還暦記念書誌学論集』、平凡社、一九五七年）に一部の語について言及され、さらに「遊仙窟の投げた影」（『上代日本文学と中国文学』中、第五篇「萬葉集の表現」第七章、塙書房、一九六四年初版、一九八〇年第四版）において、「竹取翁歌」についてのある程度まとまった記述がなされる。
（5）「竹取翁歌と孝子伝原穀説話」（『萬葉』〈萬葉学会〉14号、一九五五年一月）、なお上代における『孝子伝』の享受については、小島憲之氏「上代官人の『あや』――外来説話類を中心として――」（『萬葉以前――上代びとの表現』第六章、岩波書店、一九八六年）、東野治之氏「律令と孝子伝――漢籍の直接引用と間接引用――」（『萬葉集研究』24〈二〇〇〇年六月〉）、後に同氏『日本古代史料学』〈岩波書店、二〇〇五年〉第一章「編纂物」所収）、黒田彰氏『孝子伝の研究』（思文閣出版、二〇〇一年）のI―三「令集解の引く孝子伝について」等を参照。
（6）『「竹取翁歌」の構成とその性格――二三の訓詁にふれて――』（『女子大文学　国文学篇』〈大阪女子大学〉第十五号、一九六三年十二月）、「はばき」（『萬葉』〈萬葉学会〉50号、一九六四年一月）、「竹取翁歌とところどころ」（『萬葉』〈同上〉55号、一九六五年四月）、後に『橋本四郎論文集　万葉集編』（角川書店、一九八六年）に所収。
（7）「奈具社譚」「伊香小江譚」では、「天女八人」「天の八女」と女性をはっきり「天女」であると記し、また「降」の字を用いて、彼女たちが天より降り来たった存在であることを明確にするが、「竹取翁歌」では娘子たちについてその類希（たぐいまれ）な美貌を言い立てるものの、彼女たちがこの世界の人間とは明確に異なる者であることを示す記述は特になされていない。題詞中の翁の詞に「偶に神仙に逢ひぬ」とあるが、これは、この「竹取翁歌」題詞との構成の類似性が指摘されている（注4小島氏論文中の「遊仙窟の投げた影」等）「遊於松浦河序」で、はからずも魚を釣る美女たちと邂逅した序の作者が「若疑神仙者乎」と問いかけるのと同様の趣向であり、『遊仙窟』に端を発する、この世のものとは思われない美しく気高い女性との出会いを、神仙との邂逅としてとらえる発想から出ているものであって、「奈具社譚」「伊香小江譚」の「人間世界外の存在」として位置づけられた天女と「竹取翁歌」の娘子たちとでは、その性格がかなり異なると考えられる。このように、「竹取翁歌」が、娘子たちを明確に天女とせずに、「遊於松浦河序」のように神仙とも普通の人間ともとらえうる女性として描く（換言すれば、『遊仙窟』型の神仙との邂逅譚のパターンを導入する）のも、翁を、彼女たちに対して気後れせずに能動的に振る舞わせていくうえで、必要な処置であったのではないか。

（8） 子の日の宴自体は『続日本紀』天平十五年（七四三）正月十一日条を初見とし、『万葉集』四四九三番にも天平宝字二年（七五八）正月三日の子日宴に際して詠まれた大伴家持の和歌が存する。ただし、この当時の子日の宴には、野遊や菜羹を食する記述は見えず、これらの行事は、上代には季春の頃の行事として民間に行われていたものが、平安時代に正月子日の行事として行われるようになったかと考えらる。なお倉林正次氏『饗宴の研究 儀礼篇』（桜楓社、一九六五年）、池田亀鑑氏『平安時代の文学と生活』（至文堂、一九六六年）、北山円正氏「子の日の行事の変遷」（『平安朝の歳時と文学』〈和泉書院、二〇一八年〉所収）を参照。

（9） 大系本『菅家文草』や、この句を引く『和漢朗詠集』の諸注釈では、『荊楚歳時記』の「正月七日を人日と為す、七種の菜を以て羹と為す」の記事（『初学記』『藝文類聚』歳時部等に所引）を引く。

（10） 無論、火吹き竹で燭火を吹くことと、翁が「竹取」であることとの間には連想があろうし、また火を吹く男は、民俗学的に「火男＝ひょっとこ」としてシンボリックな意味を背負わされているかもしれないが（たとえば石上堅氏『日本民俗語大辞典』〈桜楓社、一九八三年〉の「ひおとこ」の項参照）、本章では緒言に述べたように、こうした性質の問題はひとまず措く。

（11） 「万葉集巻十六論」（同氏『萬葉論集』〈桜楓社、一九七五年〉所収）。ただし、私には、翁の歌は題詞の言葉通り「贖罪」のために詠まれたものではなく、「贖罪」は歌を娘子たちに詠みかけるための翁の一つのポーズであり、その目的は、後に述べるようにもっと積極的なところにあったと考える。

(12) 注4「遊仙窟の投げた影」参照。ちなみに『万葉代匠記』初稿本にも「まことに此歌始終はよく心得ることかたしといへども、およそはおもむき聞え侍り。まづ似たる詩を引侍らん」として、劉希夷の「代悲白頭翁」詩を引用する。

(13) 例えば、娘子たちの唱和歌の六人目の娘子の歌(巻十六・3799)、

豈藻不在　自身之柄　人子之　事藻不尽　我藻将依
豈(あに)もあらぬ　己(おの)が身(み)のから　人(ひと)の子(こ)の　事(こと)も尽くさず　我も寄りなむ

を、現行の『万葉集』の注釈書のほとんどは、原文の「事藻不尽」の「事」をあえて「言」と解して「人の子の言(こと)も尽くさじ」と訓読し、「人子(人の子)」を「(一緒に居る)他の姉妹たち」と解して「私は不(ふ)出来(でき)な身で他の娘子たちのように言葉に出せない(出さない)けれど、私も翁に寄り添いましょう」と解釈する。しかし、ここの「人の子」は、前に引いた船橋本『孝子伝』に「人の子は老父を山に棄つる者なり」と見えた、『礼記』や『孝子伝』などの中国の文献で〈孝〉と関連して「(人間の)子供というもの(=人子)は親に対して…するべきものである」という文脈で用いられる特別な漢語「人子」を用いたもので、この歌は「不出来(ふでき)な私ですから、人の子のするべき事(=孝養)も尽くしていませんでした。(これからは祖父を救った原穀のように)私も翁に寄り添いましょう」の意となり、娘子は、竹取翁が歌末に原穀譚を詠んだ意図を確実に理解し、反省していることがうかがえる。本書Ⅲ―附「漢語「人子」と和語「人(ひと)の子(こ)」――古代日本における〈孝〉に関わる漢語の享受をめぐって――」参照。

(初出)『井手至先生古稀記念論文集 国語国文学藻』(和泉書院、一九九九年)に同題で所収。

(刊行時補記) 近時、金文京氏は「『万葉集』の「竹取翁の歌」と「詠水江浦嶋子」について――中国文学の視点から――」(『万葉古代学研究年報』〈奈良県立万葉文化館〉第22号、二〇二四年)において、「竹取翁歌」長歌末尾の原穀譚の引用に関して、

長歌の最後にこの話を引用したのは、反歌の内容をも併せ考えると、竹取の翁の意が、青春の美しさはほんの一時のかりそめの姿に過ぎず、人は誰でも年を取って老いるのであるから、老人の醜さを嘲笑してはならない

というところにあることは、疑問の余地がないと思える。

と述べられ、続けて、

ただし「竹取翁の歌」は、そのような若者の驕りに対する戒め、誰もが老いを免れないという人生訓を真面目に説いたものでは決してない。(略)「竹取翁の歌」も翁と娘子たちの歌のやり取りによって、この厳かなテーマを諧謔的、遊戯的なひとつの物語に組み立てたものであろう。したがってそこに男女の性的関係の暗示というような要素を読み取ることも十分に可能である。そしてそのような遊戯的な構成自体も、やはり中国文学からの影響であると考えられる。

と補われ、その後に中国では宴会などの座興として、対照的な二つの事象について、その優劣を比較して争ったり、一方が一方を非難・揶揄したりする遊戯的な論争が盛んに行われたことを取り上げ、『万葉集』の巻一六に多い宴席の場で相手の欠点を互いに揶揄する歌も、このような中国の文化を反映したものであろうと述べ、(「竹取翁歌」も)宴会の席での作かどうかは別として、巻16の一連の歌のパターンと共通する面をもち、その一変型と見ることができよう。

と論じられる。「竹取翁歌」作成の背景を窺ううえで、重要な視点であると考える。

2 『竹取物語』と孝子董永譚
――日中天女降臨譚における『竹取物語』位置づけの試み――

はじめに

『竹取物語』（以下適宜『竹取』と略称する）に関しては、田中大秀の『竹取翁物語解』など、江戸時代にその注釈が行われ始めて以来、中国文学や漢訳仏典との関係を探る研究が絶え間なく続けられてきた。以来、かぐや姫像や物語に登場する個々の題材、物語の部分部分については、こうした中国将来の文献資料との関連を追究した多くの成果が得られているが、今に至るまで、物語全体の典拠となるような資料は発見されていないし、今後も発見される可能性は少ないように思われる。むしろこうした比較研究が進めば進むほど、これらの多くの中国から将来された文献を消化しながら、そこから大きく飛躍した独自の物語世界の構築を試みた『竹取』作者の独創性が、より際立ってきているのではないかというのが、昨今の『竹取』の比較文学的研究を覗き見た筆者の感想である。

一方、日本においては、『竹取物語』に先行すると思われる複数の上代の文献資料に、天女が地上に降りてきて、人間と交渉を持ちやがて離別するという、いわゆる「羽衣説話」が記載されており、早くに柳田国男が注目して以来[1]、民俗学・伝承文学研究の観点から、『竹取』との関係が考察されてきた。しかし、こうした研究においても、『竹取』がこれら上代の「羽衣説話」の枠組みを利用して創られていることまでは大まかに指摘できても、これらの「羽衣説話」と、物語としての『竹取』との関係を、それ以上にくわしく説明することはできず、この方面での研究も目下手詰まりの状態であるように見受けられる。

これに関して、近時、上野英二氏が柳田の研究に言及して、

しかしどうしたわけか、柳田の考察は日本の羽衣説話、天人女房説話に留まり、広く白鳥処女説話にまで及ぶことは無かった。しかしすでに日本の羽衣説話、天人女房説話は、白鳥処女説話とともに世界的分布のうちにある。しかも、羽衣説話は、「支那」を始めとして、「琉球」のみならず、「南洋」「朝鮮」「印度」「アイヌ」等々、アジアに広く分布していることが知られている（例えば中田千畝『浦島と羽衣』大正十五年）。もしこれらが考慮に入れられるならば、竹取説話、『竹取物語』の研究にも別の展開があり得たであろう。そこには、世界的な愛好のうちにある白鳥処女説話の、日本の平安朝に独自な変形としての『竹取物語』像が、新しく描き出されたかも知れない。

と、柳田存世当時、既に羽衣説話がアジア全体に分布していることや、その分布状況も知られ始めていたにもかかわらず、柳田が日本に限定して『竹取』と羽衣説話の問題を捉えようとしたことを批判され、

羽衣説話は、最早少なくとも中国、日本、東アジアという広がりにおいて考察されなくてはならない。それぞれの作品（筆者注『竹取』、『海道記』の鶯姫型の竹取説話、白楽天の『長恨歌』など）は、羽衣説話の総体の中に位置付けられてこそ、その文学的価値も再認識される、ということになるであろう

と述べられているのは、[2]注目すべき重要な提言であろう。

こうした現況を踏まえ、今回筆者は、中国において古くから存在する「天女降臨譚」である董永の物語「董永譚」に注目し、中国における天女降臨譚の中での董永譚の位相を見きわめ、そこから前述の日本上代の「羽衣説話」と、董永譚を始めとするこれら中国の天女降臨譚との関係を筆者なりにもういちど比較検討したうえで、『竹取物語』がこれら日中に展開する天女降臨譚の中でどのような位相にあるかを明らかにし、今後の『竹取物語』研究に資する視点を提供したいと思う（なお「天女降臨譚」という呼称についてであるが、本章で扱う物語には後述の一部の董永譚のように「羽衣」がまったく登場しないタイプの物語もあり、また天から〈派遣される〉天女の役割に注目したいこともあって、本章においてはこの呼称を用いる。ただし羽衣を着けた天女が登場する一般的なタイプの物語については、適宜「羽衣説話」という呼称を用いる）。

何故〈董永譚〉に注目するのかというと、董永譚が、天女降臨譚の中でも、人間の孝行に対する〈報い〉として天から天女が派遣されるタイプの代表的な物語であり、日本においても上代から『孝子伝』などを通じてさかんに受容されていた物語だからである。[3]かぐや姫もまた、竹取翁が前世で作った「いささかなる功徳（くどく）」に報いるために月の世界から地上の翁のもとに派遣されてきた天女である。しかし、筆者には、このような一致をもとに〈典拠論〉として董永譚と『竹取』の関係を論じるつもりはない。話の内容を比較してみればただちに明らかなように、董永譚は基本的には天女が地上の人間の妻になる「天人女房譚」で、これを『竹取』の直接の〈典拠〉として論じることはできない。

むしろ筆者が注目したいのは、これら日中の天女降臨譚の中で描かれる、天女と地上の人間たち、そして天界との関係である。天女降臨譚は古くから日中のさまざまな文献資料に登場しており、そのいずれにおいても、天女が地上の人間と交渉を持ち、やがて別離するという大枠は共通しているが、天女と人間たちとの関係や、天界と天女との関係には、それぞれの作品によってかなりの差異がある。そしてその差違は、それぞれの作品が、その主題・目的に沿って、天女降臨譚をどのように利用するかという違いによって生じている。――たとえば日本の謡曲「羽衣」では、たまたま天女の羽衣を手に入れた人間の男（漁師）が、「あまりに御痛はしく候ふほどに」「承り及びたる天人の舞楽ここにて奏し給はば衣を返し申すべし」と、天女の舞を見せてくれることを条件に天女に羽衣を返してしまうが、これは「天女の舞を見せる」という作品の主要な目的を達成するために、男が羽衣を隠して天女を天界へ帰さず無理やり自分の妻としてしまう、一般の羽衣説話とは大きく異なった独自の展開を採用したものと考えられ、そのわかりやすい一例であろう。

本章では、『竹取物語』に先行する日中双方の天女降臨譚に描かれた、天女と人間たちとの関係、天女・人間たちと天界との関係に注目し、その個々の天女降臨における差異や、そうした差異が生じる原因について検討し、そのうえで『竹取物語』に描かれたかぐや姫と翁夫婦、月世界の天人たちとの関係が、これら日中の先行する天女降臨譚とどのように関係し、またそれをどのように乗り越えているのかを論じることで、日中の天女降臨譚の中での『竹取物語』の新たな〈位置づけ〉を行ってみたい。

一、中国における天女降臨譚の展開

まず、中国における天女降臨譚がどのように展開しているかを通観しておきたい。この問題に関しては、君島久子氏に一連の論考が存在する。(4) 君島氏は主に中国各地の民族に伝承された天女降臨譚（君島氏は「羽衣説話」と呼ばれている）を調査され、その系統分類を行い、地域による系統別の分布状態を考察されているが、それとともに中国の古い文献に記載された天女降臨譚にも注意を払われ、どのような時代から天女降臨譚が行われてきたのかについても考察されている。ただ残念ながら、これらの論考では、董永譚については、中国各地に行われている民間伝承は取り上げられたものの、その最も古い資料と目される『孝子伝』や、敦煌変文の「董永変文」、白話小説「董永遇仙伝」などの文献資料については、取り上げられていない。本節では、君島氏の論考の成果をもとに、本章で考察の中心に取り上げようとしている〈董永譚〉が、中国の天女降臨譚の中で、どのように位置づけることができるかを、まず考えてみたい。

君島氏は注4に記した論考のうち、「中国の羽衣説話――その分布と系譜――」において、中国各地で採集された天女降臨譚の口頭伝承を大きく次の三つの〈型(タイプ)〉に分類されている。

〔七夕型〕

（1）貧しい若者（牛郎）が牛を飼っている。

（2）牛に教えられて、河に天女たちが沐浴にきたのを発見する。

（3）その中の一人の羽衣をかくして、天女（織女）を妻とする。

（4）子供が生まれる。

（5）天女は衣を見つけて飛び去る。

（6）牛郎は、牛の助けで（牛衣を着て）天まで天女を追いかける。

（7）天女あるいは王母によって阻止され、二人は一年に一度七月七日に会う。

〔七星始祖型〕

（1）天女が天帝の命、或いは自分の意志で、貧しい男に嫁す。
（2）子供を生んで去る。
（3）子供は術師、或いは父の教えで、水浴にきた天女（母）にあう。
（4）子供は天女の衣をかくして、母と対面するが、天女は子供に富をあたえて去る。
（5）（a）七星の一つの光のうすいのは、下界に降りて子を生んだためである。
（b）天女の子が、偉人もしくは一族の始祖となる。
〈七夕型との差異〉この型は、主題が天女の子に移行し羽衣をかくすモティーフが（4）に移り、（1）では、天女側の事情で天女が人間界に降りてくる。

〔難題型〕
（1）男が（a）動物を助ける。もしくは飼っている。（b）或いは神仙に会う。
（2）（a）又は（b）に教えられて、天女が沐浴に来たのを見つける。
（3）その中の一人の羽衣をかくして妻とする。
（4）子供が生まれる。男が出征する。
（5）天女は何らかの理由で羽衣を手に入れて飛び去る。
（6）男は（a）又は（b）の手引きで天女を天上に追いかけてゆく。
（7）天女の親が難題を出す。天女の助けで解決して共に地上で幸せにくらす。

本章で注目する「天界から派遣される天女」という視点からさらに整理を加えておくと、最初の〔七夕型〕と三つ目の〔難題型〕は、沐浴に来た天女が、人間の男に羽衣をかくされて帰天できなくなり、やむなく男と夫婦になった後に羽衣を手に入れ帰天するという前半部は一致しており、この点で両者は、天女が天帝の命令、または自らの意志で地上に降りてきて貧しい男の妻になる〔七星始祖型〕とは、大きく一線を画すことになる。

文献資料との対比では、君島氏はまず二十巻本『捜神記』（晋・干宝撰）の巻十四にある「毛衣を着た天女」の話を取り上げる（世界書局印行『新校捜神記』に拠り、私に訓読した）。

予章の新喩県の男子、田中に六七女有るを見る。皆毛衣を衣る。是れ鳥なるかを知らず。匍匐ひて往きて其の一女の解く所の毛衣を得、取りて之を蔵す。即ち往きて諸鳥に就く。諸鳥各飛び去るも、一鳥独り去るを得ず。男子取りて以て婦と為す。三女を生む。其の母後に女をして父に問はしめ、衣の積稲の下に在るを知り、之を得て衣て飛び去る。後に復た以て三女を迎へ、女亦た飛び去るを得たり。

君島氏は、この話のモティーフを、（a）男が毛衣を着た女達を見つける。（b）その中の一人の衣をかくして妻とする。（c）子供が生まれる。（d）女は子供に聞き羽衣をみつけて飛び去る。と分析し、前掲の〔七夕型〕や〔難題型〕の（2）から（5）までの主要なモティーフが『捜神記』の当該話に既に揃っていることを指摘し、さらに『初学記』『藝文類聚』所引の逸書『玄中記』にもほぼ同じ「毛衣を着た天女」の話が採録されているところから、六朝、晋の頃には、既にかなり整った形の「羽衣説話」が確立されていたと述べる。君島氏はさらにこの型の発展形として、『敦煌変文集』巻八所収の句道興撰『捜神記』（前掲の晋干宝撰『捜神記』とは別の書物）に見える「田章」の話を取り上げられる。これはかなり長い話なので、君島氏の要約をもとに私に若干内容を補ったものを次に掲げる。

昔、田崑崙という男がいた。三人の美女たちが池に浴しているのを見て、一人の天衣をぬすむ。二人の天女は白鶴になって飛び去ったが、衣をとられた天女は崑崙の妻になる。男の子田章が生まれる。崑崙は天女の衣を母に託して出征したまま帰らず、三年後天女は姑をいつわって天衣を出させそれを着て飛び去る。
成長した田章は、まわりの子供に「母無し子」といじめられ、父に母のことを尋ね、母が天女であることを告げられる。母に会いに行くために、父に言われた董仲先生を尋ね、先生から母ら姉妹三人の天女がある池に下りてくることを知らされ、その池を訪ね母と再会する。三人の天女は田章をふびんに思い、彼を天上へ連れてゆく。天女の父、天帝が彼に方術技芸をしこみ、彼は祖父の天帝から栄華富貴を得るところの書八巻をもらって地上に帰り、宰相となる。それから田章は一度左遷されるが、世の誰もが解けぬ難題を解き、僕射の官に封ぜられる。

「田章」では、干宝『捜神記』の「毛衣」が「天衣」、「鳥」が「白鶴」となり、天女が衣のありかを聞き出す相手が、自分の子供から夫の母親になっているなど、少しずつ変化はしているものの、いったん天に帰った天女が地上に戻り、自分の子を天に連れて行く点も含め、干宝『捜神記』の「毛衣を着た天女」と句道興『捜神記』の「田章」とでは、話の基本的なモティーフは共通している。ただ「田章」では、天に連れて行かれた子供（＝田章）が、その後天上界で方術や技芸を身につけ、秘密の書物をもらって地上に戻り、数多くの難題を見事に解いて活躍するという具合に後半部が大きく膨（ふく）れあがって、こちらが話のもう一つの見せ場となっている点が大きな相違点である。

この後半の田章が天子の出した難題を解いていく話は、袁珂氏『中国神話伝説大事典』(5)の「田章」条に指摘があるように、『太平御覧』『淵函類鑑』所引『博物志』逸文の「陳章」（袁珂氏は「陳と田は古書では同一の姓と見なしうる」とされる）の話と共通し、さらに張鳳氏編『漢晋西陲木簡彙編』(6)にも「田章」と記された木簡が収録され、これには田章が天子の問いに対して、天の高さや地の広さ、この世界の地理などの難問を次々に答える様が記されていて、漢魏六朝時代から、世の大人達が誰も解けない難題を次々に解決していく天才少年としての〈田章〉の伝承が既に世に広まっていたことが明らかである。

句道興『捜神記』の田章の話は、こうした天才少年の出生の由来を、干宝『捜神記』の「毛衣を着た天女」に見えるような、君島氏が言われる「七夕型」の天女降臨譚に求めて、両者を結びつけて成ったものと解することができる。(7) 従って、「田章」話の後半の展開部を除けば、「毛衣を着た天女」も「田章」も、地上に沐浴に来た天女の羽衣を男が隠して無理に妻とするタイプの天女降臨譚（即ち一般的な「羽衣説話」）として位置づけることができよう。

二、中国の天女降臨譚における〈董永譚〉の位置づけ

それでは〈七星始祖型〉と君島氏が分類された、天女が天帝の命、もしくは自らの意志により天界から降りてきて進んで男の妻になるタイプの天女降臨譚に話を移そう。君島氏はこのタイプの例として福建省南部に伝わる「七星仙女」と広東省の羅定県一体に伝えられている「董仲舒」に関する話を挙げられるが、前述のように、このタイプに相当する古い時代の文献資料を挙げておられない。しかし、後漢から六朝期にかけて盛んに編まれた『孝子伝』に記され、また敦煌出土の「董永変文」、白話小説『雨窓欹枕集』（明代十六世紀半ばの刊行であるが、かなりの程度まで宋代話本の元の形を存しているとされる(8)）の「董永遇仙伝」にも取り上げられている孝子董永の物語こそが、このタイプの天女降臨譚の大きな源流であることは間違いなかろう。まず現存する貴重な『孝子伝』である陽明本『孝子伝』の董永譚を次に掲げよう（引用の訓読は幼学の会編『孝子伝注解』〈汲古書院、二〇〇三年〉に拠る。仮名

遣いも同書のまま）。

楚人董永は至孝なり。少くして母を失い、独り父と居り。貧窮困苦し傭賃して其の父を供養す。常に鹿車を以て父を載せ、自ら陰涼の下に随着す。一たび鋤しては一たび廻り、父の顔色を顧み望む。供養すること蒸蒸として夙夜も懈らず。父後に寿終わり、銭无くして葬送せず。乃ち主人に詣り、自ら売りて奴と為り、銭十千を取る。葬送の礼已に畢る。売主の家に還るに、道に一女人に逢う。永が妻と為らんことを求む。永之に問いて曰く、何をか能く為す所ぞと。女答えて曰く、吾一日に能く絹十匹を織ると。是に於いて、共に売主の家に到る。十日にして便ち絹百匹を織ることを得たり。之を用って自ら贖う。贖い畢りて、共に主人に辞して去る。女、門を出でて永に語りて曰く、吾は是れ天神の女なり。子の至孝に感じ、売身を還すを助く。久しく君が妻たることを得ざるなりと。便ち隠れて見えず。故に孝経に曰く、孝悌の志、神明に通ずと。此の謂なり。賛に曰く、董永至孝なり。身を売り父を葬る。事畢りて銭无し。天神女を妻す。絹を織りて売るを還す。久しく処ることを得ず。至孝霊に通ず。信なる哉斯の語と。

陽明本『孝子伝』は六朝以前に行われていた古い孝子伝の様態を現在に伝える書物で、この系統のテキストは既に奈良時代に日本に将来されていた[9]。父の生前に孝養を尽くすのみならず、父の死後も葬送の費用がないために、我が身を奴隷に売りその代金で葬送を営んだ董永の孝心に感じた天神が、女（=織女）を地上に降して董永の妻とし、その超能力でもって十日で絹百匹を織り上げ、董永の身売り代を返してやった後、自らの正体を明かし、「（役目が終わったから）これ以上あなたの妻としてここにいることはできない」と姿を隠してしまう、という物語である。この『孝子伝』の董永譚には、君島氏が〔七世始祖型〕と分類した話型のうち、（1）の「仙女が天帝の命、或いは自分の意志で、貧しい男に嫁す」と（2）の「子供を生んで去る」に当たる箇所までしかストーリーが無く、しかも天女は子供を生むことなく帰天しているのであるが、唐代から宋代にかけての作品と考えられる敦煌出土の「董永変文」ならびに白話小説『雨窓欹枕集』所収の「董永遇仙伝」では、董永と天女の物語は次のように語られる（『雨窓欹枕集』の「董永遇仙伝」により私に梗概を記す。敦煌本「董永変文」は、現存テキストが完本ではなく、散文部が失われ、七言句の韻文部が残存したものとされ(10)、その韻文部も完全には揃っておらず、かなりの欠損があるが、「董永遇仙伝」と話の枠組みはほぼ共通すると思われる。なお後述）。

董永は幼い頃に母を失い、耕作の折には父を小さな車に乗せて世話し、孝養を尽くしていたが、その父を失う。埋葬の費用がないので、長者に三年間奴隷として働く約束で身を売り、一千貫の銭を得て埋葬を済ませる。長者の家へ出向く途中、一本の槐の大樹の下で休息し眠ってしまう。天帝は董永の孝心に感じて天の織女を降し、機を織って董永の借金を返し、百日満ちれば元通り天に昇ってくるよう命じる。董永が目を覚ますと仙女（以下織女を原文ではこう記す）が傍らにいて、強いて董永の妻となり、二人で長者の家に行く。仙女は一月で三百匹の絹を織り上げ、三か月で董永の借金分の仕事を片付けると、長者は董永の孝心に感心し黄金十両を土産にくれ、二人は帰宅することができる。家路の途中、二人が出会った槐樹の下で仙女は涙を流し、「自分は実は天の織女である。天帝から命じられた期限が尽きたので天に帰らねばならない」と明かし、自分は身ごもっており、天上に戻って男の子が生まれたら董永に渡すと約束した。仙女の足下から祥雲がわき起こり、彼女は昇天してしまう。董永の孝心は長者を通じて天子に聞こえ、彼は兵部尚書に任じられ、長者の娘を娶り、栄達への道が開ける。織女は月満ちて天上で男の子を産み、董仲舒と名づけ、一度下界に下り董永に子供をことづける。董永は二人で暮らしたいと願い出るが、仙女は「それはできない」と告げ、再び雲に乗って昇天してしまう。

董仲舒は母がいないので他の子供たちから「母無し子」とからかわれた。悲しくて父董永に「なぜ自分には母がいないのか」と問うと、父は「お前の母は天宮の仙女だ」と告げ、どうしても母に逢いたいと願う息子に「長安の厳君平先生という過去現在未来のことを見通す偉い易者が居るから彼に相談してみよ」と教える。董仲舒が長安に出て厳君平先生に尋ねると「お前の母は七月七日に、薬草を採るために三千里離れた太白山に他の仙女と一緒に降りてくる。七人目の黄色い衣を着た人がお前の母だ」と教える。董仲舒は苦労して七月七日に太白山にたどりつき、天から舞い降りて薬瓶を洗い始めた一群の仙女たちのうち、七人目の仙女を引き留めて「母上、私をお見捨てなされて辛(つろ)うございます」と叫ぶ。仙女は「母子の情は捨てがたいが、天上にこのことが知れると軽い罪では済まない。早く帰って父上に孝養を尽くしなさい。これは厳君平先生がおしゃべりでお前に教えたのであろう。この金の瓶を先生にお見立ての御礼として渡しなさい。お前には銀の瓶をやる。これには米粒が入っているが、毎日一粒だけ食べよ。それ以上は決して食べてはならない」と教え終わると、足下から雲がわき起こり、彼女は他の仙女達と一緒に昇天してしまう。董仲舒は嘆き悲しむが、帰宅して父たちにいきさつを話す。長安に行き厳君平先生に金の瓶を届けると、先生は心のうちで「これは人の世にまたとない宝、天宮の金浄瓶だ」と思い、しばらく手にとって眺めていたが、蓋を手でつかんであけようとすると、口から一条の火柱が飛び出て、先生秘蔵の書『上元覚子』や過去未来のことがわかる占書をすっかり焼いてしまった。先生は慌てて火を消そうとしたが、その煙が目に入るや、両目が盲になってしまった。董仲舒は銀の瓶に入った米粒七合ばかりを、一日一粒では腹の足しにもならないと笑って一度に炊いて食べてしまうと、食せずとも飢えず、身体が日に日に大きくなり、半月もたたないうちに身の丈一丈、腰回りが十かかえになった。後、董仲舒は天帝から召されて昇天し、太歳星の下に鶴神星となって、今も天上を廻っている。

前段がほぼ『孝子伝』と対応するが、注意すべきことに、ここには『孝子伝』では登場することのなかった、董永と天女との子〈董仲舒〉が登場している。この点は「董永変文」でも同様であるが（子供の名は「董仲舒」ではなく「董仲」となる）、「変文」では天女は天界に帰って子供を産むのではなく、別れに臨んで子供を董永に託す形になっている（以下、「董永変文」の本文引用は項楚氏著『敦煌変文選注（増訂本）』〈中華書局、二〇〇六年〉により、同書の校訂結果を反映した形で通行字体により引用し、私に口語訳を付した）。

却到来時相逢処、辞君却至本天堂。娘子便即乗雲去、臨別分付小児郎。但言好看小孩子、董永相別涙千行。

（天女が）来た時に二人が出会った場所まで戻ってくると、（天女が言った）「あなたと別れてもとの天界にもどります」。天女は雲に乗って去る時、別れに臨んで小さな子供を董永に託し「どうかこの子をよろしくね」と言った。董永は別れの涙をひたすら流すのみであった。

後段の董仲舒が術士に教えられて地上に降りてきた天女（母）と再会するくだり、天女が仲舒に金瓶を渡し、その金瓶から出た火が術士の方術の書を焼き尽くすくだりも、「董永変文」に残っている。地上に降りてきた母と再会するくだりは、「変文」では、

阿耨池辺澡浴来、先於樹下隠潜蔵、三個女人同作伴、奔波直至水辺傍、脱却天衣便入水、中心抱取紫衣裳、此者便是董仲母、此時羞見小児郎。

（天女が）阿耨池のあたりに水浴に来るというので、（董仲は）先に樹下に隠れていた。すると三人の女性が連れ立って、波をひるがえして水辺に降りてきて、天衣を脱いで水に入ろうとする。真ん中の人が紫の衣を抱え持っていた、この人がすなわち董仲の母である。この時、彼女は恥ずかしそうに子供を見つめて

いた。

と記される。母との再会の場所は「阿耨池」、降りてくる天女の人数は「三人」などと「董永遇仙伝」とは違いがあるが、三人の天女が水浴のために地上に降りてくる、天衣（羽衣）を脱いで水浴びする、などの記述は、前述の句道興『捜神記』の「田章」譚と同様であり、「董永遇仙伝」よりも、「董永変文」の方が古い形を留めているかもしれない。金瓶に関するくだりも、「董永変文」では、次の二つの場面が残っている。

我児幼小争知処、孫賓必有好陰陽。阿嬢擬収孩児養、我児不宜住此方、将取金瓶帰下界、捻取金瓶孫賓傍。

我が子は幼いのにどうして（私が地上に来ることを）知っていたのだろうか、孫賓は陰陽に通じている（彼の仕業に違いない）。母は子供を引き取って養おうとしたが、我が子はここ（天界）にいてはよろしくない（と思い）、金瓶を持たせて下界に帰し、孫賓のところに金瓶を持って行かせた。

天火忽然前頭現、先生失却走忙忙。将為当時総焼却、検尋却得六十張。因此不知天上事、総為董仲覓阿嬢。

天の火が突然前に出現し、先生（孫賓）はびっくりしてあわてて逃げてしまった。その時焼けてしまったもの（陰陽の書物）は、全部で調べてみると六十冊にもなった。それで天上のことを知ることができなくなったが、これはすべて董仲が母に会うことを求めたためである。

前者は、前述の「田章」譚を参考にすれば、おそらく天女の母と再会した子供が、三人の天女たちに天界に連れて行かれた後の場面であろう。子供に母と再会する方法を教えた術士の名前は「厳君平」ではなく、「孫賓」となっており、金瓶は、天界のことを「知りすぎた」術士を懲らしめるための道具として、天女が天界から子供に持って帰らせることにした、という筋立てになっている。後者は、「董永遇仙伝」を参考にすれば、金瓶の蓋を開けた術士が、出てきた火により天界のことを記した卜占の書物をすべて焼かれてしまい、占いができなくなってしまう箇所に対応する。このように「董永変文」の残存部と「董永遇仙伝」とが、かなりの程度で対応するところから、唐代から宋代にかけて中国の民間に行われていた董永譚の姿は、これら両文献によりかなり詳しく把握できるのである。

さて、この董永譚は、中国の天女降臨譚の中では、干宝『捜神記』の「毛衣を着た女」や敦煌本句道興『捜神記』の「田章」と、大きな枠組みとしては同類の話であるが、これらの話と比べていくつかの特徴を持っている。その最も大きな点は、董永譚には、男が天女（織女）と結ばれるに際し、彼女の毛衣や天衣、すなわち羽衣を奪い隠す話柄が存在しないことである。『孝子伝』の董永譚から「董永遇仙伝」まで、董永譚では一貫して、天女は、身を売って長者の家に向かう董永の前に不意に現れ、自ら「あなたの妻にして」と懇願する。これは天女が董永の〈孝〉に感応した天帝の意を受け、董永を助ける目的で当初から彼の妻になるために降臨したからで、当然といえば当然のことであるが、前述の干宝『捜神記』の「毛衣を着た女」や句道興『捜神記』の「田章」をはじめ、日本の羽衣の伝承に至るまで、羽衣説話の一般的な形においては、天女の羽衣を奪うことによって、はじめて人間は彼女を得ることができるのであり、この羽衣説話の一般的な話型を、董永譚は、人間の〈孝〉に天が感応して奇瑞を下すという、孟宗、王祥、姜詩など他の孝子譚にも見える〈孝養奇瑞譚〉として変形させたものと考えられる。(11) 従って、天女との別離も、天女が男の家のどこかに隠されていた自分の羽衣を再び手に入れ、それを着て昇天する一般的な羽衣説話の話型とは異なり、夫董永の借金を返し解放された後に「自分の正体を明かし、「これ以上妻としてあなたと一緒にいられない」と告げて姿が見えなくなる」（陽明本『孝子伝』）、「雲に乗って去り（自らの正体は最初の出会いの時に告げている）、別れに臨んで子供（＝董仲舒）を託す」（「董永変文」）、「自分の正体を明かすと、天女の足下から祥雲がわき起こりそれに乗って昇天する」（「董永遇仙伝」）と、いずれにおいても羽衣を身につけずに昇天する（あるいは姿を隠す）形を採っている（天女が雲に乗って帰天する董永との別離の場面は『二十四孝』系諸本の董永譚の挿絵に描かれている。本書IV―1「古代浦島説話における「玉手箱」開箱と韓朋譚」の二―3「玉匣が開けられた時に起こった事態」参照）。

また、一般的な羽衣説話の話型では、男と天女が地上で暮らすうちに、二人の間に子供が生まれるが、陽明本『孝子伝』では、天女は子供を産むことなく董永の前から姿を消し、「董永変文」では天女は妊娠することなく、別れに臨んでいきなり子供を董永に託す。これは、幼童に〈孝〉を教導していくことを目的として編まれた『孝子伝』では、孝子董永の善行や奇瑞を語ることが主題となり、董永と天女の間に子供ができるというような話題を記すことがはばかられたためであろうし、「董永変文」においても、この『孝子伝』の倫理観を受け継いで、別れに際して天女が突然子供を董永に託すという、唐突な展開が用いられたものと推察される。「董永遇仙伝」では、天女は子供を妊娠し、天に帰って出産するが、このテキストは娯楽のための話本であり、特に子供の教育ということを意識した書物ではないので、羽衣説話と同様の天女の出産を含んだ本来の話型をそのまま踏襲しているのであろう。

中国における董永譚の発生や展開を述べることは本章の目的ではないので、これ以上の言及は控えるが[12]、董永譚が、一般的な羽衣説話と比べて、〈孝感〉による天からの天女の降臨という特徴を有していることを、後に『竹取』との関係を考える上で押さえておきたい。

三、『竹取』以前の日本古代における天女降臨譚と中国の天女降臨譚

このような中国での天女降臨譚の状況を確認した上で、日本の古代、『竹取』以前の天女降臨譚の状況を改めて眺めてみよう。『竹取』以前の天女降臨譚としては、『帝王編年記』養老七年条に「古老伝曰」として引かれる羽衣伝説（『近江国風土記』の逸文かと目されるが、確証はない）と、『古事記裏書』や『元々集』『塵袋』に引かれる『丹後国風土記』逸文の「奈具社」の豊宇賀能売命の伝承[13]の二篇が存し、古典全集や文庫本などの『竹取』のテキストには、参考として附載されていることが多い。まず『帝王編年記』に「古老伝曰」として引かれる近江国の羽衣説話から見ていくことにしよう（引用は日本古典文学大系2『風土記』に引かれるものに拠ったが、漢文の訓読自体は一部私に改めた）。

> 古老伝へて曰く、近江の国伊香の郡、余呉の郷。伊香の小江、郷の南に在り。天の八女、倶に白鳥と為りて天より降り、江の南の津に浴す。時に伊香刀美、西山に在りて遙かに白鳥を見るに、其の形奇異なり。因りて若し是れ神人かと疑ひ、往きて之を見るに、実に是れ神人なり。是に於て、伊香刀美、即ち感愛を生じ、還り去ることを得ず。窃かに白犬を遣りて天の羽衣を盗み取らしめ、弟の衣を隠すことを得たり。天女乃ち知りて、其の兄七人天上に飛昇す。其の弟一人、飛び去ることを得ず。天路永く塞がりて即ち地の民と為る。天女の浴する浦、今、神浦と謂ふは是なり。伊香刀美、天女の弟女と共に室家と為りて此処に居み、遂に男女を生む。男二女二。兄の名は意美志留、弟の名は那志登美、女は伊是理比怡、次の名は奈是理比怡、此れ伊香の連等の先祖是なり。後、母即ち天の羽衣を捜し取り、着て天に昇る。伊香刀美、独り空床を守りて唫詠断えず。

白鳥の姿となって天から湖に舞い降りた天女たちが水浴するのをたまたま見つけた男が、末の妹の天女の羽衣を隠し、彼女を妻とし、子供をもうけるが、後に天女は羽衣を捜し出して、それを着て天に帰って行くという典型的な羽衣説話であり、中国の干宝『捜神記』の「毛衣を着た女」や敦煌本句道興『捜神記』の「田章」とまったく同じ系統の説話であることは一目瞭然であるが、男と天女の間に生まれた子供たちが、伊香の連の先祖となるという、氏族の「始祖伝承」を語るために、この伝承が用いられている点に注意する必要がある。中国の羽衣説話においても、干宝『捜神記』では、男と天女との間に子供ができたこと、その子供が迎えに着た天女と一緒に飛び去ったことを語るものの、その子供に特別な意味づけはなされておらず、単なる怪異譚に終始しているのに対し、敦煌本句道興『捜神記』の「田章」では、人智では解けない難題を解く、特別な能力を持った田章の、尋常でない出自を語るために羽衣説話が利用されており、伊香連一族の始祖の特別な出自を語るために羽衣説話を用いる『帝王編年記』所引の近江国「伊香の小江」の話は、羽衣説話の利用という点においては、「田章」と同様の姿勢を有しているといえよう。

さらに、もう一つの『丹後国風土記』逸文の羽衣説話を次に引用するが、これは、これまで見てきた羽衣説話と比べて大きく異なった形を持っている（本文の引用は同前）。

> 丹後国風土記に曰く、丹後の国丹波の郡、郡家の西北の隅の方に比治の里有り。此の里の比治山の頂に井有り。其の名を真奈井と云ふ。今既に沼と成る。此の井に天女八人降り来りて水に浴す。時に老夫婦有り。其の名を和奈佐の老夫・和奈佐の老婦と曰ふ。此の老等此の井に至りて窃かに天女一人の衣裳を取り蔵す。即ち衣裳有る者は皆天に飛び上がる。但衣裳无き女娘一人留まり、即ち身を水に隠して独り愧を懐きて居り。爰に老夫婦天女に謂ひて曰く、「吾れ児無し。請ふらくは天女の娘、汝児と為れ」と。即ち相副へて宅に往

き、即ち相住むこと十余載なり。爰に天女善く酒を醸すことを為す。一坏を飲めば吉く万病を除く。其の一坏の直の財、車に積みて送る。時に其の家豊かにして土形富めり。故に土形の里と云ふ。此を中間より今時に至り、便ち比治の里と云ふ。後に老夫婦等、天女に謂ひて曰く、「汝は吾が児に非ず。暫く借りに住むのみ。宜く早く出で去くべし」と。是に於て、天女天を仰ぎて哭慟し、地に俯して哀吟す。即ち老夫等に謂ひて曰く、「妾は私意を以て来るに非ず。是れ老父等の願ふ所なり。何ぞ厭悪の心を発して、忽ちに出去の痛きことを存する」と。老夫増瞋を発して去ることを願ふ。天女涙を流し微かに門外に退き、郷人に謂ひて曰く、「久しく人間に沈み、天に還るを得ず。復た親故無くして、居る所の由を知らず。吾れ何にせむ、何にせむ」と。涙を拭ひて嗟歎し、天を仰ぎて歌ひて曰く、「天の原　ふりさけみれば　霞立ち　家路まとひて　行方知らずも」と。遂に退き去きて荒塩の村に至り、即ち村人等に謂ひて云く、「老夫婦等の意を思へば、我が心荒塩に異なること无し」と。仍ち比治の里の荒塩の村と云ふ。亦た丹波の里の哭木の村に至り、槻の木に拠りて哭く。故に哭木の村と云ふ。復た竹野の郡船木の里の奈具の村に至り、即ち村人等に謂ひて云く、「此の処に我が心奈具志久成りぬ〈古事に平善をば奈具志と云ふ〉」と。乃ち此の村に留まり居り。斯れ所謂竹野の郡の奈具の社に坐す、豊宇賀能売命なり。

八人の天女が水浴のために天から降り、それを見つけた人間が、末娘の天女の羽衣を隠して、無理やり自分の家族としてしまう、という具合にまとめてしまえば、先の「伊香小江」の話と同じということになってしまうが、この話が、これまで見てきた日中の羽衣説話と大きく異なるのは、

①天女を発見して羽衣を盗み隠すのが、子供のいない老夫婦であり、天女は人間の妻としてではなく、子供として人間界で暮らすこと。

②天女は羽衣を得て自分の意志で天に帰るのではなく、羽衣を得られないまま老夫婦に家を追い出されてしまい、帰天できず、地上に神として留まること。

の二点である。

まず②の特徴について、これまで注目してきた〈天女降臨譚の利用〉という観点から考えてみよう。この話は、奈具社の神豊宇賀能売命（とようかのめのみこと）の来歴を語るもので、もと天女であった彼女が、なぜ地上にやって来て、しかも地上に留まって神とならなければならなかったのかを語るために羽衣説話を利用したもので、一般的な羽衣説話の形からいえば、たとえ老夫婦の娘という形で地上の人間と暮らすにしても、最後には羽衣を見つけて自らの意志で天に帰るのが基本形であるところを、天に帰れなくするために、わざと羽衣を得られないまま、老夫婦の手で心ならずも家を追い出されるという形に改変したものと考えることができよう。我々がこの話を読む時に、天女ならずとも、「老夫婦は、なぜ自ら望んで子として十年以上も一緒に暮らした（しかも莫大な利益をもたらしてくれる）天女を、突然追放してしまうのだろうか」という訝（いぶか）しさを感じずにはいられないが、語り手（もしくは作者）としては、最終目的である、降臨した天女を地上で神として鎮座させるという目的に向けて、ともかく多少強引にでも、彼女に羽衣を見つけさせないまま家を出て流離させる運命を用意しなければならなかったのであろう。

さらに重要なのは①の特徴であり、こうした形の羽衣説話は、君島氏の中国における一連の羽衣説話の調査結果においても報告されておらず、管見でも、中国においてはやはり見い出し得ていない。天女が老夫婦の娘となる形のこの羽衣説話は、日本において見られる特徴的なものといえよう（あるいは中国以外の南アジアや南洋諸島にはこの形の説話が存するかもしれないが、管見の限り確認できていない。インドネシア・タイ等に伝わるのは天女が男性の妻となる一般的な羽衣説話だけのようである）。

四、『竹取物語』と董永譚

それでは、いよいよ『竹取物語』を、これまで述べてきた日中の天女降臨譚と比較し、その中でどのように位置付けられるかを分析していくことにしよう。これまで『竹取』は話型の上からは、前掲の『丹後国風土記』逸文の奈具社の由来譚との共通性が注目されてきた。確かに、天女が子供のいない老夫婦の娘となり、老夫婦に富をもたらす形は、先に述べたように天女が人間の妻となる一般的な日中の天女降臨譚とは異なり、この両者だけに共通するものである。この問題については、後述することにして、ここではまず、人間が水浴に降りてきた天女の羽衣を奪い、無理に天女を地上に留めて一緒に暮らすという形を、『竹取物語』が取らないことに注目したい。竹取翁は竹を取りに来て「本光る竹」を見いだし、その中に「いとうつくしうてゐ」た「三寸ばかりなる人」を「子になりたまふべき人なんめり」とすんなりと家に連れ帰る。この人間と天女との邂逅には天女の羽衣を奪う要素はまったく見えず、そもそも天女は羽衣を身につけていない。それは彼女が、翁のもとに、彼のかつての善行の報償として派遣されてきた天女であったからであろう。彼女が月に帰る日、彼女を迎えに来た月の都の王とおぼしき人が、翁に向かい「汝、をさなき人、いささかなる功徳を、翁つくりけるによりて、汝が助けにとて、片時のほどとて下ししを」と天女が翁の元へ来た理由を説明している通りである（ただ王は「かぐや姫は罪をつくり給へりければ、かく賤しきおのれがもとに、しばしおはしつるなり」とも言っているから、かぐや姫が翁の元に下されたのは、翁の善行の報償と共に姫自身の贖罪という両面があったのであるが、この贖罪については上野英二氏に言及がある[14]）。

これは一節で考察した中国における孝子董永譚の、董永の孝行に天が感応して、彼を助けるために、天帝が天女（=織女）を派遣したのと共通するパターンであり、董永譚においても、天女は、雇い主の長者の家に行く途中の路上で董永と出会ったり（孝子伝・董永変文）、董永が一休みして眠りから覚めると傍らに立っていたり（董永遇仙伝）と、羽衣を身につけない普通の人間の姿で出現しており、押しかけ女房的に董永の妻となっている。董永譚では人間の〈孝〉が天女派遣の理由としてクローズアップされているのに対し、『竹取』では翁の善行は「いささかなる功徳」と語られるのみで、具体的にどういう行為であったのかはさほど問題にされていないが、ともに人間の善行に報いるために天から派遣されてきた天女という点では、董永譚の織女も、かぐや姫も共通している。

　こうした理由で派遣された天女は、人間の善行に対する報償が終了した時点で、派遣の理由が消滅するのであるから、当然天界に帰らなければならない。董永譚においては、『孝子伝』・董永変文・董永遇仙伝、いずれの資料においても、天女は自分が天女であることや、報償を終えたので天に帰らねばならない旨を董永に説明して、彼の前から姿を消しているし、『竹取』においても、かぐや姫は「おのが身はこの国の人にもあらず。月の都の人なり。昔のちぎりありけるによりてなむ、この世界にはまうで来たる。今は帰るべきになりにければ…」と、泣きながら親たちに告白し、月に帰る日にも「今年ばかりの暇」を願い出たが許されなかった、と告げている。一般的な羽衣説話では、天女は羽衣を奪われて無理に地上に留められ、常に帰天を願い羽衣を捜し続け、夫の留守中についにそれを手に入れ、身につけて天に帰っていくのだが、天女と人間の別離の型においても、董永譚と『竹取』は、それらと異なる共通点を有している。

　ただ、董永譚では、天女は、説明を終えて突然董永の前から姿を消す（孝子伝）、或いは、足元から立ち上った雲に乗って昇天する（董永変文・董永遇仙伝）のに対し、『竹取』では姫を乗せて天空を行くための「飛ぶ車」を月世界から用意して来ているにもかかわらず、天人たちが姫にわざわざ〈羽衣〉を着せるのが注意される。この場面で『竹取』作者は、かぐや姫に「衣着せつる人は、心異になるなり」と言わせることにより、この物語では、羽衣が、空を飛び天に帰るための具というよりは、天人が天人であるための具として象徴的な役割を与えられていることを読者に示すのである。また董永譚においても、『孝子伝』や「董永遇仙伝」には羽衣の記述は見えないが、「董永変文」では、董永との別れの場面では羽衣を着けず雲に乗って帰天する天女が、二度目に水浴に来るときには、天衣（羽衣）を着て天から降りてきている。このことから天女は、特別に派遣されて地上に来る時には羽衣を着けていないが、普通に天地を行き来する時には、羽衣を身につけているのが通常の姿であることが読み取れよう。『竹取』の羽衣を考える場合にも参考になる。

このように、一方は夫婦、一方は親子と、天女と人間の関係には差異があるものの、天女降臨譚の型として見た場合、『竹取』は中国の孝子董永譚と興味深い類似性を示すのであるが、もう一点だけ、両者の興味深い共通点を示しておこう。『孝子伝』では、天女が董永と別れ、そこで話が終わってしまうが、「董永変文」「董永遇仙伝」では、二人の間に子供ができ、その子供が帰天した母の天女に会いたがって、高名な易者（「変文」では孫賓、「遇仙伝」では厳君平）の方術の力を借りて、母が地上へ来訪することを知り、母と再会する。だが最後に母の天女は、天界のことを知り過ぎた易者に対し、わざと金瓶を贈り物として遣わし、瓶の口から火を出して易者の持っている天界のことを記した秘密の書をすべて燃やしてしまう。そして易者は天界のことを知るすべを永遠に失ってしまったと記す。一方、『竹取』では、かぐや姫が帰天した後、帝が姫から贈られた不死の薬と手紙を、この国で一番天に近い山の頂上で「火をつけて燃やす」ように勅使に命じ、勅使はそれを実行する。董永変文・董永遇仙伝、『竹取』両者共に、天女が帰天し、人間と会えなくなった後に、地上に残された天界との繋がり（董永変文・遇仙伝では易者の方術書、『竹取』では不死の薬とかぐや姫の手紙）を、「火で燃やす」ことにより完全に絶ってしまい、以後、天界と地上との繋がりは永遠に絶たれてしまうことを述べて、物語を語り納めているのである（ただし董永変文・遇仙伝では天女側から火を放ち関係を絶とうとするのに対し、『竹取』では人間の側が自ら関係を絶とうとしていることは、『竹取』の作者の志向を考える上できわめて重要である。この点についてはさらに後述する）。

実は、「董永遇仙伝」については、今から半世紀近くも前に既に山岸徳平氏が、『竹取』との関係から、その内容を抄出して紹介されている(15)。そこで山岸氏は、

> 相手が天女である点と、瓶が焼けた辺は、竹取物語の記述を、連想させる事の可能を思わせる。

と指摘され、

> 奈良時代から平安時代には、現存しない多くの雑書や小説の類が、頗る多く舶載せられていたと考えられる。（略）従って竹取物語の作者は、今日の私達よりも、遙かに多く中国文学に接したり、読破して居たに相違ない。私達が、管から天空を覗く様な事をしても、明瞭にその関係文献などを、一つ一つ指摘する事は、不可能な事である。（略）赫夜姫が何人とも結婚しなくて清く昇天したのは、作者の考慮の致す所であろうか。羽衣伝説、即ち白鳥処女説話も、謡曲のは、漁夫の妻とならずに、天女は昇天した。漁夫でも猟夫でも農夫でも一旦は天女も世話女房になるのが定式なのである。然し中国文学に見る、押し掛け女房になる仙女（筆者注、董永譚の天女を指す）は珍しい。以上、全く管を通して、天空を覗って見た様なことである。

と論を結ばれている。

当時は『孝子伝』や敦煌の董永変文もあまり知られておらず、「董永遇仙伝」自体は、『竹取』より後代の資料でもあり、また掲載誌の紙数が限られていたこともあってか、山岸氏は「遇仙伝」と『竹取』を逐一比較検討したり、羽衣伝説の中での董永譚の位置づけをしたりしているわけではない。しかし、「瓶」の火が天界のことを

記した書物を燃やす箇所や、董永譚の天女が羽衣伝説の中では特異な「押しかけ女房」であることなどに注意されているところを見ると、山岸氏は、これまで本章で述べ来たったような両者の見逃せない関係について、漠然とではあるが、既に半世紀前に示唆されていたことを申し添えておきたい。

五、日中の天女降臨譚における『竹取物語』の独自性

さて、『竹取物語』と、中国の董永譚、なかでも「董永変文」や「董永遇仙伝」といった唐・宋代の董永譚と対比した時に、そこにきわめて興味深い共通点が出現していることを、前節において述べてきた。あえていえば、双方の作品が、〈天女降臨譚〉という話型を用いて物語を構築していく時に、**人間の善行に対する報償としての天女の派遣→派遣期限の終了による天女の帰天・人間との別離→その後も残されていた天界と人間界との繋がりの完全な断絶**（火によりもたらされる）、というプロットが共通して採用されていることを確認してきた、といえばいいだろうか。『孝子伝』は、平安朝前期までに幾種類かのテキストが日本に将来されていたことは確実であるが、「董永変文」「董永遇仙伝」のような筋立てを有する董永譚が、『竹取』が書かれた頃の日本に存在したかどうかは、不明といわざるを得ない。しかし別の著名な孝子譚である舜譚においても、敦煌変文の「舜子変」に存する特徴的なプロットを持った『孝子伝』の逸文が、平安期の文献『三教指帰成安注』に引かれているケースもあり[16]、逆に『竹取』が、一般的な「羽衣説話」とは異なった、このような特徴的なタイプの天女降臨譚を導入しているところから、「董永変文」「董永遇仙伝」に類する筋立てを持った董永譚を有する『孝子伝』テキストや、単行の董永に関する物語類が日本に流入し、『竹取』作者の周辺に存在していたことを想定してみてもよいかも

しれない。

だが、たとえ、こうした董永譚が日本に流入し、『竹取』作者の目に触れていたとしても、「はじめに」で述べたように、それを『竹取』の〈典拠〉と呼ぶことはできない。『竹取』作者は、天界と人間界との関係において、董永譚などの中国の天女降臨譚とはまったく異なった、強いていえば、意図的に〈逆方向〉を志向した作品を目指しているからである。以下にその点について述べていきたい。

中国の天女降臨譚のすべて、そして日本の『帝王編年記』の「伊香小江」譚・『丹後国風土記』逸文の奈具社の由来譚の羽衣伝説までを含めても、そこに登場する天女は、羽衣を奪われて無理に地上に留められている場合は当然のこととして、董永譚のように、人間の孝心に感応して地上に派遣されてきた場合でも、自分が天界に住むことを当然とし、天に帰ることを望んでいる。『孝子伝』の董永譚では、「私は天界の者であるから、これ以上人間と一緒にいるわけにはいかない」と董永に告げて、忽然と姿を消してしまう。まさに言い渡されていた「派遣期間」が終了したからこれで帰る、という事務的な態度である。「董永変文」や「董永遇仙伝」の天女は、もう少し人間味があって、夫との別れに臨んで涙を流しているが、それでも夫に「期限が来た以上、地上に留まることはできない」と一方的に告げ、わき起こった雲に乗って帰天している。

結局、これまで取り上げた日中の天女降臨譚の中で、帰天を望まぬ天女は、唯一『竹取』のかぐや姫だけである。「(月に帰るのも) いみじからむ心地もせず。悲しくのみある」「かの (月の) 都の人は、いとけうらに、老いをせずになむ。思ふこともなく侍るなり。さる所へまからむずるも、いみじくも侍らず」。繰り返される彼女の訴えは、人間界を「きたなき所」と呼び嫌悪蔑視する、月の都の人々の心性とはかけ離れているが、これまで取り上げてきた、『竹取』を除く日中のすべての天女降臨譚に登場する天女たちの基本的な立場は、この月の都の人々と同様であろう。『竹取』作者は、天界を人間界と比べて圧倒的にすぐれた場所ととらえそこに帰ることを望む天女——基本的に天女降臨譚は中国で発展した話型であり、天女は、不老不死の薬を飲んで月に奔った嫦娥や、修行を積み仙薬を服用して昇天を果たした仙人と同様に、この話型を育ててきた中国の人々の天界への羨望の象徴であろう——に対し、「そうじゃないだろう」というアンチ・テーゼとして、かぐや姫という天女を創造したといえないだろうか。

また、『竹取』作者は、管見の限り『丹後国風土記』逸文の奈具社の由来譚にしか見えない、天女が人間の老夫婦の子供として暮らすという、天女と人間との関係において特異なパターンを選択しているが、この選択も、直前で述べた作者の新たな天女像の創造と関わっているのではないか。董永譚を始め、中国の天女降臨譚（日本の「伊香小江」の羽衣説話も含めて）においては、すべて天女が人間の男の〈妻〉になるが、これに比べると、天女が人間の夫婦の〈子〉になる話型では、人間が天女を〈子〉とすることで、天女への影響力（優位性）が強くなるのではなかろうか。奈具社の物語では、この点が非常にはっきり出ていて、天女は羽衣を奪われ、無理に老夫婦と一緒に住まわされているのに、万病に効く酒を醸して老夫婦を富ませてやり（本来は董永譚や『竹取』のように、天女の人間への援助は善行のあった人間への報償として行われるが、この物語ではこの原則を踏み外している）、しかも後には老夫婦の勝手により、羽衣を手に入れられないまま家から追い出されて地上を放浪するのである。三節で述べたように、この物語は地上を放浪した天女が、最後に奈具社の神となる由来を語るために、帰天を願い、また本来帰天できるはずの天女を帰天できなくする必要があったわけだが、その際に、〈妻〉は〈夫〉や婚家から逃げる（実家へ帰る）ことができるが、〈子〉であるかぎりは〈親〉から逃れることはできない、〈親〉を見捨てることはできない、という発想のもとに、天女が人間の〈子〉となる話型を採るに至った可能性がある。

『竹取』作者がこの話型を採ったのは、奈具社の由来譚が、天女を強制的に〈親〉(=人間)の支配下に置き、無理やり地上に留めさせたのとは異なり、本来は人間界を厭い、帰天を願うはずの天女が、翁の家庭で二十年あまりに渡って人間の〈子〉として暮らし、〈親〉に育まれていくという体験の中で、自ら〈人間〉の価値を見いだしていき、この地上に留まりたいと願う環境を創り出すためであったのではないか(なお、本章末尾に〔附載〕として日中の天女降臨譚の諸相を図式化してまとめておいたので参照されたい)。

そして、もう一点、作者が中国の董永譚などとは逆転した、天界と人間界の関係を打ち出しているのが、前節で述べた、〈火〉が地上に残された天界と地上との繋がりを完全に絶ってしまう場面である。「董永変文」「董永遇仙伝」では、天界のことを知り得る人間の存在を恐れ、人間が天界のことに通じるのを永遠に封じるために、〈火〉は天女、すなわち天界の側が放つ。それに対して、『竹取』では、かぐや姫(天女)が、他の天人の制止を無視してまで、あえて残していった天界のシンボル的な「不死の薬」を、帝、すなわち人間の側が自ら燃やしてしまうのだ。姫に逢うこともできないなら「我が身には死なぬ薬も何にかはせむ」という、きわめて人間的な〈恋〉の思いゆえ、あの始皇帝でさえ恋い焦がれ続けながら手に入れられなかった「不死の薬」を、帝自らの命令で燃やしてしまうというのは、中国的な天界・神仙・不死へのあこがれに対する、これまた強烈な反逆である。

以上のように、『竹取物語』という物語と、その物語において作者が描いたかぐや姫という天女は、日中の天女降臨譚の中でも――そしておそらく世界のどの羽衣説話と比べても――きわめて特異な存在ではないかと思われる。それはひとえに『竹取』作者が、それまでの日中の天女降臨譚が一貫して有していた、人間界に対して天界を圧倒的に優越した場所として捉える立場に強く異議を唱え、地上で限られた〈生〉を生きて、悩み苦しみ年老いて死んでいくが、それ故に美しい情愛を持っている人間こそすばらしいと主張しようとしたことに拠るものであろう。ここにこそ『竹取物語』が、既存の日中の天女降臨譚の枠組みを超越して――伝承や昔話のレベルから飛翔して――、「物語の出で来はじめの祖」と成り得た、最大の原因があるように思えてならない。

附 「斑竹姑娘」と『竹取物語』
――天女降臨譚の先祖返り――

以上で、『竹取物語』自体を、日中の天女降臨譚の中でどのように位置づけるかという問題については、ほぼ私見を述べ終えた。最後に、本章で扱ってきた問題に関連して、中国の児童文学者田海燕氏がその編著『金玉鳳凰』の中に採録した「斑竹姑娘」に対する私見を付け加えて本章を閉じることにしたい。『金玉鳳凰』は、中国四川省西部とチベット自治区にまたがるカム地方で伝承されている連環説話であり、田氏が一九五四~五六年にかけて現地で採集した伝承を、整理編集して出版したものとされている。その中の「斑竹姑娘」と題された一話が、竹から生まれた少女がヒロインであることや、五人の金持ちや貴族の息子たちの求婚失敗譚が、『竹取物語』とあまりにも合致しているということで、一九七〇年代前半に日本の学界に大きなセンセーションを巻き起こした。

しかし、その後議論が交わされる中で、『金玉鳳凰』は現地で伝承されていた物語を忠実にそのまま書物化したものではなく、その「整理編集」の過程で、当時中国ではまだ歴史の浅かった児童向けの読み物として、子供がより楽しく読め、また当時の共産党の思想教育にも資するように、田氏の手で様々な要素が付け加えられたであろうことが、明らかにされてきた[17]。さらに近時、宋成徳氏により、『竹取物語』を鄭振鐸が翻訳した「竹公主」

という作品が、一九二〇年代～三〇年代にかけて、中国の児童文学関係の雑誌や全集に何度か掲載されていること、田海燕氏がその「竹公主」を目にして、これをもとに「斑竹姑娘」を創り上げた可能性が高いことが指摘されている。(18)

田海燕氏が既に亡くなっている今、確かな真相を知ることはできないが、仮に「斑竹姑娘」が「竹公主」を経由しながら、日本の『竹取物語』にもとづいて創り上げられた「作品」であったとしても、そこに現れている『竹取物語』との差異は、本章で述べてきた観点から、非常に興味深いものがある。その要点を示せば、

①斑竹姑娘を竹の中から見いだすのは、老翁ではなく、母と二人暮らしで貧しい生活を強いられ、その中で懸命に働き家庭を支えている少年である（董永譚などに見られる孝子的要素を復活させたか。中国の民間に伝承された他の天女降臨譚でも、主人公の男性は父を持たず母親と貧しい生活を送る牛飼いなどの場合が多いので、こうしたパターンをなぞっているのかもしれない）。

②斑竹姑娘は、五人の金持ちや貴族の息子の求婚を難題により退けて、最終的には少年と夫婦になる。

つまり「斑竹姑娘」は、天女降臨譚としては、天女が人間と親子の関係を持つ『竹取』の特異な枠組みを採用せず、二節で述べた董永譚に代表される中国の天女降臨譚の枠組みを用いて創られているのである。土地の支配者の圧政と横暴に苦しみながら、貧しくとも母を助けて一生懸命働く主人公の少年郎巴（ランパ）は、さしづめ現代版の孝子董永であろう。『竹取』も含め、これまで見てきた天女降臨譚が、すべて天女と人間との別離で終わるのに対し、この「斑竹姑娘」は、少年と天女が夫婦になったところで語り納められている点で注目されるが、もしこの物語が、本来の『金玉鳳凰』の伝承に存在せず、編著者により付け加えられた「作品」であるなら、そこにはおそらく、子供向けの読み物として物語をハッピーエンドで締めくくろうとした、編著者の意図が強く働いていよ

う。従って、この「斑竹姑娘」には、「羽衣」がまったく登場しない。斑竹姑娘は、董永やかぐや姫同様、人間の善行への報償として派遣され、しかも帰天もしないため、「羽衣」を身につける必要が、物語の始まりから終わりまでないのである。

また安藤重和氏は、「斑竹姑娘」の文章を分析され、少年が命がけで守ってやった斑のできた竹、すなわち麻竹の精が斑竹姑娘であり、この物語は、もともと現地の麻竹の報恩譚に『竹取物語』の求婚譚が現地化したものが接合して創られたものと論じられ、斑竹姑娘はもともとは天女ではなかったと論じられたが[19]、そう考えるよりは、むしろ「天女は必ず帰天しなければならない」という天女降臨譚の大原則に抵触しないように、編著者田海燕氏が、かぐや姫を麻竹の精のように作り替え、天から降された〈天女〉的な要素を、注意深く消し去った可能性を考えた方がよいのではないか。

田海燕氏が、もし『竹取物語』(「竹公主」)を利用して「斑竹姑娘」という作品を創り上げたのなら、「斑竹姑娘」は、特異な天女降臨譚の形を持つ『竹取』を、まず中国の伝統的な天女降臨譚の枠組みに組み替え、そのうえで子供向けの文学として、当時の共産党政府の思想教育にも適うように様々な趣向を取り入れながら、注意深く創られた「作品」だといえよう。董永譚は、天女降臨譚を利用して〈孝〉の思想を幼童に教化するところに成立した孝子譚であったが、田海燕氏が「斑竹姑娘」で目指したのは、『金玉鳳凰』の伝承地域にふさわしい〈竹〉にちなんだ日本の天女降臨譚『竹取物語』を利用しながら、現代版の「孝子董永」の物語を創り上げることではなかったのだろうか。

注

(1) 柳田国男「竹取翁考」(『国語・国文』四巻一号、一九三四年一月)、「竹取翁」(『昔話と文学』〈一九三八年〉所収)など。

(2) 上野英二氏「赫奕姫と白鳥処女 柳田国男『昔話と文学』覚書」(高木昌史編『柳田国男とヨーロッパ 口承文芸の東西』〈三交社、二〇〇六年〉第三部「テーマ研究」所収。なお、上野氏はこの考えをさらに展開させて著書『源氏物語と長恨歌 世界文学の形成』(岩波書店、二〇二二年)において、羽衣説話(白鳥処女説話)を基軸に置いて「長恨歌」『源氏物語』の関係を論じ、さらに『竹取』や浦島説話についても言及されている。本章で論じた問題を取り巻く大きな世界の存在を示された書物であり、併せて参照されたい。

(3) 『孝子伝』の上代における受容については、小島憲之氏「上代官人の『あや』――外来説話類を中心として――」(『萬葉以前――上代びとの表現』第六章、岩波書店、一九八六年)、黒田彰氏「令集解の引く孝子伝について」(『京都語文』三号、一九九八年三月、後に『孝子伝の研究』〈思文閣出版、二〇〇一年〉に収録)、東野治之氏「律令と孝子伝――漢籍の直接引用と間接引用――」(『萬葉集研究』二四集、二〇〇〇年六月、後に『日本古代史料学』〈岩波書店、二〇〇五年〉に収録)等を参照。

(4) 「中国の羽衣説話」「中国の羽衣説話(二)日本との比較」(『文芸研究』一・二号、共立女子大学文学芸術研究所、一九六三・四年)、「中国の羽衣伝説――型と分布――」「羽衣覚書――飛翔と変身――」(『芸文研究』二四・二七号、一九六八・六九年)、「中国の羽衣説話――その分布と系譜――」(『日本中国学会報』第二十一集、日本中国学会、一九六九年一二月)、「天女の末裔――創生神話にみる始祖伝説の一形態――」(『民間説話の研究 日本と世界』同朋社出版、一九八七年)。

(5) 袁珂氏編、鈴木博氏訳。大修館書店、一九九九年刊。

(6) 有正書局、一九三〇年刊。「中国西北文献叢書続編・西北考古文献巻」(甘粛文化出版社、一九九九年)に再録。

(7) 王青氏「敦煌本《捜神記》与天鵝処女型故事」(『漢学研究』第二二巻一期、二〇〇三年)において、この句道興『捜神記』の田章の話はもともとまとまった一話でないことは明らかであり、前半が成熟した「天鵝処女型故事(筆者注:白鳥処女説話)」、後半の田章に関する話が、民間に知られた「智慧故事(筆者注:難題譚に相当するか)」である、との指摘がある。

（8） 中国古典文学大系25『宋・元・明通俗小説選』（平凡社、一九七〇年）の入矢義高氏解説に拠る。
（9） 黒田彰氏、注3前掲書I—一「孝子伝の研究」の2「陽明本、船橋本孝子伝について」、ならびに注3の黒田・東野両氏の論を参照。
（10） 王重民氏他編『敦煌変文集』所収「董永変文」の校記参照。
（11） 紀永貴氏『董永遇仙伝説研究』（安徽大学出版社、二〇〇六年）、第一章「董永遇仙伝説的発生」では、本来董永譚は、父の面倒を見たり、父の死後に身を売って葬儀を営んだりする孝行の話だけが語られていたものが、天の〈孝感〉の要素を取り入れるために「遇仙」の話と結びついたと考えられている。しかし、六朝以前の古孝子伝の形を受け継ぐ日本残存の陽明本『孝子伝』においても、既に天女との邂逅、別離の話が見え、六朝北魏期の孝子図にも天女との邂逅や天女の機織の場面が描かれていることから、筆者は、発生のメカニズムは紀氏が述べられた通りかもしれないが、董永譚としては後漢・六朝期から既に天女降臨譚の形を持った孝子譚として語られていたものと考えている。
（12） 董永譚の発生と展開については、近時中国で専著が相次いで出版されており、注11の紀永貴氏の著書の他に、郎浄氏『董永故事的展演及其文化結構』（上海古籍出版社、二〇〇五年）も、社会的・政治的背景に重点を置いてこの問題を論じておられる。
（13） この『丹後国風土記』逸文については、仁平道明氏「『丹後国風土記』逸文存疑——「奈具社」の話の後代的性格——」（『解釈』第52巻3・4号、二〇〇六年三・四月）に、掲載されている資料が中世の限られたものしかなく、また話中で天女が詠む「天の原ふりさけみれば霞立ち家路まとひて行方知らずも」の歌の「天の原ふりさけみれば」の用法が、『万葉集』のこの句を有する和歌に見られるものとは異なっており、『古今集』の阿倍仲麻呂歌「天の原ふりさけみれば春日なる三笠の山に出でし月かも」の影響を受けて作られた可能性を指摘し、平安以降、おそらくはこの逸文を引用する文献が作られた、中世に成立した偽作ではないかと述べる。確かに、逸文が中世のあまり一般的でない少数の資料にしか見られない点には、疑いをさしはさむ余地はあろうが、それだけでこの記事を後代の偽作と決定づけることはできまい。氏が中心にして論じられている、天女の詠歌が阿部仲麻呂歌の影響下に作られている可能性は、確かにあり得るが、仲麻呂歌は、仲麻呂生存中から平安初期までに、遣唐使などを通じて日本にもたらされ、『古今集』に採られるかなり以前から既に人口に膾炙していた可能性も高く、この逸文がたとえ『風土記』撰進当時のものでなくとも、『古今集』そして『竹取』の成立した時代より以前から存在していた可能性は否定できない。本章では、一応『竹取』に先行するものとして取り扱っていきたい。

(14) 上野氏注2前掲書「源氏物語と長恨歌」の「其四　竹取と浦島」参照。

(15) 山岸徳平氏「竹取物語と中国文学」(『国文学 解釈と鑑賞』23巻2号、特集「竹取物語は果して外国種か」、一九五八年二月)。

(16) 黒田彰氏、注3前掲書III—二「重華外伝——注好選と孝子伝——」参照。

(17) 『金玉鳳凰』の成立や「斑竹姑娘」の日本における紹介、その後の議論の経緯については、奥津春雄氏『竹取物語の研究——達成と変容——』(翰林書房、二〇〇〇年)第六章「斑竹姑娘と竹取物語」第一節「斑竹姑娘説話概説」に、要を得た解説がある。

(18) 宋成徳氏「『竹取物語』、「竹公主」から「斑竹姑娘」へ」(『京都大学国文学論叢』〈京都大学大学院文学研究科〉二〇〇四年九月)。

(19) 安藤重和氏「『斑竹姑娘』考——『竹取物語』との先後をめぐって——」(『古代文化』一九八二年七月号)。

〔初出〕『国語国文』第76巻7号(二〇〇七年七月)に同題で掲載。

〔附載〕日中の「天女降臨譚」の諸相の図式化

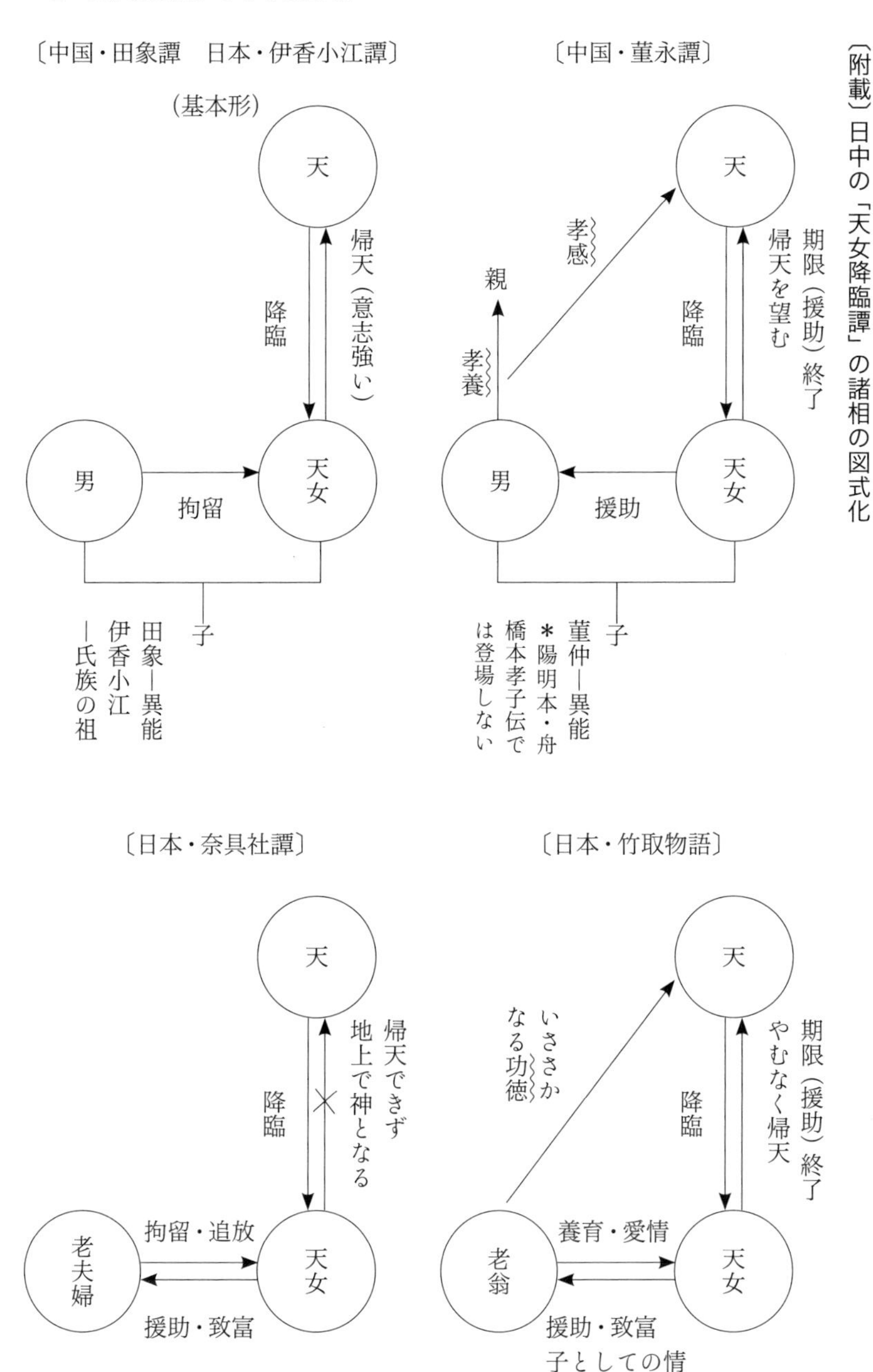

III　〈継子いじめ〉の物語と中国孝子譚

――舜譚・伯奇譚――

〔概説〕

本書Ⅰ―1「日本古典文学と中国孝子譚――本書への導入――」で述べたように、中国の孝子譚は、〈孝〉という抽象的な概念を幼童に具体的に教えるために、一人の孝子を主人公に立てて、その親（祖父・兄弟の場合もある）に対する〈孝〉的な行いやその行いがもたらした結果を語り、それを賛美・顕彰するものである。その際に孝子譚では、親への忠誠や奉仕がいかに大切なものであるかを幼童に強く印象づけるため、通常ではあり得ないような困難な状況の中で、なお親への忠誠や奉仕を貫く孝子の姿が描かれる。その「通常ではあり得ないような困難な状況」を語る際に、孝子譚においては様々な〈話型〉が用いられる。〈継子いじめ譚〉の場合は、建物の屋根に登らされて火を放たれたり、井戸浚いを命じられ上から石を落とされたりする（舜）、厳寒に薄い衣を着せられて手の感触がなくなり轡（たづな）を落とす（閔子騫）などの継母による主人公への迫害が「困難な状況」となる。それでも主人公は継母に惑わされている父や継母に孝養を続けることで、最後にはその困難な状況が克服され継母も改心するのである（中には伯奇譚のように継母による迫害という困難な状況が克服されず主人公の孝子が死に至り悲劇に終わる孝子譚も存在するが）。

一方、日本の古典文学においても、以下の各論で扱うように〈継子いじめ〉の話型を用いた様々な作品が登場しているが、従来これらの作品に用いられた〈継子いじめ〉の話型は、もともと古くから日本に存在してきたものと捉えられており、これらの作品は日本古来の〈継子いじめ〉の伝承の流れを汲んで成立したものという考え方がなされていた。これは民話や昔話などの伝承文学研究の分野において〈継子いじめ〉が非常に普遍的な話材であり、世界的にも広く分布するところから、当然日本の〈継子いじめ譚〉自体も古くから日本に存在していたはずだという認識に基づいていよう。しかし記紀や『風土記』に記された神話や伝説に「これは継子いじめ譚である」と明確に指摘できるものは見えない。翻って中国の孝子譚にいくつも見える〈継子いじめ譚〉は『孝子伝』を通じて奈良時代以前から日本に流入していた。日本文学において〈継子いじめ〉の物語が登場するのは平安時代前期、十世紀以降である。それならば、当否はともかく、平安時代前期以降の日本古典文学に登場する〈継子いじめ〉の物語に、中国孝子譚に見える〈継子いじめ譚〉の話型の影響はないのか、ということをとりあえず考えてみるのは、大切な作業ではないか。

ただし、日本古典文学に登場する〈継子いじめ〉の物語に影響を与えたのは中国の孝子譚だけではない。もう一つの〈継子いじめ〉の話型の大きな供給源としてインド由来の漢訳仏典を中心とした仏教説話が存在する。『日本霊異記』を見れば明らかなように、仏教説話も奈良時代以前から日本の古典文学に大きな影響を与えてきた。仏教説話に記された〈継子いじめ〉の話型の影響にも、中国孝子譚同様に注意深く目を向ける必要がある。特に『阿育王経』『六度集経』『大唐西域記』などに見え、日本でも『今昔物語集』に記されるクナラ太子譚はインド由来の〈継子いじめ譚〉としては最も有名なもので、当然こうした仏典を経由して流入した〈継子いじめ譚〉の影響にも気を配る必要がある。ここにはこうした視点に立って記した論考を収めた。扱う作品は時代順にはなっていないが、筆者の思考の展開に沿ってこの順序で書かれたものなので、敢えて初出論考の発表順に配列している。最後の4「古典文学における〈継子いじめ譚〉の展開と漢土の文学――比較から見えてきた流れ――」は、中世文学会での講演においてその前に配した三つの論考をもとにしながら、改めて日本古典文学における〈継子いじめ譚〉の展開を、時代を追って整理したものである。そこで述べたように、女子を主人公にした

〈継子いじめ譚〉については考察を深められていない憾みはあるが、現状での取りまとめとしてここに収録した。また各論考末尾の「注」や〔刊行時補記〕に記したように、平安時代の〈継子いじめ〉を扱った物語に関しては、論考の初出時以降、孝子譚との関係を視野に入れた詳細な論考が何篇も発表されており、研究に新しい展開がもたらされている。これからもさらなる研究の進展が期待される。

1　説経「しんとく丸」「あいごの若」の成立と中国伝来の〈継子いじめ譚〉

――クナラ太子譚と舜譚・伯奇譚の接合による物語形成の可能性について――

はじめに

「説経」に語られる物語には、濃密な地域との関連が見て取れる。たとえば、これから問題にしようとしている「しんとく丸」「あいごの若」を例にとれば、「しんとく丸」では継母の呪詛を受けて違例（癩病）の身となったしんとく丸が、河内の国から天王寺へと流れていく場面は、高安馬場、たまこし、みし、上の島、小橋…と地名を挙げながら道行きとして描かれており、その道筋にあたる東大阪市には今も「俊徳道」の地名が残っている。また「あいごの若」では、継母の奸計により父から放逐されたあいごの若が、京都二条の自邸から比叡山中の「きりうが滝」に身を投げるまでにたどる道筋が、四条河原、粟田口、大原、静原、芹生、八瀬と克明に記されており、滋賀の大津付近から比叡山にかけての各地に、多くの「あいご」にまつわる伝承が伝えられている。

　こうしたことから、説経は在地在地で語られていた伝承が素地にあって、それが説経師たちの手を経て語り物として成長していったと考える見方が有力であり、説経「しんとく丸」についても、阪口弘之氏により、物語の基盤には、高安―平野大念仏寺―四天王寺―和泉近木の荘―熊野、四天王寺と能勢、瀬田、さらには清水寺などの聖地と街道の要衝を結ぶようにして活動した律宗や融通念仏の徒により育まれ語られてきた貴種の盲目遺棄、乞食流浪の四天王寺伝承がまず存在し、これを説経の徒が取り込んで説経的装いを整えたという形成過程に関する推論が示されており、(1)実際にこうした形での説経の成立を確認しようとする試みが行われ始めている。

一方、説経の成立に外来の物語との関連を見ようとする試みはあまりなされていないが、その数少ない先例として、『今昔物語集』等にとられ、『阿育王経』や『六度集経』に原話が存するクナラ太子譚と「しんとく丸」とのかかわりを論じた青江舜二郎氏の論がある(青江氏の論については、後ほど第一節においてあらためて触れる)。まだまだ謎が多い説経の成立過程を考察するについては、在地の伝承との関係はもちろんであるが、それ以外にもさらに様々な方面を視野に入れたアプローチが必要であろう。

本章では、まず青江氏が先鞭をつけたものの、その後は広く一般に顧みられているとは言い難い、クナラ太子譚と説経「しんとく丸」との関係をあらためて見つめ直し、そのうえでクナラ太子譚が「しんとく丸」の物語形成の一つの核として利用されていることを確認し、さらに「しんとく丸」の形成にあたっては、もう一つの大きな核として、日本にも『孝子伝』等により既に奈良時代には伝わっていた、中国の孝子説話の中の代表的な〈継子いじめ譚〉である舜譚が大きくかかわっていたのではないかということを論じたい。ついで説経「あいごの若」においても、「しんとく丸」同様に、クナラ太子譚を物語形成の一方の核としながら、そのもう一方の核として、やはり中国の孝子説話の中の〈継子いじめ譚〉である伯奇譚が利用されていることを論じ、この二つの説経が共通する方法によって形成された作品であることを推定し、説経の〈継子いじめ〉の物語が形成されるにあたって、中国から伝来したインド起源・中国起源の〈継子いじめ譚〉が様々に組み合わされて利用されている可能性を提示してみたい。

一、説経「しんとく丸」、謡曲「弱法師」とクナラ太子譚

まず、説経「しんとく丸」の梗概を、岩波書店刊「日本古典文学大事典」により示そう。

河内の国高安郡信吉長者は清水観音に申し子して、しんとく丸を得る。しんとく丸は天王寺で稚児の舞をしたとき、和泉国の蔭山長者の乙姫に恋をし、文の約束をする。しんとく丸が十三の時に母が死に後妻が来るが、継母はしんとく丸を憎み清水観音に呪詛する。そのためしんとく丸は両眼の見えぬ三病となり、天王寺に捨てられる。しんとく丸は、清水観音のお告げに従って熊野の湯に行く途中、乙姫の家とも知らず施行を乞うて、女房たちの笑いを買ったため、わが身を恥じて天王寺に舞い戻り、堂の下に隠れて餓死しようとする。しんとく丸が訪ねてきたことを聞いた乙姫は、両親に暇を乞い、彼を尋ね求めて、ついに天王寺で対面する。しんとく丸とともに清水に詣でた乙姫は、観音のお告げで得た鳥箒(とりほうき)でしんとく丸を撫でると、たちまち本復する。一方、信吉長者は両眼がつぶれて零落し、しんとく丸が阿倍野原で行った施行に参り合わせる。例の鳥箒で撫でると目が明く。しんとく丸は継母とその子乙の二郎の首を斬り、富貴に栄える。

既に述べたように、この物語と仏典に見られるクナラ太子譚との関連に言及されたのが、青江舜二郎氏である(2)が、今、青江氏の論を要約するとともにクナラ太子譚の梗概をわかりやすく紹介し、さらに私見を付け加えられた平凡社東洋文庫『説経節』の「解説・解題」(荒木繁氏執筆)によって、それらを見ていくことにしよう。

『信徳丸』の原拠はインドであると説いたのは青江舜二郎氏である(『日本芸能の源流』)。今、その話を『今

昔物語』巻四の「拘拏羅太子、眼を抉り法力に依りて眼を得たる語」（『大唐西域記』巻三にあり、遡れば『阿育王経』や『六度集経』に原話がある）によって梗概を紹介すると、天竺阿育王の太子拘拏羅は、継母に恋慕されたが意に従わなかったため、その讒を受ける。父の大王は太子をかばって遠国にやり、たとえ宣旨だといっても歯印がなければ信用してはいけないと言う。継母は大王が酔い伏している間に歯印を盗み取り、太子の両眼を抉り捨て国外に追放せよとの、いつわりの宣旨を下す。両眼を抉り捨てた太子は、妻を連れて流浪の身となる。たまたま太子は父の大王の宮に迷い来て、琴を弾く。大王は琴の音によって太子であることを知り、名のり合って事の真相を知る。大王は寠沙大羅漢に太子の眼を直してくれと頼むと、羅漢は国中の人に器を持って来るように言い、十二因縁の法を説く。集まった人々は、これを聞いてことごとく泣く。その涙を集めて太子の眼を洗ったところ、再びもとのごとく眼を生じる。以上のような話である。拘拏羅とはヒマラヤに棲む鳥の一種で、目がとりわけ美しいのでこの名が付けられたという。この話は、継母の邪恋というモチーフでは、『愛護若』と共通する。『信徳丸』と『愛護若』は親戚関係にある話なのであって、のちに浄瑠璃の『摂州合邦辻』で、継母が俊徳丸に恋する話が出て来るのもふしぎではないわけである。

拘拏羅太子の説話は、『今昔物語』以外にも、広く知られた話であったらしい。例の『逢坂物狂』にも、「譬へを申せば恐れなれども、天竺には拘羅拏太子、また我が朝の蟬丸、皆これ王子の御身なれども、因果の車の廻り来て、盲亀の雲もはれやらぬ…」とある。盲目の皇子蟬丸を祖神とした説経の徒にとって、拘拏羅太子説話はけっして無縁の物語ではなかったはずである。拘拏羅太子の物語は、インド・中国渡来の仏教説話として唱導者に語られていたのを、説経の徒が取り入れて『信徳丸』という土着の語り物に変容していったという仮定もなりたたぬことはない。ただし、説経の『信徳丸』は、目を抉り取ったのではなく、継母の呪いによって三病（癩病）となり、その結果両眼がつぶれるのである。このように変化したのは、説経節が乞食の芸能であったことと関係があるだろう。（略、乞食の間に癩者が多かった事例があげられる）信徳丸は事実天王寺で乞食をして歩くのであるが、この癩と盲目からの救済の物語の背景には、乞食芸能者であった説経の徒の願望と共感が織りこまれているものと思う。

継母の讒言により、目をえぐり取られ盲目の身となり流浪する主人公が偶然に父と出会い救済され、後に蹇沙大羅漢の説法の功徳により再び眼を取り戻すというクナラ太子譚と、説経「しんとく丸」との関係には確かにただならぬものがある。しかし、両者にはまた、かなり大きな相違点もある。先の荒木氏の「解説・解題」で指摘された、主人公の盲目となる経緯が、「しんとく丸」では、目を抉り取ったのではなく、継母の呪いによって三病（癩病）となり、その結果両眼がつぶれるというのもその一つであるが、それよりもさらに大きな相違点は、クナラ太子譚では、零落して流離する主人公が父に出会って救済されるところが、「しんとく丸」では、父自身も盲目の身となって零落しており、妻乙姫の献身と清水観音の験力により救済され富貴の身となった主人公の力で、父が救われて盲目の身から脱するという具合に、父と子の救済の関係が逆転した結末になっていることであろう。

ところで説経「しんとく丸」と深い関係を持つ作品として、謡曲「弱法師」が存在する。これも東洋文庫『説経節』の「解説・解題」によれば、

『信徳丸』と同材の謡曲に『弱法師』がある。作詞者は観世元雅であるが、クリ・サシ・クセは世阿弥の手になるものであろうと言われる。これは河内の国高安の里の左衛門の尉通俊が天王寺の西門の鳥居で施行を行うと、弱法師と称される盲目の乞食が施行を受けに来る。この弱法師はかつて通俊が人の讒言によって

勘当したわが子の俊徳丸であることがわかり、親子は連れ立って帰るという話である。この謡曲は世阿弥自筆本転写本があり（日本古典文学大系『謡曲集』上所収）、それによると、俊徳丸は妻を伴っている。ただしその妻の素姓はなにも説明されていない。俊徳丸は人の讒によって父に追放されたとあり、継母の讒であろうと推測はされるが、内容も経過も明らかでない。これは能楽が歌舞を主として戯曲性に重きを置かなかったせいもあるが、俊徳丸（信徳丸）の説話は当時の観客には周知であったから、今さら説明を要しなかったということも考えられる。

と述べられている。

謡曲「弱法師」では、盲目の身となり流浪する主人公は、天王寺の西門で施行を行っていた父と出会い、父によって救済されるのであり、説経「しんとく丸」とは父と子の救済される立場が逆になっていることがよくわかる。寺での施行と父の王宮という〈場〉の違いこそあれ、父との偶然の出会いによって盲目の子が救済されるという点において、謡曲「弱法師」は、説経「しんとく丸」よりも一段とクナラ太子譚と良く一致しているといえよう。さらに注目されるのは、「弱法師」の古態を伝える世阿弥自筆転写本では、シテ俊徳丸のツレとして彼の妻が登場している点である。このツレの妻は登場する一声（いっせい）の場面で俊徳丸とともに彼のつらい身の上を嘆き、天王寺の場面では、俊徳丸と掛合（かけあい）を演じるが、現行の改作版では、ツレの妻自体が登場しない演出となっている。これは「俊徳丸のより達観した心境を示す」（小学館新編日本古典文学全集「謡曲集」備考）とともに、彼の孤独な境涯をより強調するための演出かと思われるが、改作前の世阿弥自筆本転写本において、ツレとして妻が登場しているのは、クナラ太子譚において「其後、太子宮ヲ出デテ道ニ迷ヒ給ヒヌ。妻許（バカリ）ヲ具シテ其レヲ指南ニテ何（イツ）コトモ無ク迷ヒ行給フ。亦相副（ソ）ヘル者一人無シ」「人有リテ見レバ、女ニ被レ曳テ一人ノ盲タル人有リ、如レ此キ流浪シ給フ程ニ、様モ疲レ形モ衰ヘ給ヒニケレバ」（『今昔物語集』四「拘拏羅太子抉眼依法力得眼語第四」、引用は岩波新日本古典文学大系に拠る）と語られる、盲目となって放逐されたクナラ太子にただ一人付き従い、彼の眼となって彼を導き支えた妻の姿が、そこに反映されているのと考えられるのではないか。

謡曲「弱法師」の基底にクナラ太子譚が存在するとすれば、それは説経「しんとく丸」の形成にも関係していると当然考えられる。継母の奸計により盲目の身となって流浪する説経「しんとく丸」の主人公像は無論であるが、何よりも長者の娘の立場を振り捨て、主人公を導く乙姫の存在こそは、謡曲の俊徳丸の妻よりもはるかに強い存在感と大きな役割を与えられた、クナラの妻の後身ではないのか。

このように謡曲「弱法師」を介在させてみると、「しんとく丸」とクナラ太子譚との関係の深さはより一層鮮明になると思われるが、既に述べたように、説経「しんとく丸」には、クナラ太子譚とは決定的に異なる要素も存在していた。「しんとく丸」では、主人公は父によって救済されるのではなく、逆に富貴となった主人公自身の手で、盲目の身となり零落した父親を救済しているのである。

二、舜譚との関連——父の失明と子による癒し——

ここで、中国孝子譚の一つ、「舜」譚が注目されてくる(3)。孝子譚としての「舜」譚を、陽明本『孝子伝』と、『注好選』との二つにより示そう。陽明本『孝子伝』は、中国六朝時代に行われていた古孝子伝の姿を今に伝えるもので、この系統の『孝子伝』は、奈良時代には既に日本に将来されていた(4)。また、『注好選』は、日本に伝存するもう一つの『孝子伝』の伝本、船橋本に近い系統の本文を踏襲して記されており、平安後期の日本におけ

る『孝子伝』享受の一端を示すものとして取り上げることにする。(5)

帝舜は重花、至孝なり。其の父瞽瞍、頑愚にして聖賢を別たず。後婦の言を用いて、舜を殺さんと欲す。便ち屋に上らしめ、下より之を焼く。乃ち飛び下り、供養すること故の如し。又井を治めしめて井を没め、又舜を殺さんと欲す。舜乃ち密かに知り、便ち傍穴を作る。父畢に大石を以て之を塡む。舜乃ち泣きて東家の井より出づ。因りて歴山に投じ、以て躬ら耕し穀を種う。天下大いに旱し、民収むる者無く、唯だ舜の種うる者のみ大いに豊かなり。其の父井を塡むる後、両目清盲なり。市に至り舜に就き糴米するに、舜乃ち銭を以て還し米の中に置く。是の如くすること一に非ず。父是の重花たるを疑ふ。人を借りて朽井を看せしむるに、子の見らるる无し。後に又糴米し、対して舜の前に在り。賈を論じて未だ畢らざるに、父曰はく、「君は是れ何人にして鄙に給せらる。将た我が子の重花に非ずや」と。舜曰はく、「是なり」と。即ち父の前に来たり、相抱き号泣す。舜衣を以て父の両眼を拭ふに、即ち開明なり。所謂孝の至りと為す。堯之を聞き、妻はすに二女を以てし、之に天子を授く。故に孝経に曰はく、父母に事へて孝ならば、探知明察し、乾霊を感動せしむるなりと。

（陽明本『孝子伝』、引用は幼学の会編『孝子伝注解』〈汲古書院　二〇〇三年〉による）

史記に云はく、昔、虞舜が父、後妻の言に因りて、井に舜を堕し入れて殺さむと欲て、大石を以て井を埋む。舜兼ねて其の意を得て、東の家の井の中より潜り出でて、歴山に去りて耕る。即ち父、井に埋めしが故に両つの目、清盲なり。母後に瘖瘂なり。十年を経て、舜が山より出で来りて、市に居て物を貨る。此に於て舜が後母銭を易りき。舜銭を返して直の物を得しむ。即ち三度までです。時に母怪しみて父に報ず。父が曰はく、「若し吾が子舜にやあらん。汝吾を将て市に向ふべし」と。妻遂に将て行く。舜、父の年老いたるを見て泣く。子の泣くを攬る。即ち舜、手を以て父が涙を拭ふに、両つの目明かなり。後母能く言語す。

（『注好選』上「舜は父が盲ひたるを明けたり第四十六」、以下、引用は岩波新日本古典文学大系に拠る）

継母（後婦）の言に惑わされて子を殺そうとする父の手から知略をもって逃れ、流浪しながらも天の恵みを受け自活の道を開き、孝子を殺そうとしたことで天の咎を受け「両目清盲」となった父を救済する舜の話がそこには語られているが、説経「しんとく丸」との関連で特に注目されるのが、継母の奸計に乗って主人公を追放した父が、その報いで盲目となり零落し、裕福な身となったわが子と再会した時点で、わが子の力で目が開くという話の運びである。「しんとく丸」では、父が盲目して零落することについて、

これはさておき申し、河内の国におはします、信吉殿にて、物の哀れをとどめたり。人を憎めば、身を憎む。半分は我が身に報ひてござあるなり。継母の母のかたちへは報はいで、信吉殿に報うてあり。両眼ひしとつぶれてに、これはこれはとばかりなり。もはや御内の者までも、思ひ思ひに落ちゆけば、身は貧凍になりぬれば、河内の国高安にたまられず、丹波の国へ浪人とぞ聞えける。

（以下、説経の引用は新潮日本古典集成『説経集』に拠る）

と語られ、継母の主人公への迫害に対する報いが、当の継母ではなく、その継母の奸言に従って我が子を追放しようとした実父に報うことについて、「継母の母のかたちへは報はいで、信吉殿に報うてあり」と述べられているが、これは父が舜を殺そうとし井を埋めた後、両目が清盲（目があいているのにものが見えない状態）になったと述べられる舜譚を目にした説経作者（もちろん説経に現代的な意味での作者を想定することはできないが便宜的にこの言葉を用いておく）の、「なぜ迫害の張本人である継母ではなく、父に天罰が降るのか」という疑問が、こういう表現となって表れたものではないのだろうか。

また、

父曰はく、君は是れ何人にして鄙（わたくしめ、の意。卑下の自称）に給せらる。将た我が子の重花に非ずやと。舜曰く、是なりと。即ち父の前に来たり、相抱き号泣す。舜衣を以て父の両眼を拭ふに、即ち開明なり。
（陽明本『孝子伝』）

父が曰はく、若し吾が子舜にやあらん。汝吾を将て市に向ふべしと。妻遂に将て行く。舜、父の年老いたるを見て泣く。子の泣くを攬る。即ち舜、手を以て父が涙を拭ふに、両つの目明かなり。（『注好選』）

という、舜譚における舜と父との涙ながらの再会と、それに続く、舜が衣の袖（または手）で父の両眼をぬぐうと父の目が見えるようになる場面は、「しんとく丸」において、復活した主人公が阿倍野に施行の場を設け、零落し飢えに責められ、そこに食を乞いにやってきた父の信吉が、周囲の人々に「信吉長者の成れの果て」と嘲笑され逃げようとするのを見て、

若君御覧じて、座敷より跳んで降りさせたまい、するすると走り寄り、「なう、父御様。しんとく参りて候」と、いだきつきてぞ泣きたまふ。御涙のひまよりも、かの鳥箒を取り出だし、両眼に押し当て、「善哉なれ、平癒」と、三度なでさせたまへば、ひしとつぶれし両眼、明かになりしかば…

という場面に、見事に作り替えられているのではないか（舜譚で衣の袖や手で父の眼をぬぐうところが、「しんとく丸」では清水の観音から賜った鳥箒で撫でることになっているのは、後に帝王になる舜の身に備わった聖性を語ろうとする舜譚を、清水観音の霊験を中心に展開させていこうとした「しんとく丸」作者の趣向の一つであろう）。

あと一つ、「しんとく丸」と舜譚との関連についていえば、「しんとく丸」で主人公が継母から迫害を受けるのは、

たまたま子ひとりまうけてに、総領ともなしもせで、弟の次郎と呼ばすることの腹立ちや。かなはぬまでも

しんとくを呪ひ、弟の次郎を総領になすべし。

と、継母に実子が誕生し、その我が子が総領となれないことを継母が妬んだことがきっかけとなっているのだが、舜譚においても、陽明本『孝子伝』や『注好選』には継母に実子が誕生したことは記されていないものの、たとえば中世において広く幼学の世界に流布していた『纂図附音増広古注千字文』の「推位譲国、有虞陶唐」句の注には、

舜、姓は姚、字は重華。少くして母を喪ふ。父、名は鼓叟、更に後母を娶り象を生む。後母常に悪心を行ひ、言にて舜を害す。鼓叟後母の讒言を信じ、象弟等と共に、謀りて舜を殺さんと欲す。

（内閣文庫蔵江戸初期刊本に拠り私に訓読した）

と、継母に象という実子が誕生したことが記され、それに続いて継母の悪心（おそらく継子を亡きものにし、実子をその後に据えようという内容であろう）と父への讒言、父が継母に謀られ、弟の象とともに舜を殺そうとしたことが語られている。また、平安後期寛治二年（一〇八八）の序を有する大谷大学蔵『三教指帰注集』にも、

孝子伝に云く、虞舜、字は重花。父の名は鼓叟。叟、更に後妻を娶り象を生む。象敖りて舜孝行有り。後母之を嫉み、叟に語りて曰く、我と与に舜を殺せと。叟、後妻の言を用いて（以下、倉に登らせ火を放つ等の迫害譚が続く）

（『三教指帰注集の研究』〈大谷大学刊、一九九二年〉に拠り私に訓読した）

と、陽明本や船橋本とは別系統の逸名『孝子伝』を引くが、ここでは先の『注千字文』の記述に加え、実子の象がわがままで、孝行者の舜に比べて劣るので、継母がこれを嫉んだことが記されている。つまり、家を継ぐ立場にある継子を嫉んだとはせず、子どもの出来不出来から継子を嫉んだと説くわけであるが、継母が実子と継子とを比べて、我が子より優位にある継子に憎しみや嫉みを持つという構図は、先の両孝子伝と共通する。舜譚にお

いても、継母が舜を嫉むのは、家を継げる立場にある舜とその立場に立てない我が子とを引き比べてのこと、というのが本来的なあり方であるはずのところが、この逸名『孝子伝』では、孝子、聖人としての舜を引き立てるために、継子と実子の資質の差を強調し、それを継母の嫉妬の原因として持ちだしたものであろう。

このように日本に伝来する舜譚においても、継母に象という実子が誕生したことをきっかけに継母が舜を嫉み憎むようになったことを記すものがいくつも存在しており、おそらくこれが「しんとく丸」における、実子乙の二郎の誕生を機に、継母がしんとく丸の追放をもくろんで呪詛を行う構図と重なってくるものと思われる。

以上から、説経「しんとく丸」の主人公像は、天竺のクナラ太子と震旦の舜という、ともに継母により迫害され流浪する、二人の少年の物語を接合することにより紡ぎ出されたと、ひとまず想定しておきたい。なお、この両話は室町時代の談義講説の聞書である『因縁抄』においても、「六、クナラ太子事」「七、胡曾（＝瞽叟）重花事」として連続して配列されており、中世の唱導の世界において、その類似性、連接性が注目されていたことがうかがえる。継子いじめによる貴種の流離という話型の類似性に加え、クナラ太子譚においては主人公が、舜譚においては主人公の父が、ともに「盲目」の境涯におかれるという点も、両話を併せてとらえる重要な契機となっていたと考えられる。

三、「舜」と「しんとく（しゅんとく）」
――昔話に採り入れられた舜譚と「しんとく丸」――

このように説経「しんとく丸」の成立に、クナラ太子譚だけでなく、中国の代表的な孝子譚である舜譚が深く関わっているとすれば、この説経の主人公が「しんとく丸」と名づけられている理由についても、一つの有力な仮説を提示することができる。近時、黒田彰氏により、日本各地に行われている昔話の中に、中国の孝子譚を採り入れたものがきわめて多く存在することが明らかにされているが、(6)その中には明らかに舜譚の翻案と考えられる一群の物語が存在する。それは昔話研究者により「継子の井戸掘り」として分類されているもので、今、その話型を『日本昔話通観』（同朋社出版、一九八五年）「28昔話タイプ・インデックスむかし語り、Ⅷ継子話一八二」により、同書の〈注〉とともに引けば次のようである。

①継母が継子に井戸掘りを命じると、継子は神の教えのままにもっこにお金を入れて継母の気をそらし、横穴を掘って、落とされた石をのがれる。
②継母が継子に屋根をふかせて火をかけると、継子は隣人の教えで持参した傘で飛び去る。
③継子は飛び降りた広野で爺に会い、教えに従い広野を拓いて成功する。
④盲目となった父は継子と再会して目が開き、父子は幸せに暮らす。

〈注〉
（1）援助者には神の他に亡母・隣人なども登場する。
（2）継子は井戸の横穴を掘り進んで広野に出、そこで成功することも多い。異境への脱出と思われる。また②のモチーフはもっぱら沖縄で付け加えられる。離れ島へ飛行する点は、やはり異境へとおもむくのである。
（3）継子の名は「シャイン」「シュン」「スン」などで、伝承の経過が推測される。

既に黒田氏が論じられているところであるが、舜譚との対応を簡略に述べれば、①は舜譚のうち、父が継母の奸計にのせられ舜に井戸さらいをさせて埋め殺そうとしているのを舜が前もって知り、傍穴（横穴）を掘って隣家に逃れた話と対応する。陽明本・船橋本『孝子伝』には、もっこに銭を入れて上げ、親の気をそらしている間に横穴を掘るという要素は記されていないが、前節に引用した大谷大学蔵『三教指帰注集』所引逸名『孝子伝』には「舜、銀銭五百文を帯して井中に入り泥を穿ち、銭を取りて之を上ぐ。父母共に之を拾ふ。舜、井底に匿穴（抜け穴の意）を鑿ち、遂に東家の井に通ず」と、銭を上げて時間稼ぎをして抜け穴を掘り東隣の家の井戸に逃れる話が記されている。さらにこの話柄は『普通唱導集』下末所引の陽明本系系の『孝子伝』に拠る舜譚や、『太平記』三十二、敦煌本『孝子伝』や『舜子変』にも登場しており、舜譚において広く知られていたものである。

②は舜譚にもほぼそのまま見える話であり、③は危機を逃れた舜が歴山に逃れ耕地を拓き、不作の年にも舜の耕地だけは豊作であったことと対応する。また④は井戸を埋めたあと父は両眼が清盲となり零落し、市場で我が子と知らずたびたび舜から米をもらい、不審に思って「もしやあなたは我が子舜ではないか」と尋ねると、舜が「そうだ」と答え、涙を流す父の両眼を衣の袖で拭ってやると父の目が開いたという話柄に対応する。特に④は、第二節でも述べたように、説経「しんとく丸」の、父が盲目となり零落し、富貴になったしんとく丸の施行の場にわが子と知らずに出かけていき、我が子と再会してそのおかげで目が開き、父子ともに幸せに暮らすという筋の運びと大きく関わっている箇所である。とりわけここで注目されるのは、〈注〉の（3）に指摘があるように、この「継子の井戸掘り」譚においては、継子の名が「シャイン」「シュン」「スン」とされ、中国の原話の主人公「舜」の名を継承していることが容易に推測される点である。これを考慮すれば舜譚と深く関わる「しんとく丸」の「しんとく」も「舜」に由来する命名ではないかと想像してみたくなるが、はたして昔話「継子の井戸掘り」の中にも、次のように主人公の名前を「しんとく丸」と語るものが存在するのである。

しんとく丸という継子の息子がいた。継母が継子を憎んで、「井戸を掘れ」と言って殺そうとする。隣の爺が「掘り下げていけば横道があるから逃げろ」と教える。しんとく丸は掘った土をつるべの桶に乗せて、上げるたびに銭をのせる。横道が見つかると、しんとく丸は銭をのせない桶を上げたので、継母はどんどん土を落として井戸穴を埋めて、「誤って井戸で死んだ」と言う。しんとく丸が横道を伝って井戸から抜け出し…（以下長者の娘と結婚する別系統の話になる）

岩手県下閉伊郡岩泉町岩泉・女（『日本昔話通観』第3巻による）

この岩手県岩泉の昔話において、主人公の名前は「しんとく丸」と語られるが、この話の中では省略した部分も含めて、説経「しんとく丸」に類似する箇所はまったく存在しない。したがってこの昔話の主人公名「しんとく丸」は、説経の影響のもとに名づけられている名前ではなく、他の「継子の井戸掘り」譚の「シャイン」「スン」などと同様に、中国孝子譚の「舜」にもとづいた命名なのではないかと考えられる。さらに興味深い例を挙げれば、

俊徳丸という男の子が清水寺へ稚児に行き、稚児に来ていた女の子と知り合い両親が子供たちの結婚を約束する。俊徳丸の母親が死に後妻が来る。後妻は財産を独占しようと、夫が旅に出た留守に俊徳丸を殺そうと企み、俊徳丸に井戸掘りを命じる。俊徳丸がやつれてくるので番頭が不審に思い、わけを聞き掘るのを代わる。継母は計画が失敗したので、清水観音に願かけして俊徳丸の絵図を貼り、四十八本の釘を打つと俊徳丸の体が腐る。俊徳丸は遍路になり…（以下許嫁の娘の家を偶然訪ね、二人で一緒に清水に詣で、絵図の釘を抜き、俊徳丸の体は元に戻り、継母は逆に体が腐って死ぬという話になる）

新潟県佐渡郡相川町片辺・女（『日本昔話通観』第10巻による）

というように、話の全体の構成は説経の「しんとく丸」にもとづきながらも、その中に舜譚の「井戸掘り」の要

素が混入している昔話がある。これなども、「しんとく丸」が孝子譚の「舜」と関連のある名前であることが知られていなければ、起こりにくい現象であろう。今、こうした昔話がどの程度時代を遡っていけるのかは明らかにできないが、推論として、まず舜譚をほぼそのままなぞっていた語り物――寺院等で語られていた唱導の説草の類を想像すればよいかもしれない――の中で、舜という主人公の名を日本的に改変した「しんとく丸」という名が用いられ、その主人公名がクナラ太子譚と舜譚をあわせて形成された説経においても襲用されたという可能性を提示しておきたい。

四、説経「あいごの若」の形成とクナラ太子譚・伯奇譚

以上、説経「しんとく丸」の骨格が、クナラ太子譚と舜譚という二つの〈継子いじめ譚〉をもとに形成されてきた可能性について検討してきたが、現存する説経において、継母の迫害による主人公の流離・苦難を語る物語がもう一つ存在する。第一節に引用した東洋文庫『説経節』の荒木繁氏の解題・解説において『しんとく丸』と親戚関係にある」とされる「あいごの若」である。「しんとく丸」は、主人公が迫害を受け流離しながらも、最後には復活し幸せをつかむ物語であるのに対して、「あいごの若」は、主人公が苦難の果てに滝に身を投げて死んでしまうという、救済のない悲劇で終わるのが特徴である。現存の形では、浄瑠璃化されて六段構成を取っているが、もとはこうした段構成を取らない「説経」であったと推定されている作品であり、そのあらすじを岩波書店『日本古典文学大事典』により示せば、

初段―宮中の宝くらべに、子のないことで辱められた二条蔵人清平は、妻と共に長谷観音に申し子を祈願

する。

二段目―清平に反感を持つ六条の判官は、長谷からの帰途を襲って戦闘となる。しかし、とつかう坊の裁きで事なきを得る。

三段目―あいごの若が誕生。しかし十三の時母御台は死去、若い継母は若を熱愛して文を送る。

四段目―亡母を慕って持仏堂に籠る若に、継母から日に七度の恋文が来るが若は厳しく拒絶する。ために継母は夫に讒訴し、若は縛られて桜の木に釣り上げられる。亡母の霊がイタチになって現れて若を救い、伯父の比叡山の阿闍梨を頼れと告げる。

五段目―阿闍梨を尋ね当てた若は、時ならぬ来訪を信じない阿闍梨に天狗のいたずらと誤解されて追い出される。若はその後も難儀にあい、世をはかなんで、「かみくらや霧生が滝へ身を投ぐる語り伝へよ杉のむら立」の一首を残して自殺する。

六段目―若の死を知った父は、讒言した継母を死罪とした。のち父も阿闍梨も、若が寵愛していた手白の猿も大勢の人々と共に投身し、若は山王大権現としてまつられる。

このうち二段目が浄瑠璃化にあたって付け加えられた部分（戦闘の場面）で、初段と三段目以降が本来の説経であったと考えられている（新潮日本古典集成『説経集』頭注）。前の「しんとく丸」では、継母が主人公に迫害を加える理由は、継母にも実子が生まれ、継母がしんとく丸を追放して我が子を総領にしようと考えたからであるが、この「あいごの若」では、継母が美しい少年である主人公に道ならぬ恋慕の心を起こしたことが、迫害の契機となっている。舜譚やその他の中国の孝子譚においても、継母が前妻の子を迫害する契機が語られている場合は、「しんとく丸」同様、継母と夫との間に実子が誕生し、その子に家督を継がせるためというのが、共通して見られるパターンであり、[7] 義理の子への恋慕が子により拒絶されたために迫害へと転換していくという構図は、継母が義理の息子を迫害する物語において、特異であるといってよかろう（たとえ物語の上のことで、血のつながりがないといっても、母親が息子に愛欲を覚えるという筋立ては、当然倫理的に大きな問題を含んでいたため、幼学の場で語られることの多い中国の孝子譚においては、特に忌避されてきたものと想像される）。これまで述べてきたように、経典に本説を持つクナラ太子譚が、説経「しんとく丸」において、主人公の盲目となる苦難や妻に支えられての流浪という構想に影響を与えているとすれば、そのクナラ太子譚に、「あいごの若」と同様の、継母の継子への恋慕――継子による拒絶――継母の讒言・迫害という筋立てが語られることは、特に注目される。「しんとく丸」がクナラ太子譚から構想の一部を得たのと同様に、「あいごの若」の、継母の邪恋、その拒絶をきっかけとした主人公への迫害も、やはりこのクナラ太子譚の前半を踏襲して構想されたものと考えて良いのではないか。

そして、「しんとく丸」が、その前半で継母の陰謀による主人公の失明と妻に支えられての流浪をクナラ太子譚を下敷きにして描きながら、後半では天の咎（とが）による父の失明と主人公によるその救済というクナラ太子譚とは大きく異なる筋立てが、中国の孝子譚である舜譚により加えられていったのと同様に、この「あいごの若」でも、継母の恋慕を拒絶したために継母の奸計により放逐された主人公は、後半部では、クナラのような盲目の身とならない代わりに、妻も供人（ともびと）も付き添わない孤独な放浪の末についに入水するという、主人公救済の結末を持つクナラ太子譚とはまったく異なった方向に話が展開していく。ここで「しんとく丸」が、物語の展開に孝子譚の一つ舜譚を援用していたことを思い合わせながら、他の孝子譚にも目を向けてみると、継母の迫害――主人公の流離という、舜譚と同様の前半を持ちながらも、その主人公が救済されることなく、悲嘆のあまり最後には入水してしまうという、「あいごこ」と共通する悲劇的結末を持つ孝子譚として、伯奇譚[8]が注目されてくるのである。今、舜譚同様、陽明文庫本『孝子伝』と『注好選』により、この話を示そう。

伯奇は、周の丞相尹吉甫の子なり。人と為り慈孝なり。而して後母一男を生み、仍りて伯奇を憎み嫉む。乃ち毒蛇を取りて瓶中に納れ、伯奇を呼びて、小児を殺さんと戯る。小児蛇を畏れ、便ち大いに驚き叫ぶ。母、吉甫に語りて曰はく、「伯奇常に我が小児を殺さんと欲す。君若し信ぜざれば、試みに其の所に往きて之を看よ」と。果たして之を見るに、伯奇と瓶の蛇在り。又讒言すらく、「伯奇乃ち我に非法をせんと欲す」と。父云はく、「吾が子、人と為り慈孝、豈此の如き事有らんや」と。母曰はく、「君若し信ぜざれば、伯奇をして後園に向かひ菜を取らしめ、君密かに之を窺うふべし」と。母先づ蜂を賫ちて衣の袖の中に置く。母、伯奇の辺りに至りて白さく、「蜂、我を螫す」と。即ち地に倒れ、伯奇をして除くことを為さしむ。奇即ち頭を低くして之を捨つ。母即ち還りて吉甫に白さく、「君伺ひ見るや否や」と。父因りて之を信じ、乃ち伯奇を呼びて曰はく、「汝父の為に、上天に慙ぢず、後母を娶ること此の如し」と。伯奇之を聞き、黙然として気無し。因りて自殞（＝自殺）せんと欲す。人有りて之に勧め、乃ち他国に奔らしむ。父、後に審定し、母の奸詐を知り、即ち素車、白馬を以て伯奇を追ひ、津所に至り向かひ、津吏に曰ひて曰はく、「向に童子の赤白美皃なる、津所に至るを見るや不や」と。吏曰はく、「童子の向かふ者、度りて河中に至り、天を仰ぎて歎じて曰く、飄風起こり素衣を吹く、世の乱れに遭ひて帰する所無し、心鬱結し屈して申びず、蜂の厄の為に即ち我が身を滅ぼすと。歌ひ訖り乃ち水に投じて死す」と。父之を聞き、遂に悲泣して曰はく、「我が子狂へるか」と。即ち河の上に之を祭るに、飛鳥有りて来たる。父曰はく、「若し是れ我が子伯奇ならば、我が懐に入れ」と。鳥即ち其の手に飛び上り、懐中に入りて袖より出づ。父之に曰はく、「是れ伯奇ならば、当に吾が車に上り、吾に随ひて還るべきなりと。鳥即ち車に上り、随ひて家に還り到る。母便ち出で迎へて曰はく、「向に君の車の上を見るに、悪鳥有り。何ぞ之を射殺さざる」と。父即ち弓を張り矢を取り、便ち其の後母を射るに、腹に中りて死す。父罵りて曰はく、「誰か我が子を殺せる」と。鳥即ち後母の頭に飛び上り、其の目を啄む。今の世の鵄梟是なり。一名は鸋鴂。其の生める児、還りて母を食らふ。詩に云はく、「我を知る者は、我が心憂ふと謂ふ。我を知らざる者は、我何をか求むと謂ふ。悠々たる蒼天、此れ何人ぞや」と。此は之を謂ふなり。其の弟、名は西奇なり。（陽明本『孝子伝』）

此の人（伯奇、ここでは「陌奇」と記される）は、周の丞相尹吉補が子なり。人の為に孝慈あり。未だ嘗て悪あらず。時に後母、一男を生みて、始めて伯奇を憎む。或いは蛇を取りて瓶に入れて陌奇に賷たしめて小児の所に遣る。小児之を見て畏怖して泣き叫ぶ。爰に母、父に語りて云はく、「陌奇は常に吾が子を殺さむと欲。君見知らずや。往きて畏しき物を見よ」と。父瓶の中の蛇を見て曰はく、「吾が子は若うより人の為に悪無し。豈之有らんや」と。母が曰はく、「若し君信ぜずは、慥に其の所為等を見せしめむ。妾と陌奇と彼（後カ）の園に往きて菜を採まむ。君窺ひて陌奇の所為を見るべし」と。即ち母、密かに蜂を取りて、袖の中に裹むで園に至りぬ。乃ち母地に倒れて云はく、「吾が懐に蜂入れり」と。爰に陌奇走り寄りて、懐を採り蜂を掃ふ。時に母起ちて、家に走り還りて云はく、「君見ずや否や」と。父之を信じて陌奇を召して云はく、「汝は吾が子なり。上には天に恐り、下には地に恥づ。何ぞ汝後母を犯すや」と。陌奇之を聞きて、五内に主無し。既に後母が讒謀を知りて、諍がふと雖も信ぜじ。如かじ、自ら殺害してむと。人有りて誨へて云はく、「罪無くして徒に死なむよりは、如かじ、逃げて他の国に住まむには」と。時に陌奇遂に逃げ去りぬ。父猶後母が讒謀を知りて、車を馳せて逐ひ行く。河の岸に至りて、吏に逢ひて問ひて云はく、「此より童子過ぎつるや」と。吏答へて云はく、「可愛げなる童子涙たり、河の中に至りて天を仰ぎて嘆きて曰はく、

> 我計らざる外に忽ちに蜂の難に遭ひ、家を離れて浮蕩して帰する所無し。心に向かふ所を知らずと。歎き已って、即ち身を河の中に投げて没み死にぬ」と。父之を聞きて悶絶し、悲しみ痛むこと限り無し。乃ち曰はく、「吾が子陌奇、怨を含みて身を投げたり。嗟々しきかなや、悔々しきかなや」と。時に飛鳥、吉補が前に来至せり。吉補が曰はく、「吾が子の若し鳥に化せるか。若し然らば当に我が懐に入れ」と。鳥即ち吉補が手に居て、亦其の懐に入りて袖より出でぬ。又父が曰はく、「吾が子陌奇が化せるならば、吾が車の上に居て、吾に順ひて家に還れ」と。即ち鳥、車の上に居て家に還り到る。後母出でて見て曰はく、「噫、悪しき怪鳥なり。何ぞ射殺さざる」と。父弓を張りて之を射るに、箭、鳥には中らずして、母が胸に当中りて死亡しぬ。鳥則ち其の頭に居て、面目を啄み穿ちて、乃ち高く飛びぬ。死にても敵を報ゆるは、所謂鵰鳥是なり。雛にして母に養はれ、長じては還りて母を食す。世々に此の怨、敵を施さざる所、以て此の如きか。
>
> （『注好選』上「陌奇は蜂を払ふ第六十六」）

舜譚をはじめ、他の〈継子いじめ譚〉の要素を持つ中国の孝子譚のほとんどすべてが、孝子が継母の迫害にもかかわらず継母に孝養を尽くし、天の恵みなどがあって孝子の真心が知られ、やがて継母も心を改めるという、幼童に孝養を勧めるのにふさわしいハッピーエンドの結末を持つ中で、この伯奇譚だけは、主人公の秘めた孝心は実父にも知られず、実父が真実に気づいたときには、既に主人公は入水しているという、悲劇的な結果で終わる点で際だって特異な存在である（そして鳥に生まれ変わった主人公が父の力を借りて継母を射殺し復讐を遂げるという、「孝子譚」の枠組みにはどうしても収まりきらない結末を有している点も）。

継母の奸計による追放と流離の果ての入水――「あいご」と伯奇譚のとの大きな枠組みの一致はこれに尽きるが、さらにいくつかの細かい点でも両者は対応を見せる。まず、「あいご」では、父に誤解された主人公はただちに流離するのではなく、父に有無を言わさず縛り上げられ、桜の古木につるされたまま瀕死の状態になる。そこで冥途にいる母親が我が子の難を知り、閻魔に頼んでイタチに生を変えて人間界に戻り、縄をかみ切って主人公を助けてやり、比叡山の北谷の阿闍梨を訪ねていけと教える場面がある。その結果、主人公は流離の旅に出ることになるのだが、この場面、主人公はすぐに追放されたりするのではなく、なぜ一度瀕死の目に遭いながら救われるのだろう。「をぐり」の蘇生譚のように、冥界に落ちた者が姿を変えて人間界に戻るという場面を設けるための、説経としての趣向の一つであることは理解できるのだが、「をぐり」とは異なり、「あいごの若」ではせっかくの母親の機転や閻魔の計らいも、最後には主人公本人の入水で文字通り水泡と帰してしまう。これは、実は、伯奇譚において、伯奇が一度は自害して死のうとしたのを、「人有りて」説得して他国に奔(はし)らせようとしたとしていることと対応しているのではあるまいか。伯奇譚での「人」は、瀕死のわが子を助けた冥界にいる実母という、主人公にとってより身近な人物へと移し換えられ、「他国に奔り逃れよ」という「人」の教えは、「比叡山にいる伯父の阿闍梨を訪ねて助けてもらえ」という実母によるより具体的、現実的な教えへと巧みにずらされていき、「これで主人公が助かるのではないか」という期待がいやがうえでも盛り上がるように仕組まれている。それだけに、ラストの主人公入水の悲劇の度合いは、伯奇譚に比べて一段と強まるという効果もあるわけである。

そして、伯奇譚では、継母は父の弓により射殺され、鳥に化した伯奇が、その目(あるいは顔面)を啄(ついば)むことで復讐を遂げるのであるが、「あいご」では、後母への復讐は、完全に父の手によって行われており、その方法も彼女を簀巻(すまき)にして、鴨川・桂川の落ち合う「稲瀬(いなせ)が淵(ふち)」に沈めるという、説経独特の残酷なものとなっている。しかし、「あいご」の物語はここで結末となるのではなく、さらに稲瀬が淵に沈められた継母が、あいごへの愛欲の念から大蛇と化してあいごの死骸を抱き去り、阿闍梨の加持によってようやく死骸を返すという場面が展開する。これはクナラ太子譚を受けた、そもそものことの発端である継母による継子への恋慕を、最後の場面にもういちど甦らせた趣向にほかならないと考えるが、伯奇譚がクナラ太子譚に接合されて、「あいご」の物語を形成していくについても、この継母と継子の許されない関係が働いているのではないだろうか。もちろん、伯奇譚には継母が継子に恋慕するというモチーフがあるわけではない。しかし伯奇譚には、あらかじめ蜂を懐に入れたうえでの継母の芝居とはいえ、継母が地に倒れて継子にその懐を探らせるという、父が誤解したように、外見的にはきわめて危うい継母と継子の姿が展開されるのである。おそらく説経「あいご」の作者は、この点に注目して、「（継母の后）終ニ人無キ隙ヲ計リテ、太子ノ在マス所ニ蜜ニ寄テ、太子ニ取リ懸リテ忽ニ懐抱セムトス」（『今昔物語集』「拘拏羅太子抉レ眼依二法力一得レ眼語第四」）という場面を持つクナラ太子譚と、伯奇譚とを接合させることに思い至ったのではあるまいか。そして、「あいご」では、その継母と継子の危険な姿は、クナラ太子譚のように前半の継母の恋慕の場面ではまだ描かれず（継母が恋文を送りつけては継子に拒否されるという抽象的な形で処理されている）、最後になって、大蛇と化した継母が死骸となった継子にまとわりついて、その恋慕の思いを晴らすという、道成寺伝説などと共通するきわめてはげしい形に姿を変えて登場させられているのである。継母と継子の許されない関係というものに着目して、天竺・震旦の物語を接合させていった「あいご」の〈作者〉は、最後に至ってもう一度、この悲劇の原因となった継母の妄執をすさまじい形で浮かび上がらせて、物語を聞くものに再認識を迫ろうとしたのではないか。

実は、「あいご」のように、クナラ太子譚と伯奇譚とを組み合わせて物語を形成している作品が、はるか以前の平安時代に既に存在していた。『うつほ物語』忠こその巻に描かれる「忠こそ」の物語である。説経「あいごの若」とこの忠こその物語との関係や、忠こその物語がなぜクナラ太子譚、伯奇譚を採り入れて形成されたかなどについては、別稿を用意したのでそれを参照願いたいが、[9]〈継子いじめ〉による主人公の流離を接点として、クナラ太子譚と中国の孝子譚を結びつけて物語を形成するという方法は、平安時代の王朝貴族の物語において早くに成立していたのである。中世の賤民層に属する説経の徒が語る説経と王朝の貴族のための物語とが、その形成において共通した基盤を有しているというのは、一見奇異な感があるけれども、あるいは、このような物語形成の方法というのは、幼学の世界やその幼学の教養が支える唱導の世界では、案外ありふれたものであったのではないだろうか。ただ幼学や唱導の世界の資料は残りにくく、こうした方法により形成された作品が水面下に隠れてしまっているために、そのあたりの事情が現代の我々からは見えにくくなっているのではないか。

五、説経「しんとく丸」「あいごの若」の成立と唱導世界
――結びに代えて――

このように、「しんとく丸」「あいごの若」の両説経には、いずれもクナラ太子譚をベースにして、そこに舜譚、あるいは伯奇譚といった中国の孝子譚を接合させて、物語の構想の大枠が形成されているという共通性が見てとれる。こうした視点を抜きにしても、これまでこの両説経については、観音（「しんとく丸」では清水、「あいご」では泊瀬（はつせ））に申し子をして主人公を授かる場面や、観音から子を授かる替わりに親の命がなくなると告げられる場面、実母が約束の期日が過ぎても命を奪われなかったことを誇って観音を嘲り命を失う場面など、多くの場面でその共通性が指摘されてきた（新潮日本古典集成『説経集』「あいごの若」頭注など）。これだけでも、両説経が成立の

土壌を共有していることがある程度想像できたが、本章で述べたように、両説経において、物語の構造を形成する大枠においても手法の共通性が見られたことにより、両者の関係は一段と緊密なものとしてとらえられるようになったと思う。(10)説経の作者というものをどのようにとらえてよいかを解明できる用意は今のところ私にはないが、少なくともこの両説経に関しては、物語の枠組みの原型は、多くの人々の語りの中から少しずつ練り上げられて、鍾乳石が少しずつ成長するように成り立ったものではなく、特定の作者――個人か集団かはさて措くとして――により構想されたものである可能性が高いと考える。

そして、その作者にとっては、クナラ太子譚や中国の孝子譚はきわめて身近なもので、彼（彼ら）はそれを自らの血肉として、それに強い在地性や語り物としての芸能性を付加しながら、あたかも日本の土着の物語のように語り変えることを、造作もなくやってのけるだけの、練達した技量を持っていたのである。また当然、彼（彼ら）は謡曲「弱法師」もクナラ太子譚の翻案であることを知っていたものと思われる。謡曲「弱法師」作者と両説経の作者の知識の源泉や物語の発想の基盤は大きく重なっていることが予想される。

いま、クナラ太子譚や中国の孝子譚が載せられた日本の文献を見ると、『注好選』『今昔物語集』『宝物集』『因縁抄』など、いずれも平安末から鎌倉期にかけて行われてきた唱導とかかわる説話集であることが注意される。また孝子譚とのかかわりで見ていけば、日本では古代から平安・鎌倉時代にかけて行われていた『孝子伝』系のテキストが、室町期には『二十四孝』系のテキストへと転換していくが、(11)舜譚は『孝子伝』『二十四孝』においても、ともにその冒頭を飾る著名な物語であるものの、伯奇譚は『二十四孝』には登場しない物語であることに注意しておく必要がある（おそらく前節で述べたように、疑似的とはいえ継母と継子の危うい場面が登場する伯奇譚は、児童向けの幼学テキストとしての『二十四孝』の編纂基準に合わず、採用されなかったものと想像される）。つまり説経作者は、『二十四孝』という、御伽草子にも取り入れられた新しい時代のテキストではなく、鎌倉時代までに既に確立していた唱導の世界で行われていた物語に拠りながら、これらの作品を形成させたことになる。両説経の基本的な形が成立したのは、いつごろのことかはわからないが、この両説経の作者が拠っていた知識の基盤は、平安朝から鎌倉時代にかけて行われていた伝統的な幼学・唱導の世界にあったといってよいであろう。

しかし、「しんとく丸」「あいごの若」が、鎌倉時代までの唱導世界にあったクナラ太子譚や中国孝子譚と決定的に異なるのは、これら前代の唱導世界の物語が原話——それは比較的単純な物語である——をほぼ忠実になぞって語られるのに対し、この両者は、ともに説経という語り物としての様々な独自の要素——観音への申し子、詳細な道行き、恋文の謎解き、哀切な口説き等——を持った様々な場面をそこに巧みに織り込み、さらに清水や天王寺、叡山にまつわる信仰や伝承を取り込んで在地性を持たせながら、日本の物語として全く違和感なく仕上げられていることであろう。さらに、「しんとく丸」においては、「天王寺」「阿倍野」という〈場〉の持つ特性を利用して、主人公と妻、主人公と父の再会の場面を構成し、「あいごの若」においては、継母を死後も大蛇に変身させて「あいご」への執心を遂げさせ、父親以下物語に登場した関係人物をすべて入水させるという壮絶なカタストロフィーを創出するなど、唱導世界で行われていた原話に触発されながら、きわめて大胆なストーリーを構想する能力を有している説経の〈作者〉たちの凄さというものを、あらためて見直してみる必要があろう。

「さんせう大夫」「をぐり」「まつら長者」などの他の説経作品も、「しんとく丸」や「あいごの若」のような形成のされ方を経て成立したものかどうかは今のところ明らかではないが、少なくとも、これらの作品から、一度前述したような「説経」という芸能の持つ在地性や芸能性という諸要素をそぎ落としてみて、その「核」となる物語を抽出し、前代の文学——特にこれまで表舞台に出てこなかった唱導世界の物語——との関係を洗い直していく作業は無駄ではないと考えられる。こうした作業が積み重ねられることによって、文芸としての「説経」のすばらしさ、そしてそれを生み出した〈作者〉のすばらしさが、あらためて見えてくるのかもしれない。

注

（1）『「しんとく丸」の成立基盤」（『説話文学論集』第十五集〈清文堂出版、二〇〇六年〉、後に同氏『古浄瑠璃・説経研究 近世初期芸能事情』上巻〈和泉書院、二〇二〇年〉に所収）参照。

（2）『日本芸能の源流』（民俗民芸双書61、岩崎美術社、一九七一年）「三 しんとく丸」。

（3）孝子譚としての舜譚の展開と日本における享受については、黒田彰氏『孝子伝の研究』（佛教大学鷹陵文化叢書5、思文閣出版、二〇〇一年）のⅢ―二「重華外伝――注好選と孝子伝――」参照。

（4）陽明本『孝子伝』については、注3黒田氏著書のⅠ―一「孝子伝の研究」の2「陽明本、船橋本孝子伝について」参照。

（5）船橋本『孝子伝』については、注4黒田氏論考のほかに、同書Ⅰ―四「船橋本孝子伝の成立――その改修時期をめぐって」をも参照。また、『孝子伝』と『注好選』との関係については、今野達氏「陽明文庫蔵孝子伝と日本説話文学の交渉 附 今昔物語出典攷」（『国語国文』22巻5号〈一九五三年五月〉）、同「古代・中世文学の形成に参与した古孝子伝二種について――今昔物語集以下諸書所収の中国孝養説話典拠考――」（『国語国文』27巻7号〈一九五八年七月〉）を参照。両論文とも『今野達説話文学論集』（勉誠出版、二〇〇八年）に所収される。

（6）黒田彰氏「昔話と孝子伝――孝子伝の受容――」（文部科学省科学研究費補助金特定領域研究「古典学の再構築」B02班「日中幼学書の比較文化的研究」〈二〇〇三年三月〉報告書に収録。後に同氏『孝子伝図の研究』〈汲古書院、二〇〇七年〉に「序章　孝子伝への招待――昔話と孝子伝」として所収）。

（7）『孝子伝』所収の孝子譚では、他に閔子騫、申生などが挙げられる。

（8）伯奇譚の中国における成立と展開、またその日本における受容の諸相、孝子伝図像との関連などついては、黒田彰氏「伯奇贅語――孝子伝図と孝子伝」（説話と説話文学の会編『説話論集』第十二集「今昔物語集」〈清文堂出版、二〇〇三年〉所収、後に注6所引『孝子伝図の研究』に「伯奇贅語」として収録）を参照。

（9） 次章『『うつほ物語』忠こその〈継子いじめ譚〉の位相――『孝子伝』の伯奇譚・クナラ太子譚との比較考察から――』参照。

（10） 付言すれば、両説経の形成に利用された、舜譚、伯奇譚の両者も、既に中国において、継子の迫害、流離の要素を強く持つ孝子譚として、併せて享受されてきたことが注目される。たとえば敦煌変文の「舜子変」には、継母が舜を桃の木に登らせ、自ら頭の髻を解き、金の釵で自分の足を刺しておいて、舜に「足にとげが刺さったので木からおりてきて、足を見ておくれ」といい――以下欠落あり――その後で夫に「妾の頭（かしら）黒く面（かほ）白きを見て、猪狗の心を冀生す（私が若くて器量がよいので、畜生のような心を起こした）」と訴える場面がある。これは明らかに継母が継子の孝心を利用して、継子が自分を犯そうとしたと見せかけて夫に讒言する話で、伯奇譚の蜂を懐に入れての継母の芝居の変奏であることは疑いない。中国の語り物の世界でのこうした両者の結びつきと、日本において、両者がクナラ太子譚と結びついて、新しい説経の物語を創り上げていくこととの間には、おそらく何らかの繋がりが存在しているのだろう。なお、伯奇譚や舜子変などの中国の継母と継子が登場する孝子譚のいくつかに性的な要素が存在し、儒教の倫理がこれらの物語を注意深く扱ってきたことや、こうした問題と現実世界における継母と継子の姦通というタブーとの関連については、金文京氏「規範としての古典とその日常的変容――元代類書『事林広記』所引法令考」（『古典学の現在II』文部科学省科学研究費補助金特定領域研究「古典学の再構築」総括班、二〇〇一年二月）に指摘がある。

（11） 『孝子伝』と『二十四孝』との関係、交代時期等については、注3所引黒田氏著書のI「孝子伝の研究」の二「二十四孝の研究」所収の諸論参照。

〔初出〕説話と説話文学の会編『説話論集』第十三集（清文堂、二〇〇三年）に同題で掲載。

〔初出時附記〕本稿は、二〇〇二年三月三十一日に行われた神戸古典文学研究会（於神戸市勤労会館）での研究発表にもとづく。当日御意見・御批評をいただいた方々に厚く感謝申し上げる。特に阿部泰郎氏からは『因縁抄』のクナラ太子譚・舜譚の存在について御教示をいただき、また今後の調査研究の方向についても貴重な提言をいただいた。なお本稿は平成十三・十四年度科学研究費補助金交付研究（特定領域研究Ａ２「古典学の再構築」Ｂ02班「日中幼学書の比較文化的研究」）の成果の一部である。

2 『うつほ物語』忠こその〈継子いじめ譚〉の位相

――『孝子伝』の伯奇譚・クナラ太子譚との比較考察から――

はじめに

『うつほ物語』の俊蔭巻、北山の山奥の「うつほ」で暮らしていた俊蔭女・仲忠母子を見い出した兼雅は、二人を京の自邸に引き取ろうとして俊蔭女を説得する。「仲忠は、行く末もあり、あなたの子でもあるのだから、連れて帰ってどうか世に出してやって下さい。しかし私自身は今更恥ずかしくて人の世の交わりなどしたくもないし、京に帰ろうとも思いません」と帰京を拒む俊蔭女に対し、なんとしても彼女も一緒に自邸に連れて帰りたい兼雅は、女親を持たない男の子がいかに危ういものであるか、その実例を挙げて彼女を懸命に説得する（以下、『うつほ物語』の引用は小学館新編日本古典文学全集に拠る）。

親なき人は、身もいたづらになるものなり。昔、千蔭のおとどの、ただ一人子を継母に謀られて、今は音にも聞こえず、となむ言ふなる。この人につきてこそは、かかる住まひも思し立ちけるを、これをいたづらになさぬに思しとりて、なほ出でたまへ。

「あなたもわが子のためゆえに、こんなわび住まいの暮らしを思い立ったのでしょうから、ここは、わが子を千蔭のおとどの一人息子のような不憫な目に遭わせたくないとお思いになって、ひとまずこのうつほを出て彼と一緒に私の所へいらっしゃい」――ここで兼雅が語っている、母を亡くし継母に謀られて身を破滅させてしまう千蔭のおとどの一人息子が忠こそで、その悲劇の物語が語られるのが、後に置かれている「忠こそ」の巻である。この巻で語られる忠こその物語は、後述するように、俊蔭巻で登場する男性主人公仲忠の物語と対比される形で構想されており、不遇の身から破格の立身を遂げていく主人公仲忠を陽とすれば、忠こそはその陰画として、長編物語の形成に参与していく(1)。

そして俊蔭巻における仲忠の物語には、中国で成立し、日本にも奈良時代には伝えられていた幼学書『孝子伝』に載せられた孝子の奇瑞譚が踏まえられていることが従来から説かれてきているが(2)、本章では、仲忠と番(つが)えられる忠こその〈継子いじめ〉の物語にも、『孝子伝』に存する〈継子いじめ〉を扱った孝子譚――具体的には伯奇の物語――が踏まえられているのではないかということを推定し、さらに母に孝を尽くし極貧の身から立身して行く仲忠と、継母の奸計により大臣の一人子でありながら出家遁世に追い込まれてしまう忠こそとを対比させる『うつほ』作者の構想にも、この『孝子伝』が影響を与えているのではないかということを論じる。また『孝子伝』の〈継子いじめ〉を扱った孝子譚と、『うつほ』忠こその〈継子いじめ譚〉の背景を比較することにより、忠こその〈継子いじめ譚〉が、継母の継子への邪恋を継子が拒絶することから迫害が始まるという特異な話型――後述するようにインド起源の〈継子いじめ譚〉クナラ太子譚に見られる――をなぜ導入するに至ったかについても論じてみたい。

なお、以下の論述には実証的論証が得られない部分があり、本章はあくまでも仮説の提示にとどまるものであるが、日本における〈継子いじめ〉の物語の始発としての『うつほ』忠こそや『落窪』『住吉』といった物語の成立を考える上で、新たな問題提起を行うものとしてお読みいただければ幸いである。

一、「忠こそ」の〈継子いじめ譚〉と「仲忠」の孝養譚
――物語の構想の背景としての『孝子伝』――

まず、手始めに「忠こそ」の巻に描かれた物語のあらましを見ておきたい。

嵯峨帝の御代、右大臣橘千蔭は北の方に一世の源氏を迎え、仲睦まじく過ごし、二人の間には男子忠こそが生まれる。忠こそは聡明な子で、北の方は彼を溺愛するが、忠こそが五歳の時に病気にかかり、夫に「腹汚き人（＝継母）につきて悪しき目見せ給ふな。腹汚き人ありて悪しきこと聞こゆる人ありとも、言はむ人の罪になし給へ」と継母のために忠こそが不幸にならないように遺言して世を去る。この頃左大臣源忠経が亡くなり、その北の方が千蔭に懸想し、財を尽くして彼に言い寄ってくる。心優しい千蔭は相手の立場を思い、むげに断り切れず、心ならずも彼女の住む一条殿に通うことになる。

十歳で殿上した忠こそは、父と一緒に一条殿に出かけるうちに、十三、四歳の時に、故忠経の姪と恋仲になる。千蔭の訪れが遠のいた北の方は、これを羨み、継母の身で忠こそに言い寄るが、断られ相手にされなかったために逆恨みし、千蔭・忠こそ父子を陥れようとたくらみ、千蔭が置いていった伝来の石帯を博打に命じて蔵人所に売りに行かせ、忠こそが盗んで売ったように言いふらさせた。千蔭はこの話を聴いても我が子を信じ取り合わなかった。しかし、継母北の方は次の手を打ち、忠こそが帝に寵愛されて宮中に長くとど

まっているのを見計らって、故忠経の甥の祐宗を使って、忠こそが帝に讒言して千蔭を失脚させようとしているると千蔭に伝えさせる。今回はさすがに千蔭も驚き、次第に忠こそを疑うようになる。久しぶりに帰宅した忠こそは、父から疑いの言葉を聞き、悲しさのあまり宮仕えの気力も失せ、家を出た後、山伏について鞍馬に登り、そのまま出家してしまう。

忠こそが出仕していないという宮中からの知らせを聞いて参内した千蔭は、初めて我が子の失踪を知り、帝から「讒言などのことはすべてが北の方の謀略であろう」と知らされ、泣く泣く退出し、忠こそに会いたいとひたすら祈念する。北の方は千蔭に疎まれ、財産も使い果たして凋落し、千蔭も小野に隠棲して仏事を営み、忠こそを恋い慕いながら死んでしまう。

『うつほ物語』において、この「忠こそ」の物語はもちろん独立して存在しているわけではなく、長編の物語の中で他の巻々の物語と連携しながら、その存在意義を保っているのであるが、既に「はじめに」で述べたように、俊蔭巻において、俊蔭女への帰京を促す兼雅の説得の中で、「もし母親のあなたが仲忠についてきてくれなかったら、仲忠は、実母を失って継母に謀られたあの忠こそのように哀れな身の上になるかもしれない」と、仲忠の将来と絡めて「忠こそ」の巻で語られる内容が先取りされて告げられていた。また従来からも、この「忠こそ」の物語については、先行する俊蔭巻に登場する「仲忠」の物語と対比関係にあることが指摘されている。(3) 確かに仲忠は、忠こそとは対照的に、生まれた時には父もいなく、母俊蔭女とたった二人きりで山中の「うつほ」に暮らし、極貧の中で生育するが、たとえば、三上満氏は注3に挙げた論考中において、（俊蔭の巻と忠こその巻との登場人物の名前の類似、両巻の対比性に注目して）仲忠と忠こそ、この二人は単に名前が似通うだけではなく、それが背負う物語にも対比構造が見出されるのではあるまいか。両者が流離を経験する点は共通する。だがある一点に視点を合わせるなら、両者の流離の物語は極めて対照的なものと言えよう。それは、母親の存在ということである…略…忠こそは実母を失ったがゆえに流離の身とならねばならなかったのであり、仲忠は母親とともにあったがゆえに流離から栄達への道を歩むことになったと言えよう…略…母親の意義については、忠こその巻と俊蔭の巻は対照的な性格を持つことにより相補的な関係にあり、そのことは、忠こその物語が継母譚として個別に成立したか否かを問うまい。忠こその巻が悲劇的結末に終り、仲忠母子の帰京後の隆盛ぶりの間に、忠こその流離が続けられているという設定も、こうした見方の妥当性を裏付けるものと言えよう。

と仲忠と忠こその対比関係を大局的にとらえられる。両者の基本的な対比の構造は、ほぼこの記述の通りであるが、本章の立場から言えば、俊蔭巻の仲忠が、父のいない極貧の生活の中で、母（俊蔭女）に献身的に仕える孝子として描かれ、その孝行ぶりに天が感じて様々な奇瑞がもたらされ、母子は山中の貧しい暮らしにも飢えることなく平穏な生活を送っている点にも注意が必要であろう。三上氏の指摘を参考に、私なりに俊蔭巻の仲忠と忠こそを対比すれば次のようになる。

仲忠↓　①父はいない。②極貧。③実母と二人きりのうつほでの密着した生活。④母親に孝養を尽くして天感にあずかり様々な奇瑞を得る。⑤父に見いだされ母と子に幸せな生活が訪れ、子は世に出る。

忠こそ↓①父はいる。②裕福。③実母は死に、継母（故左大臣北の方）が邪恋、拒否したことにより継母が憎悪する。④継母の謀略により父から無実の疑いを受け家を出て流離する。⑤父も真相を知り悔いて出家し、父と子は二度と会えなくなる。子も出家して世を捨ててしまう。

一口に言えば、実母に孝養を尽くし、天感により奇瑞を得、逆境から成功をつかむ仲忠と、実母を亡くし、継母の憎悪により順境から没落していく忠こそとの対比の構造というようにまとめられようか。

この仲忠の物語の孝養奇瑞譚については、前述のように『孝子伝』に採られた中国孝子譚（王祥の解氷得魚譚、孟宗の雪中得筍譚など）を用いて形成されていることが明らかになっているが、ここで注意すべきことは、仲忠の孝養奇瑞譚の出処と目される『孝子伝』に、こうした孝養奇瑞譚とともに、忠こその物語と類を同じくする〈継子いじめ譚〉を用いた孝子の物語がいくつも採られていることである。

孝養奇瑞譚…王祥、孟宗、姜詩等。

継子いじめ譚…伯奇、閔子騫、中生等。

このように『孝子伝』において、孝養奇瑞譚と〈継子いじめ譚〉とが併せて収録されていることは、幼学書としての『孝子伝』という書物の在り方を考えるに際し、非常に興味深い問題を投げかけていると思われるが、今はこの問題には立ち入らず、ひとまず『孝子伝』においては、様々な親と子のあり方とそこから生じてくる物語を、〈孝〉に結びつけて教訓的に読者に語りかけているものと解したい。このうち孝養奇瑞譚については王祥、孟宗などが仲忠の物語の形成に利用されているのだが、実は〈継子いじめ譚〉の方にも、忠こその物語の形成を考える上で無視できない話が存在する。それが周の宰相尹吉甫の子、伯奇の物語である。[4] この話のあらすじを陽明本『孝子伝』にもとづき次に示そう。

伯奇はやさしく孝行な子であった。しかし継母が実子を生み、伯奇を憎み妬むようになる。ある時、継母は前もって瓶に毒蛇を入れておいて伯奇を呼び、そこに自分の子も連れてきて蛇を見せて驚かせ、夫に「伯奇が私の子を殺そうとしている。行ってご覧なさい」とその現場を見せるが夫は信じない。そこで継母は、今度は夫に「伯奇が私に道に外れたことをする」と訴える。信じない夫に「うそだと思うなら、伯奇に後園で野菜を採れと命じて、それをご覧なさい」と言い、自分は前もって袖中に蜂を入れておき、後園に出て「蜂が私を刺す」と倒れ臥し、伯奇に助けを求める。伯奇は夢中で頭を継母の身体に付け、その袖に手を入れて蜂をつかみ出す。その後、継母は夫の所へ行き「見ましたか」と言う。今度は夫もだまされて伯奇を呼びつけ、「おまえは父にとって天も恐れぬ不孝者だ。なぜ継母(おかあさん)に手を出した」と叱る。伯奇は何も言えず、心神喪失し自殺しようとするが、ある人が思いとどまらせ他国に逃げさせる。父は後の審(しらべ)で継母の奸計であったことを知り、あわてて伯奇の後を追い、渡し場まで来て、渡し守に「美しい童子が来なかったか」と尋ねる。渡し守は「童子は河の途中まで来て、天を仰いで怨みの歌を歌い終わるやいなや河中に身を投げた」と答える。父は河のほとりで伯奇を祭ると一羽の鳥がやってくる。父は「もし伯奇ならば、懐に入れ」というと鳥は懐に入る。父はそこでこの鳥を一緒に車に載せ帰宅する。それを見た継母が「車に悪鳥がいる。どうして射殺さないのか」と言うと、父は弓に矢をつがえ、鳥ではなく継母の腹を射抜き、「誰が我が子を殺したのか」と罵る。

この伯奇譚と「忠こそ」とでは、次のような類似性が注目される。

・継母が奸計を案じ父に讒言し継子を陥れようとし、父が継母の奸計による讒言を信じてしまう(一度目は我が子を信じるが、二度目に至り、だまされてしまう点も共通)。

・父に信じてもらえなかったことに衝撃を受けての子の流離と悲劇的な結末(伯奇は入水、忠こそは出家)。

・真相を知った父が子を探し求めるが、子には二度とあえない。

一般的に〈継子いじめ譚〉を扱った物語においては、平安前期の『落窪物語』『住吉物語』、後世の『鉢かづき』や説経「しんとく丸」、それに伯奇譚以外の中国の孝子譚にしても、継子は継母のいじめ・奸計を乗り越えて、ハッピーエンドの結末を持つ。そうした中にあって、『うつほ』忠こそが、継母の奸計により父に疑われた主人公が家を出て孤独な流離を行い、絶望の末に世間との交わりを立ってしまい、父が継母の計略に気づいて子を探し求めても二度と子には会えないという、『孝子伝』の伯奇譚の展開ときわめて類似した悲劇的な展開を有していることは、仲忠の物語にも『孝子伝』の孝子譚が用いられていたことを考えあわせると、大きな意味を持ってくるのではないか。『うつほ』作者は、父を亡くした子が母に孝養を尽くし、天感により奇瑞を得る孝養奇瑞譚と、母を亡くした子が継母により迫害されて悲惨な結末を迎える〈継子いじめ譚〉との、対照的な親と子の在り方を描いた物語が、ともに『孝子伝』に存在することに着目し、主人公としての仲忠を、孝養奇瑞譚を用いて、逆境の中でも常に母と共にあり、その母への孝養によって天の恵みを受けて幸運をつかむ尋常ならぬ運命を持った人物として構想するとともに、〈継子いじめ譚〉の中からは、母を失ったことから、継母の手によって父と子が別離を強いられ、子が不幸な運命をたどる伯奇譚に拠って、仲忠とは対照的に、当初は何一つ不足のない恵まれた身でありながら、母を亡くした結果、不幸な境涯を送る人物として、忠こその物語を構想したのではあるまいか。

二、〈継子いじめ〉の契機としての「継母の邪恋」
――クナラ太子譚に見える話型の導入をめぐって――

仮に以上のような推定が成り立つとして、忠こその物語には、今一つ、大きな問題が存在しているように思われる。前述のように、仲忠の物語は、『孝子伝』の王祥譚や孟宗譚といった孝養奇瑞譚を用いて、ほぼ奇瑞譚をなぞる形で物語が展開しているが、「忠こそ」の場合は、継母が実子に家督を継がせられないことを嫉んで継子を追放するという伯奇譚の展開をそのまま全面的に踏襲することをせず、継子の迫害が起こる原因として、継母が継子に恋慕の情を抱き、その邪恋が継子に拒否されることが継子への憎しみを生み迫害へ至るという、伯奇譚とは異なる話型が採られている点である。これをどのように捉えていけばよいのであろうか。

継母の継子への邪恋と継子の拒絶を契機とする〈継子いじめ譚〉としては、後世の説経「あいごの若」が有名であるが、「忠こそ」には既にこのプロットが用いられており、主人公の継子が流離の末に悲劇的な運命をたどる話の展開の類似から見ても、両者の密接な関係が注意される。[5] この「忠こそ」と「あいごの若」に共通する、継母の邪恋と継子の拒否が引き金になって〈継子いじめ〉が起こるという話の原拠として注目されるのが、インドに起源を持つクナラ太子譚である。クナラ太子譚は、『阿育王経』第四、『阿育王伝』第三、『阿育王息壊目因縁経』等に共通して現れる。阿育王にかかわる多くの伝承の中の一話としてインドで形成され、後に『釈迦譜』、『六度集経』第四、『大唐西域記』第三、『経律異相』第三十三、『法苑珠林』第九十一等多くの仏書に引かれる、歴史と拡がりを持った伝承である。ここでは日本に受容されたクナラ太子譚として、現存する最も古い資料となる『今昔物語集』巻四の「拘拏羅太子、眼を抉られ法力に依りて眼を得たる語」を取り上げておく（以下、『今昔』の本文引用は岩波新日本古典文学大系による）。

今昔、天竺ニ阿育王ト申ス大王御ケリ。一人ノ太子有リ。拘拏羅ト云フ。形貌端正ニシテ心性正直也。惣テ万事人ニ勝レタリ。然レバ父ノ大王寵愛シ給フ事無レ限シ。此ノ太子ハ前ノ后ノ子也。今ノ后ハ継母デゾ有リケル。其レニ、此ノ太子ノ有様ヲ后見テ愛欲ノ心ヲ発シテ、更ニ他ノ事無シ…略…后此ノ事ヲ思歎クニ不レ堪シテ、終ニ人無キ隙ヲ計テ、太子ノ存マス所ニ蜜ニ寄テ、太子ニ取リ懸リテ忽ニ懐抱セムトス。太子其ノ心無クシテ、驚テ逃去ヌ。后大ニ怨ヲ成シテ静ナル隙ヲ計テ大王ニ申サク、「此ノ太子ハ我レヲ思ヒ懸タル也。大王速ニ其ノ心ヲ得給テ、太子ヲ誡メ給フベシ」ト。大王此ノ事ヲ聞テ、「此定メテ后ノ讒謀也」ト思フ。（以下、大王は太子を呼び「后と同じ宮殿に居れば不都合が起きよう。別の国を与えるから、そこに住んで我が宣旨に従え。たとえ宣旨が有っても、我が歯印が無ければ従ってはならぬ」と言いつけ、徳叉尸羅国という遠い国へ送り出す。太子がその国にいる間に、継母の后は不安になって、大王を酒に酔いつぶし、その歯形を採り歯印を偽造し、徳尸叉羅国へ「太子の両眼をえぐり取り、国外へ追放せよ」との偽の宣旨を送る。太子は嘆き悲しむが、父の歯印もあり疑えないので「我レ父ノ宣旨ヲ不レ可レ背ズ」と言い、両眼をえぐり取らせ王宮を出て后とともに流浪する）。

この『今昔』のクナラ太子譚は、文辞の詳細な比較から、『阿育王経』『阿育王伝』『阿育王息壊目因縁経』等のインドで撰述された経典に拠るのではなく、『大唐西域記』に載せられたものに拠ることが確かめられるが、[6]そこには生々しい形で継母の継子への邪恋が語られ、継子の拒絶と継母の怨怒、継母の奸計による継子の流浪に至る、忠こそと類似の話型が展開されている。『うつほ』忠こそや「あいごの若」とクナラ太子譚との関連については、森田実歳氏に「『忠こそ』の説話的背景」（上）（下）[7]なる論があり、その（上）において、『うつほ』忠こそ、『あいごの若』、「摂州合邦辻」の俊徳丸の共通項として、継母の継子に対する愛欲をモチーフとすることを取り上げ、「忠こそ」と幾つもの仏典に採られるクナラ太子譚との関係に留意すべきことが述べられる。ただし氏の関心は、「忠こそ」とクナラ太子譚に共通して見える継母の継子への恋慕や継母の夫への讒言といった要素がどこまで説話的な拡がりを持っているかに向けられており、（上）では漢訳仏典からジャータカ、ラーマーヤナ、（下）ではギリシア神話にまでこうしたモチーフを博捜されていくが、森田氏の論においては、「忠こそ」の〈継子いじめ譚〉に見られる継母の邪恋や継母の讒言というモチーフが、汎アジア的、汎世界的なものであることは理解されるものの、「忠こそ」の物語にとってクナラ太子譚はどのような位置を占めているのかや、何故『うつほ』作者がこのような「継母の邪恋」というインド起源の話型を『うつほ物語』に取り入れようとしたのかといった点に関しては、あまり関心は払われていない。

クナラ太子譚自体は、前に引用した話の後は、后に手を引かれて流浪する盲目のクナラが偶々父の王宮と知らずに物乞いに立ち寄り、彼の弾く琴の音色を聴いた父王が息子であることを知って救済し、尊者の法力により失われた眼(まなこ)も復活するというハッピーエンドの展開を見せており、『うつほ』忠こその、主人公の継子が家を出て出家し、父と再び見(まみ)える機会も永遠に失われたままに終わる悲劇的な展開とは正反対の方向に話が動いている。つまり「忠こそ」の全体的な悲劇の構想は、前節で述べたようにやはり『孝子伝』の伯奇譚に拠っていると思われ、「忠こそ」の物語においては、クナラ太子譚は、継母による継子への邪恋と継子の拒絶という話型により、〈継子いじめ〉が起こった原因理由を語るために、特に物語の前半部に導入されたものと考えられる。

一体、このクナラ太子譚の話型の導入は、どういう理由で行われたのであろうか。この問題について、日本と中国の〈継子いじめ譚〉の背景にある社会制度、家族制度の在り方の相違に注目しながら私見を述べてみたい。

いま、伯奇譚をはじめとする『孝子伝』に採られた中国の〈継子いじめ譚〉において、継母が継子を迫害するに至る原因が記されている話を調べてみると、そのすべてにおいて、継母に実子が生まれ、その実子に家督を継がせられないために「継子さえいなければ我が子が家督を相続できるのに…」と継母が継子を妬み憎むことが、迫害の原因として記されていることが確かめられる。

・伯奇譚

而して後母一男を生み、仍(よ)りて伯奇を憎み嫉む。　（陽明本『孝子伝』）

時に後母一男を生み、始めて伯奇を憎む。（船橋本『孝子伝』）

・申生譚

麗（驪）姫子を生み、名づけて奚斉、卓子と曰ふ。姫、之（申生）を妬む心を懐き、其の子斉を立てて以て家嫡と為さんと欲す（陽明本『孝子伝』）

姫（驪姫）子を生み、名づけて奚斉と曰ふ。爰に姫妬心を懐き、謀りて申生を却け、奚斉を立てんと欲す（船橋本『孝子伝』）

・舜譚（陽明本・船橋本『孝子伝』には父の瞽叟が頑愚で継母の言を入れて舜を殺そうとしたとしか書かれていず、継母の実子のことは触れられていないが、他の資料では継母に実子が誕生したことが継子迫害のきっかけとなったと記される）

舜、姓は姚、字は重華。少くして母を喪ふ。父、名は鼓叟、更に後母を娶り象を生む。後母常に悪心を行ひ、言にて舜を害す。鼓叟後母の讒言を信じ、象弟等と共に、謀りて舜を殺さんと欲す。（『纂図附音増広古注千字文』「推位譲国、有虞陶唐」句注）

このように伯奇譚をはじめ、中国の〈継子いじめ譚〉が、継母の実子の誕生と継子への迫害を関連づけて語る背景には、基本的には第一子の男子が家督を相続する――土地・財産などは第二子以降にも少しずつ分け与えられたが、全体的な家財、土地の大部分や家族の監督権は長子から長子へと相続された――中国の家督相続制度があるものと考えて良いだろう。継母の迫害の根本には、長子であり家を継ぐ権利を持つ継子がいる限り、自らの実子を決して婚家の後継者にしてやることのできない、継母の切ない親としての情が横たわっていたのであろう。

これに対して日本では、古い時代の文学――『古事記』や『日本書紀』『風土記』などに見える神話・伝説の類――には、そもそもはっきりとした〈継子いじめ〉の要素を持った話自体が見られない（大国主命が須佐之男命の女須世理姫に求婚した際に、姫の父親から様々な試練を受ける話や、海幸彦・山幸彦の兄が弟をいじめる話などは見えるが）。〈継子いじめ譚〉が、日本の文学作品にはっきりとした形で現れてくるのは、今問題にしている『うつほ物語』の「忠こそ」や、『落窪物語』『住吉物語』（現行の形態は中世の改作本、平安期のものから物語の基本的な構想自体は大きく変化していないとされる）といった物語においてであり、これらの物語が相次いで成立した平安前期の十世紀半ば頃が、日本文学における〈継子いじめ〉の物語の始発として、大きな画期であったことは疑いない。平安時代のこの時期に、〈継子いじめ譚〉が日本の文学に登場してくる理由については、

まま子話は、子どもの養育が共同体や母系家族の手でなされていた時代にはなく、母系制から父系制に婚姻形態が転じていくとき、ある段階からそれぞれの民族が所有するようになる。日本では妻問婚から前婿入婚に移行してきた平安時代から出現する。（平凡社『世界大百科事典』の「まま子話」の項、益田勝美氏執筆）

と述べられるように、民俗学の方面では、奈良時代から平安時代にかけての婚姻制度・家族制度の変遷と関係づけて考えられており、このこと自体は、奈良時代においては「継母」や「継子」といった言葉が文献資料にほとんど登場せず、平安時代十世紀、前述の物語が登場する頃になり現れることからも、ある程度首肯されるべきものと考えられる(8)。

つまり日本においては、〈継子いじめ譚〉そのものがようやく物語に用いられるような社会的背景が出現してきたのが、まさにこの『うつほ』忠こそが書かれた頃なのであり、その時期の日本の貴族社会では、その家族制度のあり方、特に家督相続のあり方が、前述のような中国のような父系制・長子相続を基盤としたものとはまだかなり違った状態にあったために(9)、仮に中国で行われていた〈継子いじめ譚〉を導入しようとしても、伯奇譚のように、実子に家督を相続させたいが為に継子を排斥するという話型は、中国では一般的に用いられていたにせ

よ、それをそのまま日本の貴族社会を舞台にした物語に適用させることには、大きな困難があったのではないか。そこで『うつほ』作者は、この難点をクリアするために、継母が継子に恋情をおぼえ、その邪恋を拒まれたために継子を迫害するという、家督相続の問題とは関わらない話型を持っていた、インド起源の〈継子いじめ譚〉であるクナラ太子譚に目を向けたと考えられないであろうか。そして『うつほ』作者がクナラ太子譚の継母の邪恋の話柄に目を向けるに際しては、『孝子伝』の伯奇譚において、継母が伯奇を陥れるために、芝居とはいえ彼に自らの懐中を探らせるという、継母と継子との危うい場面が存在していることが、大きな示唆を与えていたのではあるまいか。

おわりに

以上、『うつほ』作者は、『孝子伝』に孝養奇瑞譚と〈継子いじめ譚〉とが併せて載せられていることに注目して、仲忠の物語と対比させるべく、忠こその物語の基本的な構想を『孝子伝』の伯奇譚に仰ぎながら、さらに平安前期当時の貴族社会の家族関係を見据えて、継子迫害の要因の部分については、インド起源のクナラ太子譚の、継母の邪恋の話型を用いていたのではないかという仮説を展開してみた。

ちなみに後世の説経「あいごの若」においては、既に述べたように、「忠こそ」同様クナラ太子譚の継母の邪恋を継子いじめの理由として用いているが、同じようにクナラ太子譚を用い、これに中国の〈継子いじめ〉の孝子譚である舜譚を併用したと考えられる説経「しんとく丸」では、(10)

当御台所(=継母)は、御果報の瑞相か、若君の出でたもう。すなわち乙の二郎とお名づけある。御台この

　よし聞こしめし、たまたま子ひとり儲けてに、総領ともなしもせで、乙の二郎と呼ばすることの腹立ちや。
　かなわぬまでもしんとくを呪い、乙の二郎を総領になすべし。　（引用は新潮古典集成『説経集』に拠る）

と、実子に家督を継がせられない故に継子を追放しようとする、中国型の〈継子いじめ譚〉と同様の話型が用いられていた。これは中世になり武家の勢力が台頭し始め、平安前期の貴族社会の相続とは異なり、原則として嫡男に家督を継がせていく、中国式の家督相続に類似した武家式の家督相続が社会的通念として広く認められてきたために可能となったものではないだろうか。

　また、『うつほ』忠こそ以外の、平安前期に作られた〈継子いじめ〉を採り入れた物語が、『落窪物語』『住吉物語』のように、いずれも女性の継子を主人公にしたシンデレラ型の物語であることも、やはり継母が実子に家督を相続させたいが為に嫡男の継子を排斥しようとする中国型の〈継子いじめ譚〉の話型が、まだこの平安前期という時期において受け入れられにくかったことと関連するのではあるまいか——あくまでも現存する作品の限りにおいてという制約はあるが——。この関門をクリアするため、『うつほ』忠こそでは、クナラ太子譚に見える継母の邪恋の話柄を継子迫害の原因に据えたと推定したのであるが、ある程度の成人を対象とした物語ならともかく、年若い女性や子どもを対象とした物語となると、たとえ結果的に拒絶されるとしても、継母が継子に愛欲を覚えるという設定は、倫理的にかなり大きな問題をはらんでいよう。このあたりに主人公の継子を女性に設定した、シンデレラ型の〈継子いじめ〉の物語が登場してくる機制が見出されてくるのではなかろうか。[11]

注

（1）森あかね氏『平安期物語における継子譚受容――孝子説話型継子譚との比較研究から――』（和泉書院、二〇二四年）の第二部第五章「『うつほ物語』忠こそ物語における長編への方法」において、本章を承けて忠こその物語が『うつほ物語』の長編化に関与していく過程が詳細に分析されている。

（2）今野達氏「古代・中世文学の形成に参与した古孝子伝二種について」（『国語国文』27巻7号〈一九五八年七月〉、後に『今野達説話文学論集』〈勉誠出版、二〇〇八年〉に所収）において指摘されて以来、『うつほ物語』の諸注釈書においてもこれらの孝子譚が紹介されているが、近時、山本登朗氏は「親と子――宇津保物語の方法――」（『森重先生喜寿記念　ことばとことのは』同刊行会編、一九九九年三月）において、仲忠の孝養譚が単に中国孝子譚をなぞって作られたのではなく、『うつほ』作者が自らの構想のもとに、意図的に物語を転換させる〈奇瑞〉を引き起こす方法として中国孝子譚を利用したとの新しい見解を示されている。なお、『孝子伝』については、黒田彰氏『孝子伝の研究』（思文閣出版、二〇〇一年）参照。本章での『孝子伝』の引用は、幼学の会編『孝子伝注解』（汲古書院、二〇〇三年）に拠る。

（3）三上満氏「忠こそ物語の意義について――忠こその巻を中心に――」（『日本文学』39巻9号、一九八五年九月）、大井田晴彦氏『うつほ物語の世界』（風間書房、二〇〇二年）第三章「忠こそ物語の位相――仲忠との出逢い――」など。

（4）伯奇譚の中国における成立と展開、またその日本における受容の諸相、孝子伝図像との関連などついては、黒田彰氏「伯奇贅語――孝子伝図と孝子伝」（説話と説話文学の会編『説話論集』第十二集「今昔物語集」〈清文堂出版、二〇〇三年〉所収、後に『孝子伝図の研究』〈汲古書院、二〇〇七年〉に「伯奇贅語」として収録）参照。

（5）「あいごの若」と伯奇譚ならびに後述のクナラ太子譚との関係については、前章「説経『しんとく丸』『あいごの若』の成立と中国伝来の〈継子いじめ譚〉――クナラ太子譚と舜譚・伯奇譚の接合による物語形成の可能性について――」に詳述した。

（6）『阿育王経』『阿育王伝』『阿育王息壊目因縁経』等ではすべて、

時阿育王第一夫人、名微沙落起多、往二鳩那羅処一、見二其独坐一、観二其眼一故、而起二欲心一、以レ手抱レ之。

（『阿育王経』による）

のように、王の第一夫人（『阿育王伝』では名を帝失羅叉とする）が欲心を起こしたとするものの、彼女は決して「継母」とは呼ばれていない（またクナラの母の死も語られていない）。後の資料でも、『釈迦譜』は「王有二別房夫人一、見而愛レ之、欲二与私通一」と記し、『六度集経』も「王之幸妾」と彼女を呼び、『経律異相』は『阿育王経』をそのまま引き、『法苑珠林』も「王大夫人帝失羅叉」（『阿育王経云』としてクナラ譚を引くが、むしろ人名の表記などから『阿育王伝』に拠るか）と記され、「継母」の邪恋であると明確に記すのは、『大唐西域記』のみである。そこには、

是無憂王太子拘浪拏（ママ）、為二継母一所二誣抉一レ目之処…此太子正后生也。儀貌妍雅、慈仁夙著、正后終没、継室驕婬。縦二其惷愚一私逼二太子一。

と、クナラの母が正室であったことやその死が述べられ、その後、継母が邪淫の心を抱き太子に迫ったことが記されている。『今昔』のクナラ太子譚は、インドで撰述された「阿育王系経典」に直接拠ったものではなく、そこに〈継子いじめ譚〉の要素を入れて語られる『西域記』に記された伝承に拠ったものと想像される。これは『今昔』のクナラ太子譚の最後の、

彼ノ太子ノ眼ヲ抉リシ所ハ、徳叉尸羅国ノ外、東南ノ山ノ北也。其ノ所ニハ率堵婆ヲ立タリ。高サ十余丈也。其ノ後、国ニ盲人有レバ、此ノ率堵婆ニ祈請スルニ、皆明カニ成テ本ノ如ナル事ヲ得ト云ヘリトナム語リ伝ヘタルトヤ。

の部分が、前引の箇所を含む『西域記』のクナラ譚冒頭部の、

（徳叉尸羅国）城外東南南山之陰有二率堵波一。高百余尺。是無憂王太子拘拏浪、為二継母一所二誣抉一レ目之処。無憂王所レ建也。盲人祈請、多レ有二復明一。

という記述を、多少言い換えて踏襲して記したものであることからも（このこと岩波新大系脚注に指摘される）、明らかであろう。

（7）『国語国文』42巻10・12号（一九七三年、十・十二月）。

（8）たとえば小学館『日本国語大辞典』第二版では、「ままはは」「ままこ」の項では、『和名類聚抄』を初出例とし、次に『うつほ物語』の例を挙げる。ただし、漢語「継母」が『戸令』23条に「凡そ分すべくは家人、奴婢、田宅、資財、儹べて計へて法作れ。嫡母、継母、及び嫡子に各二分」とあるのが上代における用例として注意さ

れるが、岩波日本思想大系『律令』の同条の補注によると、この「嫡母、継母」に関しては様々な議論があり、必ずしも後代用いられている「継母」「ままはは」と同義かどうかは不明のようである。またこの箇所は『唐令』をそのまま引用している可能性もあり、上代において「継母」の語が一般に用いられていたとは考えにくいのではなかろうか。

（9）平安時代においては「家督」という語そのものや、その明確な概念はまだ成立していないようであるが、本章では家財や土地、家族の構成員などの、「家」の財産や人々を包括して管理監督する権限の呼称として便宜的にこの語を用いる。平安時代の家族制度や家督相続については多方面から議論されているが、本章では関口裕子氏「日本古代の家族形態と女性の地位」（『家族史研究』第2集、一九八〇年十月）、ならびに服藤早苗氏「平安時代の相続について――とくに女子相続権を中心として――」（『日本家族史論集』9「相続と家産」吉川弘文館、二〇〇三年一月）などの論を参照した。関口氏の論考においては、中国では家産を父が占有する家父長型の財産所有形態であったのに対し、平安前期の日本においては、財産所有は女子をも含む個人単位で行われていたと、中国と日本における家産の所有形態の相違について指摘がある。

（10）説経「しんとく丸」と「あいごの若」の対照的な関係と、両者の成立の仕方の共通性については、前章参照。

（11）南方熊楠が「西暦九世紀の支那書に載せたるシンダレラ物語」において、ヨーロッパのシンデレラ物語の先蹤として紹介した、『酉陽雑俎』に語られる「葉限」の話が、中国では数少ない、主人公の継子を女子に設定した〈継子いじめ譚〉であるが、この話は『酉陽雑俎』著者の段成式が嶺南の役人として赴任中、中国南方の伝説を多く知っていた李士元という使用人から聞き取ったものである。熊楠は段成式が異国の言葉や物事に非常に興味を持ち、また正確にこれらを採取していることから、この話は中国起源の話ではなく、東南アジアなどの非中国文化圏の話である可能性が高いと見ているように思われる。元来日本の文学に〈継子いじめ〉という話柄が存在しなかったとすれば、平安前期に『落窪』『住吉』などの、女性を主人公とした〈継子いじめ〉の物語が登場する契機として、この「葉限」のような東南アジアなど非中国文化圏のシンデレラ型の物語が影響を与えていないかどうか。一考の価値はあると考える。なお次章「〈継子いじめ〉の物語と中国文学――『うつほ』忠こそ・落窪・住吉の成立を考えるために――」を参照。

〔初出〕『国語国文』第73巻1号（二〇〇四年一月）に同題で掲載。

〔初出時附記〕小稿は、二〇〇三年六月二十九日に行われた神戸古典文学研究会（於ひょうご共済会館）での研究発表にもとづく。当日御意見・御批評をいただいた方々に厚く感謝申し上げる。なお小稿は平成十三・十四年度科学研究費補助金交付研究（特定領域研究A2「古典学の再構築」B02班「日中幼学書の比較文化的研究」）の成果の一部である。

〔刊行時補記〕近時、本章の初出時より三〇年も前に池田恭子氏が「継子物語研究――継子物語の誕生に関する一考察」（東京女子大学『日本文学』第40号（一九七三年一一月）。東京女子大学学術情報リポジトリより閲覧可）という論考において、上代の神話・伝説に〈継子いじめ〉の話型が見られないこと、継子物語の話の種は舜譚やクナラ太子譚などの中国伝来の継子物語にあるのではないかということを既に論じていることを知った。この論考はおそらく池田氏の卒業論文と思われ、今から半世紀も前に上代の家族制度に言及し中国伝来の孝子譚に着目した先駆性には目を見張るものがある。惜しむらくはその後大きく注目されることはなかったようであるが、三十年を隔てて互いに全く影響を持たない状態で、二者がほぼ同様の推論を立て同じ結果を得たことから、この推論の蓋然性が確かめられるのではないか。

また、本章初出時以降の関連論考として、注1に掲げた森あかね氏の論考の他に、余鴻燕氏「「忠こそ物語」の人物と構造――継子物語の変容――」（『語文研究』126号〈九州大学国語国文学会、二〇一八年十二月〉所収。九州大学学術情報リポジトリより閲覧可）がある。余氏の論考は継母の忠こそへの〈継子いじめ〉には、継母となる一条北の方への中途半端な〈情け〉から彼女と再婚したものの、その後は彼女に対して冷淡な態度をとり続ける父親千蔭への北の方の復讐という一面が隠されているのではないかと分析したもので、〈継子いじめ〉に内在する「父親」の側の問題を取り上げた論である。本章にない視点から「忠こそ物語」の〈継子いじめ〉を論じており、併せて参照されたい。

3 〈継子いじめ〉の物語と中国文学
――『うつほ』忠こそ・落窪・住吉の成立を考えるために――

はじめに

筆者はもともと平安朝漢文学や、平安和歌と中国文学との比較考察を中心に研究している者で、表題のようなテーマについて考えるようになったのは、最近のことである。共同研究を行っている中国の幼学書（幼童の啓蒙のための教科書（テキスト））の一つである『孝子伝』を扱っているうちに、(1)その中の舜（しゅん）や伯奇（はくき）といった〈継子いじめ〉を扱った孝子の話が、中世の説経「しんとく丸」や「あいごの若」と深く関係していることに気づき、(2)関連の資料を漁（あさ）っている中で、説経「あいごの若」と『うつほ物語』の忠こその話がまったく同一の筋の運びを持つことを知り、一気に『孝子伝』の〈継子いじめ譚〉と平安朝の〈継子いじめ〉の物語との関係を考えざるを得なくなった。その手始めとして本章の直前に配した「『うつほ物語』忠こその〈継子いじめ譚〉の位相――『孝子伝』の伯奇譚・クナラ太子譚との比較考察から――」――以下「前章」と称する――を発表したが、そこでは『うつほ物語』前半の、実母に孝養を尽くし逆境から立身していく主人公仲忠と、継母に憎まれ奸計をしかけられ、順境から出家遁世に追い込まれていく忠こそとの対比の構想に注目し、仲忠の孝養譚が明らかに『孝子伝』の孝養奇瑞譚にもとづいているところから、忠こその〈継子いじめ〉の物語にも、『孝子伝』の〈継子いじめ譚〉――具体的には「伯奇」の物語――が用いられている可能性を論じた。あわせて平安朝前期の九世紀前半までは、日本の文学には〈継子いじめ〉が扱われず――「ままはは・ままこ」「継母・継子」という言葉自体が、その頃までほとんど用いられない――、九世紀後半になって、『うつほ』忠こそや『落窪物語』『住吉物語』などの〈継子いじめ〉を扱った物語が出現する特徴的な現象に注目し、これには当時の社会制度や家族制度の変化が関係するのではないかとの見方を示した。そのうえで、継母が自分の実子を婚家の跡取りとしたいがために継子を迫害するパターンが一般的な中国の〈継子いじめ譚〉と、継母が継子に邪恋し、これを拒否されたために継子を迫害する――インド起源のクナラ太子譚に拠ると思われる――『うつほ』忠こそとでは、〈継子いじめ〉の契機に大きな差異があり、これは中国の古代の家族制度と日本の平安当時の家族制度が、まだ大きく異なっていたためではないかという問題提起を行った。

しかし、これは文字通り「初めの一歩」にすぎず、平安朝当時の家族・社会制度の変化がどのようなものであったのか、家族・社会制度が変化したからといって、なぜ平安朝のこの時期に急に〈継子いじめ〉の物語がいくつも作られるようになったのか、「忠こそ」のような男子を主人公にした〈継子いじめ〉の物語と『落窪』『住吉』のような女子を主人公にしたシンデレラ型の〈継子いじめ〉の物語とでは、その制作意図や享受のされ方にどのような差異があるのかなど、よくわからないことがあまりにも多い。本章では、これら平安朝の〈継子いじめ〉の物語に対し、比較文学・比較文化的な視点を導入すればどのようなことが見えてくるのか、今考えているところを少し述べてみたい。ただし、それは、あくまでも問題提起の段階であり、結論的なものではないことを最初にお断りしておく。

一、中国の〈継子いじめ譚〉の型(タイプ)

平安朝の〈継子いじめ〉の物語を考えるにあたり、まず中国の〈継子いじめ譚〉について見ておきたい。中国では非常に古くから〈継子いじめ譚〉が存在しており、そもそも伝説の太古の五帝の一人、舜の生い立ちからして一つの典型的な〈継子いじめ譚〉である。幼学書『千字文』の注として日中両国において相当に流布した『纂図附音増広古注千字文』の「推位譲国、有虞陶唐」句注に引かれた舜の伝の冒頭部を紹介しよう。

舜、姓は姚、字(あざな)は重華(ちょうくわ)。少(おさな)くして母を喪(うしな)ふ。父、名は鼓叟(こそう)、更に後母を娶(めと)り象を生む。後母常に悪心を行ひ、言にて舜を害す。鼓叟後母の讒言を信じ、象弟等と共に、謀(はか)りて舜を殺さんと欲す。

以下、父は舜を倉の屋根に登らせて下から火を付け焼き殺そうとしたり、井戸を浚(さら)えさせ、上から土石を落とし埋め殺そうとしたりするが、舜はいずれも事前に察知して逃れ、自活して市場で米を売るようになる。父は失明して一家は零落し、舜は彼と知らずに米を買いに来た継母に、たびたび米や銭を与える。不思議に思った父が継母に連れられ市場に行き、「もしや我が子の舜ではないか」と尋ねると、舜は「そうです」と答え、父と涙ながらに抱擁し、手で父の目を拭うとその目が再び見えるようになる。この話を聞いて感動した尭帝が、二人の娘を舜に嫁がせ、彼に帝位を譲る、と話が続く。

また、周の宣王(紀元前八二〇年頃)の功臣尹吉甫の子伯奇にも、実母を亡くした後、父が迎えた継母に讒言され、その奸計により家を出、河中に身を投じて死ぬという哀話が伝えられ、春秋時代の晋の献公の嫡子申生(しんせい)も母を早く亡くし、継母の驪姫の讒言奸計により、献公二十一年（紀元前六五六年）に自ら命を絶つが、この時、弟の重耳は辛うじて隣国に逃れ、後に苦難の末に晋に帰国し文公となるのは有名な話である。これらの中国の〈継子いじめ譚〉には、いくつかの明確な共通点がある。この点は前章でも少し触れたが、ここであらためて確認しておきたい。

①主人公の継子は皆男子で嫡男である。実母が亡くなり、父が継母（後母）を娶る。

②継母に実子が誕生し、それがきっかけで継母が継子を妬み憎むようになり、讒言や奸計を用いて、継子を殺害あるいは家から追放しようとする。

③主人公は、継母の讒言や奸計により酷い仕打ちを受けても、なお父親や自分を陥れた継母に従順であろうとする。（ただし伯奇だけは死後に鳥に生まれ変わり、父の力を借りて継母に復讐を遂げる）。

①と②は、古代中国の漢民族の父系制社会において、父から嫡男である長子へと家庭内の財産や権力（即ち家督）が受け継がれ、継母の実子は嫡男が居る限り、その家督を受け継ぐ立場に立てないという考え方を強く反映したものと思われる。さらに③の特徴によって、これらの〈継子いじめ譚〉の主人公たちは、同時にすぐれた孝子として認識され、後漢以降に何種類も作られた『孝子伝』に登場することになる。

これに対して、中国では数少ない、女性の継子を主人公とした〈継子いじめ譚〉が、唐の段成式著『酉陽雑俎』に採録された「葉限」の話である。(3) その梗概をごく簡単に記そう。

秦・漢以前に洞（南方の少数民族の居留地）の主に呉氏という人がいた。両妻を娶ったが、一人の妻が死に葉限という娘が残された。父はこの娘を愛したが、その父も死に、葉限は継母に苦しめられ、樵や水汲みをさせられる。ある時、赤いヒレ、金の目の二寸ばかりの魚を得、盆の中で飼っていたがどんどん大きくなり池に放して飼う。ところが継母が葉限の留守に魚を殺して食べてしまい、骨を肥の下に隠してしまう。葉限が悲しんでいると、天からざんばら髪に粗末な衣の人が降りてきて、彼女に魚の骨の在処を教え、その骨に欲しい物を祈れば何でも叶えられると告げる。葉限は骨を探し出してその骨に祈り、翠の上衣と金の履を得、それを身につけて洞の祭りに行く。それを見た継母と実の娘が葉限ではないかと疑いだしたので、彼女はあわてて家に帰るが、履を片方残してしまう。その履は毛のように軽く石を踏んでも音を立てない不思議な履で、やがて陀汗国の国王の手に入る。王は履の持ち主を捜し、国中の者にはかせるが合う者はおらず、ようやく葉限を探しだしてはかせるとぴたりと合う。そこで葉限はあらためて翠の上衣を着、その履をはき、王の前に進み出ると天女のような美しさであったので、王は国に連れ帰り后とした。継母と実の娘は石を投げられて死んでしまう。

この話は南方熊楠が最古のシンデレラ物語として紹介したもので[4]、著者の段成式が嶺南の役人として赴任中、中国南方の伝説を多く知っていた李士元という使用人から聞き取ったものである。山室静氏の『世界のシンデレラ物語』（新潮選書、一九七九年）によると、ベトナム・タイ・セレベスなどにもきわめてよく似た話が分布しており、葉限の話は、東南アジアから南アジアにかけて広く語られていた、魚が登場するシンデレラ型の〈継子いじめ譚〉が、非漢族である中国南方の民族を介して唐代の文献にたまたま記録された、希有なケースであることが明らかにされている[5]。今、この葉限の物語について、先の中国に古くから行われていた〈継子いじめ譚〉（以下、仮に「漢族型」と称する）の①〜③の特徴と対比してみると、次のようになる。

①主人公の継子は女子である。父が複数の妻を持ち、継子の母が亡くなることにより、他の妻が主人公の継母となる。父も亡くなり、主人公の庇護者がいなくなる。

②継母は主人公を殺害したり、追放したりしようとはせず、家に置いて自分や自分の実子（女子である）への奉仕者として扱い、過酷な労働を課す。

③主人公は苦しむが、奉仕者としての立場に甘んじ継母に従っている点は、漢族型の〈継子いじめ譚〉と同様である。

両者には主人公の継子が男子か女子かという違いだけでなく、他にも対照的な差異があることがわかるだろう。また漢族型の〈継子いじめ譚〉には伯奇や申生のように継母の奸計により継子が悲劇的な最後を遂げる話もあるが、他は舜譚のように、最後は継子の孝心が奇瑞をもたらしたり（王祥、蔣詡、孟宗等）、あるいは父親に真実が知れたりして（閔子騫）、ハッピーエンドで終わるものがほとんどである。葉限の話もハッピーエンドではあるが、漢族型の〈継子いじめ譚〉が主人公本人の父や継母への至孝の志が天や人に通じて幸せが訪れるのに対し、葉限の話では、不思議な魚やその骨、天から降りてきた神人など、主人公以外の他者の力により幸せがもたらされる点も、もう一つの対照的な差異に加えてよいであろう。山室氏は前掲『世界のシンデレラ物語』の中で、東南アジア・南アジア地帯をシンデレラ話の大変古い発生地の一つとされ、

> シンデレラは農耕を主とした母権社会の、本能的な愛情を主として、きびしい家族や社会の倫理を必要としない社会の産物であり、北シナの漢族はむしろ西方から侵入してきた騎馬民族的な男性中心の社会で、そこでは修身治国の儒教倫理が優先し、家の地位や財産をめぐるお家騒動的な〈継子いじめ〉の話は成立しても、本来のシンデレラ話は成立する地盤がなかったということになろうか。

と述べられている。古代の中国と東南アジアにおける社会・家族制度のあり方やその違いについては、より詳細かつ具体的な考察が必要であろうが、唐代までの中国文献に現れた、男子を主人公とした漢族型の〈継子いじめ

譚〉と、女子を主人公とした葉限のようなシンデレラ型の〈継子いじめ譚〉との位相差を考えるには、有効な見方ではないかと思われる。

二、平安朝の〈継子いじめ〉の物語の位相

さて、唐代までの中国の〈継子いじめ譚〉の様相と、平安朝の日本における〈継子いじめ〉の物語とを対比すると、どんなことが見えてくるのであろう。まず『うつほ』忠こそであるが、これは主人公の継子が男子に設定され、継母の讒言・奸計に遭い、家を出て流離するという漢族型の〈継子いじめ譚〉の①②と同様の骨格を持っているといえる。だが「忠こそ」では、〈継子いじめ〉が起こる原因として、「はじめに」で述べたように、継母が継子に邪恋し拒否されたために継子を迫害するという、インド起源のクナラ太子譚に見える話型が採用されている点で、継母に実子が生まれ、実子を婚家の跡取りとしたいがために継子を迫害するという動機を共通して持つ漢族型の〈継子いじめ譚〉とは大きく異なっている。これは前章で論じたように、父親から長男（嫡子）へと地位や権力が譲られていくという中国の父系制の社会・家族制度と、平安朝の当時の日本の貴族社会の社会・家族制度がかなり隔たっていたために、貴族社会を舞台にした物語においては、漢族型の〈継子いじめ譚〉のような継子迫害の動機を用いることが難しかったためと考えて良かろう。

一方、『落窪』『住吉』は主人公の継子を女子に設定した物語であり、ともに「シンデレラ型の〈継子いじめ〉物語」と紹介されることが多いが、両者には大きな相違点もある。まず『落窪』であるが、先の葉限の物語の特徴①〜③をすべて有しており、話の基本パターンがまったく同じであることが注意される。父が、複数の妻を持っ

ており、一方の妻が死にその娘が残った妻の継子になる点、父は死にはしないものの、継子に対して愛情が薄く、継子に父の庇護が見られない点、継母が継子を殺害・追放しようとせず奉仕者として酷使する点、継子は虐待に耐えて服従している点などほぼすべて共通する。継母が讒言や奸計を用いて父と主人公の仲を割いているわけでもないのに、父が主人公に愛情を示さず、継母の言いなりになっている点については、物語作者も冒頭で「おとども、ちごよりらうたくや思しつかずなりにけむ、まして北の方の御ままにて、はかなきこと多かりけり」と説明しているが、中国の〈継子いじめ譚〉の舜譚に登場する、継母の言いなりの頑愚な父瞽叟が同じタイプであり興味深い。ただし『落窪』には、葉限の話のように、主人公を不思議な力で幸福に導いてくれる魚の骨や天人、また主人公を貴人と結びつける不思議な履などは登場しないが、これは『落窪』が当時の平安貴族社会を舞台にした現実的な物語として作られているためで、こうした非現実的な要素は意図的に捨象されたものと考えてよかろう。魚の骨や天人の超自然的な働きは、亡き母が主人公につけてくれた後見「あこき」の、献身的に主人公に仕えて彼女を守り、貴人に引き合わせようとする行動に置き換えられているのであろう。

『住吉』は、主人公の継子が継母に迫害されながらも、最後には貴公子に見いだされて幸せをつかむという大筋では『落窪』と類似しているが、継母の継子に対する迫害のあり方が、大きく異なっている。『落窪』では継母は継子を家に置いて、いつも縫い物の仕事をさせて酷使しているのだが、『住吉』では、継母は父親に讒言し、奸計を用いて継子が家を出て行かざるを得ないように動いている。これは『住吉』では『落窪』と異なり、父が継母の娘たちよりも美しい主人公に愛情を注ぎ、帝の后に入内させようと考えているためで、継母は継子が実子の姉妹よりも父から厚遇されることへの憎しみ・妬みと危機感を持ち、継子を追放することで、自分の実の娘に対する父の愛情や厚遇を獲得しようとする。ここには、嫡男である主人公の継子が、自分の実の息子より優位な立場にあるのを憎み妬んで、父への讒言・奸計を用いて継子を追放へと追い込んでいく、漢族型の男子を主人公とした〈継子いじめ譚〉ときわめて類似した要素が見られる。つまり継母が継子を迫害する動機に限れば、男子を主人公とした「忠こそ」が意図的に漢族型を用いず、逆に女子を主人公とした『住吉』が、実子より優位に立つ継子を讒言・奸計という手段で追放するという、漢族型の〈継子いじめ譚〉に近い動機を導入しているということになるのである。葉限の話や東南アジア・南アジアとの類話との関係からいうと、女子を主人公とした〈継子いじめ〉の物語としては、『落窪』の方が話型の面では本来的な形を踏襲していることになり、『住吉』で継子の姫が家を追われるのは、平安期の物語成立の時点で作者が『孝子伝』などに見える漢族型の男子を主人公とした〈継子いじめ譚〉を取り入れたか、あるいは「しんとく丸」のように、漢族型の〈継子いじめ譚〉が日本でも物語に登場するようになった中世になってから導入された中世的改変の結果かなど、いくつかの可能性が考えられよう。

おわりに

以上、中国文学の〈継子いじめ譚〉と比較し、平安朝に登場した〈継子いじめ〉の物語がどのように位置づけられるのか、そのあらましを述べてみた。〈継子いじめ〉を扱った物語といっても、『うつほ』忠こそ『落窪』『住吉』はそれぞれ少しずつ異なった位相を持っていることが明らかになったと思う。「はじめに」で断ったように、ここからすぐにこれらの物語の成立の背景などが説明できるわけではないが、こうした位相の差異は、おそらくそれぞれの物語の作者の意図と関わって生じてきたものと思われる。主人公仲忠の貧しい境涯からの立身・

栄達を際だたせるため、対照的に没落していく貴公子忠こそを描くのに〈継子いじめ〉が用いられた『うつほ』忠こそと、虐待を受ける女主人公が幸せをつかむ『落窪』『住吉』とでは、物語の拠って立つ基盤が違うのは当然としても、同じシンデレラ型の〈継子いじめ〉とされる『落窪』と『住吉』との間でも、父親と娘の関係には大きな違いがあり、それによって継母が継子に加える〈継子いじめ〉のパターン自体もかなり異なったものとなっているのである。こうした点を突破口に、これらの〈継子いじめ〉の物語のそれぞれのあり方を考えてみてはどうだろう。

最後に、こうした位相差があるものの、これら平安朝の〈継子いじめ〉の物語の背景に共通して存在する思想について述べ、本章を締めくくりたい。『孝子伝』には孔子の高弟で有名な孝子でもある曾参の話が載せられており、その末尾に、妻を失った曾参がずっと再婚しないので、人から「なぜ再婚しないのか」と尋ねられ、「我は吉甫に非ず(あら)」と答えたという逸話が見える。これは一節に挙げた伯奇の哀話を踏まえて、自分は息子を伯奇のような目に遭わせたくはないから、継母をつくるような再婚はしないと述べたもので、女性には未亡人となっても再婚せず貞節を保つことを美徳として要求しながら、自身はすぐに再婚したり、複数の妻を持ったりすることも多かった当時の男性の立場にあって、際だった倫理観を持った曾参の発言が称揚されているのである。曾参の発言の背後には、「子供がかわいそうだ」という一般的な感情だけではなく、「家の乱れのもとになる行動は厳に慎む」という儒家としての確固とした倫理観が存在すると思われるが、こうした発想はたとえば六朝の『顔氏家訓』などにも受け継がれ、同書はわざわざ「後娶」という章を立て伯奇譚や曾参譚を引き、後妻を娶ることの弊害を諄々と説く。また奈良時代、吉備真備の撰といわれる教訓書『私教類聚』の目録には「両妻を娶らざる事」という項目が見え(内容は今では失われている)、大伴家持にも越中国司時代に部下の史生の現地の遊女との不倫を誡めた歌がある。(6)〈継子いじめ〉は、男性が子供が小さい時にすぐに再婚したり、複数の妻を持つところから引き起こされるもので、「子供が成人するまでは再婚しない」、「複数の妻を持たない」というような倫理が確立していれば、起こることはない現象である。(7)『うつほ』忠こそや『落窪』『住吉』は、〈継子いじめ〉をうまく使いながら読者を楽しませる娯楽的要素の強い「物語」であり、純粋な教訓書ではないが、その成立の根底には、当時の男性たちに対してこうした倫理を喚起しようとする、女性の立場に立った思いが息づいているのではなかろうか。

注

(1) 共同研究名は「古代幼学書の基礎的研究」(学術振興会科学研究費補助金、基盤研究(B)、二〇〇三～二〇〇五年)。本章はその成果の一つである。『孝子伝』については、黒田彰氏『孝子伝の研究』(思文閣出版、二〇〇一年)参照。『孝子伝』のテキストとしては、幼学の会編『孝子伝注解』(汲古書院、二〇〇三年)がある。

(2) 本書Ⅲ―1「説経『しんとく丸』『あいごの若』の成立と中国伝来の〈継子いじめ譚〉――クナラ太子譚と舜譚・伯奇譚の接合による物語形成の可能性について――」参照。

(3) 平凡社東洋文庫401『酉陽雑俎』四に収録される。また葉限の話だけであれば、岩波文庫『唐宋伝奇集(下)』(今村与志雄訳、一九八八年)に注付きの現代語訳が収録されており、手軽に読むことができる。

(4) 「西暦九世紀の支那書に載せたるシンダレラ物語」(平凡社版『南方熊楠全集』第二巻、及び河出文庫『南方熊楠コレクションⅡ　南方民俗学』所収)。

(5) その後君島久子氏の「荘族のシンデレラとその周辺――重葬との関わりにおいて――」(『芸文研究』第54号、一九八九年月)に、葉限の原話が南中国の少数民族荘族の伝承であった可能性が高いことが論じられている。またこれらの話と世界中のシンデレラの伝説との関連を神話学的に論じたものに、中沢新一氏『カイエ・ソバージュⅠ 人類最古の哲学』(講談社選書メチエ231、二〇〇二年)がある。

(6)『私教類聚』については岩波日本思想大系『古代政治社会思想』に解説と同書の目録、逸文が収載されている。大伴家持の歌は「史生尾張少咋(をはりのをくひ)に教へ喩(さと)す歌」として『万葉集』巻十八・四一〇六〜四一一〇番に採録されている。

(7) たとえば『うつほ』忠こそでは、妻を亡くした父の右大臣千陰が、左大臣の未亡人に言い寄られ、優柔不断な態度で彼女に通ってしまったことが悲劇の原因となり(前章の〔刊行時補記〕に取り上げた余鴻燕氏の論考はこの点を詳細に論じている)、『落窪』『住吉』では、ともに主人公の父が両妻を娶っていたことが事の遠因であった。その一方で『落窪』『住吉』では、主人公の夫となる貴公子は、他の女性と結婚させられたり、させられそうになったりするが、姫君に対して誠実に愛情を貫いている。特に『落窪』に登場する道頼などは、登場時には後見のあこきから「いみじき色好み」と評されており、姫君と契るまでの振る舞いもそれにふさわしいように思われるが、姫君と結ばれてからは人が変わったように他の女性に関心を示すことがない。こうした点に注意する必要があろう。

〔初出〕『国文学』(学燈社)第50巻4号(二〇〇五年四月)に同題で掲載。

〔刊行時補記〕本章の初出時以降、前章注1に掲げた『「うつほ物語」忠こそ物語における長編への方法」を含む森あかね氏による一連の論考――他に「平安期の継子譚展開――中国孝子譚との関わり――」(『同志社国文学』84号、二〇一六年三月)、「『落窪物語』における孝養――継子いじめとの関わりから――」(『国語と国文学』93巻12号、二〇一六年十二月)、『落窪物語』北の方における継母造形――継子譚における迫害行為――」(『国語国文』85巻2号、二〇一六年二月)がある――が発表され(いずれも前章注1の森氏著書に所収)、本章で提示した問題に関して、テーマを絞った詳細な考察が行われてきている。その中でも『落窪物語』に関する考察は、女子の〈継子いじめ譚〉を用いた物語の形成を考える上で示唆に富んでおり、併せて一読願いたい。

4　古典文学における〈継子いじめ譚〉の展開と漢土の文学
――比較から見えてきた流れ――

はじめに

たびたび本書で触れてきたように、中国古代の幼学書である『孝子伝』に出てくる中国の孝子の話（孝子譚）には、〈継子いじめ〉を扱ったものが非常に多く（その理由については本書のⅠ―1「日本古典文学と中国孝子譚――本書への導入――」やⅢ「〈継子いじめ〉の物語と中国孝子譚――舜譚・伯奇譚――」の〈概説〉で述べた）、そこには様々なタイプの〈継子いじめ〉の話型が見いだせる。そしてこの『孝子伝』は奈良時代から日本に渡来し、幼学書として広く学ばれていた。[1] では日本の古典文学に登場する〈継子いじめ〉を扱った作品に、中国の孝子譚の〈継子いじめ〉は関係していないのか？、こうした思いから第Ⅲ部の1〜3の拙稿を発表してきたが、本章では、それらを取りまとめながらそこで触れられなかった問題や作品も含め、次のような手順で論じていく。

・男子が主人公の〈継子いじめ譚〉を対象として、
・まず漢土で行われ日本にも伝来した〈継子いじめ譚〉について検討し、

・漢土の〈継子いじめ譚〉と平安朝から中世にかけての日本古典文学に現れた〈継子いじめ譚〉――具体的には『うつほ物語』「忠こそ」、『今昔物語集』巻二六「陸奥国ノ府官ノ大夫ノ介ノ子ノ語」、謡曲「弱法師」・説経『しんとく丸』、説経『あいごの若』――との関係について考え、日本古典文学における男子を主人公とした〈継子いじめ譚〉の流れを概観する。

本来は男子だけでなく女子を主人公とした〈継子いじめ譚〉も併せて取り上げるべきであるが、両方の〈継子いじめ譚〉の流れを扱うには、古代から中世にかけての家族制度・社会制度の仕組みとその変遷を踏まえ、男女の〈継子いじめ譚〉の間にある位相差を見極めたうえで両者の複雑な関係を論じていく必要があり、私自身、まだまだこうした問題についての知識や理解が及んでいないため、ここでは男子の〈継子いじめ譚〉に問題を絞って取り上げることをお許しいただきたい（なお、前章において、ごく大まかかつ部分的にではあるが、男女の〈継子いじめ譚〉の間の位相差や両者の関係について述べている。さらに前章の〔刊行時補記〕に記したように、森あかね氏により『落窪物語』を中心に、女子を主人公とした〈継子いじめ〉を扱った物語にも新たな考察が加えられつつある）。

一、漢土の〈継子いじめ譚〉の二つの型（タイプ）について
――出自による分類と内容比較――

それではまず、中国から日本に流入した〈継子いじめ譚〉を見ていこう。中国から日本に流入した〈継子いじめ譚〉は、その出自――どこで作られた（語られていた）話なのか――によって、A「中国本土で生まれた〈継子いじめ譚〉」とB「中国以外で生まれ、中国に流入した〈継子いじめ譚〉」に分けられる。A・B両者を一括して

「中国の〈継子いじめ譚〉」と称すると、そのすべてが中国で発生し流布した話のように誤解されてしまうので、ここでは話の発生地・経由地として「漢土」という語を用い、両者を総称して「漢土の〈継子いじめ譚〉」と呼ぶことにする。

このA・Bに属する〈継子いじめ譚〉について、その概要を、①主人公が継子となった経緯、②〈継子いじめ〉が行われる契機、③継子への迫害の内容、④迫害からの解放の経緯、の順に記し、日本に流入した「漢土の〈継子いじめ譚〉」について概観してみたい。

A．中国本土で生まれた〈継子いじめ譚〉…漢族型の〈継子いじめ譚〉

○舜譚・伯奇譚・中生譚・閔子騫譚など（主に『孝子伝』を通じて『注好選』『今昔物語集』などに採られた。幼学の世界や唱導の世界に広く浸透する）

①主人公は長子（嫡男）である。実母が亡くなり、父が継母を娶る。

②継母に実子が誕生し、それがきっかけで継母が家督の継承権を持つ継子を妬み憎むようになり、讒言や奸計を用いて、継子を殺害あるいは家から追放しようとする。

③主人公は、継母の讒言や奸計により酷い仕打ちを受けても、なお父親や自分を陥れた継母に〈孝〉を尽くす。

④〈孝〉が天（あるいは父）に通じ迫害から逃れる（ただし伯奇譚だけは流浪のまま入水し、鳥に生まれ変わって父の力を借りて継母に復讐を遂げる）

＊②は、古代中国の漢民族の父系制社会において、父から嫡男へと家庭内の権力や財産（＝家督）が受け継がれ、継母の実子は嫡男の継子が居る限り、その権益を受け継ぐ立場に立てないという考え

方を強く反映したものと思われる。さらに③の特徴によって、これらの〈継子いじめ譚〉の主人公たちは、同時にすぐれた孝子として顕彰され、後漢時代から何種も作られた『孝子伝』に登場し、早く奈良時代から日本でも知られることとなる。

B. 中国以外で生まれ、中国に流入した〈継子いじめ譚〉…仏典由来の〈継子いじめ譚〉

○クナラ太子譚（阿育王経・六度集経・大唐西域記→今昔物語集巻四「拘拏羅太子抉レ眼依二法力一得レ眼語第四」）

①主人公の実母が亡くなり、父が継母を娶る。

②継母が美しい主人公を見て恋慕し、密かに関係を迫るが継子は拒絶する。継母は怨怒し夫に「継子が自分に関係を迫っている」と讒言する。

③父は讒言を信じないが、継子は結局継母の奸計により追放され、盲目となって流浪する。

④流浪の末に父王と再会し、父王の尽力と尊者の霊力で目も見えるようになる。

＊所載の三経典はいずれも「正倉院文書」に書写記録があり、奈良時代に伝来していたことが確認できる。『今昔』は『西域記』にもとづく（本書Ⅲ—2の注6参照）。

○胡楊譚（出処不明、おそらく漢族の話ではない。クナラ太子譚の亜種か。注好選「胡楊免レ鏑」のみに見える）

①主人公の実母が亡くなり、父が継母を娶る。

②継母が美しい主人公を見て恋慕し、密かに関係を迫るが継子は拒絶する。継母は怨怒し夫に「継子が自分に関係を迫っている」と讒言する。

③父は讒言を信じ、主人公の追放・殺害を命じる。

④兵士が矢で殺害しようとすると、奇瑞が起こり殺害できず、その後主人公は雌伏の末に王位を継ぐ。

＊①②はクナラ太子譚と共通するが、③の「父が讒言を信じてしまい追放され流離する」パターンは中国の伯奇譚や申生譚と共通し、さらに雌伏の後の王位奪回は申生譚と共通する。
＊主人公の胡楊という名は、タクラマカン砂漠のタリム河沿いに自生するポプラの一種の中国名に由来。主人公殺害の場面で矢を射ると金翅鳥が矢をくわえ、毗嵐風が矢を吹き飛ばす奇瑞が起こるというのは仏典の影響下にある話のように思われる。「国籍不明の物語で舞台は西域地方を思わせる」(同話の新日本古典文学大系脚注より)。

A・Bそれぞれを比較して通観すると、②の「〈継子いじめ〉が行われる契機」には両者に大きな違いがあり、また③の「継子への迫害の内容」には共通点が見られる場合もあることがわかる。対照して示せば次のようになる。

A＝中国本土で生まれた漢族型の〈継子いじめ譚〉
・契機…継母に実子が誕生。実子を優位に立たせるために継子である主人公を迫害。
・迫害の内容…讒言による殺害・追放。もしくは主人公への直接的な冷遇。
＊讒言の中には、あらかじめ仕掛けをして継子を陥れ「継子が私を犯そうとした」と夫に訴えるパターンがあり(孝子伝の伯奇譚・敦煌変文の舜子変)、Bの仏典由来の〈継子いじめ譚〉と共通することが注意される(仏典との交渉もあり得るか)。

B＝中国以外で生まれた仏典由来の〈継子いじめ譚〉
・契機…継母が美しい主人公に恋慕。拒絶されたため怨怒し迫害に及ぶ。
・迫害の内容…讒言による追放(クナラ譚)、讒言による殺害(胡楊譚)。共に讒言の内容は「継子が自分と関係を持とうとしている」というもの。

二、平安時代の〈継子いじめ譚〉の特徴
――漢土の〈継子いじめ譚〉との比較から――

平安時代の〈継子いじめ譚〉について述べる前に、まず〈継子いじめ譚〉は日本に古く（上代以前）から存在する話型ではなかったのではないか、という問題提起をしておきたい。というのも、記紀の神話や伝説、『日本霊異記』の説話等、上代の文学には明確に〈継子いじめ〉の話型を持ったものは見いだせず、平安時代、十世紀半ばになってようやく『うつほ物語』の「忠こそ」や、『落窪物語』、『住吉物語』といった明確な〈継子いじめ〉の話型を持った作品が登場し始めるからである。上代の日本文学において〈継子いじめ〉という話型が存在しないのは、当時の日本の母系制を基盤とした家族制度・社会制度においては〈継子いじめ〉という現象自体が起こりにくく、従って神話や物語で話型として取り上げられることもなかったからであろう。平安時代の十世紀以降になって貴族社会を中心に家族制度にも変化が生じ〈継子いじめ〉の話型を受け入れる基盤ができてきた時期に、折から台頭してきた仮名物語の題材として、一節で述べてきた漢土の〈継子いじめ譚〉の話型を参考にして〈継子いじめ譚〉が取り上げられるようになったのではないかとかつて想定した（本書Ⅲ―2・3参照）。

その後、それより三十年も前に池田恭子氏が「継子物語研究――継子物語の誕生に関する一考察(2)」という論考で、上代の神話・伝説に〈継子いじめ〉の話型が見られないこと、継子物語の話の種は舜譚やクナラ太子譚などの中国伝来の継子物語にあるのではないかということを既に論じていることを知った。この論考はおそらく池田

氏の卒業論文と思われ、今から半世紀も前に上代の家族制度に言及し中国伝来の孝子譚に着目した先駆性には目を見張るものがある。惜しむらくはその後大きく注目されることはなかったようであるが、三十年を隔てて互いに全く影響を持たない状態で、二者がほぼ同様の推論を立て同じ結果を得たことから、この推論の蓋然性が確かめられるのではないか。なお、平安時代の〈継子いじめ譚〉の発生に関する先行研究については、森あかね氏に概観と詳細な批評がある。(3)

以上に留意しながら、平安時代の男子を主人公とした二つの〈継子いじめ譚〉について、漢土の〈継子いじめ譚〉と同様の要領でその概要を記してみたい。

○うつほ物語「忠こそ」

①継子となった経緯

（実母の死）

右大臣橘千蔭は北の方と仲睦まじく過ごし、二人の間に男子忠こそが生まれる。北の方は忠こそが五歳の時に病気にかかり、夫に「継母のために忠こそが不幸にならないよう」遺言して世を去る。

（父の元に継母〈未亡人〉が押しかけてくる）

左大臣源忠経が亡くなり、その北の方が千蔭に懸想し、財を尽くして彼に言い寄ってくる。心優しい千蔭は相手の立場を思い、むげに断り切れず、心ならずも彼女の住む一条殿に通うことになる。

②〈継子いじめ〉が行われる契機

（継母が継子に恋慕・継子が拒絶したことに怨怒）

やがて千蔭の訪れが遠のいた北の方は、継母の身で忠こそに恋慕して言い寄るが、断られ相手にされなかったために逆恨みし、忠こそを追放しようとする。

③継子への迫害の内容

千蔭が置いていった家宝の石帯を忠こそが盗んで売ったように言いふらさせるが、千蔭は我が子を信じ取り合わない。しかし次の手を打ち、故忠経の甥の祐宗を使って、「忠こそが帝に讒言して千蔭を失脚させようとしている」と千蔭に伝えさせる。今回はさすがに千蔭も驚き、次第に忠こそを疑うようになる。忠こそは父から疑いの言葉を聞き、悲しさのあまり宮仕えの気力も失せ、家を出て、山伏について鞍馬に登り出家してしまう。

④迫害からの解放の経緯→解放されない（出家したまま家に戻らず父との再会も叶わない）

忠こそが出仕していないという宮中からの知らせを聞いて参内した千蔭は初めて我が子の失踪を知り、帝から「讒言などのことはすべてが北の方の謀略であろう」と知らされ、泣く泣く退出し、忠こそに会いたいとひたすら祈念する。北の方は千蔭に疎まれて凋落し、千蔭も小野に隠棲して仏事を営み、忠こそを恋い慕いながら死んでしまう。

○『今昔物語集』巻二六「陸奥国ノ府官ノ大夫ノ介ノ子ノ語」

①継子となった経緯

（実母の死）

大夫介夫婦には子がなかった。妻は四十で子を授かるが、子を産んで程なく亡くなる。

（父の元に継母〈未亡人〉が押しかけてくる）

子が十一、二歳になった時に、夫に先立たれた子連れ（子は女児）の未亡人が「子どもの世話をしたいので妻にしてくれ」と押しかけてくる。

②〈継子いじめ〉が行われる契機

（継母が家産を継承するため継子の殺害を画策）

継母は最初は家刀自として甲斐甲斐しく継子の世話をしていたが、年老いた夫が亡くなった後に継子に家産が渡ることを口惜しく思い、継子の殺害を計画。

③継子への迫害の内容

大夫介の郎党の一人を手なずけ、夫の留守中、郎党に継子を伯父の家に連れて行かせ途中で殺害する計画を実行。郎党は野原で穴を掘って継子をだまして穴に入れて埋める。

④迫害からの解放の経緯

途中まで継子を迎えに来た伯父たちが穴の中からうめき声が聞こえるのを不審に思い、穴に埋められた瀕死の継子を助け出す。伯父は継子の話から事の次第を見抜き、父の大夫介を家に呼び、偶々ついてきた郎党を拘束して自白させ、父に継母の悪事を知らしめる。父は継母と連れ子の娘を家から追放する。

＊『うつほ』忠こそとの類似点

①継子となった経緯…継母が未亡人で「押しかけ女房」的に父の元へやって来る。

③継子への迫害の内容…継子を陥れるのに自分は手を汚さず部下を手なずけて行なう（ただし、部下に讒言させるのではなく殺害を命じて実行させる）。

右の二つの〈継子いじめ譚〉の②③④の構成要素について、第一節で述べた漢土のA・B二つの〈継子いじめ譚〉の構成要素とそれぞれ比較してみたい。

②〈継子いじめ〉が行われる契機

『うつほ』忠こそ…Bのクナラ太子譚の〈継子いじめ譚〉とまったく同じ↓継母による継子への恋慕・継子の拒絶。

『今昔』大夫介子語…継母自身が継子に家産が渡ることを口惜しく思い、継子の殺害を計画↓漢族型の〈継子いじめ譚〉の、継母が実子（男子）に家産を継がせるために継子の殺害・追放を企てる話型の変形ではないか（当話では、継母の実子は「娘（女子）」に設定されている）。

③継子への迫害の内容

『うつほ』忠こそ…身内を使った讒言↓継母は直接讒言しない。漢土の〈継子いじめ譚〉には見えない、日本の平安時代の貴族社会の実情に沿った讒言の内容である。

『今昔』大夫介子語…部下を使った継子の殺害（穴を掘って継子を騙して穴に入らせ土石で埋める）↓漢土の舜譚の、継子に井戸浚いをさせて土砂や石で埋めて殺害を試みる話を利用している可能性が高い。

④迫害からの解放の経緯

『うつほ』忠こそ…解放されない。出家したまま家に戻らず父との再会も叶わない。

＊主人公が救われない、きわめて珍しい終わり方であるが、漢土の〈継子いじめ譚〉では、伯奇譚のみが主人公が流離・入水して死亡という結末を持つ。真相を知り後を追ってきた父は子の入水に間に合わず、死後に鳥になった主人公と再会し継母を殺害する。なお本書Ⅲ—2参照。

＊忠こその物語が伯奇譚のような継子の〈死〉ではなく〈出家〉という形を採っているのは、物語の後

段で彼を再び登場させるための伏線で、長編物語の構想と関わった処置であろう。なお、森あかね氏は本書Ⅲ―2を承けて、忠こその物語が物語の長編化に関与していく過程を詳細に分析している。(4)

『今昔』大夫介子語…主人公の継子を迎えに行った伯父が土中から呻き声がするのを奇異に思い、埋められた穴から継子を掘り出して救け出す。

＊陽明本『孝子伝』の舜譚では、舜は前もって掘ってあった隣家の井戸に抜ける横穴を通って自力で脱出するが、敦煌変文『舜子変』では、帝釈天が黄龍に変身して横穴を通し、舜を隣家の井戸に引き入れてくれ、たまたま水を汲みに来た隣家の老婆が井戸の中から声がするのを聞いて舜を引き上げる。おそらくこのような型の舜譚が踏まえられているのではないか。いかにも地方（陸奥国）で起きた実話のように語られているこの説話であるが、背後に舜譚の話型が巧妙に用いられているのではないか。

平安時代の〈継子いじめ譚〉について最も重要な点は、継母に男の実子が誕生し、家産の継承権を持つ長子である継子を妬み憎むようになる、という漢族型の〈継子いじめ〉の契機に頻用される話型がまったく用いられていないことである。『うつほ』忠こそでは継母の継子への恋慕というクナラ太子譚由来の話型が用いられており、『今昔』では継母は自らの実子のためではなく自身の欲望から家産の横取りを企て、継母の実子も男子ではなく女子に設定されていて、継母が自分の実子（男子）に家督を継承させようとする漢族型の〈継子いじめ譚〉の話型をあえてずらしている。〈継子いじめ〉が物語の題材として認知されるようになってきた平安時代においても、長子の男子が家督を継承する漢族型の家族制度・社会制度にもとづいた、男子を主人公とする〈継子いじめ〉の話型は、漢族とは異なる家族制度・社会制度が奈良時代から引き続き行われていた平安時代の貴族社会では用いられなかったと考えてよいのではないか。

三、中世の〈継子いじめ譚〉の特徴
――漢土の〈継子いじめ譚〉、平安時代の〈継子いじめ譚〉との比較から――

それでは第二節と同様の要領で①から⑤の構成要素に分けて、中世の男子を主人公とした〈継子いじめ譚〉の概要を見ていきたい。ただし、漢土の〈継子いじめ譚〉、平安時代の〈継子いじめ譚〉との関係については言及が多岐にわたるため、それぞれの構成要素の記述の後に適宜＊を付し、そこで個別に述べていく。

○説経「しんとく丸」

①継子となった経緯

（実母の死・継母の登場）

河内の国高安郡信吉長者は清水観音に申し子してしんとく丸を得る。しんとく丸が十三の時に母が死に、父が後妻を迎える。

②〈継子いじめ〉が行われる契機

（継母に実子（男子）が誕生。実子を総領にするために継子である主人公を迫害）

継母の心中語「たまたま子ひとりまうけてに、総領ともなしもせで弟の次郎と呼ばすることの腹立ちや。かなはぬまでもしんとくを呪ひ、弟の次郎を惣領となすべし」に契機は明確に示されている。

＊平安時代の〈継子いじめ譚〉には見えなかった漢族型の〈継子いじめ譚〉とまったく同じ形が出現していることに注意。中世に至り家族形態に変化が生じ、日本にも漢族型の父系制に近い家族制度の形が出現してきたことと関係するのであろう。

③継子への迫害の内容

継母は清水観音に呪詛する。そのためしんとく丸は三病（ハンセン病）となり、両眼が見えなくなる。継母は「人の嫌がる病」と父に継子を捨てるよう懇願する。はじめは「病者の一人ぐらい養っていける」と反対した父も、継母から「実子を連れて出て行く」と脅され、結局しんとく丸を天王寺に捨てさせる。

＊継子が盲目となり追放されるのは、仏典由来の「クナラ太子譚」と一致。継母はクナラの父大王が酔い伏している間に歯印を盗み取り、その歯印を押して「クナラの両眼を抉り取って国外に追放せよ」との偽の宣旨を下す。宣旨により両眼を失ったクナラは妻とともに流離の身となり、妻に支えられ旅を続ける。この妻が乙姫の原型であろう（後述）。

④迫害からの解放の経緯

しんとく丸は、清水観音のお告げに従って熊野の湯に行く途中、許嫁の乙姫のいる陰山長者の家とも知らず施行を乞い、女房たちの笑いを買ったため、わが身を恥じて天王寺に戻り、堂の下に隠れて餓死しようとする。しんとく丸が訪ねてきたことを聞いた乙姫は、両親に暇を乞い、彼を尋ね求めて、ついに天王寺で対面する。しんとく丸とともに清水に詣でた乙姫は、観音のお告げで得た鳥箒でしんとく丸の身体を撫でると、たちまち三病は本復し目も明き、陰山長者の協力で再び富貴の身となる。

一方、父の信吉長者は両眼がつぶれて零落し、しんとく丸が阿倍野原で行った施行に息子の主催と知らずにやってきて対面する。例の鳥箒で目を撫でると目が明く。しんとく丸は継母とその子乙の二郎の首を斬り、富貴に栄える。

＊継子が富貴となるのと対照的に、継母にそそのかされて息子を追放してしまった父が盲目となり零落

し、息子と知らずにその施しを受けに行って再会し、息子に目を撫でられて目が明く話型は舜譚とまったく一致し、同話に拠ることは明らか。ただし主人公が継母とその実子を殺害してしまうのは、最後まで継母に孝を尽くす舜譚（＝孝子譚）からは離れて、説経という芸能に顕著に見られる、主人公に苦難を与えた者への「復讐」による結末を迎える。

○謡曲「弱法師」

「弱法師」と説経「しんとく丸」との関係については、東洋文庫『説経節』（平凡社、一九七三年初版）の「解説・解題」（荒木繁氏執筆）に次のように述べられている。

『信徳丸』と同材の謡曲に『弱法師』がある。作詞者は観世元雅であるが、クリ・サシ・クセは世阿弥の手になるものであろうと言われる。これは河内の国高安の里の左衛門の尉通俊が天王寺の西門の鳥居で施行を行うと、弱法師と称される盲目の乞食が施行を受けに来る。この弱法師はかつて通俊が人の讒言によって勘当したわが子の俊徳丸であることがわかり、親子は連れ立って帰るという話である。この謡曲は世阿弥自筆本転写本があり（日本古典文学大系『謡曲集』上所収）、それによると、俊徳丸は妻を伴っている。ただしその妻の素姓はなにも説明されていない。俊徳丸は人の讒によって父に追放されたとあり、継母の讒であろうと推測はされるが、内容も経過も明らかでない。これは能楽が歌舞を主として戯曲性に重きを置かなかったせいもあるが、俊徳丸（信徳丸）の説話は当時の観客には周知であったから、今さら説明を要しなかったということも考えられる。

この記述をもとに、さらに謡曲「弱法師」と説経「しんとく丸」との関係について、注目すべき点を見ていきたい。

・主人公を支える妻の存在とクナラ太子譚

「弱法師」の世阿弥自筆本転写本（以下「古態本」と称す）では、シテ俊徳丸のツレとして彼の妻が登場し、登場する一声の場面では俊徳丸とともに彼のつらい身の上を嘆き、天王寺の場面では俊徳丸と掛合を演じる。現行の改作版では、ツレの妻自体が登場しない演出となっている。「俊徳丸のより達観した心境を示す」（小学館新編日本古典文学全集「謡曲集」備考）とされるが、彼の孤独な境涯を強調するための、わざと妻を出さない演出ではなかろうか。クナラ太子譚でも「其後、太子宮ヲ出デテ道ニ迷ヒ給ヒヌ。妻許(バカリ)ヲ具シテ其レヲ指南ニテ何(イツ)コトモ無ク迷ヒ行給フ。亦相副(ソ)ヘル者一人無シ」、「人有リテ見レバ、女ニ被レ曳テ一人ノ盲タル人有リ、如レ此キ流浪シ給フ程ニ、様モ疲レ形モ衰ヘ給ヒニケレバ」（『今昔物語集』「牱拘拏羅太子抉眼依法力得眼語」より。引用は岩波新日本古典文学大系に拠る）と、クナラの妻が盲目のクナラを脇で支えており、そのあり方は謡曲「弱法師」古態本の俊徳丸の妻のあり方に反映されているのではないか。

・クナラ太子譚との距離――説経に見られる妻の働きの拡大

謡曲「弱法師」古態本では「連れ添う」妻のあり方や父により子が救済される点で、全面的にクナラ太子譚と話型はほぼ一致しているが、説経「しんとく丸」では「弱法師」の後半に、盲目となり零落した父を子が救済する舜譚をさらに接続し、父と子の救済・被救済の関係を逆転させている。さらに説経では、しんとく丸自身の救済は、許嫁の乙姫の、親に暇を願い家を出て天王寺でしんとく丸を探しだし清水寺に連れて行くという積極的な行動によって果たされており、妻の役割がクナラ太子譚や「弱法師」古態本に比べて格段に重くなっている（説経「をぐり」の照手姫と共通する、説経に特徴的なヒロイン像である）。

・「盲目」への向き合い方の差違――クナラ太子譚との比較から

謡曲「弱法師」…クナラ太子譚では父の尽力と尊者の霊力で主人公は眼(まなこ)を取り戻したが、「弱法師」では奇跡は起こらず、主人公は最後まで盲目のまま。「盲目となっても難波の浦の絶景は今でも心の中で見ることができる」とその光景を語る。「今は入り日ぞ落ちかかるらん、日想観(にっそおがん)なれば曇りも波(なみ)の、淡路絵島、須磨明石、紀の海までも見えたり見えたり、満目青山は心にあり、おう、見るぞとよ、見るぞとよ（以下略）」。しかし現実は「かなたこなたと歩く程に、盲目の悲しさは、貴賤の人に行き逢ひの、転(まろ)び漂ひ難波江の、足元はよろよろと、げにもまことに弱法師とて、人は笑ひ給ふぞや、思へば恥づかしやな」という状態で、人目を憚って夜更けに迎えに来た父に連れて帰られる。

＊「弱法師」の後半は、盲目となった主人公が光を失う前に見ていた美しい難波江の光景を心の中に再現しようとする箇所が見せ場であるが、最後は盲目の厳しい現実に引き戻され、クナラ太子譚のように失われた目が開く奇跡のハッピーエンドではなく、現実の厳しさを突きつけたまま終わる。

説経「しんとく丸」…妻乙姫が清水観音から授けられた鳥箒で主人公の目が開き、さらに元の健常者の姿となった主人公が今度はその鳥箒で父の盲目を救済する、という二重の〈盲目からの救済〉の奇跡が語られる。これには盲目の人も多かったとされる説経の徒の当事者性が大きく関わっているのではないか。

＊主人公の抉(くじ)られた目が奇跡的に復活するというクナラ太子譚の結末に、さらに悪行の報いで盲目となった父が子の力で開眼するという舜譚の話柄を付け加えることに、説経作者（語り手）の「盲目からの救済」への強い希求を読み取るべきであろう。

○説経「あいごの若」

①継子となった経緯
宮中の宝くらべに、子のないことで辱められた二条蔵人清平は、妻と共に長谷観音に申し子を祈願する。あいごの若が誕生。しかし十三の時母は死去し、清平は若い後妻を迎える。
②〈継子いじめ〉が行われる契機
継母は若をちらと見初め恋い焦がれ、亡母を慕って持仏堂に籠る若に、日に七度も恋文を送る。若は厳しく拒絶する。夫にこのことが露見するのを恐れた継母は侍女に相談すると、侍女は讒言を企てて若を追放することを提案する。
③継子への迫害の内容
侍女の企みを受け入れ、継母は家宝の太刀と唐鞍を盗み出し、侍女の夫を商人に仕立てて門前で売らせ、聞きつけた清平に「若が盗んで売った」と嘘をつかせる。清平は讒言を信じ激怒し、若を縛って桜の木に釣り上げる。
④迫害からの解放の経緯→解放されない。家に戻れずに流離した末に入水。父との再会も叶わない
亡母の霊がイタチになって現れて若を救い、伯父の比叡山の阿闍梨を頼れと告げる。阿闍梨を尋ね当てた若は、時ならぬ来訪を信じない阿闍梨に天狗のいたずらと誤解され追い出される。若はその後も難儀にあい、世をはかなんで、「かみくらや霧生が滝へ身を投ぐる語り伝へよ杉のむら立」の一首を残して滝に投身する。若の死とその真相を知った父は継母を簀巻(すま)きにして稲瀬が淵に沈め侍女を切り捨てた後、滝に出向いて若の遺骸を求める。
＊主人公が申し子で生まれること、最後は出家ではなく投身して死ぬことを除き、話の基本的な形は

『うつほ』忠こそとまったく同じ。②〈継子いじめ〉が行われる契機は、継母が継子に恋慕して拒絶される、クナラ太子譚型。③継子への迫害については、継母が手下に伝来の家宝を盗み出させて売らせ、それを継子の仕業と讒言させる手口が『うつほ』忠こそとまったく同じ。④の迫害からの解放がなされない点も忠こそと同じであるが、主人公が「出家」するのではなく、入水自殺してしまい、父が主人公の入水した場所を尋ね、真相を知った父が継母を殺す話型は、『孝子伝』の伯奇譚とほぼ一致している。『うつほ』忠こその物語を下敷きにし、後半は伯奇譚の話型をそのまま用いたか。

説経「あいごの若」は『うつほ物語』忠こその結構を主に用いているが、〈説経〉という芸能としての眼目は「女人の愛欲の恐ろしさ」を語ることにあると思われる。「忠こそ」と比較してみると、『道成寺縁起』などと同様の、女人の恋慕・愛欲の凄まじさが強調されていることがよくわかる。

・結末の差違

『うつほ』忠こそ…「継母は夫から疎まれて凋落した」と述べられるのみ。

説経「あいごの若」…継母は夫により簀巻き(すま)にして稲瀬が淵に沈められるが、愛欲の念から大蛇と化して継子の死骸を抱き去り、伯父阿闍梨の加持によりようやく死骸を返すが、その時「あゝ恥づかしや、かりそめに思ひをかけ、つひには一念遂げてあり」と叫ぶ。

・継母が継子を恋慕する過程にも差違がある

『うつほ』忠こそ…訪れが遠のいた夫の身代わりとして、継子を恋慕。「おとどの見えがたくしたまふに、(忠こそが)いとうれしく見えたまへば、御代はりになむ頼み聞こゆる」「忠こそ一人来ぬれば、よし、かの御代はりにとて、忠君の御前に参りたまひて(以下、かいがいしく忠こそに応対する)」

説経「あいごの若」…継子を一目見て恋い焦がれ、烈しい恋情を抱く。「あいごの若の御姿を、ちらと見そめしこのかたは、静心なき思ひにて、万死の床に伏したまひ、今をかぎりと見えたまふ」、（一日に七回恋文を送り、七つ目の恋文を送った際にあいごから「父にこの手紙を見せる」と脅され）「今宵（若の住む）持仏堂に乱れ入り、あいごの若を刺し殺し、自らも自害し、六道・四生にてこの思ひを晴らさん」

まとめ

最後に本章で述べてきた要点を、五つにまとめておきたい。

1．日本に伝来した漢土の〈継子いじめ譚〉には、「漢族型」と「仏典由来」の二つのタイプがあり、両者の大きな相違は〈継子いじめ〉の契機にある。

漢族型…生まれた実子に婚家の家産を継承させるために（あるいは実子を優遇させるために）長子である継子を迫害。

仏典由来…継子に恋慕し、継子に拒絶されたことで継子を憎み、夫への露見を恐れ迫害。

2．日本の平安時代の〈継子いじめ譚〉の「継子いじめの契機」には、漢族型の「実子（長子）への家督の継承」を目的とするものは存在しない。仏典由来の「継母が継子を恋慕して拒絶される」ものと「継母自身が婚家の家産の継承を企てる」という漢族型の変形とがあり、これは長子が家督を継続する漢族型の家族・社会制度が平安朝当時の日本の貴族社会とは大きく異なっていたことに起因すると思われる。

3．平安時代の〈継子いじめ譚〉の話型には、

・継子が流離した末に家に戻れず父に再会できない（『うつほ』忠こそ↑伯奇譚）
・継子が埋められ危うく危難を逃れる（『今昔』↑舜譚）

のように『孝子伝』の孝子譚の話型が用いられている。

4. 中世の〈継子いじめ譚〉の「継子いじめの契機」も、漢土の〈継子いじめ譚〉の話型を引き継ぐが、継母が実子への家産の継承を企てる漢族型の〈継子いじめ〉の契機が登場していることに注意。

「しんとく丸」…実子への家産の継承（漢族型の〈継子いじめ譚〉）
「あいごの若」…継子への恋慕（クナラ太子譚）

5. 中世の〈継子いじめ譚〉は、語りたいテーマに応じて漢土の〈継子いじめ譚〉を自在に組み合わせて用いる。

「しんとく丸」〈盲目からの救済〉
…クナラ太子譚（主人公が盲目になり流離↓救済）＋舜譚（主人公が盲目になった父を救済）
「あいごの若」〈女人の愛欲の恐ろしさ〉
…クナラ太子譚（継母による継子の恋慕）＋伯奇譚（継子が流離の末に入水↓沈められ大蛇と化した継母が継子の遺骸を奪う）

注

（1）小島憲之氏『萬葉以前――上代びとの表現』（岩波書店、一九八六年）第六章「上代官人の『あや』その一――外来説話類を中心として――」、東野治之氏「律令と孝子伝――漢籍の直接引用と間接引用――」（同氏『日本古代史料学』〈岩波書店、二〇〇五年〉所収）、黒田彰氏「令集解の引く孝子伝について」（注1所引『孝子伝の研究』所収）などを参照。

（2）東京女子大学『日本文学』第40号（一九七三年十一月）。東京女子大学学術情報リポジトリより閲覧可能。

（3）同氏「平安期物語の継子譚展開――孝子説話型の継子譚との関わり――」（『同志社国文学』84号、二〇一六年三月、同氏『平安期物語における継子譚受容――孝子説話型継子譚との比較研究から――』〈和泉書院、二〇二四年〉所収）の二「先行研究概観と問題点」。

（4）本書Ⅲ－2の注1に掲げた「『うつほ物語』忠こそ物語における長編への方法」参照。

〔初出〕『中世文学』第67号（二〇二二年）に同題で掲載。二〇二一年度中世文学会秋季大会での同題の講演を文章化したもの。

〔刊行時補記〕初出時の「はじめに」から、前章までの内容と重複する部分を削除した。

附 漢語「人子」と和語「人の子」

――古代日本における〈孝〉に関わる漢語の享受をめぐって――

はじめに

東アジアにおける儒教文化の拡がりとともに、孝の思想も東アジア諸国に根を下ろしていく。日本においては、応神天皇の時代に朝鮮の百済から『論語』等の儒教経典が伝来したとされ（『古事記』応神天皇条）、継体天皇、欽明天皇の時代には、五経博士が百済から派遣されており（『日本書紀』継体天皇七年条、欽明天皇十五年条）、儒教は仏教よりも早く伝来していた。儒教が治世に取り入れられるのにともない、日本でも孝の思想が広く認識されるようになる。

古代日本において、孝思想がどのような方面に、どのように普及していたかを総合的に研究した書物に、田中徳定氏『孝思想の受容と古代中世文学』（新典社、二〇〇八年）があり、その「第一部 古代日本における孝思想の受容」には、「第一章『日本書紀』にみる天皇と孝思想」「第二章 孝子表旌にみる孝思想」「第三章 古代日本における祖先祭祀と孝思想」「第四章 報恩と追善と孝」「第五章 宗教的罪としての「不孝」」の章が立てられ、古代日本における孝思想の定着や拡がりが、主に制度・儀式・祭祀・宗教の各方面から論じられている。

本章では、田中氏の著書とは視点を変えて、孝思想の受容にともなって、日本でも用いられるようになったと考えられる〈言葉〉について考察したい。具体的には、漢語「人子」と、それを日本語として訓読した和語「人の子」である。「人子」は一般には「子供」という意味で理解されているが、後述するように、古代中国においては、ほとんどの場合、親への〈孝〉と結びつく、特別な言葉として用いられてきた。日本の古代文献資料においても、漢語「人子」が使用されているが、その用法は、やはり中国での「人子」の用法を意識して、ほとんどが親への〈孝〉と関係のある文章の中で用いられている。さらに日本ではこの「人子」が「人の子」と訓読され、和歌などの和語で表現される文学の中へと浸透していく。この「人の子」も、単なる「子供」という意味ではなく、やはり親への〈孝〉を意識した文脈の中で用いられるのである。

漢語「人子」の受容の状況や、「人子」を訓読したと思われる和語「人の子」の用法を分析しながら、一つの〈言葉〉を通して、古代日本において孝思想が根付いていく一端を具体的に窺ってみたい。

一、古代中国における「人子」の用法

『礼記』曲礼における「人子」の用法

中国において、「人子」は大変古い時代から用いられている言葉であるが、一般的には単に「子供」の意と理解されている。中・日を代表する大型漢語辞典の「人子」の解説を次に掲げよう。

『漢語大詞典』

①指子女。

《礼記・曲礼上》凡為人子之礼、冬温而夏凊、昏定而晨省。

②耶蘇的自称。（用例省略）

『大漢和辞典』

人の子。子供。又、他人の子。

〔礼・曲礼上、「百年曰期頤」疏〕人子用心、要求親之意、而尽養道也。

〔左氏・宣十二〕不以人子、吾子其可得乎。

『中文大辞典』

人之子也。又他人之子也。（挙例は『大漢和辞典』に同じ）

『辞海』を初め、規模の小さい辞書では「人子」の項目を立てていないものも多い。『中文大辞典』は『大漢和辞典』の語釈や挙例を踏襲しているので、中・日を代表する辞書である『漢語大詞典』と『大漢和辞典』を取り上げると、両者ともに第一の語義として「子女」「人の子、子供」を掲げる（『大漢和辞典』は第二の語意に「他人の子」を挙げ、例として『左伝』を掲げる）。しかし、「人子」をただ「子女」「子供」と解説しただけでは、古代中国における、この言葉の持つ意味を十分に伝えたことにはならない。

「人子」の用例として、『漢語大詞典』では『礼記』曲礼上の文章、『大漢和辞典』でも『礼記』曲礼上の文章の「疏」が掲げられていたが、まず『漢語大詞典』の『礼記』曲礼上の「凡為人子之礼、冬温而夏凊、昏定而晨省（凡そ人の子の礼為るや、冬温にして夏凊くし、昏に定めて晨に省る）」は「すべて人の子としての（親に対する）礼というものは、（親の居場所を）冬は暖かく夏は涼しく保ち、夜には親の寝所が整っているかどうか、明け方には親に変わりがないかを尋ねなければならない」の意で、「人子之礼」として、子としてどのように日夜親に仕えるかという礼儀作法を述べている。『大漢和辞典』の用例に掲げられた『礼記』曲礼の疏でも、「頤」（「養」の意）に対して、「人子」というものは、親が百歳にもなれば、親の意図するところを探し求め、親を養うことに全力を尽くさなければならない、と解説する。

『漢語大詞典』も『大漢和辞典』も、共に「人子」の古い例として、『礼記』曲礼上を挙げる——ただし『大漢和辞典』はその疏であるが——のは偶然ではなく、『礼記』曲礼上にはこの二例の他にも「人子」の用例が集中して現れる。

a 夫為人子者、三賜不及車馬。故州閭郷党称其孝也（夫れ人の子為る者は、三賜するも車馬に及ばず。故に州閭郷党其の孝を称するなり）。

b 夫為人子者、出必告、反必面。所遊必有常、所習必有業。恒言不称老（夫れ人の子為る者は、出づるには必ず告げ、反れば必ず面す。遊ぶ所は必ず常有り、習ふ所は必ず業有り。恒の言には老を称せず）。

c 為人子者、居不主奥、坐不中席、行不中道、立不中門（中略）聴於無声、視於無形（人の子為る者は、居るに奥に主たらず、坐すに席に中にせず、行くに道に中にせず、立つに門に中にせず（中

元和慶長頃古活字版『礼記』曲礼上
（京都大学附属図書館所蔵）部分

略）声無きに聴き、形無きに視る）。

d為人子者、父母存、冠衣不純素（人の子為る者は、父母存せば、冠衣純素ならず）。

aは、君に仕えて一には官職を賜り、二には官職に相応の衣服を賜り、三には位階と車馬を賜る（＝三賜）が、車馬を賜ると安楽の身となり、親の身と並んでしまうので、人子は、わざと車馬を受けずに親の身分を超えないようにする（従って郷党はその孝を賞賛する）。bでは、人子は家を出る時は必ず行き先を親に告げ、帰れば必ず親に顔を見せてその安否を確かめ、遊びも習い事も必ず決まったものを行い、人と話す時には、常に親を憚って、自分のことを「老」と言わない、など親を意識した礼儀作法を細かく定める。cでも、b同様に、人子は諸々の行動をとる時は親に遠慮して中心に位置することを避ける、親が自らの意志を口に出したり、形にして表面に出したりするより先に、その意を察知し行動すべきであるなど、親を中心にして振る舞うべき様々な礼儀作法を述べる。dは親が生きている間は、親の死の時に着る喪服の色に似た素服（白絹の衣服）を着用するべきではない、という服装についての礼儀作法である。

『礼記』には、上記の「曲礼」以外では、「大学」にも「人子」の例が見える。

e為人君、止於仁、為人臣、止於敬、為人子、止於孝、為人父、止於慈、与国人交、止於信（人の君為りては仁に止まり、人の臣為りては敬に止まり、人の子為りては孝に止まり、人の父為りては慈に止まり、国人と交はりては信に止まる）。

ここには、「人君」「人臣」「人父」と並んで「人子」が登場し、それぞれの立場に必要な徳目が掲げられているが、「人子」の徳目としては〈孝〉が掲げられている。

『礼記』曲礼上において、「人子」の語は、すべて、親を敬い、親に仕え、親を養う際に、子としてどのように行動するべきかという礼儀作法に関した文中で用いられ、引いてはaの例に見るように、そのような礼儀作法を行うことが世間から〈孝〉として称揚されるといい、『礼記』大学では、「人子」は〈孝〉でなければならないという、「人子」と〈孝〉との堅固な結びつきが示されている。付け加えれば、この『礼記』曲礼において集中的に使用される「人子」は、「十三経」では他に『春秋左氏伝』『春秋公羊伝』『孟子』に一例ずつ使用されるだけである。[1]「人子」は常に「為人子者（人の子為る者は）」の形で「親」を強く意識して用いられ、「（親に対して）子供というものは…するべきである」という文脈で用いられている。

以上から、古代の中国において、「人子」は儒教の根本的な経典の一つである『礼記』の中で、親に対する子の〈孝〉と結びついて使用される特別な語であったと言うことができよう。

〈孝〉と結びついた「人子」の拡がり

その後、「人子」は〈孝〉と結びついて、経書以外の様々な文献に現れてくる。たとえば史書においては、

・扶蘇為人子不孝。其賜剣。以自裁（扶蘇人の子為りて不孝なり。其れ剣を賜ふ。以て自裁せよ）。

（『史記』列伝二十七・李斯伝）

・（卜筮で名高い厳君平は）有邪悪非正之問、則依蓍亀為言利害。与人子言依於孝、与人弟言依於順、与人臣言依於忠、各因勢導之以善（邪悪非正の問有らば、則ち蓍亀に依りて為に利害を言ふ。人の子に言ふときには孝に依り、人の弟に言ふときには順に依り、人の臣に言ふときには忠に依り、各勢に因りて之を導くに善を以てす）。

（漢書・列伝四十二・王吉伝）

・与人父言、依於慈、与人子言、依於孝（人の父に言ふときには慈に依り、人の子に言ふときには孝に依る）。

（晋書・列伝二十・曹志伝）

などの例が見え、「人子」において必要とされる徳目として〈孝〉を掲げる例が目立つ。

さらに、経書や史書のような教養人が読むような書物ではなく、童蒙に〈孝〉の大切さを説くために何種類も作成された幼学書の『孝子伝』(2)にも、次のような例が見えるのが注意される。

○船橋本『孝子伝』原谷（中国側の資料では通常「原穀」と表記される）

（親不孝者の原谷の父親が、自分の父〈＝原谷の祖父〉を山に捨ててこいと原谷に命じ、原谷は命じられたとおりに輦に祖父を載せて山中に置いてくるが、家まで輦を持って帰ってくる）原谷走還、齎来載祖父輦。呵責云、何故其持来耶。原谷答云、人子老父棄山者也。吾父老時、入之将棄。不能更作。爰父思惟之更還、将祖父帰家（原谷走り還りて、祖父を載せし輦を齎ち来る。（父が）呵責して云はく、「何の故に其れ持ち来るや」と。原谷答へて云はく、「人の子は老父を山に棄つる者なり。吾が父老ゆる時、之に入れて将に棄てんとす。更に作ること能はず」と。爰に父之を思惟して更に還りて、祖父を将て家に帰る）。

これは「世の人の子というものは…すべきである」という文脈で用いられる「人子」の用法を逆手にとって、「人の子というものは、年老いた父を山に棄ててくるべきものだ」と、父の不孝の行動を自分も見習うぞと、親への教戒に利用した例である。

○同前　姜詩

（姜詩は江水や魚膾を好んだ母のために、毎日夫婦で六十里も離れた長江に行き江水を汲み、魚を求めて母に与えた）孝敬所致、天則降恩、甘泉涌庭、生魚化出也。人之為子者、以明鑑之也（孝敬の致る所、天則ち恩を降し、甘泉庭に涌き、生魚化して出づるなり。人の子為る者は、以て之を明鑑とせよ）。

傍線部は前出の『礼記』の「為人子者」と同義で、世の人の子というものは、姜詩の母への孝養を模範とせよ、と用いられている。

『孝子伝』のような童蒙に〈孝〉を教える幼学書を通じて、経書や史書などに疎遠な階層や初学者にも、「人子」という語、ならびにその語の持つ意味合いは、徐々に浸透していったと想像される。

二、古代日本における漢語「人子」の使用

古代日本の詔勅における「人子」の使用

古代中国において、最初に「人子」の語が集中して現れた『礼記』などの経書、またそれを受け継いだ『史記』『漢書』などの史書、幼学書『孝子伝』、これらの書物は遣唐使を初め、様々なルートを通じて八世紀初めの奈良時代までには日本に流入していた。また「はじめに」で述べたように、孝思想も儒教の伝来と共に日本に伝わり、奈良時代には仏教と結びついたこともあって、上層階級のみならず、庶民の階層にまで広範囲に浸透しつつあった。その中で「人子」の語も用いられるようになるが、日本において特に目を引くのが、史書（六国史）に引かれた「詔勅」に見える多くの「人子」の使用例である。

○『続日本紀』（延暦十六年〈七九七〉成立）

・養老六年（七二二）二月甲午条

詔曰、去養老五年三月廿七日、兵部卿従四位上阿倍朝臣首名等奏言、「諸府衛士、往々偶語、逃亡難禁。所以然者、壮年赴役、白首帰郷。艱苦弥深、遂陥疎網。望令三周相替、以慰懐土之心」。朕君有天下、八載於

今、思濟黎元、無忘寝膳。向隅之怨、在余一人。自今以後、諸衛士仕丁、便減役年之数、以慰人子之懐。其限三載、以為一番、依式与替。莫令留滞（詔して曰はく、去る養老五年三月廿七日、兵部卿従四位上阿倍朝臣首名等奏して言さく、「諸府の衛士、往々に偶語して、逃亡すること禁め難し。然る所以は、壮年にして役に赴き、白首にして郷に帰りぬ。艱苦弥深くして、遂に疎網に陥る。望むらくは三周にして相替りて、以て懐土の心を慰めしめむことを」と。朕、君として天下を有つこと、今に八載、黎元を済はむことを思ひ、寝膳に忘るること無し。向隅の怨み、余一人に在り。今より以後、諸の衛士仕丁、便ち役年の数を減して、以て人の子の懐を慰めむ。其れ三載を限りとして、以て一番と為し、式に依りて与に替へよ。留滞せしむること莫かれ）。

朝廷に衛士として召し出された地方の人民が、年老いた後にしか帰還できない長年の勤務を嫌って逃亡する例が多いので、勤務年数を三年に限定して遅滞なく交代させることを命じた、聖武天皇の詔である。ここでの「人子之懐」とは、おそらく故郷を離れて都に連れてこられた衛士たちの「（故郷に残してきた）親を案じる気持ち」であろう。「人子」の語を用いて、親を案じる子としての「懐」を表現した用法であり、中国の「親」への〈孝〉を強く意識した「人子」の用法をうまく利用している。

・天平宝字二年（七五八）八月庚子朔条

高野天皇禅位於皇太子。詔曰「（前略）然皇止坐弖天下政乎聞看事者労岐重弃事尓在家利。年長久日多久此座坐波荷重力弱之弖不堪負荷。加以掛畏朕婆婆皇太后朝尓母人子之理尓不得定省波朕情母日夜不安。是以、此位避弖間乃人尓在弖之如理婆婆尓波仕奉倍自止所念行弖奈母日嗣止定賜弊流皇太子尓授賜久止宣天皇御命、衆聞食宣」（高野天皇位を皇太子に禅りたまふ。詔して曰はく「（前略）然れども皇と坐して天下の政を聞こし看す事は労き重き事に在りけり。年長く日多く此の座に坐せば荷重く力弱くして負ひ荷ち堪えず。加以掛けまくも畏き朕がはは（母）皇太后の朝にも人の子の理にえ定省らねば朕が情も日夜安からず。是を以て、此の位避りて間の人に在りてし理の如はは（母）には仕へ奉るべしと念し行してなも日嗣と定め賜へる皇太子に授け賜はくと宣りたまふ天皇が御命を、衆聞食と宣る」）。

先の聖武天皇の詔が四字句を基調とした漢文体であったのに対し、この孝謙天皇の詔は「宣命体」と言われる漢語と和語を交えた和文の詔である。内容は、高野天皇（孝謙）が、政事は苦労が多く、長年天皇の位に居るので、政務に疲れて重荷に堪えられなくなった。さらに母皇太后（聖武天皇后であった光明皇太后）にも仕えることができなくなり、心情も「日夜不安」になった。そこで退位して「間人」（＝閑人）となって母に仕えるために、皇太子に帝位を譲りたいというものである。ここでは、天皇が母の皇太后に仕えることができないことを、「人子之理」としての「定省」を行うことができない、と表現している。和文の詔のため、「人子」は「人の子」と和語で口誦されるが、この箇所は一節に取り上げた『礼記』曲礼上の「凡為人子之礼、冬温而夏凊、昏定而晨省」に明らかに基づいており、「人子」は中国の孝思想を介して用いられた語であることがわかる。

・天平宝字三年（七五九）六月庚戌条

帝御内安殿、喚諸司主典已上、詔曰「（前略）凡人子乃去禍、蒙福麻久欲為流事波、為親尓止奈利。此大福乎取惣持弖、親王尓送奉止教部宣夫御命乎受給利弖奈母加久為流。故是以、自今以後追皇舎人親王、宜称崇道尽敬皇帝、当麻夫人称大夫人、兄弟姉妹悉称親王止宣天皇御命、衆聞食宣（後略）」（帝（淳仁）内安殿に御しまして、諸司の主典已上を喚して、詔して曰はく「（前略）凡そ人の子の禍を去り、福を蒙らまく欲り為る事は、親の為にとなり。此の大き福を取り惣べ持ちて、親王に送り奉れと教へたまひ宣ふ御命を受け給はりてなもかく為る。故是を以て、今より以後舎人親王を追ひて皇とし、崇道尽敬皇帝と称し、当麻夫人を大夫人と称し、兄弟姉妹を悉く親王と称せと宣ふ天皇が御命を、衆聞食と宣る（後略）」）。

即位した淳仁天皇に対し、光明太皇太后から、父の舎人親王に「天皇」の尊号を贈り、母の当麻夫人を「大夫人」、兄弟姉妹もすべて「親王」と称するようにという命が下り、これを辞退しようとする淳仁に対し、光明太皇太后が、「人子」たるものが禍を去り、福を得ようとするのは親のためであるから、この（天皇の称号追贈という）大きな福をすべて（父の）舎人親王に贈れ、と教えてくれたので、それに従ってこのように（追号を）行うのだ、と述べ、これより以後、父の舎人親王を「崇道尽敬皇帝」、母の当麻夫人を「大夫人」、兄弟姉妹を悉く「親王」と呼ぶように、と詔を発している。この例でも、淳仁天皇が親の舎人親王に「天皇」の称号を追贈することが、「人子」として親のためになすべき行為であると述べられており、「人子」は、やはり親への孝養と関連して用いられている。

・天応元年（七八一）四月癸卯条。

天皇御大極殿、詔曰「（前略）凡人子乃蒙福麻久欲為流事波於夜乃多米尓止奈母聞行須。故是以朕親母高野夫人乎称皇太夫人弖冠位上奉利治奉流（後略）」（天皇（光仁）大極殿に御しまして、詔して曰はく「（前略）凡そ人の子の福蒙らまく欲り為る事はおや（親）のためにとなも聞こし行す。故是を以て朕が親母高野夫人を皇太夫人と称して冠位上げ奉り治め奉る（後略）」）。

ここも直前の淳仁天皇が父に天皇の称号を追贈したのと類似の例で、光仁天皇が、「人子」が福を得ようとするのはすべて親のためと聞いているから、自分の母の高野夫人に「皇太夫人」の称号と冠位を贈ると詔を発している。天皇自身が父や母に尊号を追贈する際に、「これは人の子としての親のための行いであるから」と理由づけることが慣例化してきていることが窺える。

平安時代になっても、「人子」は詔勅に用いられ続けている。

○『続日本後紀』（貞観十一年〈八六九〉成立）

・承和七年（八四〇）五月辛巳条

後太上天皇顧命皇太子曰、予素不尚華餝。況擾耗人物乎。斂葬之具、一切従薄。朝例凶具、固辞奉還。（中略）…追善法要や陵墓の祭祀を控えるように指示）夫人子之道、遵教為先。奉以行之、不得違失（後太上天皇、皇太子に顧命して曰はく、予素り華餝を尚ばず。況んや人物を擾耗するをや。斂葬の具、一切薄きに従へ。朝例の凶具、固辞して奉還せよ。（中略）夫れ人の子の道は、教に遵ふを先と為す。奉じて以て之を行ひ、違失することを得ざれ）。

後太上天皇（淳和天皇）が皇太子（恒貞親王）に自分の葬儀や死後の祭祀を質素に行うように遺言したあと、「人子之道」は、親の教えを遵守することが最優先であるから、私の言いつけを守って実行し、違背することがないようにと厳命する。

○『日本文徳天皇実録』（元慶三年〈八七九〉成立）

・嘉祥三年（八五〇）四月甲子条。

帝即位於大極殿（中略）策命曰「（前略）辞別宣久、凡人子乃蒙福万久欲為留事波、於夜乃多米尓止奈母聞行須。故是以、朕親母藤原氏乎皇太夫人尓上奉利治奉流」（帝大極殿に位に即きたまふ（中略）策命に曰く「（前略）辞別に宣はく、凡そ人の子の福蒙らまく欲り為る事は、おや（＝親）のためにとなも聞こし行す。故是を以て、朕が親母藤原氏を皇太夫人に上げ奉り治め奉る」）。

『続日本紀』の天平宝字三年、天応元年の詔勅の例と同様に、天皇が母親の藤原氏に「皇太夫人」の尊号を贈る際に、「人子」としての親のための行為と理由づけた慣用的な用法である。

『日本三代実録』（延喜元年〈九〇一〉成立）にも、多くの「人子」の用例が見えるが、すべて直前の『文徳実録』

と同様に、天皇が母など肉親に尊号を贈る際の詔勅に用いられており、表現も類似したものである。このように、詔勅に用いられる「人子」は、奈良時代末期以降、天皇による肉親への尊号の追贈の際に用いられることが慣用化しており、「人子」としての肉親への孝養が、尊号の贈与の正当性の理由として機能している。さらに多くの詔勅は和語で読み上げられるため、「人子」は実際には「人の子」という和語の形で臣下の耳に入っていく。後に和語「人の子」について考察するが、その時に、詔勅に多くの「人子」を訓読した和語「人の子」が存在していたことを想い起こしてほしい。

古代日本における詔勅以外の「人子」の使用

天皇が発する詔勅以外では、漢語「人子」は官人に関わる文章の中で、次のように用いられている。

まず法令関係では、『律令』の『令』（養老令）の注釈である『令集解』（惟宗直本撰。九世紀半ばに成立）に例が見える。これは「仮寧令」の、

> 凡文武官長上者、父母在畿外、三年一給定省仮卅日（凡そ文武官の長上の者、父母畿外に在らば、三年に一たび定省の仮卅日を給へ）。

という条文に対する注釈、

> 謂、定省者、孝子事親、昏定晨省是。（略）曲礼上曰、凡為人子之礼、昏定而晨省。鄭玄曰、定、安其牀衽也。省、問其安否何如也（謂は、定省は、孝子親に事へて、昏に定めて晨に省る是なり。（略）曲礼の上に曰く、凡そ人の子の礼為るや、昏に定めて晨に省る。鄭玄曰く、定は、其の牀衽を安んずるなり。省は、其の安否何如を問ふなり）。

の傍線部、『礼記』曲礼上の引用文中に見える例である。用例としては、既に見てきた中国の著名な例で、日本

の文献の例ではないが、この「仮寧令」の条文自体は、直前の「古代日本の詔勅における「人子」の使用」で取り上げた、「人子」が用いられた詔の第一番目に見えた『続日本紀』養老六年詔とも関係する法令で、役人たちに親の面倒を見るために三年に一度「定省仮」という休暇を給うことを定めたものである。注釈ではこの「定省」という語を説明するために、『礼記』曲礼上の本文とその鄭玄注を引き、「定省」が親に仕えて孝養を尽くす「人子」としての務めであることを示す。

更に、平安時代初期の勅撰漢詩文集『経国集』（天長四年〈八二七〉成立）には、文官への登龍門である「対策文」に次のような例が見える。

○延暦二十年（八〇一）二月二十五日監試（問者大学少允菅原清公、対者文章生栗原年足）

「宗廟禘祫」（策問省略。宗廟の由来やその祭祀儀礼について問う）

対。窃以、遐観曩冊想太易之初、歴討綿書尋混元之始。（略）夫孝者発於深衷、本於至性。行之在己、外無因物之労。体之由心、内有徇情之逸。万徳雖舛以道為宗、百行雖殊以孝為大。施之於国則主泰、用之於家則親安。既可以施於一人、又可以移於四海。舒之則盈宇内、巻之則発懐中。聖人之徳無加于孝、人子之徳無加于孝。人子之道、可不欽哉。是以千帝百王、慎終追遠、前賢往哲、事死如生（以下略）（対ふ。窃に以るに、遐く曩冊を観て太易の初めを想ひ、歴く綿書を討ねて混元の始めを尋ぬ。（略）夫れ孝は深衷に発し、至性に本づく。之を行ふは己に在り、外に物に因る労無し。之を体するは心に由り、内に徇情の逸有り。万徳舛ふと雖も道を以て宗と為し、百行殊ると雖も孝を以て大と為す。之を国に施せば則ち主泰く、之を家に用ゐれば則ち親安らかなり。既に以て一人に施すべく、又以て四海に移すべし。之を舒ぶれば則ち宇内に盈ち、之を巻けば則ち懐中に発す。聖人の徳は孝に加ふる無く、人子の徳は孝に加ふる無し。人子の道、欽まざるべけむや。是を以て千帝百王、終りを慎しみて遠きを追ひ、前賢往哲、死に事へて生けるが如し）。

宗廟の起源を孝心の発露に求め、〈孝〉の功徳の偉大さを説明する中で、「聖人の徳、人子の徳として〈孝〉の他に付け加えるものはない」という文言が用いられ、「人子之道」、即ち子として孝道を大切にする思いが、帝王たちが祖先を追憶し、聖賢たちが祖先に仕える行為を生み出したと論じ、以下に省略した箇所で、それらの行為が宗廟の祭祀へと繋がっていくことが述べられる。

この対策文の作者(中臣)栗原年足は、文人・学者として名を成した人ではなく、おそらく一介の文官として人生を送ったであろうと推測されるが[3]、平安初期の、大学寮がまだそれほど整備されていなかった時代の平凡な文章生が、宗廟祭祀が〈孝〉から発生したことを論じ、その〈孝〉が「人子」の思いの発露であると述べていることから、官吏を目指す人々の間では「人子」の語が〈孝〉と結びついて強く意識され、彼らが作成する漢文の使用語彙として認識されていたことが窺える。

古代日本において、漢語「人子」は、肉親への尊号の追贈などで天皇が発する詔勅に多用されることが最大の特徴と言えようが、官人たちも、『律令』や対策などの実用的な文章の中で、〈孝〉に関わる場面に出会うと、この語を用いることができたのである。これらの漢語「人子」の受容にあたっては、やはり一節で取り上げた、経書である『礼記』曲礼上の一連の用例群が大きな力があったと想像される。それ以外には、奈良時代から幼学書として学ばれていた『孝子伝』のような書物も[4]、初学者に〈孝〉と「人子」という漢語との結びつきを具体的に教える上で、力を持っていたかもしれない。

三、古代日本における和語「人の子」の使用
――『万葉集』における二種類の用法――

『万葉集』における一般的な「人の子（児）」の用法

前節では、古代日本における漢語「人子」の使用の特徴的な例として、天皇が発する詔勅において漢語「人子」が多用されることを指摘した。その時、和語で訓読される詔勅では「人子」は「人の子」と和語で読み上げられた可能性を指摘したが、原則的に和語で構成されている『万葉集』の和歌においても、「人の子」という和語がたくさん用いられている。

ただし、そのほとんどの用法は次のようなものである（和歌は原文に訓読釈文を併記して示す。以下同様）。

・巻十一・二四八六、作者未詳歌

珍海　浜辺小松　根深　吾恋度　人子姤

千沼の海の　浜辺の小松　根深めて　我恋ひ渡る　人の児故に

・巻十二・三〇一七、作者未詳歌

足檜之　山川水之　音不出　人之子姤　恋渡青頭鶏

あしひきの　山川水の　音に出でず　人の児故に　恋ひ渡るかも

一節で取り上げた『大漢和辞典』の漢語「人子」の語義説明には、一般的な「子供」の意と共に、第二の用法として「他人の子」の語義が挙げられ、『左伝』宣公十二年の「不以人子、吾子其可得乎（人の子を以てせざれば、吾が子其れ得べきか）」が例として挙げられていたが、日本の古代においては、和語「ひとのこ」はむしろ「他人

の〈こ〉という意味で用いられることの方が一般的であった。しかも、そこには特定の傾向があり、ほとんどが例に挙げた二首のように、詠み手の男性から、他人（親や夫）に大切に守られている恋しい女性を指して「ひとのこ」と称しているのである。この場合「こ」は「子供」の意味でなく、恋愛の対象となる女性を愛（いと）おしんで呼ぶ語である。(5)「ひとのこ」は、親が厳しく監視している娘や、夫のいる人妻など、手の届かない女性に恋した男の苦しさを詠んだ相聞歌の中で使われる定型的な用語であった。

漢語「人子」にもとづく和語「人の子（ひとのこ）」が用いられた万葉歌（その一「竹取翁歌」）

その中で、こうした用法とは一線を画する、本章の主題である〈孝〉と関わる漢語「人子」に連なる「人の子」が用いられている和歌が二首存在する。その一つは、巻十六に採られた長歌「竹取翁歌」（三七九一）に付された「娘子等和歌九首」のうちの一首である。「竹取翁歌」長歌は、まず題詞で、季春の月、野外に登高遠望していた竹取の老翁が、羹（あつもの）を煮る九人の美女たち（娘子等）と出会い、炊事の手伝いを頼まれて座に加わるが、やがて美女たちが翁を疎（うと）んじはじめたので、翁は美女たちに馴れ馴れしく近づいた罪を贖（あがな）うために長歌を詠んだ、という歌の作られた事情を記す。次いで長歌では、唐詩「代悲白頭翁（白頭を悲しむ翁に代（か）はりて）」のように、翁は若かった頃の自分がいかにすばらしい美少年であったか、いかに女性たちの人気の的であったかを延々と述べていき、末尾近くで、

古部　狭々寸為我哉　端寸八師　今日八方子等丹　五十狭邇迹哉　所思而在
古（いにし）へ　ささきし我や　はしきやし　今日やも児（こ）らに　いさにとや　思はえてある

「その昔こんなに時めいていた私が、今日はあなたたちに、さあどうだかしら（今はこんなに老いぼれてみすぼらし

輦を持ち帰り父に意見する原穀。左端は山に捨てられた祖父（開封白沙鎮出土後漢画象石[6]　上段：原石刻面　下段：模写図）

いのに）と思われてよいのか」と女たちに訴えかける。さらにそのあとに追い打ちをかけるように、

如是　所為故為　古部之　賢人藻　後之世之　堅監将為迹　老人矣　送為車　持還来　持還来

是の如　為られし故し　古への　賢しき人も　後の世の　鑑にせむと　老人を　送りし車　持ち帰りけり　持ち帰りけり

と述べて長歌を歌い終える。

この最後の「昔の賢人も後世の鑑にしようとして老人を送っていった車を持ち帰った」という歌詞は、一節に掲げた『孝子伝』の原穀（日本では原谷）の故事を詠んでいる。歌中の「古への賢しき人」は原穀を指し、「老人を送りし車持ち帰りけり」は、年老いた親

を疎んじた父が、息子の原穀に命じて老父を輦に載せて山に棄てに行かせたが、原穀がその輦を持ち帰り、それを叱った父に「人の子というものは老いた父親を棄てに行くものだ」と言ったので、父は将来自分も年老いた時に息子に疎んじられて同じ目に遭うことを思い、反省して老父を迎えに行ったことを言う。つまり、竹取翁を疎んじた美女たちに、「そんなことをしていると、あなたたちも年老いた時に、今の私と同様に若者から疎んじられるよ」と反撃しているのである。

この長歌の次に置かれた反歌二首で、翁は、

死者木苑　相不見在目　生而在者　白髪子等丹　不生在目八方（三七九二）
　死なばこそ　相見ずあらめ　生きてあらば　白髪児らに　生ひざらめやも

白髪為　子等母生名者　如是　将若異子等丹　所詈金目八（三七九三）
　白髪し　児らも生ひなば　かくのごと　若けむ児らに　罵らえかねめや

「年老いて生きのびていれば、あなたたちにも白髪が生えずにはおかない」「あなたたちも白髪が生えたら、今の私のように若い人たちに罵られるだろう」と述べており、長歌の末尾に引かれた原穀譚の「老人を疎んじる者は、自らが年老いた時に、同じように後の世代から疎んじられる（だから老人を疎んじてはいけない）」という訓戒と良く呼応しているのである。(7)

この翁の反歌に続いて、九人の娘子たちが唱和した和歌が一首ずつ記され、皆、翁を疎んじたことを反省し、翁に寄り添う気持ちを表明しているが、「人子」との係わりで問題にしたいのは、その六人目の娘子の次の歌（巻十六・三七九九）である。

豈藻不在　自身之柄　人子之　事藻不尽　我藻将依

　豈もあらぬ　己が身のから　人の子の　事も尽くさず　我も寄りなむ

私見では、この歌を「良くもない私の身ですから、人の子のすること（＝孝養）も十分には尽くしていません。（これからは）私も翁に寄り添いましょう」という意に解したいと思う。実は、現行の『万葉集』の注釈書のほとんどが、この歌の「人子之　事藻不尽」を「人の子の　言も尽くさじ」と訓読し、「他の娘子たちのようにうまく言葉に出せない」「他の娘子たちのようには言葉には出さないでおこう」のように、「人の子」を「他の娘子たち（＝他の姉妹たち）」の意に解し、原文の「事」を「言」と解しているのである。だが、「人の子」を「（一緒に居る）他の姉妹たち」の意味で理解しようとするのは、前述のように、ほとんどが「他人に守られている女性」を指している、他の万葉歌の「人の子（児）」の用法とはあまりにも隔たっており、さらに「言も尽くさじ」と言いたいのなら、原文で最初から「言藻不尽」と表記していてもよいのではないかという疑問が起こる。「事」は原文の表記通りそのまま「事」の意で理解できる。ここの「人の子」は、万葉歌の一般的な用法の「他人が守っている女性」の意味で用いられているのではなく、翁の長歌の末尾に『孝子伝』の原縠譚が引かれることや、原縠譚の文中に「人子」の語が見える『孝子伝』テキストが存在することから、本章で扱ってきた〈孝〉に関わる漢語「人子」の訓読語としての「人の子」――二節で取り上げた詔勅の「人子之理」「人子乃」などの「人の子」と訓読されたものと同様のもの――と捉えるべきではないか。

　当該歌において、「人の子の事」は、長歌末尾に引かれた原縠譚の教戒――老人を厭う者は年老いて自らも同じ立場に立たされる――を承けて、「親」に対する〈孝〉から「老人」に対する〈敬老〉にまで対象が拡大され、「人の子の事も尽くさず」とは、老人を敬愛、尊重する気持ちが自分に欠けていたことを深く反省した言葉ではないかと考える。

漢語「人子」にもとづく和語「人の子」が用いられた万葉歌（その二「賀陸奥国出金詔書歌」）

以上、〈孝〉と関わる「人の子」が用いられた一首目の和歌について述べたが、もう一首の和歌は巻十八の大伴家持作の「賀二陸奥国出レ金詔書一歌」（四〇九四）である。天平二十一年（七四九）に陸奥国から黄金が産出し、当時、東大寺大仏の鍍金のための黄金の不足に悩んでいた聖武天皇が大いに喜び、東大寺に感謝報告する詔を発するとともに、国民に向けても、その喜びを分かち与える詔を発した。後者の詔の中で、大伴・佐伯両氏が代々武人として天皇家に供奉し忠節を守ったことを天皇が讃えたが、そのことに感激した大伴家持が詠んだ長歌である。その中の大伴氏と佐伯氏が、天皇家への忠節を誓った先祖の言葉を受け継いできたことを述べた部分に「人の子」が使われているのである。

（前略）大伴等　佐伯乃氏者　人祖乃　立流辞立　人子者　祖名不絶　大君尓　麻都呂布物能等　伊比都雅流　許都能都可左曽　（後略）

大伴（おほとも）と　佐伯（さへき）の氏（うぢ）は　人（ひと）の祖（おや）の　立つる言立（ことだ）て　人の子は　祖（おや）の名（な）絶（た）たず　大君（おほきみ）に　まつろふものと　言ひ継（つ）げる　言（こと）の官（つかさ）ぞ

私見ではこの辞句は、

大伴と佐伯の両氏は、先祖の立てた誓いの言葉、「人の子というものは祖先の名を絶やさず、大君に付き従いお仕えするものだ」と言い継いできた、その言葉通りの（武門の）官職である。

と解せるが、ここの「人の子」も、もちろん万葉歌で用いられる一般的な「他人の保護下にある手の届かない女性」の意ではない。ただし現行のほとんどの注釈書では、単に「人の祖（おや）」を「祖先」、「人の子」を「子孫」と解するだけで、それ以上に踏み込んだ解釈をしていない。これは江戸時代後期の代表的な『万葉集』注釈である鹿

持雅澄の『万葉集古義』（文政十年〈一八二七〉頃成立）に、

人の祖は、ただ祖にて祖先なり。凡て古へは、ただ祖を人之祖、ただ子を人之子と云へることとあり。

とあるのを承けて、現代の注釈書でも「人の子」の「人の」は特に意味のない装飾的な修飾語と見られてきたことによる。

しかし、江戸時代の注釈書である北村季吟の『万葉拾穂抄』（元禄三年〈一六九〇〉刊）が、この「人の子は祖の名絶たず」について、

親の忠節の名を子孫まで絶さずと也。身をたて道をこなひ、父母の名をあぐるは孝の終也と孝経にいへる心にや。

と指摘するように、この箇所は『孝経』開宗明義章の、

立身行道、揚名於後世、以顕父母、孝之終也。夫孝、始於事親、中於事君、終於立身（身を立て道を行ひ、名を後世に揚げ、以て父母を顕すは、孝の終りなり。夫れ孝は、親に事ふるに始まり、君に事ふるに中し、身を立つるに終る）。

を意識して詠まれており、ここの「人の子」も、やはり〈孝〉と関わる漢語「人子」を念頭に置いて「〈親〈引いては祖先〉を敬い顕彰するべき〉人の子」というニュアンスで用いられているのではないだろうか。

このように、『万葉集』に見える和語「人の子」の中には、〈孝〉と関わる漢語「人子」を意識して用いられたものが少数ながら存在すると考えられる。現行の注釈書では、そのことが考慮されずに、「他人の子」の意味で解されたり、一般的な「子」と同じ意味であると解されたりしているが、二節で見てきたように、日本古代の官人社会において、〈孝〉に関わる漢語「人子」がかなり一般的に通用している以上、漢文学に精通していた人物が作者と考えられる「竹取翁歌」や大伴家持の作歌に用いられた和語「人の子」にも、この漢語「人子」を踏ま

えた用法があってもおかしくないと考える次第である。

四、〈孝〉に関わる和語「人の子」の一般化

『伊勢物語』の業平歌に見える漢語「人子」を意識した「人の子」

二節・三節で見たように、古代の日本においては、〈孝〉に関わる漢語「人子」や、それを訓読した和語「人の子」が、それぞれ詔勅や万葉歌の中に現れていた。平安時代に入ると、漢字だけではなく、仮名による日本語表記が可能になり、仮名で書かれた和歌や物語が世の中に流布し始める。これらの初期の仮名文学の中に、〈孝〉に関わる和語「人の子」が用いられた非常に有名な作品がある。それが次に掲げる『伊勢物語』八十四段の母子の贈答である。

昔、男ありけり。身はいやしながら、母なむ宮なりける。その母、長岡(ながをか)といふ所にすみたまひけり。子は京に宮仕(みやづか)へしければ、まうづとしけれど、しばしばえまうでず。ひとつ子にさへありければ、いとかなしうしたまひけり。さるに、十二月(しはす)ばかりに、とみのこととて、御文(ふみ)あり。おどろきて見れば歌あり。

老(お)いぬればさらぬ別れのありといへば　いよいよ見まくほしき君(きみ)かな

(年をとると、避けられない別れ(＝死)があるというから、ますます逢いたいと思う君であることよ)

かの子、いたううち泣きてよめる。

世の中にさらぬ別れのなくもがな　千代(ちよ)もといのる人の子のため

(世の中に避けられない別れ(＝死)がなければ良いのに。千年も親が長生きするようにと祈っている人の子のために)

後者の歌は、年をとって弱気になった母親に対して、いつまでも死なないでいて欲しいと祈る、息子の率直な心情を吐露した名歌であるが、この歌に用いられた「人の子」は、無論、万葉歌で一般的であった「他人の保護下にある恋しい女性」を指すのではなく、親を強く意識した「子」の意味である。

男は一人息子で母親に可愛がられて育った。成人の後は、その恩に報いるためにも、一節に引いた『礼記』曲礼に「凡為人子之礼、冬温而夏凊、昏定而晨省」とあったように、朝も晩も母の近くにいて面倒を見、孝養を尽くすのが当然であった。しかし、母は京の郊外に離れて隠棲しており、男自身は宮仕えに多忙であるために母の側（そば）に居ることができない。男にできることといえば、母がいつまでも死なずに長寿を保ち続けるようにと祈ることだけである。それが男にとっての、母のためにできるせめてもの「人の子」としての行いであり、彼なりの〈孝〉の形なのである。だから、この章段では、男が和歌を詠む時に、他の章段で通常用いられている「男」とは言わずに、「かの子」とわざわざ言い換えて、和歌で「人の子」を用いる伏線として機能させているのである。

このように、物語の流れを読み解いていくと、この『伊勢物語』の和歌の「人の子」も、やはり〈孝〉と関わる漢語「人子」の流れを汲むと考えられる。ただし、ここではそのような由来を意識しなくとも、親を思う子の心情を自然に感じ取ることができ、本歌において、「人の子」の語は、和語として違和感なくこの歌に溶け込んでいる。本歌の作者、在原業平は、当時日本で流行し始めたばかりの白居易詩を初め、様々な漢詩の題材や表現を、巧みに和歌に詠みこんでいったことで知られている。本歌においても業平は、「人の子」が、〈孝〉に関わる漢語「人子」に由来する言葉であることを十分に活用して、母親の長寿を願う彼の思いを歌に込めたのである。

この『伊勢物語』の業平の名歌に用いられたことで、「人の子」の語は広く知られるようになり、万葉歌で一般的であった「他人の保護下にある女性」の意味よりも、親との関係を意識した「子」の意味で用いられていくのである。

おわりに

以上、古代日本における漢語「人子」の享受と、漢語「人子」の影響下にある和語「人の子」の使用について考察してきた。これまで述べてきた要点を示せば以下の通りである。

1．古代中国において、「人子」は、まず『礼記』曲礼に集中して現れ、そのほとんどが「（親に対して）子どもというものは…すべきである」という特定の文脈の中で用いられ、親への〈孝〉と関わって使用される。その後、史書や幼学書の『孝子伝』などにも同様の形で用いられる。

2．古代日本において、漢語「人子」は、奈良時代から使用されるが、特に天皇が発する詔勅に集中して用例が見られる。そのほとんどが、天皇が肉親に尊号を贈る際の詔勅において、尊号贈与の正当性を、「人子」としての親に対する当然の行為と理由づける文脈の中で用いられている。その他、『律令』の注釈に『礼記』曲礼の「人子」の例が引かれ、文章生の「対策」にも「人子」の用例が見える。官人たちにも「人子」は〈孝〉と結びついた語として意識され、彼らの使用語彙の中に入っていた。また和語で読み上げられる詔勅においては、「人子」は「人の子」と訓読され、和語「人の子」としても用いられるようになった。

3．古代日本において、和語としての「ひとのこ」は、「他人の保護下にある手の届かない女性」の意で、『万葉集』の相聞歌に多用される語であった。しかし『万葉集』の和歌の中にも、詔勅において用いられる漢語「人子」の訓読語としての「人の子」と同様の意識で用いられた「人の子」が少数ながら出現している。

平安時代の『伊勢物語』の在原業平の有名な和歌に用いられた「人の子」も、〈孝〉に関わる漢語「人子」に由来するものであり、この名歌に用いられることで、「人の子」は、『万葉集』の「他人の保護下にある女性」ではなく、親を意識した「子」の意で知られるようになっていく。

冒頭に述べたように、古代日本において、中国から流入した〈孝〉の文化は、制度、儀式、宗教などの様々な分野で、それまでの日本文化に大きな影響を及ぼした。本章で論じた漢語「人子」の享受や、「人子」に由来を持つ和語「人の子」の使用は、儀式、制度や宗教などの分野に比べれば、ごく小さな〈孝〉文化の影響なのかもしれない。しかし、こうした一つの漢語とその和語化の過程を辿っていけば、古代の日本人が〈孝〉という外国の文化を、言葉を通してどのように受け止めていったのかを、目に見える形で具体的に知ることが可能となる。この「人子」の他にも、〈孝〉に関係して用いられる言葉はまだ存在するであろう。それらの言葉の日本における享受史を紡ぎ合わせていけば、いつの日か「言葉から見た日本における〈孝〉文化の受容史」が描き出せるかもしれない。

注

（1）用例は次の通り。

・季氏以公鉏為馬正。慍而不出。閔子馬見之曰、子無然。禍福無門、唯人所召。為人子者、患不孝不患無所、敬共父命。何常之有。若能孝敬、富倍季氏可也。若姦回不軌、禍倍下民可也（季氏公鉏を以て馬正と為す。慍りて出でず。閔子馬之を見て曰く、「子然すること無かれ。禍福は門無し、唯人の召く所なり。人子為る者は、孝ならざるを患へ所無きを患へず、父命を敬共す。何の常か之有らん。若し能く孝敬ならば、富季氏に倍せんも可なり。若し姦回不軌ならば、禍下民に倍せんも可なり」と）。

（左伝・襄公二十三年五月伝）

・札者何。呉季子之名也。春秋賢者不名、此何以名。許夷狄者不壹而足也。季子者所賢也。曷為不足乎季子。許人臣者必使臣、許人子者必使子也（札は何ぞ。呉の季子の名なり。春秋、賢者には名いはず、此れ何を以てか名いふ。夷狄に許すは壹にして足らざるなり。季子は賢とする所なり。曷為れぞ季子とするに足らざるや。人臣に許すは必ず臣たらしめ、人子に許すは必ず子たらしむるなり）。（公羊伝・襄公二十九年八月伝）

・為人臣者、懐仁義以事其君、為人子者、懐仁義以事其父。為人弟者、懐仁義以事其兄（人臣為る者は、仁義を懐きて以て其の君に事へ、人子為る者は、仁義を懐きて以て其の父に事へ、人弟為る者は、仁義を懐きて以て其の兄に事ふ）。（孟子・告子下）

（2）『孝子伝』については、黒田彰氏『孝子伝の研究』（思文閣出版、二〇〇一年）を参照。

（3）管見では『国史補任』天長四年（八二七）条に「正六位上伊勢大掾栗原年足」と見えるのが、対策文以外の唯一の資料である。

（4）奈良時代の日本における『孝子伝』の受容については、小島憲之氏『萬葉以前――上代びとの表現』（岩波書店、一九八六年）第六章「上代官人の『あや』その一――外来説話類を中心として――」、東野治之氏『日本古代史料学』（岩波書店、二〇〇五年）第一章「編纂物」5「律令と孝子伝――漢籍の直接引用と間接引用――」、黒田彰氏注2著書のI―三「令集解の引く孝子伝について」などを参照。

（5）小学館『日本国語大辞典』（第二版）の「こ【子・児】」の語義説明に「⑥男から愛する女性をさしていう語」、『角川古語大辞典』同項目の語義説明に「④女性を親愛の情を込めてさす場合に用いる」として挙げられる用法である（挙例は共に『古事記』『万葉集』の例）。

（6）黒田彰氏編『開封白沙鎮出土後漢画象石の孝子伝図――E・シャバンヌ1914による――』（幼学の会編『海外の幼学研究』7、二〇一五年）参照。掲載図版も同論文に拠る。

（7）「竹取翁歌」の構想と末尾の『孝子伝』の原穀譚引用との関係については、本書II―1「「竹取翁歌」臆解――現存の作品形態にもとづく主題の考察――」参照。

〈引用テキスト底本一覧〉

・中国側資料

経書…『十三経注疏』（清・阮元校勘嘉慶二十年〈一八一五〉重刊宋本）に拠る。

史書…標点本二十四史（中華書局印行本）に拠る。

孝子伝…幼学の会編『孝子伝注解』（汲古書院、二〇〇三年）に拠る。

・日本側資料

六国史…『続日本紀』は岩波新日本古典文学大系、上記以外は新編増補国史大系に拠る。

律令・令集解…新編増補国史大系に拠る。

経国集…津田博幸編『経国集対策注釈』（塙書房、二〇一九年）に拠る。

万葉集…小学館新編日本古典文学全集に拠る。

万葉集古義…『万葉集古義』（国書刊行会、一九一三年）に拠る。

万葉拾穂抄…『万葉拾穂抄』（新典社、一九七六年）に拠る。

伊勢物語…小学館新編日本古典文学全集に拠る。

〈初出〉雋雪艶・黒田彰氏編『東アジアの「孝」の文化史　前近代の人びとを支えた価値観を読み解く』（アジア遊学288、勉誠社、二〇二三年十月）に同題で掲載。なおこれに先だって中国語に翻訳されたもの（「漢語詞彙〝人子〟和和語詞彙〝人の子〟——以古代日本対〝孝〟相関漢語詞彙的受容為中心」）が、雋雪艶・黒田彰氏主編『孝文化在東亜的伝承和発展』（上海遠東出版社、二〇二一年）に掲載されている。

〈初出時附記〉脱稿後、奥村和美氏「橘宿祢賜姓を願う表と大伴家持」（『美夫君志』〈美夫君志会〉第百号、二〇二〇年三月）に接した。『続日本紀』天平八年十一月丙戌条に記載される、葛城王（後の橘諸兄）・佐為王らが皇籍を離脱して臣籍に降り母方の橘姓を賜ることを願い出た上表文全般に見られる『古文孝経』ならびに孔安国伝の利用を確認しその意義を考察された上で、この上表文における『孝経』と孔伝の利用を踏まえて大伴家持の「為贈家婦在京尊母所誂預作歌」（巻十九・四一六九、四一七〇）ならびに「十一月八日在於左大臣橘朝臣宅肆宴歌四首」（巻十九・四二六九～四二七二）の種々の和歌表現が成立していることを論じられている。本稿三章で述べた家持の「賀陸奥国出金詔書歌」の「人の親の立つる言立て…」以下の表現における『孝経』の利用の可能性を考える上でも重要な論考と思われるので併せて参照されたい。

Ⅳ　日本古典文学と中国の古伝承

——物語形成の諸相——

〔概説〕

「はしがき」に述べたように、Ⅳには日本古典文学と中国の孝子譚との関係を論じた拙稿以外の三篇を収めている。1「古代浦島説話における「玉手箱」開箱と韓朋譚――中国尉犁県出土「韓朋賦」断簡・ベトナム瑶族民間古籍『韓朋伝』に見える開箱の記述との比較考察――」と2『伊勢物語』梓弓章段と韓朋譚――「弓矢」の「血書」に込められた女の誠心――」は、ともに中国の古伝承である韓朋譚を扱っているが、1は韓朋譚の全体に関わるものではなく、中国の西域から出土した「韓朋賦」の唐代の断簡とベトナムの瑶族の民間古籍「韓朋伝」の両資料のみに見える、日本の浦島伝説の玉手箱の話に類似した挿話（私見では本来の韓朋譚に後補された可能性が高い。同論参照）と日本古代の浦島説話の玉手箱開箱の記述とを比較考察したもので、古代浦島説話の玉手箱開箱の出典として中国の両資料の開箱に関する記述を位置づけるのではなく、中国の両資料の開箱に関する記述と古代浦島説話の各資料の玉手箱開箱の記述との相互比較を通して、日中それぞれの資料の開箱の記述をより深く理解していくことを目的としている。

これに対して2は『伊勢物語』の梓弓章段の物語全体と、韓朋譚の話柄が逐一対応していることを論じ、梓弓章段の出典として韓朋譚を想定できることを述べたものである。同じ韓朋譚を扱ったものであっても、1と2の論の目的や方法は大きく異なっており、この点に留意していただきたい。3「説経「をぐり」の餓鬼阿弥蘇生譚と元曲「鉄枴李」――説経の物語形成方法に関する試論――」は、説経「をぐり」の餓鬼阿弥蘇生譚と元曲「鉄枴李」との関係について、他者の屍を借りて蘇生する〈借屍還魂〉譚をテーマに論じたものである。「鉄枴李」

の伝承はおそらく宋代以降のもので、孝子譚や韓朋譚に比べると新しく、「古伝承」とは言えないものではあるが、本書のⅢでも「しんとく丸」や「あいごの若」といった説経と中国の孝子譚との関係について論じたように、中国の伝承が説経の物語の形成にどのように関与しているのかを論じたものであり、説経という芸能の物語形成の方法について、一つの可能性を示したものとして捉えていただければ幸いである。

1　古代浦島説話における「玉手箱」開箱と韓朋譚
――中国尉犁(イリ)県出土「韓朋賦」断簡・ベトナム瑶(ヤオ)族民間古籍『韓朋伝』に見える開箱の記述との比較考察――

はじめに

『丹後国風土記』逸文や『万葉集』『浦嶋子伝』『続浦嶋子伝』など、多くの古代文献に記された浦島説話については、民俗学、伝承文学、日中比較文学などさまざまな方面からのアプローチがなされているが、特に中国の劉阮天台説話(1)とは、異界訪問、異界で仙女と結婚生活を送る、主人公が人間界に戻ると何世代もの時間が経過している、など説話の主要なプロットが一致しており、両者の関係の深さは古くから指摘されてきた(2)。

しかし浦島説話には劉阮天台説話には見えないプロットが一つだけ存在する。それが仙女が別れに臨んで主人公に手渡す玉手箱（古代の文献資料では玉匣・玉篋などと記される）の禁忌の話である。この玉手箱の禁忌の話についてもこれまで各方面からの言及がなされているが、ほとんどは浦島説話が記された文献資料から考察されたものである。中国の類話を指摘した先学の研究としては、出石誠彦氏が指摘された『捜神後記』の「剡県赤城(3)」、西野貞治氏が指摘された敦煌変文の「董永変文(4)」の例が挙げられるが、前者は「劉阮天台」型の話で剡県の二人の男が深山で仙女と邂合し、別れに臨んで男の一人が仙女から「開けてはならない」と嚢を渡され無事帰郷するが、家人が嚢を開けると中から青鳥が飛び出し、暫くして男は田んぼに皮だけ残していなくなっていたというもの、後者は天女と董永との子である董仲が、卜者の孫賓に教えられて母の天女を天界まで訪ねて行き、母に会って金瓶をもらって下界に戻るが、孫賓が瓶の蓋を開けると中から火が出て孫賓が持っていた天界のことを記した書物をすべて焼いてしまい、天界のことがわからなくなってしまうというもので、後者には「（瓶の蓋を）開けてはならない」という禁忌自体がなく、前者は後者よりも話の運びは浦島説話に近いが、渡されるものは「箱」ではなく「嚢」であり、何より「決して開けるな」という戒めの前提としての「私と再会したいなら」という条件が記されていないため、結末も再会が叶わない悲劇としてではなく、一種の怪異譚として語られる。こうして見ると、浦島説話を記した各資料と逐一比較検討するのに堪えるだけの類似性を持った中国側の資料の存在は、これまで報告されていなかったといえよう。

ところが今般、金文京氏が二〇二二年度の和漢比較文学会大会において、中国尉犁（イリ）県出土の盛唐の頃のものと推定される「韓朋賦」の断簡に、敦煌変文の「韓朋賦」には見えない、女主人公が「再会を望むならこの〈箱〉を絶対に開けてはならない」と戒めて相手に箱を渡すが、相手が禁忌を破り箱を開けたために再会が叶わなくなる、という話柄が記されていること、さらにこの話柄はベトナム瑶（ヤオ）族に伝わる「韓朋伝」にも見えることを報告された[5]。ここにおいて、浦島説話の玉手箱の禁忌の話は初めて自らの〈外〉に唐代まで遡れる比較考察の対象を得たことになる。

本章では、金文京氏の報告に導かれながら、文献資料に記された古代浦島説話に見える玉手箱の開箱に関する記述と、尉犁県出土「韓朋賦」断簡やベトナム瑶族の民間古籍「韓朋伝」における開箱に関する記述との比較を行い、古代浦島説話における玉手箱の開箱の記述についての私見を述べたい。

なお本章の目的は、古代浦島説話における玉手箱の話柄の〈出処〉として前述の韓朋譚の開箱に関する記述を位置づけることにあるのではなく、韓朋譚の開箱に関する記述との比較を通して古代浦島説話における玉手箱の開箱の記述を考察し、より深く理解することにある。このことを最初にお断りしておく。

一、尉犁県出土「韓朋賦」断簡ならびにベトナム瑶族民間古籍「韓朋伝」に見える「開箱」の記述

1金文京氏の報告にもとづく尉犁県出土「韓朋賦」断簡の紹介

まず、注5の金氏の報告にもとづいて、尉犁県出土「韓朋賦」断簡（以下「尉犁断簡」と称する）について紹介しておきたい。同断簡は中国新疆ウイグル自治区の尉犁県にある克亜克庫都克烽燧遺跡から出土したもので、中国の考古学雑誌『考古』二〇二一年八月号に掲載された「新疆維吾爾自治区文物考古研究所「新疆尉犁県克亜克庫都克唐代烽燧遺址」」によると、同遺跡から盛唐時期の紙文書と木簡八六一件が発見され、中に「韓朋賦」、『遊仙窟』、『孝経』、『千字文』および「冬景既終、春光已逼」で始まる書簡などの残片があったことが記されている。金氏は注5の報告資料において「尉犁断簡」について、次のように記される。

「韓朋賦」1紙6行、□は破損字、〔　〕内は推定字、〈　〉は補った字。原文に句読なし、句読は『考古』翻字を私に若干改める。

1□□□篋看、若其不開、新婦有皈。語未盡、出門
2便拝〔使〕、丶者連把、接待上車、疾如風雨。朋母於是、
3呼天喚地、貞夫曰：「呼天何益、踏地何晩。四〔駟〕馬一去、
4何時可返」。朋母新婦去後、乃開篋看。艶色
5光影、忽然喚〔煥？〕出。飛及貞夫、此光明到〈宋〉国。
6□……………□集會諸臣、入（下欠）
紙背に薄墨で2行27字、下記がある。
馬賓、閻元節、辛崇福、張思訓
□正月廿七日掩耳□□先天三年正月
＊先天二年713十二月に開元に改元。改元の消息がまだ伝わらず先天三年となったので、実際には開元二年714。
＊「掩耳」は当地の地名。
＊この文は『敦煌変文集』「韓朋賦」138～139頁に相当するが、敦煌変文には、篋を開けなければ帰って来ると貞夫が言ったにもかかわらず、母が篋を開け、中から光が貞夫のところに飛ぶという話は無い。敦煌変文は下記、下線（筆者注…傍線）部は尉犂本と一致。

上堂拝客，使者扶譽（轝）。貞夫上車、疾如風雨。朋母於後、呼天喚地。嚎啕大哭、鄰里驚聚。貞夫曰：「呼天何益、喚地何免。駟馬一去、何得歸返？」。梁伯迅速、日日漸遠。初至宋國、九千餘里。光照宮中。…諸臣聚集、王得好婦。

（破線は筆者による）

2「尉犂断簡」とベトナム瑶族「韓朋伝」との関連についての金氏の指摘

さらに、金氏は敦煌変文の「韓朋賦」に見えない「尉犂断簡」の「開箱の禁忌」の話が、ベトナムの瑶族（中国の湖南省、広西壮族自治区、雲南、貴州省およびベトナム、ラオス、タイなどの山岳地に住む少数民族）の古伝承を記した書籍中の「韓朋伝」にも見えることを指摘し、

（韓朋の母が）箱を開いたため、妻が美貌になった話は下記のベトナム瑶族写本（漢字）は二〇世紀のものと考えられる。部分に見え、尉犂本と一致する。ベトナム瑶族文献の下線（筆者注…本書では傍線）

と記し、鄭美恵氏「《越南瑶族民間古籍・韓朋古》之故事特色與價値」（神奈川大学瑶族文化研究所編『瑶族文化研究所通訊』8号、二〇二一年七月）(6)所収の、鄭氏が作成された瑶族伝来の韓朋譚の梗概を引用される。

到了三月清明節、韓朋随皇帝去遊春、聞談間皇帝得知韓朋家有美妻。於是、重金懸賞命人去路韓朋婦奪來。其中只有張師請旨願去韓朋家。張師到韓朋家、告知盧三娘韓朋思念他、要她輿他一同前往。盧三娘卻在前一夜作夢。夢中預告不祥、因此、她婉拒張師的請求。不料張師卻威脅盧三娘、如不加以配合、便要以盧三娘有外情之由向韓朋告狀。盧三娘憤怒之下、只好向韓朋老母親告別。臨行前還囑附老母親、她將容顏藏在金箱裡、千萬不要打開。没想到、老母親在三娘離去三五日後、因為思念而開了箱、容顏便「飛随三娘去」、「三娘美貌似花新」。（筆者注…文中の「盧三娘」は瑶族の「韓朋伝」における韓朋の妻の名前。敦煌本では「貞夫」）

この傍線部について、金氏は越南老街省文化体育旅遊庁編『越南瑶族民間古籍（一）』（民族出版社、北京、二〇一一年）所収の「韓朋伝」の該当箇所を引かれて次のように記される。

「韓朋傳」の関連部分（267頁）――七言句の説唱体。妻の三娘が夫の母と別れる時、「顔容」を箱に収め、母に開いてはいけないと言ったが、母が開いたため、「顔容」が三娘のところに行った。

當時拜別親老母、老娘在後好安身。
顏容藏在金廂（箱）里、我娘千萬莫開廂（箱）。
三娘去得三五日、淒〻想婦又開廂（箱）。
正是三娘船過水、水底現出好顏容。
落陽江水清如鏡、現出顏容十分新。
三娘便知娘開櫃、放出容顏走隨娘。
三娘肚里暗傷慟、眼中流涙落分（紛）〻。

さらに金氏は、開箱の禁忌の話がある「尉犁断簡」ならびに瑶族写本「韓朋伝」（以下「瑶族韓朋伝」と称する）と敦煌変文「韓朋賦」との関係について、「これらの前後関係は、にわかには判定できないが、敦煌本のようなテキストをもとに箱の話を創作するのは困難と思え、敦煌本が箱の話を削除した可能性の方が高いように思われる」旨の見通しを語られた。

この両者の前後関係については、金氏とは別に「尉犁断簡」と敦煌変文「韓朋賦」との関係に注目した朱利華氏も、[7] 断簡の「艶色光影忽然喚出、飛及貞夫。此光明到宋国（闕文）集解諸臣」の「此光明到宋国」が敦煌変文の「九千餘里、光照宮中」に呼応し、「集会諸臣」が「宋王怪之、即召群臣並及太史（略）諸臣聚集、王得好婦」と呼応していることから、「尉犁断簡」の開箱の禁忌の話はもともと「韓朋賦」に記され流布していたもので、それが偶々「尉犁断簡」に遺された可能性を指摘している（ただし、朱氏は「瑶族韓朋伝」には言及していないので、「瑶族韓朋伝」の存在を考慮すれば、開箱の禁忌の話が「韓朋賦」にもともと存在した可能性はさらに高くなる[8]）。

3「尉犂断簡」と「瑶族韓朋伝」における開箱の記述の考察

今ここで古代浦島説話との比較のために、改めて「尉犂断簡」と「瑶族韓朋伝」の両者に記された開箱の記述を、a．韓朋の妻（以下「妻」）が韓朋の母（以下「母」）に箱を渡して開けるなと戒める場面、b．妻の戒めに背き母が箱を開いてしまう場面、c．母が箱を開いた時に起こった事態とその後の展開、の三つに分けて考察してみよう。

a．妻が母に箱を渡して開けるなと戒める場面

（妻を宮廷に迎えるために宋王の使者が韓朋の家にやってきて慌ただしく妻を連れて行こうとする。妻は共に暮らしていた母との別離に臨み母に箱を手渡す）

「尉犂断簡」（字体を日本の通行字体に改めた。以下同）

□□□篋看、若其不開、新婦有帰。語未尽、出門便拝使。使者連把、接待上車、疾如風雨。

「…篋を看て（or篋を看り）…、もし（篋を）開かなかったなら、新婦（私）は帰ることも有りましょう」。その言葉も終わらないうちに、（妻は）門を出て使者に拝謁する。使者は妻を引き連れていき、接待して車に乗せる、その素早さは暴風雨のようである。

「瑶族韓朋伝」（字体については同前）

当時拝別親老母。　老娘在後好安身。
顔容蔵在金箱里。(9)　我娘千万莫開箱。

時に（妻は）老母を拝し別れを告げる。「お母様これからもどうかお元気で」。
（妻は）容貌を金の箱の中に隠す。（そして母に言う）「お母様絶対に箱を開けてはなりません」。

「尉犂断簡」は残念ながら母に篋を渡すまでの記述が欠落しており、母に「箱を開かなければ私は帰ってくる」と告げるところから始まっている。「瑶族韓朋伝」で注目すべきは「顔容」を金の箱に「蔵（＝隠す・しまう）」と記されていることで、妻は宋王が自分の美貌を伝え聞いて召喚しに来たことを悟り、自らの美貌を金の箱の中に封じ込めたと解される。「顔容蔵在金箱里」と短い七言句に縮約されているため、どのように容貌を金箱に封じ込めたのかは具体的には描写されていないが、何も無い箱の中に〈容貌〉という抽象的なものを封じ込めるという行動を思い描くことは非常に難しい。常識的に想像すれば、ここはおそらく鏡に自分の容貌を映し（＝移し）、その鏡を金箱にしまっておくことで自らの美貌をそこに封じ込める、という行動を思い浮かべてみるのが適当なのではないか。「金箱」であることは、それが鏡をはじめとする女性の化粧道具を入れる大切な箱であることの傍証となり得るのではないか。またcの開箱の場面で「尉犂断簡」が、箱から「艶色光影」が飛び出したと記すのも、箱に封じ込められたのが鏡であることを意識した記述であるかもしれない。

b．妻の戒めに背き母が箱を開いてしまう場面

「尉犂断簡」

朋母新婦去後、乃開篋看。

韓朋の母は新婦（妻）が行ってしまった後、篋を開けて中を見た。

「瑶族韓朋伝」

三娘去得三五日。凄々想婦又開箱。

三娘（妻）が去って半月が経った。（母は）さびしくていたたまれなくなり婦（妻）を想って箱を開けた。

「尉犂断簡」では理由や状況も示されず簡単に「篋を開けた」と書かれているだけであるが、「瑶族韓朋伝」で

は、日が経つにつれてさびしさが募り妻のことを想って箱を開けてしまった、と開箱に至る経緯が記されており、浦島説話の地上に戻った後の浦島子の様子と通じる点で興味深い。

c．母が箱を開いた時に起こった事態とその後の展開

「尉犁断簡」

艶色光影、忽然煥出、飛及貞夫。此光明到宋国。（欠）□集会諸臣。入（以下欠）(10)

あでやかな光が突然箱から輝き放たれ、貞夫（妻）の元へと飛んでいった。その光は宋国に到った。（欠）「集会諸臣。入」（以下欠）

「瑶族韓朋伝」

（母が箱を開いたときの様子は特に記されない）

正是三娘船過水、水底現出好顔容。落陽江水清如鏡、現出顔容十分新。三娘便知娘開櫃、放出容顔走随娘。

ちょうど三娘（妻）が船で川を渡っていたとき、水底に美しい顔容（かおかたち）が出現した。落陽江の水は澄んでいて鏡のようで、そこに現れた顔容はとても清新であった。そこで三娘は、母が箱を開けたので、放出された容貌がやってきて自分に随った（＝箱に閉じ込めておいた自分の美貌が戻ってきてしまった）ことを知った。

「尉犁断簡」では、「艶色光影」が飛び出して妻の元へ飛んでいったとあり、次に「此光明到宋国」とあるところから、箱から飛び出した光は、宋国に連れて行かれた妻の所へ飛んでいったことがわかる。「瑶族韓朋伝」には、箱の中身が飛び出す場面そのものは記されていないが、宋王の元に連れて行かれる妻が船で川を渡るときに、水に映った自分の美しい容貌を見て、母が箱を開けたので放出された容貌が自分の所に戻ってきてしまったことを知ったと記す。両者の記述を照合してみると、「尉犁断簡」で箱から飛び出た「艶色光影」はただの光ではな

く、「瑶族韓朋伝」において、母との別れに臨んで妻が箱に封じ込めた自分の美貌、あるいはその美貌が化した光と考えられる。「尉犁断簡」の「艶色」は単なる「あでやかな、美しい」という形容だけではなく、そこに妻の「美貌」の意も込められているのではないか。

「尉犁断簡」では「此光明到宋国」と、箱から飛び出た光が宋国にまで到ったことが記されるが、この記述が敦煌変文の「韓朋賦」の記述とどのように繋がるかを考えてみよう。敦煌変文「韓朋賦」では妻（貞夫）を連れて行った宋王の使者の梁伯が、宋の都に戻った時の様子を次のように記す。(11)

梁伯迅速、日日漸遠。初至宋国、九千余里。光照宮中。宋王怪之、即召群臣、並及太史、開書問卜、怪其所以。博士答曰「今日甲子、明日乙丑、諸臣聚集、王得好婦」。言語未訖、貞夫即至。面如凝脂、腰如束素、有好文理、宮人美女、無有及似。宋王見之、甚大歓喜。（すぐに貞夫を皇后に迎える）

梁伯は速度を速め、（家郷は）日に日に遠ざかった。ようやく宋国に着いたときは九千余里（を経ていた）。光が宮中を照らした。宋王は不思議に思い、すぐに群臣と太史を召して、書物を開いて占わせ、その原因を尋ねた。博士が答えた。「今日は甲子、明日は乙丑、諸臣が集まり、王は素晴らしい婦人を得るでしょう」。言い終わらないうちに、貞夫が到着した。顔はきめ細やかな油脂のよう、腰は束ねた絹のよう（に細くてしなやか）、礼儀も素晴らしく、宮中の美女たちにこれにかなう者はいなかった。宋王はそれを見て大変喜んだ。

敦煌変文「韓朋賦」では、突然宮中を照らした光は、美女が宮中に到着する前触れのように扱われているが（光の出現があまりに唐突であり、その理由を尋ねた宋王に対する博士の答え「今日甲子、明日乙丑…」も王の問いとかみ合っていない間に合わせの答えのように思われる）、本来は「尉犁断簡」に記されるように、箱に封じこめておいた妻の美貌が、母が戒めを破って箱を開けてしまったために「艶色光影」となって飛び出し、九千里も離れた宋国に到着した妻の元へと飛んでいったもので、せっかく美貌を隠していた妻が、元の美貌を取り戻した状態で王や集まった群臣に見えなければならなくなる、というのが、もともとの「韓朋賦」の展開であったと想像される。

以上を踏まえて、もともとの「韓朋賦」と「瑶族韓朋伝」との両者から、韓朋譚の開箱に関する記述を取りまとめると、次のようになる。

1. 別れに臨んで妻は母に箱を渡し「絶対に開けてはならない」と母を戒める。
　＊「瑶族韓朋伝」では自分の「顔容」を箱に蔵すことを記す。
　＊「箱」は、「尉犁断簡」では「篋」、「瑶族韓朋伝」では「金箱」「箱」「櫃」と記される。
2. 妻が連れて行かれた後、母は箱を開けてしまう。
　＊「瑶族韓朋伝」では、半月が経過してさびしさが募り箱を開けてしまったと状況が記される。
3. 開かれた箱に閉じ込められていた妻の美しい容貌が放出され離れた妻のもとに戻り、妻は本来の美しい容貌で宋王に見えることになる（その結果二度と家に帰れず母との再会は叶わなくなる）。
　＊「尉犁断簡」では箱に隠されていた妻の容貌を「艶色光影」で表現し、その光が妻の元へと飛んでいったと記し、「瑶族韓朋伝」では箱を開けた際の顔容の放出の記述はなく、船で川を渡っていた妻が水に映った自分の美貌を見て、母が箱を開けたことを知ったと記す。

二、古代浦島説話に見える開箱の記述と「尉犁断簡」「瑶族韓朋伝」の開箱の記述との比較

本節では、古代浦島説話を記す各資料に見える開箱の記述を確認しながら、「尉犁断簡」や「瑶族韓朋伝」に見える開箱の記述と比較し、両者を対照すればどのようなことが新たに見えてくるかを考察していく。

浦島説話を扱った古代の文献資料として、次の四つを取り上げる（『続日本後紀』嘉祥二年849三月庚辰条に記される興福寺僧等による「仁明天皇四十賀長歌」の浦島子の記述については開箱の禁忌の話自体がないのでここでは扱わない）。各資料によって男主人公、女主人公の呼称が異なるが、全体を通した呼称として、男主人公を「浦島子」、女主人公を「仙女」と呼ぶことにする。

ア『釈日本紀』所引「丹後国風土記逸文」（天平年間〈729〜749〉頃成立か。原文引用は古典文庫『浦島子伝』（重松明久氏著。現代思潮社、一九八一年）に拠る。ただし訓読は私に施した）。

イ『万葉集』高橋虫麻呂「詠水江浦嶋子一首」長歌（巻九・一七四〇番。高橋虫麻呂は生没年未詳、養老から天平の頃（717〜748）に活動。引用は小学館『新編日本古典文学全集』に拠る）。

ウ「浦嶋子伝」（九世紀後半成立か。引用は『群書類従』文筆部に拠る。訓読は私に施した）。

エ「続浦嶋子伝」（延喜二十年920成立。引用はウに同じ）。

以下、1別れに臨んで仙女が浦島子に玉匣を手渡し「再会したければ絶対に箱を開くな」と戒める場面、2帰郷後、仙女の戒めに背いて浦島子が玉匣を開けてしまう場面、3玉匣が開けられた時に起こった事態、の三つに分けて上記の四資料の記述を掲げ、必要に応じて「尉犁断簡」「瑶族韓朋伝」に見える開箱の記述を取り上げて

対照しながら私見を述べていきたい。

1別れに臨んで仙女が浦島子に玉匣を手渡し「再会したければ絶対に箱を開くな」と戒める場面

ア「丹後国風土記逸文」（仙女＝女娘、浦島子＝嶼子）

女娘取玉匣、授嶼子謂曰、君終不遺賎妾、有眷尋者、堅握匣、慎莫開見。即相分乗船、仍教令眠目、忽到本土筒川郷。

女娘玉匣を取り、嶼子に授けて謂はく「君終に賎妾を遺れず、眷尋すること有らば、堅く匣を握り、慎みて開き見ること莫かれ」と曰ふ。即ち相分かれて船に乗り、仍りて教へて目を眠らしむ。忽ち本土の筒川の郷に到る。

イ「詠水江浦嶋子」長歌（仙女＝娘子、妹）

妹之答久　常世辺　復変来而　如今　将相跡奈良婆　此篋　開勿勤常　曾己良久尓　堅目師事乎

妹が言へらく「常世辺に　また帰り来て　今のごと　逢はむとならば　この櫛笥　開くなゆめ」と　そこらくに堅めしことを

ウ「浦嶋子伝」（仙女＝神女　浦島子＝嶋子）

（浦島子が暫く旧郷に帰ってまた仙室に戻って来たいと願う）神女宜然哉、与送玉匣、裏以五綵、緘以万端之金玉。誡嶋子曰、若欲見再逢之期、莫開玉匣之緘。言了約成、分手辞去。嶋子乗船、如眠自帰去、忽以至故郷澄江浦。

神女宜しく然るべしとて、玉匣を与へ送り、裏むに五綵を以てし、緘ぶに万端の金玉を以てす。嶋子を誡めて曰く、「若し再逢の期を見んと欲すれば、玉匣の緘を開く莫かれ」と。言了りて約成り、手を分かちて辞去す。嶋子船に乗り、眠るが如くして自ら帰去し、忽ち以て故郷の澄江の浦に至る。

エ「続浦嶋子伝」（仙女＝神女　浦島子＝嶋子）

神女送詞於嶋子而告言、若還故郷、莫好青色。勿損真性。五声八音損聴之声也。鮮藻艶彩傷命之色也。清醪芳醴乱性之毒也。紅花素質伐命之鋒也。嶋子若守此言、永持誡者、終万歳之契、遂再会之志。亦以繡衣被嶋子、而送玉匣。裹以五綵之錦繡、緘以万端之金玉。而誡嶋子云、若欲見再逢之期、莫開玉匣之緘。言畢約成、而分手辞去。各成決別之詞云（略）嶋子乗舟、自帰去、忽到故郷澄江浦。

神女詞を嶋子に送り告げて言く、「若し故郷に還らば、青色を好む莫かれ。真性を損なふ勿かれ。五声八音は聴くを損なふ声なり。鮮藻艶彩は命を傷つくる色なり。清醪芳醴は性を乱す毒なり。紅花素質は命を伐る鋒なり。嶋子若し此の言を守り、永く誡めを持たば、万歳の契りを終へ、再会の志を遂げむ」と。亦た繡衣を以て嶋子に被せ、玉匣を送る。裹むに五綵の錦繡を以てし、緘ぶに万端の金玉を以てす。嶋子を誡めて云く、「若し再逢の期を見んと欲すれば、玉匣の緘を開く莫かれ」と。言畢りて約成り、手を分かちて辞去す。各決別の詞を成して云く（略）嶋子舟に乗り、自ら帰去し、忽ち故郷の澄江の浦に到る。

この場面に対応する韓朋譚においては、一―3のaで見たように、「尉犁断簡」では前部を欠くが「□□□篋看、若其不開、新婦有帰」と、「もし箱を開けなければ私は帰ってくる（＝再会が叶う）」と告げるのに対し、「瑶族韓朋伝」は「顔容蔵在金箱里。我娘千万莫開箱」と母に「絶対に開けてはいけない」と戒めるだけで、それが何故なのかは示されていない。後に開箱されてしまってから、その理由が明らかになるという展開である。

一方、浦島説話においては、破線で示したように各資料すべてに「もしあなたが私に再会したいと思うならば」という開箱を戒める理由が示されている。それが一番明確に示されているのがイの虫麻呂の長歌で、「常世（とこよ）辺（へ）に　また帰り来て　今のごと　逢はむとならば」と仙女の住む常世に帰ってきての再会をはっきりと表出している[12]。ア「丹後国風土記逸文」も「君終（つひ）に賤妾を遺（わす）れず、眷尋すること有らば」と、「再会」に当たる語句は記されていないものの、「眷尋」の語から浦島子が仙女の住む場所を再び尋ね、そこで再会することを想定していると思われる。ウ「浦嶋子伝」とエ「続浦嶋子伝」では共に「若（も）し再逢の期を見んと欲すれば」と記され、アやイのように仙界の仙女の元を再び訪れることには触れず、単に「再会を望むならば」という形で簡素化されて語られていることがわかる。

女主人公が相手に渡す箱については、「尉犁断簡」は「篋」、「瑶族韓朋伝」は「金箱」と記す。浦島説話においてはア・ウ・エの漢文系資料がすべて「玉匣」、イの虫麻呂長歌が「尉犁断簡」と同様に「篋」（次の2では「玉篋」、「筥」とも記される）と記している。ア・ウ・エの「玉匣」は「玉飾的匣子。亦指精美的匣」（『漢語大詞典』語釈）、イの「玉篋」も「玉飾的小箱。亦用作小箱的美称」（同前）と「玉（ぎょく）で飾られた箱」もしくは「美しい箱」を言う漢語で、共に六朝以前から用いられている。またイの長歌では「篋」「玉篋」を「櫛笥（くしげ）」「玉櫛笥（たまくしげ）」と訓（よ）むが、この「玉櫛笥」については、注12の錦織氏論文の「三、〝旅〟と「玉櫛笥」」に注意すべき指摘がある。錦織氏は、

> 妻の娘子は、夫の浦島子になぜ「この櫛笥」を渡しておく必要があったのであろうか。このように考えるとき、思い至るのは、現実の古代の妻である。いま浦島子は、妻がいる「常世」の「海神の神の宮」を離れていこうとしている。妻の娘子は彼を夫として見送る側にいるわけである。

と述べた後に、いくつもの万葉歌の例を挙げ、当時の妻たちが旅立つ夫に「形見の衣」を着せてその衣の紐を結ぶという習俗があったこと、その習俗は妻の魂を衣や紐の結び目にこめる意味を持っていたことを述べ、

こうした古代の習俗と発想に気づけば、妻の娘子が、夫に再び、「常世」の「海神の神の宮」に帰ってもらうために、「玉櫛笥」を渡さなければならなかった理由がよくわかるように思われる。妻の娘子が渡した「この櫛笥」には、娘子の魂がこめてあったのではなかろうか。妻の娘子は、一般の妻がわが夫に「形見の衣」を着せ、紐を結ぶように、自らの魂を「玉櫛笥」の中にこめて浦島子に渡したのではあるまいか。

と、娘子が夫に「玉櫛笥」を渡した理由と「玉櫛笥」の働きについて推測する。さらに錦織氏はここで「形見の衣」や紐の結び目ではなく、「玉櫛笥」が選ばれた理由について、浅見徹氏『玉手箱と打出の小槌』（和泉書院、改稿版二〇〇六年刊）の「櫛笥は本来女性の持ち物であり、当時櫛笥には所有者以外の者には開けられないという前提があった」という指摘や、『播磨国風土記』賀古郡の、別嬢（わきいらつめ）を墓に葬る時、屍を失い埋葬できなかったので彼女の「匣（くしげ）と褶（ひれ）」を遺体の代わりに埋葬したという記事を踏まえ、

以上の考察を通して、古代において、櫛笥が女性のもっとも大切な私物の一つであったこと、所有する女性にしか開けることができなかったこと（女性の最も大切なものを収める箱であったこと）が少なくとも確かめられる。とすると、娘子がわが魂をこめるのに、「玉櫛笥」の中を選んだことは、彼女の賢明な判断と夫に対する深い愛情によっていることがわかる。　（傍点は筆者による）

と論じられた。

以上の虫麻呂長歌の「玉櫛笥」に関する錦織氏の考察は、韓朋譚において妻が母に渡した「篋」「金箱」に関しても、おそらく有効に機能すると思われる。韓朋譚では、旅立つ妻が家に残る母に箱を渡して「決して開けてはならない」と戒めており、箱を渡す者が旅立ち、箱を渡される者が家に残る点で、浦島説話とは立場が逆転した構図になってはいるが、韓朋譚では**渡された箱には渡した女性の「顔容」が収められている**ことがはっきりと

示されていた。つまり韓朋譚のこの記述から、渡された箱に収められているものは、持ち主の女性の存在そのもの（この場合は顔容）であったと見ることができるのである

さらに「瑶族韓朋伝」の「顔容を金箱に蔵す」という記述と関わって「具体的には鏡に容貌を映してその鏡を金箱に収めるという行動を思い浮かべているのではないか」と推測して、「金箱」が鏡をはじめとする女性の化粧道具を入れる大切な箱であることを示すものではないかと述べたが、これも前述の錦織氏の古代の「櫛笥」に関する「女性の最も大切な私物で、所有する女性にしか開けることができなかった」という考察と関係してこよう（浦島説話に見える「玉匣」の語が「鏡の箱」に対して用いられた例は、中国では六朝後期、日本では平安初期の詩から見える[13]）。

このように、浦島説話と韓朋譚の開箱の記述を並べてみることで、双方の見えていなかった部分、あいまいであった部分が少しずつはっきりしてくると思われる。以下、このような視点で両者の比較を続けていきたい。

2帰郷後、仙女の戒めに背いて浦島子が玉匣を開けてしまう場面

ア「丹後国風土記逸文」

忽到本土筒川郷。即瞻眺村邑、人物遷易、更無所由（略…村人に家人について尋ね、自分が郷里を出て三百年も経つことを知る）即銜棄心、雖廻郷里、不会一親、既逕旬日。乃撫玉匣、而感思神女。於是嶼子、忘前日期、忽開玉匣。

忽ち本土の筒川の郷に到る。即ち村邑を瞻眺むるに、人・物遷り易り、更に由る所無し（略）即ち棄心を銜み、郷里を廻ると雖も、一の親しきものにも会はず、既に旬日を逕たり。乃ち玉匣を撫し、神女を感思ふ。是に於て嶼子、前日の期を忘れ、忽ち玉匣を開く。

イ「詠水江浦嶋子」長歌

墨吉尓　還来而　家見跡　宅毛見金手　里見跡　里毛見金手　恠常　所許尓念久　従家出而　三歳之間尓　垣毛無
家滅目八跡　此筥乎　開而見手歯　如本　家者将有登　玉篋　小披尓

住吉(すみのえ)に　帰り来(きた)りて　家見れど　家も見かねて　里見れど　里も見かねて　あやしみと　そこに思はく　家
ゆ出でて　三年の間に　垣もなく　家失せめやと　この箱を　開きて見てば　もとのごと　家はあらむと　玉(たま)
櫛笥(くしげ)　少し開くに

ウ「浦嶋子伝」

忽以至故郷澄江浦、尋不値七世之孫、求只茂万歳之松。嶋子齢于二八歳許也。至不堪、披玉匣見底。

忽(たちま)ち以て故郷の澄江の浦に至り、尋ぬるに七世の孫にも値(あ)はず、求むるに只だ万歳の松のみ茂れり。嶋子
齢(よはひ)は二八歳許(ばかり)なり。堪(た)へざるに至り、玉匣を披(ひら)きて底を見る。

エ「続浦嶋子伝」

忽到故郷澄江浦。（略…故郷の変貌、村人に尋ねて数百年の歳が経過したことを知る）於是嶋子知、仙洞之裏、遊覧之
間、時代遥謝、人事沿革。而悲歎旧郷之遷変、想像仙遊之未央。恋慕之情、胸臆似春。悲哀之志、心府如割。
不堪悲恋、而忽開玉匣。

忽(たちま)ち故郷の澄江の浦に到る。（略）是に於て嶋子、仙洞の裏(うち)に遊覧の間に、時代遥かに謝(さ)りて人事沿革す
るを知る。而して旧郷の遷変を悲歎し、仙遊の未だ央(なかば)ならざるを想像(おもひや)る。恋慕の情は胸臆を舂(つ)くに似たり。
悲哀の志は心府を割(さ)くが如し。悲恋に堪(た)へずして忽ち玉匣を開く。

ここでは、各資料の破線部の浦島子が仙女の戒めを破って箱を開けてしまう理由や状況について注目してみ

たい。まず、イ「詠水江浦嶋子」長歌では、帰郷して自分の家がなくなっていたことに衝撃を受けた浦島子が、「箱を開ければ家が元通りに現れるのでは」と思って箱を開けてしまうという、他の資料に見えない理由と経緯が語られているが、これは注12に引いた錦織論文の指摘の通り、常世での夫との変わらぬ生活を望む仙女と、人間界の自分の「家」への帰還にこだわり仙女との生活を捨ててしまう浦島子とを対比して長歌を構想した作者虫麻呂の創意にもとづくものであろう。

これに対して、ア「丹後国風土記逸文」では、浦島子が郷里に帰ると全てが移り変わっており（人物遷易）、放心状態（銜棄心）で郷里を尋ね回っても一人の知人にも会えず十日（旬日）がたってしまって、極限のさびしさから手に持った玉匣を撫でているうちに神女に思いを馳せ、ついに玉匣を開けてしまうという経緯が記される。浦島子にとって玉匣は開けてはならない戒めの対象であったが、同時に神女が日頃から大切にしていた私物であり（直前の1参照）、彼女を偲ぶ唯一のよすがでもあった。それが悲劇を引き起こす要因となっている。

またウ「浦嶋子伝」では血縁者が誰一人残っていないこと、家宅もすっかり失われてしまったことを「尋不値七世之孫、求只茂万歳之松」の簡潔な対句で示した後に、浦島子の年齢が「二八許」であることを記す。これは他の資料には見えない記述であるが、おそらく彼がまだ若くて思慮や忍耐力に欠けることを示そうとしたのではないか。そのことで「堪へざるに至り」箱を開けてしまったと記すが、他の資料とは異なり、何に堪えられなかったかが明確には記されていない。ただしこの文章の流れに従えば、血縁者もなく家も失われてしまったことだけが記され、仙女への恋慕は記されていないので、イと同様に故郷を喪失した驚きや寂しさに堪えられず箱を開けてしまった、と解してよいのではないか。

エ「続浦嶋子伝」ではウと異なり、「悲恋に堪えられなかった」と、何に堪えられなかったか対象を明記するが、その「悲恋」とは、前置される「悲歎旧郷之遷変（＝故郷の喪失を悲しむ）、想像仙遊之未央（＝仙女との失われた暮らしを思いやる）。恋慕之情（＝仙女への恋慕）…、悲哀之志（＝故郷喪失の悲哀）…」の章句から、故郷を失った「悲哀」と仙界に残してきた仙女への「恋慕」の二つの感情であったと見て取れる。時代的に最も後れるエは、玉匣開箱の理由として、先行するアの仙女への恋慕とイ・ウの故郷（家宅）の喪失の悲哀の両方を取り込んでいる。

一方、韓朋譚に目を向けると、「尉犂断簡」では「朋母新婦去後、乃開篋看」と、母が戒めを破り箱を開けた理由や状況についてはまったく記されておらず、浦島説話との比較に資する記述は見えない。一方の「瑶族韓朋伝」では、「三娘去得三五日。凄々想婦又開箱」と、妻が旅立って半月が経ち、さびしくなってきた母が妻を想って箱を開けたと記されている。ここでは箱を開けた理由として「半月」という時を経て「さびしさから妻（嫁）への思慕が募った」ことがはっきりと示されているが、浦島説話においても、アの「丹後国風土記逸文」には「既逕旬日。乃撫玉匣、而感思神女」と、「旬日」[14]という時の経過を経て「神女」への思慕が募るという同様の記述が見える。「瑶族韓朋伝」には、アの「撫玉匣」のように、箱が持ち主の女性の身代わりであるかのような記述は見えないが、「千万莫開箱」と強く戒められていたにもかかわらず、さびしさが募った母が金箱を開けてしまった理由は、やはりアと同じように金箱が妻（嫁）の大切な私物で、彼女を偲ぶ唯一のよすがであったからだと考えてよいのではないだろうか。

3 玉匣が開けられた時に起こった事態（傍線部は放出された主体、破線部は放出された主体の状況）

ア「丹後国風土記逸文」

即未瞻之間、芳蘭之体、率于風雲、翩飛蒼天。
　即ち未だ瞻ざる間、芳蘭の体、風雲に率ひて、蒼天に翩り飛ぶ。

イ「詠水江浦嶋子」長歌
白雲之　自箱出而　常世辺　棚引去者
　白雲の　箱より出でて　常世辺に　たなびきぬれば

ウ「浦嶋子伝」
紫煙昇天無其賜。
　紫煙天に昇りて其の賜無し。

エ「続浦嶋子伝」
于時紫雲出於玉匣、指蓬山飛去也。
　時に紫雲玉匣より出でて、蓬山を指して飛び去りき。

韓朋譚の開箱の記述においては、「尉犂断簡」では「艶色光影、忽然煥出、飛及貞夫。此光明到宋国」と「艶色光影」が輝き放たれて宋国の妻の元へ飛んでいったと記し、「瑶族韓朋伝」では「三娘便知娘開櫃、放出容顔走随娘」と、母が箱を開けた時の場面はないものの、箱が開けられると箱の中に閉じ込められていた妻の容顔が放出され妻の所へと戻ってきたことが記される。「尉犂断簡」の「艶色光影」が光であると同時に箱に込められていた妻の美貌を意味することは一―3で既に述べたところである。

このことを勘案すると、直前の浦島説話の各記事の傍線部において、玉匣を開けた時に放出されたものを、イが「白雲」、ウ・エが「紫煙」「紫雲」とするのに対して、アが「芳蘭之体」とすることが、韓朋譚の開箱の記述との関係で特に注目される。この「芳蘭之体」については、従来から若さを保っていた浦島子の身体を指すのか（御伽草子『浦島太郎』の「そもそもこの浦島が年を、亀が計らひとして箱の中にたたみ入れにけり」という記述に拠ったもの）、仙女の身体を指すのか、両説が並立していたが、浅見徹氏は本節1所引の著書『玉手箱と打出の小槌』の第二章第五節「玉手箱の役割」において、中村宗彦氏の先行研究(15)や、日本の古代文献や中国側の資料における「芳」「蘭」の用いられ方、破線部の「率于風雲」の「風雲」と仙界との関係などを総合的に詳しく考察された上で、

この風土記の文章を、浦島の寿命ないし霊力というようなものであるという解は、この文面からは成り立たず、もし何ものかが飛び去ったと解するのなら、その何ものかは乙姫のものであったと考えるべきであろう。（傍線は筆者による）

と述べ、さらに「櫛笥」の属性などにも言及されて、玉手箱の中に入っていたのは乙姫自身であり、「丹後国風土記逸文」においては彼女が変身していた亀であったと論じられた。

今、「尉犁断簡」や「瑶族韓朋伝」に、箱を渡す女性が自らの容顔を箱に封じ込めて開けないよう戒め、戒めが破られ箱が開けられると閉じ込められていた彼女の容顔が放出される、という記述が存在することを重ね合わせると、浅見氏の「箱の中に入っていたのは乙姫（仙女）自身であった」という見解は、外部資料によってその蓋然性がさらに高められたといえよう。

またイの「白雲」については、先に引いた錦織氏の論に諸説が整理されており（同氏論文注（7））、神界（常世）の霊気・霊力とする説、娘子の魂と捉える説、浦島子自身の魂とする説があるとされる（錦織氏は浦島子を守る娘子の魂と捉える）。またウ・エには「紫煙」「紫雲」ともあり、アにも仙女の「芳蘭之体」が「率于風雲、翩飛蒼天」と「雲」に乗って空に飛び去っていったと記されている。これらの「雲」については、先行研究では仙界の景物

として捉えられているが（前引浅見氏著書、錦織氏論文注（7）等参照）、筆者はこれらの「雲」を考える際には、中国の孝子董永譚（敦煌変文「董永変文」、明代話本「董永遇仙伝」）に見える、董永と天女との別れの場面が大いに参考になると考えている。

貧しい孝子董永は父親の葬儀を行うための金がないので、自分の身を長者に売り、その金で葬儀を執り行う。董永の孝心に感じた天帝は、天の織女（＝天女）を地上に派遣する。董永の妻となった織女は驚異的な早さで大量のすばらしい織物を織って長者に納め、短期間で董永の借金を返済する。役目を終えた織女は董永に別れを告げて天に帰っていく。

その織女の帰天の場面を前掲両資料は次のように描く。

「董永変文」（引用は注11前出『敦煌変文選注（増訂本）』に拠る）

却到来時相逢処、辞君却至本天堂。娘子便即乗雲去。

（織女が）地上にやって来た時に二人が出会った所まで来ると、（織女は言った）「では、あなたにお別れしてもとの天界に帰ります」。そして娘子（織女）は雲に乗って行ってしまった。

「董永遇仙伝」（『清平堂話本』〈続修四庫全書本〉に拠る）

董永当時拝謝長者、領妻出門。行至旧日槐陰樹下暫歇。仙女道、当初我与你在此槐樹結親、如今又三月矣。不覚両泪交流。董永道、賢妻何故如此。仙女道（略、自らが天の織女であることを明かし董永のもとに来たわけを話す）道罷、足生祥雲、冉冉而起。董永欲留無計、仰天大哭。

董永はそこで長者にお礼を申し上げ、妻を伴い（長者の）家を出た。先日（二人が出会った）槐の木の下までやってきてしばらく休んだ。すると仙女（織女）が言った。「最初、私はあなたとこの槐の下で夫婦の契りを結びました。今、三か月がたちました」。そして思わず両目から涙を流した。董永は言った。「妻よ、一体どうしたのだ」。仙女は言った。（略）言い終わると足元から祥雲が生じ、ゆらゆらと昇っていく。董永は留めるすべもなく、天を仰いで大声で泣くばかりであった。

傍線部によると織女が夫董永と別れて昇天する際に、「董永変文」では雲に乗って去って行ったと記し、「董永遇仙伝」でも、足元から「祥雲」が生じ、それに乗って昇天したように読める。この董永譚の織女が雲に乗って昇天する場面は唐代以降かなり一般化していたようで、二十四孝系の絵入本（『新刊全相二十四孝詩選』、御伽草子『二十四孝』等）の「董永」には、雲に乗って昇天する織女とそれを見上げる董永の図が載せられている。

〈参考〉二十四孝の董永図

『新刊全相二十四孝詩選』董永挿絵
（国立国会図書館デジタルコレクション公開の禿氏祐祥氏『二十四孝詩選』〈全国書房、1946年〉の影印に拠る）

渋川版御伽草子『二十四孝』董永挿絵
（『御伽草子』〈三弥井書店、1971年〉の影印に拠る）
＊子どもは董永と織女との間に生まれた董仲と見られる。

前掲の浅見氏著書では「丹後国風土記逸文」の「率于風雲」の「風雲」が仙界のものであることを「風土記逸文」の内部から考察されていたが、古代浦島説話の各資料において開箱とともに出現した雲は、この董永譚の天女昇天の場面に描かれた雲と同質のもので、仙女が人間界を離れ仙界へ向かうときの乗り物（ア）、あるいは仙女自身が化したもの（イ・ウ・エ）と見なしてよいのではないだろうか。ウ・エにおいてその雲を「白雲」ではなく「紫煙」「紫雲」と記すのは両資料が神仙思想の強い影響の下に記されたものであることに由来するのであろうが、あるいは「董永遇仙伝」の「祥雲」とも関係するのかもしれない（「紫煙」「紫雲」は瑞祥の雲気をいう）。

またイ・エの波線部、白雲が常世辺にたなびく（イ）、紫雲が蓬山を指して飛び去る（エ）も、仙女の乗り物、あるいは仙女が化した雲が仙界へと帰っていく様を述べたものと解することができ、アの記述の後に載せられた浦島子と仙女との歌の贈答、

　于斯、拭涙歌曰（斯に、（浦島子）涙を拭ひて歌ひて曰く）、

　　常世辺に雲たちわたる水の江の浦島の子が言持ちわたる

　神女遥飛芳音歌曰（神女遥かに芳音を飛ばして歌ひて曰く）、

　　大和辺に風吹きあげて雲放れ退き居りともよ吾を忘らすな

も、前掲の二十四孝の董永図の構図のように、雲に乗って仙界に帰っていく仙女に向かって呼びかける浦島子と、帰っていく雲の上から「遥かに芳音を飛ばして」浦島子に応える仙女との最後のやりとりと見ることができよう。仙女の乗った雲が去って行くのを地上から傍観して「常世辺に雲たちわたる…」と詠むしかない浦島子に対して、仙女も「大和辺に風吹き上げて雲放れ…」と風に吹き上げられ雲に乗って去って行くしかない自らの状況を詠んでいる。浦島子歌の「言持ちわたる」は、雲が媒介者として「言を持つ」のではなく、「雲に乗った仙女が浦島

子（＝私）の最後の言葉となったこの歌を持って仙界へ帰っていく」の意と解するのがよいと考える。

以上、古代浦島説話を記す四つの資料の開箱の記述について、「尉犁断簡」「瑶族韓朋伝」の開箱の記述を照合して考え合わせるとどのようなことが見えてくるか、開箱の場面ごとに考察してみた。韓朋譚の開箱の記述を参照することで、先行研究の推論をさらに裏付けることができ、さらに個々の資料の記述について踏み込んで考察・解釈することができたと考える。

次節では、以上の考察の結果をまとめたうえで、そこからどのような見通しが得られるかを述べて本章を閉じることにしたい。

三、本章の考察のまとめとそこから得られる見通し

――結びに代えて――

それでは前節の内容の要点を述べてみたい（以下、「尉犁断簡」「瑶族韓朋伝」の両書における開箱の記述をまとめて「韓朋開箱譚」と称する）。

1．「韓朋開箱譚」において女主人公が渡した箱に込めたものが自らの容貌であったことから、古代浦島説話において仙女が浦島子に渡した玉手箱（玉匣、玉篋）に収められていたのは仙女自身、あるいは仙女の魂であったとする見方の蓋然性はかなり高くなる。また玉手箱（玉匣、玉篋）は、鏡等を収める化粧箱であり女主人公の最も大切な私物であると考えられる。

2．「韓朋開箱譚」において、箱を開けた時に箱に込められていた女主人公の容貌、あるいはそれが化した光

が飛び出して女主人公のもとへ戻って行ったことから、古代浦島説話において玉手箱を開けた時に飛び出た「芳蘭之体」や「白雲」「紫煙・紫雲」も、仙女自身の身体（「芳蘭之体」）、もしくは仙女が化したもの（「白雲・紫煙・紫雲」）であり、それが仙女の居る仙界へ戻って行ったという見方が蓋然性を持ってくる。またこの場面に「白雲」や「紫煙・紫雲」が登場することについては、中国の董永譚の織女（天女）と董永（人間）との別れの場面の、天女が雲に乗って去って行く描写を参考にすると理解が容易になる。

以上の1・2から古代浦島説話を記載する四つの資料の位置づけを考えてみると、時代的にも古いと思われる「丹後国風土記逸文」の開箱の記述は、箱から放出されたものを「芳蘭之体」と明確に記す点で、「白雲」や「紫煙・紫雲」とする他の三資料よりも、「韓朋開箱譚」との距離が近いと言えよう。小さな箱の中に仙女の「身体」が入っているという、合理的に考えれば有り得ない状況を解決しようとして、他の三資料では「雲」が放出される形に変化させたと考えられるのではないか。

また玉手箱を開けた後の浦島子の状態を見ても、仙女と別れて悲しみに沈むものの身体的には特に変化を来さない「丹後国風土記逸文」に対して、「詠浦嶋子長歌」と「浦嶋子伝」では一気に白髪の老人と化して死んでしまったと記し、「続浦嶋子伝」では仙道修行にいそしみ「地仙」と呼ばれたと記す。「はじめに」で述べた浦島説話と深い関係を有する劉阮天台説話においても、仙境から帰還した二人は七世の孫に逢うなど厖大な時間の経過を身をもって体験するが、身体的な変化を来したことは全く記されない。その点でも「丹後国風土記逸文」は中国に行われていた類話との距離が近く、それに対して他の三資料は玉手箱からの「雲」の放出を、身に添っていた仙女の霊力の消失と捉え、「詠浦嶋子長歌」と「浦嶋子伝」は仙女の霊力を失ったことで浦島子の身体が時間の経過に堪えられずに失われたとし、最も濃厚な神仙思想の影響下にある「続浦嶋子伝」では、浦島子は仙道修行に励むことで「地仙」となり、仙女の霊力の消失による身体の損壊を免れたとするのである。このように中国での類話と比較することで、「丹後国風土記逸文」の開箱の記述が他の三資料に比して古態を有している点を明らかにできたのではあるまいか。

最後に、「韓朋開箱譚」と浦島説話における開箱の記述の物語上の位置づけの違いと、そこから見えてくる韓朋譚における「韓朋開箱譚」の後発性について述べてみたい。浦島説話においては、箱を渡された者が「開けるな」という禁忌を破ったために箱を渡した者（女性）と永遠に会えなくなるというモチーフ（以下「開箱の禁忌のモチーフ」と称する）が、そのまま男主人公（浦島子）と女主人公（仙女）との別離の悲劇の基本構造（枠組み）を形成している。

それに対して「韓朋開箱譚」では、箱を渡された母が禁忌を破った結果、妻が箱に閉じ込めておいた美貌が妻の元に戻ってしまい、妻はそのまま宋王の后にされて家に戻れず母と二度と会えなくなる、と話が展開する。物語の展開としては、せっかく箱に閉じ込めておいた妻の美貌が元に戻ってしまい、「妻が宋王の后にされてしまう」点が重要なのであって、そこから宋王の后にされた女主人公（妻）と宋王の下で仕官していた男主人公（韓朋）とが引き裂かれていく悲劇の物語がようやく始まるのだが（なお「韓朋賦」の全貌については、次章『伊勢物語』梓弓章段と韓朋譚」に物語の梗概を掲載している）、ここで「開箱の禁忌のモチーフ」が作用しているのは妻と韓朋の母とに対してであって、妻と母との別離は確かに悲劇ではあるが、浦島説話のような、男女主人公の悲劇の〈本筋〉ではなく、物語の展開上はあくまでも〈添え物〉としての悲劇に過ぎない。

一―2に述べたように、「韓朋開箱譚」は、現在韓朋譚として最も知られている敦煌変文の「韓朋賦」には脱落しているものの、もともとの「韓朋賦」には存在していたと推測されているが、この話柄が無くとも韓朋と妻との悲劇の物語の展開には大きな支障は来さないのであり、それ故、現存の敦煌変文「韓朋賦」では物語の展開を単純化するために削られてしまったと推測される（痕跡は残るが）。こうして見てくると、「韓朋開箱譚」を有していたもともとの「韓朋賦」よりもさらに前の段階の韓朋譚においては「開箱の禁忌のモチーフ」は存在しておらず、ある段階で、浦島説話のような、このモチーフを基本構造として有していた別の物語から、ストーリーを複雑化しておもしろくするために組み込まれた可能性も否定できないと考える。(16)

以上、金文京氏の「尉犁断簡」と「瑶族韓朋伝」についての報告に触発され、この両資料と日本の古代浦島説話を記した各資料とを比較して縷々私見を述べてきた。古代浦島説話については厖大な先行研究があり、本来なら、逐一それらを踏まえて論を進めなければならないのかもしれないが、煩雑を避け行論上特に必要なものに限って取り上げた次第である。しかしなお行論のうえで重要な先行研究を見落としているかもしれないことを危惧している。諸賢のご教示・ご批判を仰ぎたい。

注

（1）漢代、劉晨・元肇の二人が天台山で道に迷い、渓辺で二女に逢い、歓待を受けて半年間共に暮らした後に帰郷してみると、そこには昔日の面影はなくただ七世の孫に逢ったという話。原話は宋・劉義慶撰『幽明録』、梁・呉均撰『続斉諧記』所載であるがともに原書は失われ、『法苑珠林』巻31潜遁篇、『藝文類聚』山部上・天台山類に「幽明録曰」、『蒙求』「劉阮天台」、『世俗諺文』「七世孫」に「続斉諧記曰」として引かれる。

（2）既に平安中期の源為憲撰『世俗諺文』に「七世ノ孫、本朝浦島同事也」と記され、江戸時代には契沖が『万葉代匠記』巻四において高橋虫麻呂の浦島を詠んだ長歌の注に『幽明録』の記事を引くなど、近世以前から注意されていた。近時においては項青氏「平安時代における劉阮天台説話の受容と風土記系「浦島子」伝」（『国語国文学研究』〈熊本大学国語国文学会〉32号、一九九七年二月）に詳しい考察がある。

（3）同氏『支那神話伝説の研究』（中央公論社、一九四三年初版、一九七三年増補改訂版）所収「浦島の説話とその類例」。

（4）同氏「浦島の歌に見える玉篋のタブー発想について」（『萬葉』〈萬葉学会〉16号、一九五五年七月）。

（5）金文京氏の報告は研究発表「幸徳秋水『鳥語傳』について」（和漢比較文学会第41回大会、二〇二二年九月二五日）に添えて「（付録）新発見「韓朋賦」「遊仙窟」唐代写本について」としてなされたものである。

（6）https://yaoken.sakura.ne.jp/data-room/data/TsujinNo8.pdf より閲覧可。

（7）朱利華氏「考古新発現見証韓朋故事的漢唐流変」（『中国社会科学報』二〇二一年九月三十日第2261期）http://sscp.cssn.cn/xkpd/bowu/202109/t20210930_5364278.html より閲覧可。

（8）中国西方の新疆で発見された唐代の「尉犁断簡」と、はるか南方のベトナムの近代写本「瑶族韓朋伝」に同趣の話が存在する問題に関しては、金文京氏が敦煌変文の「舜子変」と広西壮族自治区の壮族が伝える師公戯（仮面による宗教劇）「舜児」の内容が一致するという例を報告されており、金氏は唐代における北方から南方への人的移動、特に軍隊の派遣により軍中の芸人が伝えたのではないかと推測しておられる（「敦煌本『舜子至孝変文』と広西壮族師公戯『舜児』」、慶應義塾大学『言語文化研究所紀要』26号、一九九四年）。

（9）原文は「廂」であるが、金氏の指摘に従い音通の「箱」に改める。以下同。

（10）原文の「喚」では意が通じないため、金氏が推定された「煥」に改める。

（11）敦煌変文「韓朋賦」の引用は項楚氏『敦煌変文選注（増訂本）』（中華書局、二〇〇六年）に拠り、通行の字体に改めた。

（12）仙女が「常世」へ帰還することを明確に表出することについては、せっかく常世での恵まれた暮らしを手に入れた浦島子が、人間界の自らの「家」へ帰ることを強く希望し、後の玉匣を開ける場面においても、「（家は失われているが）この箱を　開きて見てば　もとのごと　家はあらむと」と、自らの「家」に戻ることにこだわって戒めを破り箱を開けてしまうという、他の資料にはない長歌独自の記述と呼応しており、常世の「家」で夫（＝浦島子）との幸せな生活を望む妻（＝仙女）と、妻の側に立たずに人間界の自らの「家」にこだわる夫との対比を描こうとする作者高橋虫麻呂独自の構想があることを錦織浩文氏が指摘している（「高橋虫麻呂の浦島伝説歌の構図」。『萬葉』第138号、一九九一年三月初出。後に同氏『高橋虫麻呂研究』〈おうふう、二〇一一年〉に「浦島伝説歌の構図」として収録）。

(13) 中国では梁・何遜の「詠照鏡」（『玉台新詠』巻五）に「玉匣開鑑形、宝台臨浄飾（玉匣鑑形を開き、宝台浄飾に臨む）」、北周・庾信の「鏡」（『庾子山集』巻四）に「玉匣聊開鏡、軽灰暫拭塵（玉匣聊か鏡を開き、軽灰暫く塵を拭ふ）」と六朝後期の詩人から例が見え、日本でも『経国集』巻十四の小野春卿「奉試賦得照胆鏡（奉試、賦して照胆鏡を得たり）」に「玉匣池深朝気徹、金台氷冷夜陰申（玉匣池深くして朝気徹る、金台氷冷やかにして夜陰申ぶ）」と平安時代初期から例が見える（「池」「氷」は、ここでは玉匣に収められた鏡の喩え）。

(14) 「旬月」とするテキストも存在する。

(15) 「浦島子古伝覚書」（『大谷女子大国文』3号、一九七三年三月）。

(16) 女主人公の神仙性にも留意する必要がある。浦島説話では女主人公は仙女であるから自らの身体を小さな箱に閉じ込めることは当然可能であろうが、韓朋譚の女主人公は卓越した思考力や行動力を有するものの、それはあくまでも「人間」としての能力であり、韓朋譚においては、「韓朋開箱譚」以外で彼女がこのような超人的な能力を発揮する場面は他に見受けられない。そもそもこうした超人的な能力があるのなら宋王の横恋慕も容易に退けることができるのではないか。「韓朋開箱譚」がある時点でもともとあった韓朋譚に組み込まれた話柄ではないかと推測するもう一つの所以である。

〔初出〕『梅花女子大学文化表現学部紀要』第20号（二〇二四年三月）に同題で掲載。

〔刊行時補記〕注5の金文京氏の報告の内容は、その後「『万葉集』の「竹取翁の歌」と「詠水江浦嶋子」について——中国文学の視点から——」（『万葉古代学研究年報』〈奈良県立万葉文化館〉第22号、二〇二四年）の「三「詠水江浦嶋子」と新発見の唐代「韓朋賦」残片」に活字化され、そこで古代の浦島説話との関連についても触れられている。併せて参照されたい。

2 『伊勢物語』梓弓章段と韓朋譚

――「弓矢」の「血書」に込められた女の誠心――

はじめに

『伊勢物語』の定家本系統の第二四段――ここでは核となる所載贈答歌の冒頭句を取って「梓弓章段」と呼ぶ――は、定まった解釈が得られていない箇所の多い章段である。何よりも章段の核となる男女の贈答歌、

梓弓ま弓つき弓年を経てわがせしがごとうるはしみせよ

梓弓ひけどひかねどむかしより心は君によりにしものを　（以下、『伊勢物語』の引用は新潮日本古典集成に拠る）

において、それまでの物語本文とまったく関わりを持たない「梓弓」がなぜ唐突に用いられるのか、古来諸説が提示されているが、未だに現行の諸注釈においても定説を見ていない。

そのほかにも疑問は多い。三年ぶりに男が帰ってきた時、言い寄っていた新しい男とその夜に新枕の約束を交わしていたにせよ、女はなぜ「待ちわびた」男を戸も開けず家に入れないのか。にもかかわらず、女はなぜ「むかしより心は君によりにしものを」と詠み、去って行った男を力尽きるまで追いかけるのか。力尽きる時、なぜ

自らの思いを詠んだ歌を血で岩に書きつけたのか。またその力尽きた場所がなぜ「清水のあるところ」だったのか。

こうした疑問について、もし物語作者がこの話を知っていて、それをもとにこの章段を形成していったのであれば、と仮定すると、これらの疑問に納得のいく形で答えを与えられる中国の物語が存在する。それが後漢時代には既に広く知られており（当時の画象石に図像が多く存する。なお後述）、敦煌変文「韓朋賦」にその全貌が記され、古くは晋・干宝撰の二十巻本『捜神記』、また敦煌本『注千字文』や西夏本『類林』などにも採られた韓朋・貞夫夫婦の悲話――以下、本章では、代表資料としての敦煌変文「韓朋賦」と異伝資料の総体をまとめて「韓朋譚」と呼ぶ――である。

今般、この韓朋譚について、日中両国におけるその広大な受容の様相を詳述し、日中のあまたの資料の互いの関連を系統づけようとした画期的な論考が発表された。黒田彰氏「韓朋溯源――呉氏蔵韓朋画象石について――」「韓朋溯源（二）――呉氏蔵韓朋画象石について――」(1)（以下、本章では「黒田論文1」「黒田論文2」と称す）がそれで、黒田論文1・2によると、韓朋譚は中国だけでなく、日本においても広く受容され、中世においては『仮名本曾我物語』、『平仮名本三国伝記』、『国会本朗詠注』などに採られ、また歌語「鴛鴦の剣羽（をしのつるぎば）」の出処として、歌学の世界でもよく知られた物語としていくつもの歌学書に登場する。さらに『将門記』や『拾遺集』の詠み人知らず歌にその受容の一端がかいま見えることから(2)、平安前期には既に韓朋譚が受容されていたことは明らかである。

本章では、梓弓章段が韓朋譚にもとづいて作られていると仮定して、『伊勢物語』梓弓章段と韓朋譚とを照合し、梓弓章段の記述と韓朋譚との関わりを具体的に考察し、併せて梓弓章段が韓朋譚をどのようなスタンスで利用し『伊勢物語』の一章段を創り上げたのかを考えるとともに、韓朋譚と梓弓章段との大きな位相差についても考察する。

一、韓朋譚のあらまし

梓弓章段と照合する韓朋譚であるが、この話は前述のように日中の様々な文献資料に見い出され、いくつもの異伝が存在する。しかし日中に残存する資料のほとんどは、話の概略を記したものか、部分的に抄出されたものであり、現存資料の中で、韓朋譚を構成する個々の話柄をすべて兼ね備え、最もくわしく韓朋譚の全貌を伝えている唯一の資料が、敦煌変文の「韓朋賦」である。「韓朋賦」は「賦」と題するものの、その実態は歌謡を交えた長大な「語り物」で、紙幅の都合上、二千字以上にもなる原文やその全訳を掲載することは難しい(3)（黒田論文1に原文の全文と訳文が掲載されている）。そこで、まず既発表の西川幸宏氏の「韓朋賦」の概要の全文を掲げ（原文の全文を示さない以上、筆者が梓弓章段に引きつけた恣意的な読解を行った疑いを避けるため、あえて既発表の概要を用いる）、その後に必要に応じて「韓朋賦」の原文（『敦煌変文選注（増訂本）(4)』に拠り、（　）に私訳を掲げる）を適宜引用しながら考察を行うことにしたい。

昔韓朋という賢士がひとりで老母を養っていた。朋には仕官の志があったが、母をひとりにするのが気がかりだったので、妻（名は貞夫）を娶ることにした。①その後朋は宋国に仕えたが、三年が過ぎても帰ってこない。そこで貞夫は夫へ手紙を送ることにした。手紙は朋のもとへ届いたが、彼はそれを御殿の前で落としてしまう。手紙を得た宋王がその文を気に入り、臣下たちに貞夫をさらって来れる者を募ると、梁伯が名のりを上げた。梁伯は韓朋の家にやってくると貞夫をさらって行った。
貞夫が宋国に到着すると、王はその美貌を見て喜び、彼女を皇后にしたが、韓朋に思いを寄せる貞夫は病床に臥せってしまった。貞夫が楽しまないので、王が臣下に良い案を募ると、梁伯が「若く美しい韓朋を奴隷の身におとしめれば、貞夫の気持ちも朋から離れるだろう」と進言した。王はその言を採用し、朋を奴隷の身におとしめて清陵台を築かせた。その後、貞夫は清陵台を見に行くことを許され、馬飼いをしている韓朋に会った。彼女は「なぜ宋王に復讐しないのか」と問うたが、朋は「あなたの心はもう自分から離れているだろう」という歌を返しただけだった。②貞夫はそれを聞くと血書をしたため、矢の先に結んで朋に向かって射た。朋はそれを読むと自ら命を絶った。
王が貞夫に乞われて韓朋の墓をつくると、③貞夫は腐らせておいた着物を着て朋の墓穴へと身を投げた。侍従たちが助けようとしたが、着物が脆くなつていたので彼女の身体を捉えることができなかった。宋王は墓を調べさせたが、貞夫の亡骸は見つからず、ただ青と白の石が一つずつ出てきた。王が二つの石を東と西に別々に埋めさせせると、東から桂、西から梧桐の樹が生えてきて、二本の樹の枝や根は絡みあい、下には泉が湧き出した。王がその樹を伐らせると、樹から血が流れ、④二枚の木片が鴛鴦となり飛び去って、跡には綺麗な羽根が一枚残った。王がその羽根で身体をぬぐつてみると、艶やかに光り輝いた。頭のてっぺんだけ光沢がよくならないので、頭を磨いてみると、王の首は落ちてしまった。それから三年も経たぬうちに宋国は滅び、梁伯父子は辺境の地へ流罪となつた。善を行えば福を授かり、悪を行えば災いを招くものなのである。

（破線と番号は筆者が施したもの）

韓朋譚をさらに簡略にすると、「仲睦まじかった韓朋・貞夫夫婦が妻に懸想した宋王によって引き裂かれ、妻は王に后として迎えられるが決して王には靡かない。そこで王は夫を奴隷に貶め妻に愛想尽かしをさせようとするが、妻の気持ちは一向に変わらない。妻は夫に会って后となっても変わらぬ自らの思いを夫に告げるが、夫は妻の本心を疑い奴隷となった我が身を恥じて去っていく。そこで妻が指を噛んで血書をしたためて矢に結びつけ夫に射かける。夫は手紙を見ると自殺し、妻も後を追って夫の埋められた墓穴に身を投げて死ぬ。夫婦は連理樹、鴛鴦と生まれ変わり、最後にその羽で王に復讐を遂げる」とまとめられよう。本章には直接関わらないが、破線部④の箇所が歌語「鴛鴦（をし）の剣羽（つるぎは）」の出処となっている。

「韓朋賦」と『伊勢物語』との関係について述べた先行論文は、管見の限り矢作武氏の「韓朋賦と古事記・伊勢物語」(5)のみである。矢作氏は『伊勢物語』初段「初冠」章段の、男が春日の里に住む「女はらから」を垣間見て「心地まどひ」、「着たりける狩衣の裾を切りて、歌を書きてやる」場面について、前掲概要の破線部②の貞夫が血書をしたためる場面の「韓朋賦」の原文「即裂裾前三寸之帛、卓歯取血、且作私書、繫箭頭上、射与韓朋（すぐに着物の裾のあたりの三寸ばかりの絹布を切り裂き、指を噛んで血を取り、（絹布に）密かに手紙を書きつけ、矢の先に結びつけて韓朋に射かけた）」を引用し、「この韓朋賦の烈しい相愛の話が初冠の段の作者の脳裏になかったとは言い切れないように思われる」と記される。そして最後の「補記」で、

ちなみに、伊勢物語二十四段の（略、話の概略が記される）、その最後の「女、いとかなしくて……清水のある所に伏しにけり。そこなりける岩におよびの血して書きつけける。…そこにいたづらになりにけり。」なども、指の血でもって自分の真実の心を物に書きしるすという点で、変文の影響があると思われる。

（（ ）内は筆者の補記）

と、本章が取り上げる梓弓章段と敦煌変文「韓朋賦」との関係についても示唆されているが、これ以上の言及は

ない。[6]しかし両者の関係はそれだけにとどまらない。物語の根幹をなす和歌の贈答や物語の構成についても韓朋譚はさらに大きく関与している可能性がある。次節では、具体的な事例を個別に示しながら、このことを論じていきたい。

二、梓弓章段と韓朋譚との対応関係

では、梓弓章段において問題となることがらを個別に掲げ、韓朋譚との対応関係を順次具体的に述べていきたい。以下、前掲の「韓朋賦」の概要は（概要）、「韓朋賦」の原文は（原文）と称し、必要に応じて「韓朋賦」以外の韓朋譚に関する資料も取り上げる。

A　登場人物の対応

梓弓章段に登場する三人の人物と韓朋譚の登場人物との対応関係は次の通りである。

　男……韓朋
　女……貞夫
　いとねむごろにいひける人……宋王

韓朋譚では韓朋の母や宋王の臣下の梁伯が登場するものの、主要な登場人物はやはり三人で、もともと夫婦である男と女、その女に横恋慕する新たな男、という構図は両者に共通する。

Ｂ　男の仕官による三年の不在

梓弓章段では「むかし、男、かた田舎に住みけり。男、宮仕へしにとて、別れ惜しみてゆきにけるままに、三年こざりければ」とあるが、韓朋譚でも（概要）に「その後朋は宋国に仕えたが、三年が過ぎても帰ってこない」（破線部①）と語られ、男の仕官と三年の不帰とが両者で共通する。三年の不帰を『戸令』の「夫が外蕃に没落して三年帰らない時は他の男と結婚してよい」という条文と関係づける注説（『伊勢物語闕疑抄』が古く『拾穂抄』や旧大系なども従う）もあるが、「ここは男が外蕃に没落したわけでも、逃亡したわけでもなく、別れを惜しんで宮仕へに出たのであるから、論理上はこの法令に当てはまらない」（南波浩氏『日本古典全書 竹取物語・伊勢物語』〈朝日新聞社、一九六〇年〉）、「男は外蛮へいったわけではないから『戸令』の条文と関係づけて解釈する説は誤り」（片桐洋一氏『伊勢物語全読解』〈和泉書院、二〇一三年〉）と否定される。そこで「三年」の数字の出処を仮に求めるとすれば、「宮仕え」とセットで語られる韓朋譚は一つの有力な候補となる(7)。

ちなみに冒頭の「昔、男」がかなり多くの写本（別本・広本系など）で「昔、男女」となっており、その方が「男、宮仕へしにとて別れ惜しみてゆきけるままに」とあるのに続きやすいことが、片桐洋一氏により指摘されている（鑑賞日本古典文学『伊勢物語・大和物語』〈角川書店、一九七五年〉、前掲『伊勢物語全読解』の「校異の問題点」）。韓朋譚では、韓朋夫婦が住んでいた場所は具体的には語られていないが、王の命を受けた梁伯が貞夫を連れ出すのに「疾如風雨、三日三夜、往到朋家（暴風雨の様に大急ぎで（車馬を走らせて）三日三晩かかって韓朋の家に着いた）」（原文）と語られているところから、韓朋夫婦も「かた田舎」に住んでいたことは間違いない。

C　男の不在の間に女は新たな男の妻になってしまう

梓弓章段では「三年こざりければ、待ちわびたりけるに、いとねむごろにいひける人に、こよひ逢はむとちぎりたりけるに」とあり、韓朋譚では、貞夫が不在中に送った夫への手紙を宋王が見て気に入り、臣下に貞夫をさらってこさせ、その美貌を非常に喜び無理やり后とする。梓弓章段では夫の不在の間に新たな男が女に「いとねむごろに」求婚し、女がこれを受け入れたことがこれに対応する。韓朋譚では、妻が仕官中の夫に送った手紙には「久不相見、心中在思。（中略）妻独単弱、夜常孤棲、常懐大憂（久しくお目にかかれずあなたへの思いは募っております。（中略）妻（私）は一人で心細く、夜はいつも孤り（ひとり）で眠り、常に大きな憂いを抱えています）」（原文）と、帰らぬ夫を待つ不安と夫への想いが切々と語られていたが、梓弓章段にも「待ちわびたりけるに」と、簡潔ではあるが女の心情が語られている。

共に夫を愛し、その帰りを待ちわびていた中で、韓朋譚では、女は絶対的な権力により無理やり新たな男の妻にされてしまうが、梓弓章段では、韓朋譚のような、新たな男の妻となることについての逃れがたい理由や経緯はまったく語られていない。このことについては第三節で論じる。

D　男は新たな男の妻となった女と再会し、女がもはや別の男の妻となってしまったことを知る

梓弓章段では「この男、来たりけり。この戸あけ給へとたたきけれど、あけで、歌をなむよみていだしたりける。あらたまの年の三年（みとせ）を待ちわびてただこよひこそ新枕（にひまくら）すれ、といひいだしたりければ」と、女が戸を開けないまま歌で新たな男の妻となったことを男に告げる。一方、韓朋譚では、（概要）に「王はその言を採用し、朋を奴隷の身におとしめて清陵台を築かせた。その後、貞夫は清陵台を見に行くことを許され、馬飼いをしている

韓朋に会った」とあり、（原文）では、貞夫は「前後侍従、三千余人、往到台下、乃見韓朋、剉草飼馬。見妾羞恥、把草遮面（前後に三千人余りもの人を侍らせて清陵台の下にやってきた。そこで韓朋が馬草を刻んで馬に与えているところを見た。（韓朋は）妻を見て恥じ入り、草で顔を覆った）」とある。

梓弓章段では、女の「あらたまの…」歌により、男は女がもはや他人の妻となったことを知り、韓朋譚では后となった女が奴隷の身におとされた男の働いている清陵台へ出かけて男と再会し、そこで男は妻が自分にはもはや手の届かない存在になってしまったことを知る。

E　女は今でも男への愛情は変わらないことを男に告げるが、男は身を引くことを女に告げる

梓弓章段では「（男は）梓弓ま弓つき弓年を経てわがせしがごとうるはしみせよ、といひて、いなむとしければ、女、梓弓ひけどひかねどむかしより心は君によりにしものを、といひけれど、男、かへりにけり」とあり、「昔より心は君によりにしものを」と男への変わらぬ愛を訴える女に対し、男は「新しい男によくしてやってくれ」と伝えて去って行く。韓朋譚では、（概要）に「彼女は『なぜ宋王に復響しないのか』と問うたが、朋は『あなたの心はもう自分から離れているだろう』という歌を返しただけだった。貞夫はそれを聞くと血書をしたため、矢の先に結んで朋に向かって射た。朋はそれを読むと自ら命を絶った」とあり、（原文）ではまず「貞夫見之、涙下如雨、貞夫曰、宋王有衣、妾亦不着。王若有食、妾亦不嘗。妾念思君、如渇思漿。見君痛苦、割妾心腸。形容憔悴、決報宋王。何以羞恥、取草遮面、避妾隠蔵（貞夫はこれ（恥じて顔を隠す夫の姿）を見て涙が雨のように止まらなかった。貞夫は言った。『宋王が服をくれても、私は着ません。王がもし食べ物を用意しても、私は食べません。私のあなたへの思いは、喉が渇ききって飲み水を探し求めるかのようです。あなたが苦痛を受けるのを見て、私の胸は張り裂けそうです。（あなたは）ここ

までやつれ果ててしまったからには、宋王に仕返ししないといけません。どうして恥じて草で顔を隠し、私を避けるのですか）』」とあり、女は后の身となってはいるが男への思いは変わらないことを必死で男に訴えている。しかし韓朋はこれに応えて、「南山有樹、名曰荊蕀。一枝両茎、葉小心平。形容憔悴、無有心情。蓋聞、東流之水、西海之魚、去賤就貴、於意如何（南山に荊棘（イバラ）という木があります。枝は二つに分かれ、葉は小さくて中心は平ら。（その荊棘のように）やつれ果てた姿になったからには、もはや（王に仕返しする）気持ちもありません。『東に流れる水も西海の魚も賤を離れ貴を求める』とはよく聞く言葉ですが、その言葉の意味をどう考えますか）」（原文）と、「奴隷になった自分が后となったあなたと元通りになることなどあり得ない」と女に告げて仕事に戻っていく。

F　身を引こうとする男に、女は弓で矢を射て（あるいは「弓を射る」ことを歌に詠み）自らの誠心を伝える

これは韓朋譚から説明する必要がある。（概要）に「貞夫はそれを聞くと血書をしたため、矢の先に結んで朋に向かって射た。朋はそれを読むと自ら命を絶った」とあり、（原文）では「即裂裾前三寸之帛、卓歯取血、且作私書、繫箭頭上、射与韓朋。朋得此書、便即自死（すぐに三寸ばかりの絹布を切り裂き、指を嚙んで血を取り、絹布に密かに手紙を書きつけ、矢の先に結びつけて韓朋に射かけた。韓朋はその手紙を手に取ると、まもなく自殺してしまった）」とある。女は「心変わりはない」という自分の言葉が偽りでない証として血書をしたため矢に結び、離れていく男に弓で射かけて届けたのである。この箇所は、古来中国において韓朋譚の中で最もよく知られた場面として図像化され、後漢時代の多くの画象石、画象鏡に描かれている。(8)

梓弓章段の核となる「梓弓ま弓つき弓年を経てわがせしがごとうるはしみせよ」「梓弓ひけどひかねどむかしより心は君によりにしものを」という男女の贈答歌に詠まれる「梓弓」は、この貞夫が矢に血書を結びつけ韓

朋に向かって弓で射たことを踏まえて用いられているのではないか。もちろん、先行注で説かれているように、男の歌では神楽歌の「弓といへば品(しな)なきものを梓弓(あづさゆみ)真弓(まゆみ)槻弓(つきゆみ)品(しな)ももとめず」の「梓弓真弓槻弓」を用いて、「槻弓」に「月」を掛けて下句の「年を経て」を導き、女の歌では『万葉集』の「梓弓引きみゆるべみ思ひみてすでに心は寄りにしものを」（巻十二・二九八六）やその異伝歌「梓弓末のたづきは知らねども心は君に寄りにしものを」などの先行類歌をもとに、「梓弓」を序に置いて「（心は君に）よる」を詠もうとしていることは否定しないし、それぞれの歌の解釈も表面的には変更する必要はないと思う。

上図は嘉祥宋山二号墓石祠西壁の後漢画象石に描かれた、貞夫が韓朋に弓を射る場面。弓を射る女性が貞夫。清陵台への階段を上る韓朋が担いだ工具の先の袋には血書を結んだ矢が刺さっている。貞夫の前の二人の子は、彼女と宋王との間に生まれた子とみられ、心は支配されずとも、貞夫の身体は宋王に支配されていたことを物語る。（黒田論文2参照。図像も同論文より転載）

しかし韓朋譚がこの章段の形成に関わっているならば、女が「梓弓引く」と詠んだ背景には、女の立場を思って去ろうとする夫に、心変わりしていない証(あかし)の血書をしたため矢に結び、弓を取って夫に射かけた貞夫の故事が踏まえられていることになり、「梓弓引けど引かねど」には「夫に自分の誠心を証(あか)すために弓を引いた古(いにしえ)の貞夫も、弓を引くすべのない今のこの私も」という、故事を踏まえた解釈も可能となるように思われる。何より、本文中に〈弓〉に関わる辞句がまったく出てこないこの章段において、物語の核となる問答歌になぜ唐突に「梓弓」が用いられるのかが、説明可能となるのである。

G　女は指を嚙み血書して自らの思いをしたためる

第一節に引いた矢作氏の論で指摘されていたが、韓朋譚と梓弓章段の大きな共通点である。Fで見たように、韓朋譚では、女は着物の裾を切り取って、指を嚙んでその血で密かに手紙を書き、その手紙を矢に結び付け、去っていく夫に向けて射かけ、夫はその手紙を手に取ると自殺してしまう。女（貞夫）の血書の中身は「天雨霖霖、魚游池中。太鼓無声、小鼓無音（天から雨がザアザア、魚は池の中で泳いでいる。大きな太鼓は声もなく、小さな鼓も音もなし）」（原文）という謎句仕立てで、一見しただけでは意味が取れない。韓朋の自殺後に血書を得た宋王に、臣下の梁伯は、血書の意を「天雨霖霖是其涙、魚游池中是其意、太鼓無声是其気、小鼓無音是其思（「天から雨がザアザア」というのは韓朋の涙、「魚は池の中で泳いでいる」というのは彼の気持ち、「大きな太鼓は声もなく」というのは彼の気概、「小さな鼓も音もなし」は彼の思いです）」（原文）と解説する。これは「あなた（韓朋）はがんじがらめの我が身を嘆くばかりで、かつての気概（太鼓）も私への思い（小鼓）もなくなってしまった」と、貞夫が韓朋を見限った内容と見て、それで韓朋は悲観して死んでしまったのだ、と王に忖度した解釈を行ったものである。しかしこの梁伯の解釈は誤っており、後に貞夫が韓朋の後を追って自殺することから見て、おそらく、「天雨霖霖」は貞夫もしくは夫婦二人の涙、「魚游池中」は二人の置かれたがんじがらめの立場、「太鼓無声、小鼓無音」は「あなた（太鼓）が死ねば、私（小鼓）も死ぬ」という、この先もがんじがらめで離れて生きるより、夫婦の愛を貫いて共に死のうというメッセージだったとみるべきではないか。この血書の真意を読み取り、韓朋は自死したのであろう。後に貞夫も約束通り夫の墓に身を投げて死に、二人の愛は完遂する。

梓弓章段では男は死なない、というより『伊勢物語』の主人公たる男をここで死なせるわけにはいかない。女の「心は君によりにしものを」という訴えにもかかわらず、男はそのまま去ってしまう。「女、いとかなしくて、後にたちて追ひゆけど、え追ひつかで、清水のあるところにふしにけり。そこなりける岩に、およびの血して、書きつけける。あひ思はでかれぬる人をとどめかねわが身はいまぞ消えはてぬめる、と書きて、そこにいたづらになりにけり」という展開が用意されるが、女が男の後を追って死んでしまうのは、韓朋譚で貞夫が韓朋の墓所を訪れ、そこに身を投げて死ぬのと対応しよう。しかし男が死なない以上、女は一人で死んでいくしかない。韓朋譚では、自らの誠心を夫に伝え「死んで再び一緒になろう」と訴える役目を果たした血書は、梓弓章段では、去って行く男を引き留められず、かといって貞夫のように男と共に死ぬこともできずに、一人で死んでいく我が身の辛さを訴える独白歌として「岩」に記された。その思いは貞夫の血の矢文のように直接男に伝わることはなかったが、血で岩に記されることにより、後にこの岩を見る者たちには伝わることになるであろう。仮に韓朋譚を念頭に置いてこの章段が形成されたと仮定すると、血書が岩に書き付けられた理由も浮かび上がってくるように思われる。

H　女は水に身を投げてもしくは水辺において死ぬ

梓弓章段では、女は「清水のあるところにふし」そこで死んでしまう。なぜわざわざ「清水」という場所が選ばれているのか、古注釈以来、議論はあるが解決されていない。「韓朋賦」では（概要）に「宋王が貞夫に乞われて韓朋の墓をつくると、貞夫は腐らせておいた着物を着て朋の墓穴へと身を投げた」とあるように、夫の遺体を追って墓穴に飛び込み自殺すると語られるだけで、清水との関係はなさそうに見えるが、実は日本に伝わっている韓朋譚では、いずれも男が淵や井といった水に関わる場所に自ら身を投げ、あるいは沈められて亡くなり、後に女が後を追ってその場所に到り身を投げて死ぬ、という形になっている（以下、傍点は筆者による）。

『仮名本曾我物語』五「貞女が事」（岩波日本古典文学大系に拠る）
（王は韓朋〈曾我物語では「かんはく」〉を殺して）ふかき淵にしづめられけり。女きゝて、思ひすこしなほざりにし、かの淵みんといひけり。大王はや思ひすてけりとよろこびて、大臣、公卿もろともに、かの淵にのぞみ、管絃遊宴してあそびたまふ時に、此女、みぎはに出、やすらふとぞ見えし、淵にとびいりて、しにけり。(9)

『国会本朗詠注』下巻・雑・恋「貞女峡空」句注（和漢朗詠集古注釈集成第二巻に拠る）
（王が貞女の思いを冷ますために韓伯の耳鼻を削ぎ面の皮を剝ぐと）韓伯恥思ケレバ、彼ノ明月峡ニ行キテ、身ヲ投ゲテ失ス。后（＝貞女）此事ヲ聞キ弥々泣キ歎キ給シガ、有時、内裏ヲノガレ出テ、是モ、韓伯ガ身ヲナゲシ明月峡ニ行テ、身ヲ投ゲニケリ。（以後「明月峡」を「貞女峡」と呼ぶようになったと注する）

『穂久邇文庫本女訓抄』二・三「てい女、をしのつるぎ羽の事」（伝承文学資料集成17に拠る）
かの男のかほのかはをはぎて、陣のまへを渡して、后（＝貞女）にみせ奉りてのち、かうとて山にふかき井有。かの井にしづめ、其後、今思ひきり給へと、（脱文あるか）かの男、すがたうとましく成て、終にかうに入ぬ。何に心のとまりてか、心つよくあるべき。今はしたがひ奉れ、とおほせありければ、貞女申すやう、まことに今は、いふにかひなく成にけるかや。さもあらば、そのしづめし井のもとへ、我をぐし給へて、まことをみん、といひければ、げにもとて、貞女を、かうの井のほとりへぐし奉りて、ゆきたりけるに、われゆへに、かく成はてぬるに、とかなしく、たえべきかたなくして、かの井にとび入にけり。

いずれも鎌倉期から室町期にかけての資料であるが、平安期の日本に伝わっていた韓朋譚を継承したものである可能性は高いと思われ、平安期の日本に流布していた韓朋譚においても、これらの資料と同様に、女が男の亡くなった淵や井までやってきて、そこで身を投げて死ぬ、という展開が語られていたと思われる（『朗詠注』では「貞女峡」という峡名の由来を語る注として語られているので、淵や井ではなく「峡」に投身したとする）。とすると、梓弓章段の「後にたちて追ひゆけど、え追ひつかで」は、韓朋譚の「女が男の死んだ淵や井を訪れ、そこで男に殉じて死ぬ」という展開を、本章段の「男が死なずに去ってしまう」という設定にあわせて、女が男の後を追うものの二度と会えないと改変したもので、「清水のあるところにふし」は、韓朋譚で女が夫との愛を完遂するために淵や井に身を投げることに代わり、物語作者が用意した、孤独な女の死の場面ではなかったか。その清水のほとりで、Gに述べたように、物語作者は韓朋譚の血書という趣向を用いながら、それを女が一人死にゆくつらさを歌に詠み「岩」に血で書きつけて息絶えるというストーリーに転換して、章段を語り納めるのである。

三、梓弓章段と韓朋譚との位相差

以上はあくまでも梓弓章段の背後に韓朋譚があるという前提にもとづいた推論であるが、もうしばらくその前提に沿って、梓弓章段と韓朋譚の全面的な対比を行い、両者の位相差を考え、先の第二節で見てきた個々のことがらについても若干付言しておきたい。

そもそも韓朋譚は、夫婦のなれそめから、男の出仕と不帰、王の横恋慕による女の略奪と男への弾圧、王の弾圧の中での男の死とそれに殉じる女の死、死後に連理樹・鴛鴦に姿を変えた夫婦による王への復讐までを語る長大な物語で、王の権力により引き裂かれた夫婦が死によって自分たちの愛情を貫く悲恋物語と位置づけられる。

中国の敦煌変文「韓朋賦」では、男性主人公「韓朋」の名を冠して呼ばれているが、前出の日本の中世における資料では「貞女が事」(仮名本曾我物語)、「貞女峡」の注(国会本朗詠注)、「てい女、をしのつるぎ羽のこと」(女訓抄)の題で引かれ、いずれも妻の「貞女」(「韓朋賦」では貞夫)を物語の主人公と捉えていたことがうかがえる。

確かに物語の主役は、出仕したまま音信不通で帰ってこず、妻に会っても奴隷の身を恥じて顔を隠し、あきらめて妻の前から去ろうとする韓朋ではなく、けなげに夫の留守を守り不在の夫の身を案じて長文の手紙を送り、王により后にされても決して王に靡(なび)かず、最後は策をめぐらし夫の後を追って死ぬことで夫への誠を貫いた、妻の貞夫(貞女)であろう。後漢画象石に描かれた、王との間に子どもがいながら、元の夫に「死んでもう一度一緒になろう」と血書をしたためて弓を射かける彼女の姿が、この物語における彼女の立場を鮮やかに表現している。

一方、梓弓章段は『伊勢物語』を構成する百あまりの章段の一つに過ぎず、核となる歌々とその歌々を取り巻く最小限の散文により構成された短い物語である。しかも韓朋譚とは異なり、物語はあくまでも「男」を主人公とし、男と様々な人びととの交流とそこで交わされる和歌の贈答が主眼となる。その中でも、特に多様な女性たちとの和歌を交えた交情が物語の中心に位置づけられ、梓弓章段もその一つに組み入れられる。

この梓弓章段では、男は物語の主人公であるが、その立場は「死なない」ことを除いて、韓朋譚とほぼ同じである。三年間の不帰の末に、妻と新しい男との結婚を知ると「わがせしがごとうるはしみせよ」と寛(ひろ)い心を見せながらも、女が「昔より心は君によりにしものを」と訴えかけているにもかかわらず去って行く姿は、貞夫が血書を送るまでの韓朋の姿と重なる。

ところが女の立場はまったく異なる。韓朋譚では、直前に述べたように女は主人公であり、男の不在時から男に殉じて身を投げるまで、すべてに渡って主体的に振る舞う。さらわれて后にされても王にあらがい、「ともに死のう」と夫に矢文を射かけ、夫に殉じて命を捨てることを王に邪魔されぬように酒で衣を腐らせる計略まで用いる。それに対して梓弓章段では、女は運命のなすがままで、主体的な行動を取ることはない。彼女が見せる行動は「三年(みとせ)を待ちわびてただこよひこそ新枕(にひまくら)すれ」「昔より心は君によりにしものを」と歌で男に訴えるだけで、男はそれに答えることはない。最後に見せた唯一の主体的な行動が去って行った男の後を追いかけることだが、その行動は、前節Gで見たように、韓朋譚の女が男の死んだ場所まで訪ねて行って身を投げたのとは大きな隔たりがあり、その死も韓朋譚の女のように自ら選んだものではなく、力尽きてそのままはかなくなってしまうという受け身的なものであった(10)。

梓弓章段で、女がこのように造形されているのは、男を主人公とする『伊勢物語』が時折見せる、男に顧みられずに他の男の妻となった女に対する厳しい姿勢を反映したものであろう。前掲片桐洋一氏『伊勢物語全読解』は、本章段の【まとめ】に次のように記す。

この段は前段(第二三段)と対照的な内容を持っている。ちなみに前段の「風吹けば沖つ白浪たつた山夜半にや君がひとりこゆらん」は、離れ方(かがた)になった男を怨むことなく、また他の男に思いを移すこともなく、去って行った男をひたすら思う女が、結局は男の愛を勝ち取ったという話になっている。それと違って、この段の女は、ずっと男を思い続けていたが、待ち続けた三年目に新しい男を受け入れると約束してしまったために、幸せをつかめずに、死んでしまったという話になっている。前述した見事な歌の贈答とともに、自分がしたのと同じように新しい男を愛してやってほしいと女に言い残して去ってゆく男の愛の大きさは素晴らしいが、苦しい思いの中に待ち続けて三年、やっと新しい男を受け入れようとした女に対する作者の処置は厳しい。あまりにも男中心の描き方になり過ぎていると言うべきではないのか。『萬葉集』時代の古歌めかした贈答を見事に作り上げて、女のあわれを描き切った作者の真意は、女の読者に対する貞女教育という点にあったのではないか。

確かに『伊勢物語』には、自分を顧みなかった男を見限って新しい男のもとに奔（はし）った女が、後に元の男から厳しい仕打ちを受ける話が他にも存する。たとえば第六〇段は、宮仕えで忙しい夫からさほど愛されなかった妻が、夫を見限って地方官となった別の男の妻になって一緒に任地に下り、そこで勅使となって訪れた元の夫を接待する話である。男が酒肴の橘を取り、五月待つ花橘の香をかげば昔の人の袖の香ぞする、と詠んだことで、女は勅使が元の夫（昔の人）であることに気づき、恥じて尼になり山に入ってしまう。大枠として梓弓章段と同じ構造を持った章段である。

その少し後の第六二段も、何年も訪れなかった男を見限って、つまらない人の口車に乗り地方住まいの人に使われていた女のもとに、もとの男が偶然やってきて、現在の衰えた容貌を嘲る歌を詠みかけられ、恥じて何も答えられず、さらに男から、私から逃れても何もよくなっていない、と詠みかけられて、そのまま逃げ出し行方知れずになるという話である。

梓弓章段も含めて、これらの章段を通してうかがえる『伊勢物語』作者の姿勢は、『伊勢物語全読解』のいう「貞女教育」とまでいえるかどうかはともかく、夫に顧みられないからといって、夫を見限って軽々しく他の男の妻になることを厳しく戒めるものである。このような作者の視点から、韓朋譚を利用して章段を創造しようとすれば、女主人公の貞夫は名前の通りの貞女であるから、章段に取り入れるには彼女の一途な夫への誠心を取り除いていく必要がある。

たとえば前節Cで見たように、女が新しい男の妻となるに当たっては、韓朋譚の「王にさらわれ無理やり后にされる」といった逃れがたい理由や経緯は消去され、ただ「いとねむごろにいひける人に、こよひ逢はむとちぎりたりける」、熱心に求婚されたので受け入れてしまった、とだけ語り、求婚を断ろうと思えば断れたような状況を設定している。さらに女は「戸を開けてくれ」と頼む男を拒み、新しい男との新枕を告げる。男はそれを受け入れ去って行ったのであるから、後は女が新しい男を受け入れれば話はここで終わるのであるが、物語作者は、ここからEFGで述べたように、韓朋譚の貞夫像を利用しながら、もとの男への愛情を取り戻し、必死に男を追いかける女の姿を描いていく。しかし六〇・六二段と同様に、既に男は女を見限っていて彼女のもとに戻ることはないのであるから、どんなに後悔して追いかけても、尼になって山に入った六〇段の女や、逃げ出して行方知れずになった六二段の女のように、女はこの世から消えてしまうほかはない。

このように、仮に韓朋譚をもとに梓弓章段を構想していたとしても、『伊勢物語』作者は、自らが物語で読者に示そうとした倫理観――それは当時において作者の属する階層の人びとが共有していた倫理観でもあろうが――にもとづいて、韓朋譚の女主人公の造形や行動を巧みにずらして物語を語っていく。韓朋譚と梓弓章段には、物語の長短や物語の形式といった外見的な差異だけでなく、物語が伝えようとするメッセージ自体に大きな位相差がある。このことを理解せずに、梓弓章段の筋立てや表現の単なる典拠として韓朋譚を扱うことは厳に慎むべきであろう。

おわりに

以上、梓弓章段が韓朋譚をもとに創造されていたとしたら、という前提で、両者の対応、関係について子細に検討してみた。もしこれまで見てきたような操作を、実際に作者が行っていたとすれば、原典の人物関係や主要な要素を巧みに活かしながら、原典とはまったく異なる主題を持った新たな章段を創り上げていく作者の能力には驚きを禁じ得ない。近代小説を例に取れば、唐代伝記「杜子春伝」を、物語の構成や趣向は活かしながら、自らの訴えようとするメッセージに適合させて巧みに作り替えた芥川龍之介の「杜子春」がそれに近いかもしれない。ただ、『伊勢物語』作者は長大な語り物の韓朋譚をごく短い歌物語の一章段に凝縮しなければならなかっただけに、考えようによっては、芥川より困難な課題に向き合っていたといえるかもしれない。

とはいえ、韓朋譚を梓弓章段とはまったく無関係であると切り捨てれば、今まで本章で述べ来たったことはすべて無に帰すことになる。しかし、「はじめに」に述べたように、『将門記』や『拾遺集』詠み人知らず歌に韓朋譚の享受の具体例が見られることから、韓朋譚は平安前期には漢学（幼学）の世界や和歌の世界でよく知られていたことは確実である。また第一節に引いた矢作氏の論文が指摘した、『伊勢物語』初段の「着たりける狩衣の裾を切りて、歌を書きてやる」と韓朋譚の貞夫が着物の裾を切り取って血書をしたためる場面との類似も気になるところである。

さらに矢作氏が同論文で取り上げた、注6の『古事記』垂仁記の佐保毗古王の反逆記事の事例は、救出者が衣を摑んでも助けられないように、后があらかじめ酒で衣を腐らせて破れやすくしておく、という矢作氏が指摘した特異な状況の一致のみにとどまらず、后（佐保毗売、貞夫に当たる）と后の兄（佐保毗古、韓朋に当たる）、天皇（垂仁、宋王に当たる）との三角関係、天皇との間に子を生したにもかかわらず兄のもとに奔り、救出を拒否して兄に殉じてともに死ぬという展開など、梓弓章段と同様か、あるいはそれ以上に韓朋譚との類似性を感じさせ、韓朋譚が上代において既に知られていた可能性も浮上してくる。(11)

これまで『伊勢物語』のいくつかの章段において、唐代伝奇「鶯鶯伝」や「遊仙窟」、『本事詩』崔護譚などの中国の文学作品からの影響が明らかにされているが、これらはいずれも筋立ての上で、両者の類似がかなり明確に見て取れるものであった。もし梓弓章段に韓朋譚が関与しているのであれば、『伊勢物語』作者の中国文学の利用は、一見して類似が見て取れない、より深い階層においてもなされている可能性がある。本章が『伊勢物語』作者の中国文学の利用について、さらなる精査を喚起する一助となれば幸いである。

注

（1）『京都語文』第二八号（佛教大学国語国文学会、二〇二〇年十一月）、『佛教大学 文学部論集』第一〇五号（二〇二一年三月）所収。ともに「佛教大学論文目録リポジトリ」より閲覧可能。

（2）『将門記』では、敵方に生け捕られた将門の妻の心境を描く場面に「妾は恒に真婦の心を存して、幹朋に与ひて死なむと欲ふ」（新編日本古典文学全集に拠る）とあり、「真婦」は「貞夫」、「幹朋」は「韓朋」を指し、この記述全体が韓朋譚にもとづくものであることについて黒田論文1にくわしい考察がある。また『拾遺集』巻六・別部三二五の詠み人知らず歌、

別るゝをおしとぞ思つる木はの身をよりくだく心地のみして（引用は新日本古典文学大系による）

は、和歌に韓朋譚に出処を持つ「鴛鴦の剣羽」が詠まれた最も早い例として黒田論文2に指摘がある。

（3）西川幸宏氏「『韓朋賦』の性格をめぐって」（『待兼山論叢』第四一号、二〇〇七年十二月）所載。黒田論文1に全文掲載。

（4）項楚氏著、中華書局出版、二〇〇六年。

（5）『文芸と批評』（文芸と批評の会）二巻七号（一九六七年十二月）所収。

（6）ちなみに「韓朋賦」と『古事記』との関係については、『古事記』中巻の垂仁天皇条の佐保毗古王の反逆記事の、反逆者である兄の佐保毗古王の城に籠城した天皇の后を、后を寵愛する天皇が救い出そうとして力士を遣わすが、后はあらかじめ酒で衣を腐らせて破れやすくしておき、力士が衣をつかんで擱まえようとすると衣が破れて助け出せなかった、という話を挙げ、韓朋譚の破線部③の「貞夫が腐らせた着物を着て夫の墓穴へ身を投げ、侍従たちが助けようとしたが着物が脆くなっていたので（破れてしまい）助けられなかった」という箇所の原文「苦酒浸衣、遂脆如葱、左攬右攬、随手而無」（苦酒を着物に染みこませ、葱のように脆く破れやすくしていたので、周りの者が擱もうとしても手にかからなかった）を引き、「古事記に酒でもって御衣を腐らせたという記述の生まれる因ではなかっただろうか」と記される。

（7）ただし韓朋譚の（原文）では「韓朋出遊、仕於宋国、期去三年、六秋不帰（韓朋は旅に出て、宋国に仕え、三年が過ぎ、六秋（六年）たっても帰ってこなかった）」とあり、三年は通過点とされ、夫の六年の不帰が語られている。だが「梓弓章段」において、第三節で述べるように、夫に対する女の誠心のなさを強調する方向で作者が韓朋譚を操作しているのであれば、女の辛抱の足りなさをいうためには、六年より短い「三年の不帰」を語る必要があったのではないか。女の「年の三年を待ちわびて」の「三年も待った」という主張は、韓朋譚の貞夫の立場からすれば「たかが三年程度で…」ということになろう。

（8）韓朋譚が描かれた画象石、画象鏡の図像やそれぞれの情報については、黒田論文2に集成されているので参照されたい。

（9）底本はこのままであるが、万法寺本、流布本には「見えしが」とあることが、大系本の頭注に記される。

（10）竹岡正夫氏『伊勢物語全注釈 古注釈十一種集成』（右文書院、一九八七年）は、当章段の「評」において、男から「わがせしがごとうるはしみせよ」と詠みかけられ、自分がかけがえのない人としていとおしみ愛されていたことを痛切に思い出した女が「梓弓ひけどひかねど」の返歌を詠んだことに対し、「その返歌の何とお座なりなことか。女の魂胆が見え透いているといってよい。その時その時に応じて、身を処していけばよいといった、女の心根が丸見えである」（傍点筆者）と評される。

（11）　神田秀夫氏「古事記と捜神記」（『古事記年報』〈古事記学会〉第29号、一九八七年）には、注6に掲げた垂仁記の、佐保毗売が着物を酒で衣を腐らせて破れやすくしておく話と二十巻本『捜神記』巻十一に収められた、宋の康王の舎人韓憑の美貌の妻何氏が、康王の横恋慕により夫との仲を引き裂かれ、夫の自死後に王と台に登った際に、あらかじめ衣を腐らせておき台から身を投げ、左右の者が衣を摑もうとしても衣が破れて引き留められなかった話を紹介した後、

これは、宋の康王に仲を裂かれて共に自殺した舎人韓憑とその美しい妻何氏との悲恋のものがたりであり、垂仁のさほひめのものがたりとは、凡そちがったものであるが、何氏も台上から身を投げるに際しては、左右の者に引き留められないやうに、ひそかに其の衣を腐（くた）しておいて、王と与（とも）に台に登るし、さほひめも天皇の意のなほ我が身にあるを察して、軍士に把握されないやうに、かねて酒を以て御衣（みけし）を腐（くた）しておく。しかし、王の配下に引き留められないやうに女性がひそかに其の衣を腐（くた）しておいて事を決行するといふ、その一点だけが同一手法だといふのも、不思議ではないか。

と述べられ、宋の康王は紀元前三世紀の帝王であることから「これ（筆者注…捜神記の韓憑・何氏の話）は実に古い大昔の話である。古事記と直接の関係など有り得べくもない」と評され、『捜神記』の、女があらかじめ衣を腐らせておき、左右の者が女を捕まえようとして衣を引っぱると衣が破けて捕まえられない、という場面だけが中国で演劇化され、それが伎楽などによって日本に伝えられ垂仁記の佐保毗売の話に応用されたかと推論されている。

しかし、『捜神記』の韓憑・何氏の話は、敦煌変文の「韓朋賦」によって全貌が伝えられている韓朋譚を節略してその後半部を中心に切り取ったものに過ぎず、韓朋譚自身は『捜神記』に拠らずとも、より古い前漢時代から存在し、漢代から唐代に至るまで中国全土に広く行われていたことが黒田論文2で指摘されている。中国大陸から日本に移住してきた人々にとっても韓朋譚は血肉化した物語であって、それが彼らの子孫たちに語り継がれた結果、子孫たちの間では日本の神話や伝承以上に親しい物語であった可能性はかなり高いと思われる。そして子孫たちの多くは古代の大和朝廷において文事の担い手でもあった。垂仁と佐保毗古・佐保毗売の三角関係、垂仁の執着による佐保毗売の死を描く際に韓朋譚が用いられることはそれほど不自然ではないと考える（なお神田論文の存在については本章初出稿刊行後に中川ゆかり氏から教示を得た）。

〔初出〕『中古文学』第108号（中古文学会、二〇二一年十一月）に同題で掲載。

〔刊行時補記〕梓弓章段と中国の古伝承との関係において、本来は初出稿において取り上げなければならなかった先行論として、中野方子氏「『伊勢物語』二十四段と孟姜女故事」（『和漢比較文学』第30号、和漢比較文学会、二〇〇三年三月。後に同氏『三稜の玻璃――平安朝文学と漢詩文・仏教の影響研究――』〈武蔵野書院、二〇二一年〉に所収）がある。『春秋左氏伝』以来、『列女伝』『論衡』『琴操』『琱玉集』などの諸書に見える有名な孟姜女（敦煌変文での名。唐代以前の作品では「杞梁妻」）の故事と梓弓章段との関係を説いた論で、『琱玉集』に『左伝』の「杞梁妻」記事と並んで「一云」として載せられる逸書『同賢記』の「杞良妻」に描かれた「長城を築くため駆り出され帰ってこなくなった夫の跡を追って尋ねてゆく」「崩れた長城から出てきた人骨の中から夫の骨を捜すために指を指して血を流し、その血を骨に注ぐ」という行為と梓弓章段の「男の跡を追いかける」「指を傷つけ血を流す」というプロットとの類似をはじめ、孟姜女関連の諸資料に見える個々の話柄と梓弓章段のプロットとの類似を指摘されている。しかし一篇のまとまった物語として比較対照した場合、連続性を持ってきれいにプロットが対応しているのは韓朋譚であろう。初出時には紙数に余裕がなく、中野氏の論を紹介して言及することができなかったので、ここにお詫びと共に取り上げ、あらためて参照を乞う次第である。

3　説経「をぐり」の餓鬼阿弥蘇生譚と元曲「鉄枴李」
――説経の物語形成方法に関する試論――

はじめに

説経「をぐり」（「小栗」「小栗判官」など種々の呼称があろうが、本章では本文引用に用いた新潮日本古典集成『説経集』の題名に従いこの呼称・表記を用いる）は、現代に伝わるいくつかの説経の中でも、そのストーリーの展開の奇抜さや複雑さにおいて、また作品の舞台スケールの大きさにおいて、群を抜いた存在であり、後世、歌舞伎や浄瑠璃の世界にも大きな影響を与えている。

この「をぐり」については、夙に折口信夫に「餓鬼阿弥蘇生譚」「小栗外伝」「小栗判官論の計画」の一連の論があるが（ただし「小栗判官論の計画」はメモ書き的なもので未完）[1]、「餓鬼阿弥蘇生譚」は、「餓鬼」とはどのような存在であったかという観点から、餓鬼阿弥の源流を遡ろうとする論であり、「小栗外伝」も、小栗と大蛇との婚姻と蛇子型の民話との関連を見ようとしたり、小栗の蘇生と関連して「魂の身体離脱」の話型の問題を説こうとしたりするなど、いずれも物語の始原へ民俗学的な発想で遡ろうとするもので、現存の「をぐり」という作品がいかにして成立したのかを論じたものではない。

ある程度具体的・体系的に物語の成立過程を考察した本格的な論考としては、福田晃氏に「小栗・照手譚の生成(2)」がある。福田氏は常陸の小栗家の歴史や今に残る現地の旧跡・在地資料などを丹念に調査され、「馬の家としての小栗家」の荒馬の乗りしずめの話が存在した可能性や、記述された小栗譚としては最も古い『鎌倉大草紙』の記事を考察され、小栗家にまつわるこれらの伝承が、小栗一族に縁の深い常陸国の旧小栗庄の寺院（真壁郡協和村太陽寺）に拠る遊行巫女によって、小栗氏の滅亡後、彼らの霊を慰撫するために語り出され、それが時宗の本山である藤沢の遊行寺にもたらされて、物語的に発展を遂げ、それが美濃青墓の宿を中心に活動していた念仏比丘尼たちによって全国に広められていったという説を立てられている。

この福田氏の論に代表されるように、これまでの研究では、主にどのように「をぐり」の伝承が発生し、どのような人々がその伝承を管理し、伝播させていったかという点を中心に論じられてきた。たしかに伝承者や伝承経路の痕跡は、説経「をぐり」の随所に残されているが、こうした伝承者・伝承経路の考察だけでは、『鎌倉大草紙』に語られる小栗譚――常陸の小栗小次郎が、逃避行中に宿泊した相模の宿で、盗賊たちに毒酒を飲まされかけ、身につけた財宝を奪われそうになったところを、酌に来ていた遊女てる姫から盗賊の悪だくみを教えられて難を逃れ、盗賊たちが手に負えず放置していた荒馬に乗って無事逃げ延びた――の、いかにも現実的なストーリーが、どのようにして現存の説経「をぐり」のスケールの大きい、現実離れした波瀾万丈のストーリーにまで展開していったのかについては、ほとんど明らかにならないのではないかと考える。

本章では、『鎌倉大草紙』に語られる常陸小栗家崩壊にまつわる小栗小次郎の脱出の物語と現存の説経「をぐり」の物語を、あらためて比較対照しながら、説経「をぐり」への飛躍がどのように為（な）されたのかを改めて考えてみたい。そしてその飛躍の具体的な方法と飛躍の過程を、小栗の受難譚である餓鬼阿弥蘇生譚についての中国文学――特に元曲「鉄枴李」に見られる〈借屍還魂〉譚――との関わりから論じてみたいと思う。

一、『鎌倉大草紙』に記された小栗譚と説経「をぐり」との密接な対応

ここではまず、説経「をぐり」と深い関係があり、その原型と目されている『鎌倉大草紙』に記載された小栗譚と、現存の説経「をぐり」との対応関係を、私なりに逐一確認しながら、説経「をぐり」が『鎌倉大草紙』の小栗譚の個々の話柄をどのように膨らませているかを見、また、『鎌倉大草紙』の小栗譚には見当たらない、説経「をぐり」独自の話柄がどのようなものであるかを確認していきたいと思う。

念のために、『鎌倉大草紙』とは、どのような書物であるかを岩波書店『日本古典文学大事典』の同書の項（加美宏氏執筆）により、概観しておきたい。

康暦元年（一三七九）における鎌倉公方足利氏満の京都討伐計画と管領上杉憲春の諫死事件に始まり、文明十一年（一四七九）、太田道灌軍が千葉孝胤の臼井城を攻略したことに至るまで、百年間にわたる関東の戦乱・動静を記述したもの。氏満・満兼・持氏・成氏と四代にわたる鎌倉公方を中心に、公方足利家・執事上杉家の内紛や確執、小山・伊達・小栗・武田・結城・千葉といった関東諸豪族による争乱などが主要な内容である。（略）記述態度は倫理的というより史実を直叙しており、室町前期の関東の政治情勢を伝える数少ない史料である。また『太平記批判記』なる書物を引いて、『太平記』に漏れた合戦の多いことを指摘したり、応永三十年（一四二三）小栗満重謀反の折、その子小次郎が遊女照手に助けられるという小栗判官伝説

の原型を伝えたり、正徹・常縁・齋藤妙椿らの歌二十八首を載せるなど、文学史的にも注目すべき記事が多い。

右に記されているように、『鎌倉大草紙』の小栗譚は、応永三十年（一四二三）、常陸国の豪族小栗満重が、時の鎌倉公方足利持氏に謀反を起こした際の争乱の記事に付随して、次のような形で載せられている。

応永三十年〈癸卯〉春の頃より常陸国住人小栗孫五郎平満重といふ者ありて謀反を起し、鎌倉の御下知を背ける間、持氏御退治として御動座被レ成、結城の城まで御出、同八月二日より小栗の城をせめらるゝ。小栗兼而より軍兵数多城より外へ出し防戦けれども（略）終に城を被二責落一、小栗も行方しらずおち行けり。（略）今度小栗忍びて三州へ落行けり。①其子小次郎はひそかに忍びて関東にありけるが、②相州権現堂といふ所へ行けるを、其辺の強盗ども集りける処に宿をかりければ、主の申は、此牢人は常州有徳仁の福者のよし聞。定て随身の宝あるべし。②打殺して可レ取由談合す。③乍レ去健なる家人どもあり。いかがせんといふ。④一人の盗賊申は、酒に毒を入呑せころせといふ。尤と同じ宿々の遊女ども集め、⑤今様などうたはせをどりたはぶれ、かの小栗を馳走の躰にもてなし酒をすゝめける。⑥其夜酌にたちけるてる姫といふ遊女、此間小栗にあひなれ此有さまを少ししりけるにや、みづからもこの酒を不レ呑して有けるが、⑥小栗をあはれみ此よしをささやきける間、⑦小栗も呑やうにもてなし酒をさらにのまざりけり。⑧家人共は是をしらず、何も酔伏てけり。小栗はかりそめに出るやうにて林の有間へ出てみければ、⑨林の内に鹿毛なる馬をつなぎて置けり。此馬は盗人ども海道中へ出大名往来の馬を盗来けれども、⑨第一のあら馬にて人をも馬をもくひふみければ、⑩盗ども不レ叶して林の中につなぎ置けり。⑪小栗是を見てひそかに立帰り、財宝少々取持し彼馬に乗、鞭を進め落行ける。小栗は無双の馬乗にて片時の間藤沢の道場へ馳行上人を頼ければ、上人あはれみ時宗二人付て三州へ被レ送。かの毒酒⑧を呑ける家人幷遊女少々酔伏けるを河水へながし沈め財宝を尋取。小栗をも尋けれどもなかりけり。盗人どもは其夜分散す。酌⑫にたちける遊女は酔たる躰にもてなし伏けれど、もとより酒をのまざりければ水にながれ行、川下よりはひ上りたすかりけり。其後⑬永享の比小栗三州より来て彼遊女をたづね出し、種々のたからを与へ、盗どもを尋、みな誅伐しけり。其孫は代々三州に居住すといへり。

（引用は群書類従合戦部所収本に拠る。傍線・番号は筆者に拠る）

この小栗譚がどのような性格を有するものか、どのような形で伝えられたものかについては、筆者の力では明確にするのは難しいが、今はこの小栗譚に、説経「をぐり」との対応が見られる箇所に傍線を施しそれぞれに番号を付し、説経「をぐり」の対応する部分を挙げていきたい。(3)

①其子小次郎はひそかに忍びて関東にありける

――深泥池の大蛇と契ったことが小栗の父兼家に漏れ聞こえ、父より「都に置いておくこともできないので壱岐・対馬へも流そう」と仰せがあったが、母の「自らが知行は常陸なり。常陸の国へお流しあってたまはれの」という懇願により、「常陸、東条、玉造の流人とならせたまふなり」と関東へ〈流人〉として逗留することに対応。

②相州権現堂といふ所へ行けるを、其辺の強盗ども集りける処に宿をかりければ

②（強盗どもは財宝目当てに小栗を）打殺して可ﾚ取由談合す

――照手との恋を成就させるために、照手の実家である相模の国の横山一族の屋敷に無理やり婿入りして逗留すること、照手の父横山殿がこれに立腹し、三男の三郎と談合し、その企みを入れ、小栗を殺害しようとすることに対応。

③健なる家人あり。いかがせんといふ
――「(小栗は)屈強の侍を千人すぐり、千人のその中を五百人すぐり、五百人のその中を百人すぐり、百人のその中を十人すぐり、我に劣らぬ、異国の魔王のやうなる殿原たちを十人召し連れて(以下略)」や、横山の子の家継の言葉「あの小栗と申するは、天よりも降り人の子孫なれば、力は八十五人の力、荒馬乗って名人なれば、それに劣らぬ十人の殿原たちは、さて異国の魔王の如くなり。武蔵・相模七千余騎を催して、小栗討たうとなさるると、たやすう討つべきやうもなし」に対応。
④一人の盗賊申は、酒に毒を入れ呑ころせといふ
――三男の三郎が「(前略)いろいろの毒を集め、毒の酒を造り立て(略)小栗十一人に盛る酒は、なにか七子の毒の酒を、お盛りあるものならば、いかに大剛の小栗なればとて、毒の酒にはよも勝つまいの」と父に毒酒で小栗を殺すことを提案する箇所に対応。
⑤今様などうたはせをどりたはぶれ、かの小栗を馳走の躰にもてなし酒をすゝめける
――「昨日の馬の御辛労分とおぼしめし、蓬萊の山をから組み」、宴会をして小栗一行に毒酒を進めることに対応。
⑥其夜酌にたちけるてる姫といふ遊女、此間小栗にあひなれ此有さまを少ししりけるにや
⑥小栗をあはれみ此よしをささやきける間
――照手が「前夜に不吉な夢を見たので宴には行かないで」と小栗を引き留める場面と、後に照手が青墓の宿の遊女宿よろづ屋に売られ、熊野湯の峯に行き本人の姿に復活した小栗に、本人と知らずに酌に立つ場面に転用されるか。

⑦小栗も呑やうにもてなし酒をさらにのまざりけり
――（説経では小栗は毒酒を飲んで殺されてしまうが）後に小栗一人だけが、あの世から蘇生することに対応。
⑧家人共は是をしらず何も酔伏てけり
⑧毒酒を呑ける家人幷遊女少々酔伏けるを河水へながし沈め
――十人の家来たちが、毒酒を飲まされて死に、身体を火葬にされてしまったため、あの世からも戻れなくなることに対応。
⑨林の内に鹿毛なる馬をつなぎて置けり。
⑨第一のあら馬にて人をも馬くひふみければ、盗ども不叶して林の中につなぎ置けり
――人骨が散らばる萱原の中に繫がれた「奥よりも乗りにも入らぬ牧出での駒」人食い馬鬼鹿毛と出会う場面に対応。
⑩彼馬に乗、鞭を進め落行ける。小栗は無双の馬乗にて
――小栗、鬼鹿毛に宣命を含め、乗馬を認めさせ、横山一門の前で、馬術の秘技の限りを尽くしてみせることに対応。
⑪藤沢の道場へ馳行上人を頼ければ、上人あはれみ時宗二人付て三州へ被送
――閻魔大王、地獄より小栗を蘇生させるに際し、藤沢のお上人のもとに自筆の御判をすえ、送り届ける。上人は小栗を憐れみ、土車に小栗を乗せ、人々と共に富士浅間まで引いて送り、後を海道の人々に託すことに対応。
⑫酌にたちける遊女は酔たる躰にもてなし伏けれどもとより酒をのまざりければ水にながれ行、川下よりは

ひ上りたすかりけり

――照手、父横山殿の命により、相模川に沈められそうになるが、鬼王・鬼次兄弟が情けをかけ、沈めの石だけを川に投げ入れ、照手を沈めたふりをして牢輿を川に流す。牢輿はゆきとせが浦に流れ着き、照手は地元の漁師に助けられることに対応。

⑬其後永享の比小栗三州より来て彼遊女をたづね出し、種々のたからを与へ、盗どもを尋、みな誅伐しけり

――小栗、熊野湯の峯にてもとの身体になり、都に父母を訪ねもとの身分を取り戻し、美濃の国に所知入りし、遊女屋の君の長殿を訪ねて、照手と再開する。関東へ戻り、横山攻めを行おうとするが、照手の懇願で取りやめ、悪計を立てた三男の三郎のみを処刑することに対応。

先に掲げた『鎌倉大草紙』の小栗譚に施された①から⑬の傍線を見ていただければ明らかなように、さほど長くもない『鎌倉大草紙』の小栗譚の記事のほとんどすべての部分が、それぞれに説経「をぐり」に取り込まれ、大きく膨らまされて巧みに利用されていることに、改めて驚かされるのである。

しかし、説経「をぐり」は、『鎌倉大草紙』に語られる小栗譚だけにより形成されているわけではない。このスケールの大きい語り物を話の順序に沿ってプロットに分け、そこに、先の①から⑬の話柄がどのように組み込まれているかを、示してみよう。▽が『鎌倉大草紙』の小栗譚の話柄と対応するプロット、▼が『鎌倉大草紙』の小栗譚の話柄との対応を持たない、説経「をぐり」のみに見えるプロットである（▼には（1）（2）…のように（ ）で番号を付す）。

▼両親が鞍馬の毘沙門に〈申し子〉をして小栗が生まれる。（1）

▼小栗、京の「みぞろが池」の大蛇に魅入られ契りを交わしてしまう。（2）

▽小栗、大蛇と契った評判が立ち、常陸へ送られる。①
▽小栗、相模の横山一族の照手姫の存在を知り、恋文を送り求婚に成功。強引に婿入り。照手の父横山は怒って殺害しようとするが、屈強の家来がいるため奸計を用いる。②③
▽横山、まず人食い馬鬼鹿毛への騎乗を所望し、食い殺させようとするが、小栗、逆に鬼鹿毛を乗りこなして、馬術の秘技を披露。⑨⑩
▽横山、今度は宴会を開き、小栗一行に毒酒を飲ませて殺害する。④⑤
▽照手、父横山殿の命により、相模川に沈められそうになるが、鬼王・鬼次兄弟が情けをかけ、沈めの石だけを川に投げ入れ、照手を沈めたふりをして牢輿を川に流す。牢輿はゆきとせが浦に流れ着き、照手は地元の漁師に助けられる。⑫
▼照手、助かったものの、日本中を売り回され、美濃青墓の遊女屋で遊女になることを要求され、拒否して水仕の苦役に従事させられる。（3）
▽小栗と家来たち、殺害され、冥土へ。小栗は閻魔大王から地獄行きを宣告されるが、家来たちの必死の取りなしで、全員蘇生を許される。だが、家来たちは屍が火葬にされて蘇生できず、一人小栗だけが蘇生する。⑦⑧
▼小栗、蘇生できたものの、口もきけず動けない醜悪な餓鬼阿弥として蘇生する。（4）
▽小栗、藤沢のお上人のもとに自筆の御判をすえ、送り届けられる。上人は小栗を憐れみ、土車に乗せ、人々と共に富士浅間まで引いて送り、後を海道の人々に託す。⑪
▼小栗、海道道行き。途中青墓から逢坂の関までは照手が小栗と知らず車を引き、共に道行き。（5）

▽小栗、熊野湯の峯にてもとの身体になり、都に父母を訪ねもとの身分を取り戻し、美濃の国に所知入りし、遊女屋の君の長殿を訪ねて、酌に立った照手と再開する。関東へ戻り、横山攻めを行おうとするが、照手の懇願で取りやめ、悪計を立てた三男の三郎のみを処刑。⑥⑬

▼印を付した『鎌倉大草紙』に由来しないプロットのうち、（1）は主人公の申し子の話柄、（5）は主人公の道行きで、これは他の説経作品にも見られる、説経という語り物に共通する要素であり、特に説経「をぐり」だけの独自要素ではない（海道の道行きは他の説経作品と比べて非常に長大で詳細ではあるが）。この（1）（5）は『鎌倉大草紙』に見える小栗譚を、説経という語り物に仕立てるために、組み込まれたものであろう。そうなると、残された（2）（3）（4）の『鎌倉大草紙』に由来しない各プロットも、『鎌倉大草紙』に見える現実的な小栗譚を、説経「をぐり」のスケールの大きい空想的世界へと飛躍させるために組み込まれたものと考えられるのであるが、中でも、（3）の照手が遊女勤めを拒否して水仕として苦役させられる受難譚（〔刊行時補記〕参照）と（4）の小栗が餓鬼阿弥として蘇生する受難譚は、『鎌倉大草紙』の小栗譚には存在しなかった大きな苦難を男女主人公にともに与え、作品の世界をより面白く複雑にしようとする構成意図のもとに、セットで組み込まれたものである可能性がかなり高いと考えられる。以下、本章では説経「をぐり」に組み込まれた、この男女両主人公の受難譚のうち、特に奇抜で印象的な小栗の餓鬼阿弥蘇生譚について、先行する日中の蘇生譚との関わりを概観した後、中国の元時代の戯曲（元曲）「鉄枴李」に見える鉄枴の受難譚を取り込んで構想されたものである可能性を指摘していきたい。

二、「餓鬼阿弥蘇生譚」の基盤
――『日本霊異記』の衣女説話をめぐって――

それでは、本章で取り上げる餓鬼阿弥蘇生譚について、改めてその概要を見ておこう。横山の三男三郎の奸計により、毒酒を飲まされた小栗は冥土に赴く。閻魔大王から「あの小栗と申するは、娑婆にありしその時は、善と申せば遠うなり、悪と申せば近うなる、大悪人の者なれば、あれをば悪修羅道へ堕とすべし」と宣告され、一度は蘇生の望みを絶たれる。それに対して小栗の十人の家来たちは「小栗の所業に巻き込まれた末の非業の死であるから」と閻魔から蘇生を認められる。しかし家来たちは「自分たちの蘇生と引き替えに小栗を蘇生させてくれ」と必死に嘆願し、その思いに感動した閻魔は小栗も家来たちも一緒に蘇生することを許す。しかし、蘇生にあたり娑婆世界に身体があるかどうかを探索させたところ、小栗の身体だけが占いにより土葬にされて残り、家来たちの身体はすべて火葬にされて既に失われていた。やむなく閻魔は小栗だけを蘇生させることにし、藤沢の上人に宛てた「熊野本宮、湯の峯にお入れあってたまわれや」という自筆の判を添えて、蘇生させる。塚から出てきた小栗は、動くこともできず、口もきけない餓鬼のような醜い姿の〈餓鬼阿弥〉として蘇生する。

この中で特に目を引くのが、蘇生にあたり、家来たちの身体は火葬にされて失われてしまっているので蘇生が叶わず、一人小栗の身体だけが土葬にされていたため、蘇生が可能になった、という下りであろう。日中の古典文学において、冥界蘇生譚は古来数多く存在し、中国においては唐太宗入冥譚、日本においては日蔵上人入冥譚などが有名であるが、これらは、主人公が冥界を訪れた後、再び元の身体のままで蘇生して冥界での体験を語ることを中心にした物語であり、娑婆世界における身体の有無の問題に特にこだわるものではない。ところが、この餓鬼阿弥蘇生譚に用いられる、土葬・火葬による身体（＝屍）の有無が蘇生に関わる重要な問題であることを中心に据えた説話が、既に奈良時代末の『日本霊異記』に見えることを、佐竹昭広氏が「意味変化について」（『萬葉集抜書』岩波書店、一九八〇年）という論考の、「からだ」という語彙に関連した考察の中で、次のように指摘している。

もし小栗判官が、家臣たちと共に、あっさり火葬に付されていたら、いかに閻魔大王の力をもってしても、彼を蘇らせることはむつかしかったであろう。「からだ」が残っていてこそ、奪われた命を返してやることもできる。すでに「からだ」の消滅した人間を、しいて蘇生させようとすれば、落語における文屋康秀のように（筆者注、この前の部分に「朝友」という落語が引かれ、文屋康秀が別人の身体を借りて蘇生した話が取り上げられる）、日本霊異記における鵜垂の衣女（中巻第二十五）のように、全く似てもつかない別人の「からだ」を借りて行う「借屍還魂」の方法くらいしかない。幸い、火葬をまぬかれた小栗の「からだ」は、まだ辛うじて土中にその原形を留めていた。小栗一人の「からだ」だけは焼くなといってすすめた陰陽師の託宣が、結果的には、彼に復活の権利を保障して置いてくれたことになる。小栗の土葬がきまったとき、説経の語り手が、「小栗どのの末繁盛」ともらした謎のような一言は、おもえば「入冥還魂」を預言する大切な伏線だったのである。

この指摘は、「からだ」という言葉が、古代から中世にかけては「死骸」と同義で用いられ、現代の我々が用いている、英語のbodyのような生身の「身体」を指す用法はそこには見えないことを説かれる中でなされたものだが、小栗の餓鬼阿弥蘇生譚の基盤や、小栗の屍が土葬されることの説経「をぐり」の中での機能を考えるにあたっても、重要な問題を投げかけている。今、佐竹氏が提示された『日本霊異記』中巻の「鵜垂（うたり）の衣女（きぬめ）」の説話（「閻羅王の使の鬼、召さるる人の饗（あへ）を受けて恩を報ずる縁」）の梗概をあらためて次に記そう。

聖武天皇の代に讃岐国山田郡に布敷臣衣女（ぬのしきのおみきぬめ）という女がいた。突然病気になったので、家の門の左右に盛大に百味を供えて疫神に賄（まいない）し馳走した。閻羅王の使の鬼が衣女を召すためにやって来たが、飢渇をいやすために衣女に媚びてその馳走を受けた。鬼は恩に報いるために同姓同名の者がいればそれを身代わりに連れて行くという。衣女が「同じ国の鵜垂（うたり）郡に同姓の衣女という者がいる」と答えると、鬼は鵜垂郡に行き、そこの衣女を召して閻羅王の前に連れて行った。ところが、閻羅王はそれを見抜き「この女は召し出した女ではない。山田郡の衣女を呼べ」と命ずる。鬼は隠し通せず、改めて山田郡の衣女を連れてくる。閻羅王は確認し、鵜垂郡の衣女を家に帰らせるが、家では彼女の身体を焼いて失ってしまっていた。鵜垂郡の衣女は閻羅王に「身体を失って戻れません」と訴えると、閻羅王は「山田郡の衣女の身体はあるか」と彼女に尋ねた。彼女が「あります」と答えると、閻羅王は「それをお前の身体とせよ」と命じた。山田郡の衣女の身体を借りて蘇生した鵜垂郡の衣女は「ここは私の家ではない。私の家は鵜垂郡にある」というので、山田郡の衣女の父母が「お前は私たちの子だ。なぜそんなことを言う」と言っても聞かず、鵜垂郡の家に行く。するとそこの父母は彼女に「お前は私たちの子ではない。私たちの子は既に火葬にした」と言う。そこで衣女は閻羅王の命令のことを説明した。その時両郡の衣女の父母はそれを聞いて「もっともだ」と信じ、彼女は二つの家の財産をもらい受けた。

この説話は、さらに小泉道氏「説話の享受――霊異記の衣女の話をめぐって――」[4]と出雲路修氏「よみがへり考――日本霊異記説話の世界――」[5]の両論考において考察されている。小泉氏の論考は、この霊異記の説話が『今昔物語集』巻二十の十八話「讃岐国女行㆓冥土㆒其魂還付㆓他身㆒語」、『宝物集』（七巻本）巻六「讃岐国依女幷外道仏弟子問答ノ事」、『仮名本　日本霊異記』、『通俗仏教百科全書』中巻九十五条「邪神の事」、小泉八雲"A Japanese Miscellany"（『日本雑録』）中の"Before the Supreme Court"（閻魔庁にて）へと、平安期から明治期にかけて享受されていく過程をくわしく追跡されたもので、資料相互の関係や各時代の資料・作者における享受の特徴に至るまで詳細に分析されている。この小泉氏の論考により、『霊異記』の衣女の説話（以下「衣女説話」と略称）は、平安後期から中世・江戸時代を経て、明治期に至るまで息長く享受され続けてきた有名な説話であったことが理解される。

出雲路氏の論考は、『霊異記』に多数存在する冥界蘇生説話の分析を通じて「よみがへり」という言葉の実相を探ろうと試みられたもので、今問題にしている「衣女説話」については、第三章「体を失ひて」で、『熊野の本地』や説経「をぐり」において死骸の有無と蘇生の可否の問題が語られることと、この説話との関係が論じられ、この説話が「他者の体をかりて蘇生する、他者として再生する」説話の「始原的な位置にある」ことが確認される。そしてこの説話が、中国に多く見られる「冥界からの使者に〈賄〉をして死をまぬかれた、あるいは蘇生した」ことを語る説話の世界に「直接している」ことを、多くの中国の説話を挙げて示され、中でも晋の戴祚撰『甄異録』所載の説話（『太平広記』巻三二一「張闓」）が、冥界の使者への〈賄〉のあり方や同名の他人を身代わりにする具体的な方法において顕著な近似性を示すことが指摘されている（ただし『甄異録』所載の説話には、「衣女説話」の重要なポイントの一つであった、火葬・土葬による屍の有無が蘇生の可否を決定するという話題は見えない）。

さらに出雲路氏は、身体は本人のものでありながら魂が他人のものに入れ替わってしまっている衣女の蘇生を、『霊異記』編者が話末の評語において「故、現在の衣女は四の父母を得、二つの家の宝を得たり。饗を備け、鬼に賂するに、此は功虚しきに非ず、凡そ物有る者は、猶し賂し饗すべし」と〈成功〉〈幸い〉の事例として捉えていることについて、日本においては古代から「肉体の蘇生すなわちその人の蘇生」という、現代の我々とは異なる、蘇生に対する日本固有の考え方が存し、「衣女説話」は中国説話の世界ときわめて親しい関係にありながらも、日本固有の蘇生観との深い関わりも認められる説話であると指摘される。

これら先学の指摘を受けていえば、説経「をぐり」の餓鬼阿弥蘇生譚で語られる「土葬・火葬による屍の有無が蘇生の可否を決定する」という発想については、日本では「衣女説話」がその最も古いものとして存在し、その説話は『今昔』『宝物集』などを通じて中世にも流布していた可能性は高く、餓鬼阿弥蘇生譚の「土葬・火葬」の話題も、こうした基盤の上に立って用いられていると考えて良いであろう。とはいえ、餓鬼阿弥蘇生譚が「衣女説話」を直接の素材として成り立っているのではないこともまた、両者の梗概を比較するだけで明らかである。

「衣女説話」では、冥界の使者である鬼への饗応が閻魔にばれて、死亡した山田郡の衣女は結局蘇生できず、身代わりにした鵜垂郡に住む衣女の魂が、土葬にされて残っていた山田郡の衣女の身体を借りて蘇生する。「衣女説話」の主人公山田郡の衣女は、身体的には完璧に蘇生したものの、結局人格を含めた〈本人自身〉の蘇生には失敗するのである。この点がまず主人公本人が蘇生する餓鬼阿弥蘇生譚と大きく異なる。しかも双方の衣女の親が、蘇生した彼女を自分の娘と認めて財産を譲るというハッピーエンドの結末になっていることも、醜悪で不自由な身体を持って蘇生し、蘇生後も辛酸をなめる餓鬼阿弥蘇生譚と大きく異なる点である

さらに、出雲路氏が示された「衣女説話」が「中国の説話に直接したもの」であるという指摘からは、この種の蘇生を扱う物語については、中国から受容された蘇生譚の影響を常に見通しておくことの重要性が痛感される。出雲路氏の論考においても、鬼に〈賄〉をして他人の身体を借りて蘇生した中国の説話がいくつか取り上げられているが、澤田瑞穂氏の『地獄変 中国の冥界説〈修訂版〉』（平川出版社、一九九一年）の「借屍還魂」、『鬼趣

談義　中国幽鬼の世界』（中公文庫、一九九八年）の「再説・借屍還魂」には、一度死んで冥界に行き蘇生が許されたものの、何らかの理由で自分の身体が失われていたため、他人の身体を借りて蘇生する〈借屍還魂〉譚が、唐代から清代まで千年を超える長い期間にわたり、様々なバリエーションを生み出しながら作られ続けていった様相が、数多くの作品の紹介とともに具体的に示されている。

室町後期以降の成立である説経「をぐり」の餓鬼阿弥蘇生譚に対しても、古くから享受されていた『霊異記』の衣女説話だけに限らず、唐代以降次々に作成され、新たに享受されてきた中国の蘇生譚の影響を考えてみることも必要なのではないだろうか。こうした目で唐代以降の〈借屍還魂〉譚を眺めた時に目を引くのが、元曲「鉄枴李」に描かれる〈借屍還魂〉譚である。そこには、『霊異記』の「衣女説話」やそれに直接繋がるとされた唐代の〈借屍還魂〉説話に比べ、餓鬼阿弥蘇生譚との注意すべきいくつかの大きな共通点が見られるのである。

三、元曲「鉄枴李」の〈借屍還魂〉譚と「餓鬼阿弥蘇生譚」
――障がい者・被差別者としての蘇生――

では、当該の元曲「鉄枴李」の物語のあらましを紹介して行きたい。

○元曲「鉄枴李」梗概（平凡社中国古典文学大系52「戯曲集 上」所収の田中謙二氏訳をもとに私に作成した。傍線も私に付したもの）

高名な道士呂洞賓は、鄭州奉行所で都孔目を務めている岳寿を仙人の道に済度するために、名を隠して岳寿の家を訪れてわざと家族や彼に悪態をつく。怒った岳寿は部下の張千に命じて呂洞賓を縄に繋いで高所につり下げさせるが、鄭州奉行所の官吏たちの汚職を調べるために朝廷から代官として派遣され、身分を隠して岳寿の家を訪ねた韓魏公が、呂洞賓を逃がしてやる。韓魏公をただの田舎者の老人と思った張千は、韓魏公が呂洞賓を逃がしたことに腹を立て、主人の威光を笠に着て韓魏公に悪態の限りをつくが、韓魏公が自らの正体を明かすと、驚いて主人の岳寿に報告する。岳寿は取り返しのつかない失態に、大きなショックを受けて病になり、そのまま亡くなってしまう。

①亡くなった岳寿は地獄に行き、閻魔大王の裁きを受け、煮えたぎる油の釜に投げ込まれそうになるが、現れた呂洞賓が閻魔大王に取りなしてくれたお陰で罪を免れ、娑婆に蘇ることを許される。しかし娑婆では岳寿の妻が、彼の屍を火葬にしてしまったために、蘇るべき身体が失われてしまったことがわかる。そこで調べてみると、同じ鄭州に住む肉屋の李屠の息子の小李屠の屍が、亡くなってもまだぬくみが残っているので、彼の身体を借りて蘇ることになり、呂洞賓から李岳という二字姓と、鉄枴という道号とを賜る。③肉屋の小李屠の身体を借りて蘇った岳寿であるが、小李屠の身体は片足に傷がいがあり、枴杖を使わないと歩けないことを知り、悲嘆する。しかし気を取り直して、生き返ったことを知らせに家族に会いに行こうとする。彼を小李屠だと思い、引き留めようとする李屠や小李屠の妻らの制止を振り切り、④岳寿は醜い小李屠の姿で我が家に戻り、帰ってきたと告げるが、事情を知らない妻に「死んだ夫の名を騙るきたない乞食」と罵られ、押し倒される。そこで妻にこれまでのいきさつを詳細に説明して、やっと本人であることを納得させるが、後を追ってやって来た李屠たちが「これは自分の息子の小李屠だ」と主張してお上に訴える騒ぎになる。

韓魏公がその裁きに当たることになったが、どう判決を下して良いか悩んでいると、そこに呂洞賓が現れ、岳寿を仙人にするために弟子として預かっていくことを告げる。韓魏公も、岳寿が仙人としての道を歩むからには、俗世の人間が彼の帰属をめぐって争うことは無用と判断し、裁判を閉じる。岳寿は呂洞賓に連れられ、妻子や世俗の名利への思いを断ち、仙人の修行に励むことを誓い、呂洞賓はじめとする七人の仙人に迎えられ、都合八仙となった仙人たちは、仙界へと向かっていく。

この元曲「鉄枴李」は、宋・元代から庶民に広く信仰された「八仙」の一人で、足が不自由でいつも鉄の枴（つえ）をついている李鉄枴が、どのような経緯でそのような姿になり、仙人となって八仙のメンバーに加わったのかを描いたもので、作者は岳伯川である（伯川の生没年など詳細は不明であるが、およそ十三世紀後半から十四世紀初めにかけて活動した作家とされる）。(6) この元曲「鉄枴李」と小栗の受難譚には次のような、いくつかの重要な共通点がある（〇で囲んだ番号は、前掲「鉄枴李」梗概中の傍線に対応。左の――以下が、説経「をぐり」の対応する話柄）。

①閻魔大王の裁定で悪人とされ、地獄の釜に入れられるところを呂洞賓のとりなしで蘇生することを許される

――閻魔大王に、「あの小栗と申するは、娑婆にありしその時は、善と申せば遠うなり、悪と申せば近うなる、大悪人の者なれば、あれをば悪修羅道へ落とすべし」と裁定されるが、十人の家来たちの、自分たちの身に代えて蘇生させて欲しいという必死の取りなしで許され、家来と共に蘇生できることになる。

②娑婆で、岳寿の妻が彼の屍を火葬にしてしまったために、蘇るべき身体が失われてしまったことがわかる。しかし別人（肉屋の李屠の息子）の屍で、亡くなってもまだぬくみが残っているものが見つかり、その者の身体を借りて蘇ることになる

――家来たちは屍が火葬にされているので蘇生できない。小栗だけが土葬にされ屍が残っていたので蘇生できる。

③肉屋の李屠の息子の小李屠の身体を借りて蘇生するが、その身体は片足に障がいがあり、枴杖を使わないと歩けない（肉屋＝被差別者、屠という名前もそれを表す。しかも足に障がいを持つ〈＝歩行に困難がある〉身体として蘇生）

――小栗は、餓鬼のような身体で物も言えず、足も立たない身体を持つ餓鬼阿弥として蘇生する（障がいを抱え、しかも差別を受けた癩者の姿が重ねられている）。

④岳寿は醜い小李屠の姿で我が家に戻り、帰ってきたと告げるが、事情を知らない妻に「死んだ夫の名を騙（かた）るきたない乞食」と罵られ、押し倒される。そこで妻にこれまでのいきさつを詳細に説明して、やっと本人であることを納得させる。

――小栗は、熊野の湯峯で湯治し、元の姿に戻り修行者姿で京の実家に戻るが、かつての家来から「ここはお前のような修行者風情が来るところではない」と箒で追い払われる。しかしそれを見ていた叔父の御坊が呼び返し屋敷に入れる。そこで父にかつての小栗であることを告げるが、父は「小栗は死んだはず」と疑い、小栗であることを証明させるために、幼い時から教えこんだ、次々に放つ矢を手でつかみ取る技を試す。小栗は見事全ての矢をつかみ取り、自分が小栗であることを証明し、父母と対面を果たす。

また、これは梗概には挙げなかったが、夫岳寿の死に際し、絶対に心変わりしないと約束し、実際に片足が不自由となり醜悪な容貌と変わり果てた姿になって蘇生した夫に対し、全く変わらぬ愛情を持つ妻李氏の姿も、蘇生した小栗とも知らず餓鬼阿弥を見て「夫の小栗殿様の、あのやうな姿をなされてなりともよ、浮き世にござあるものならば、かほど自らが辛苦を申すとも、辛苦とは思ふまいものを」と語りかける照手の姿に通じるものがあるかもしれない。

それはさて措き、元曲「鉄枴李」が説経「をぐり」との関係において注目されるのは、先の①から④に示した話柄、もう一度整理して述べれば、①冥土に赴いた主人公が閻魔大王の裁きを受け、一度は罪人とされ厳罰を言い渡されるが、援助者の強い取りなしにより罪を逃れ蘇生が許されること、②蘇生に際して屍が火葬されていては、蘇生ができないという話題を扱っていること、③身体に障がい（歩行困難）を持ち、容貌も醜くしかも当時において差別される立場の人の身となって蘇生すること、④蘇生の後に実家に戻っても本人と認めてもらえず、苦労の末にようやく本人と認められること、の四つの対応する重要な話柄を、一つの作品の中に全て内包しているという点である。例えば、『霊異記』の「衣女説話」では、②の屍の火葬・土葬と蘇生の可否の話題は共通するものの、①については、冥界の使者に饗応することが蘇生への重要なポイントとなる点でまったく異なっているし、また「餓鬼阿弥蘇生譚」の名称の由来ともなる最も重要な③の話柄についても、「衣女説話」では、中身は別人であるものの、肉体的には〈人〉として完全な身体で蘇生を遂げる点で、大きく離れている。さらに「衣女説話」の直接の原拠と目される『甄異録』所載の説話には、前述したように「火葬・土葬」の話柄さえも存在せず、『甄異録』の説話は「衣女説話」とはかなり良く対応していても、「をぐり」の餓鬼阿弥蘇生譚とは、いよいよ離れてしまっている。先に挙げた澤田瑞穂氏の両著で紹介された、バラエティーに富んだ多くの中国の〈借屍還魂〉譚を通観しても、餓鬼阿弥蘇生譚とこれだけの共通項を持つ作品は、やはりこの元曲「鉄枴李」以外には見当たらない。時代的には説経「をぐり」に対して、元曲「鉄枴李」はかなり先行して成立しているので、ここに一つの可能性として、「をぐり」の餓鬼阿弥蘇生譚に、元曲「鉄枴李」の〈借屍還魂〉譚が用いられているのではないか、という仮説を提示してみたい（ただし後述するように、現存する元曲「鉄枴李」そのものが直接用いられたと限定する必要はないと考える）。

　このような鉄枴の〈借屍還魂〉譚と説経「をぐり」との影響関係を想定するためには、元曲「鉄枴李」をはじめとする鉄枴譚・鉄枴像が、中世後期の日本において、どれほどの範囲に、どのように受容されていたのかを見ておかなくてはなるまい。この問題を正面から扱った論考が、中本大氏の「『鉄枴仙』像の受容と定着」[7]である。この論考において、中本氏は、中世の五山文学や絵画において、枴杖を持ち高い巌に腰をかけ、虚空に向かって口から息を吹き出すと、その息の端に童子を出現させるという鉄枴のイメージが広く定着している様相を探り、こうした中世日本における鉄枴像の受容に際しては、元代の画人顔輝が前述のような鉄枴像を描き、その絵画が日本で人気を博し、これをもとに中世五山文学や絵画の画題として受容されたことが背景にあることを論じておられる。ただし、本章で見てきた元曲「鉄枴李」に見える鉄枴譚（前述の特異なキャラクターを持った八仙の一人鉄枴仙人が、どのように誕生したのかを語る物語）については、当時の日本における資料がほとんど残っていないためか、多くは言及されていないが、明万暦年間に刊行され、日本でも和刻本が上梓された『有象列仙全伝』に次のような話が載せられていることを指摘するのは重要である。

　鉄枴先生、李其姓也。質本魁梧。早得ㇾ道（以下、梗概を記す）ある日、魂を身体から遊離させる術を試み、弟子に「七日経っても我が魂が身体に帰ってこなければ、身体を焼くように」と言い残して魂を遊ばせていた。ところが弟子の母親が病になって、家から「すぐ帰ってこい」と連絡があったために、弟子は七日目を待たず六日目に鉄枴の身体を焼いてしまった。鉄枴の魂は七日目に帰ってきたところ、身体が無くなってしまっていたので、やむなく餓死した乞食の屍を借りて蘇生した。その身体は足に障がいがあり醜く、もとの偉丈夫とは全く異なった姿になってしまった。

　この話は、元曲「鉄枴李」とは異なり、最初から鉄枴が仙人として語られ、仙術により魂を遊ばせているうち、身体を焼かれてしまい乞食の身体を借りて蘇生するという具合に、筋立てにはかなり違いが見られるが、自分の身体を焼かれ別人（ともに差別され障がいを持つ）の身体を借りて蘇生したため、足に障がいがあり、醜悪な容姿になったと鉄枴の履歴を語る点で、話の大綱は共通していると考えて良い（「餓死した乞食」という点では「餓鬼阿弥」にも通じる）。中本氏は、恵空『節用集大全』人名門に「列仙伝曰、鉄枴先生李其姓也。質本魁梧。早得レ道」、『書言字考節用集』人倫に「鉄枴　見列仙伝」と見えることも指摘されており、少なくとも、この『有象列仙全伝』の鉄枴の話は、江戸時代初期までには、日本でもかなり知られていたことが窺える。しかし、説経「をぐり」との関係で言えば、この『列仙全伝』に記された鉄枴譚より、・凡人として死し冥土に赴き閻魔に裁かれ許されて蘇生する、・変わり果てた姿で蘇生した後に家族と再開を果たす、などの話柄を持つ元曲「鉄枴李」の鉄枴譚の方が、遙かに説経「をぐり」に近い形を有しているといえよう。

今、元曲「鉄枴李」が、室町後期の日本で直接受容されていた事例は管見に入らず、現時点でその受容を証拠立てることはできないが、中本氏の論考に詳述されるように、中世後期には仙人「鉄枴」は、中国同様に日本でも画題、詩の題材として高い人気があったことが窺え(8)、中国からもたらされた鉄枴に関する様々な情報のうちに、元曲「鉄枴李」が伝える鉄枴の〈借屍還魂〉譚も、何らかの形で――たとえば元曲のテキストという形でなくとも、話本や筆記小説、あるいは絵画の題記や画賛のような形で――日本に流入していた可能性を考えても良いのではないだろうか。

四、説経「をぐり」の餓鬼阿弥蘇生譚の成立に関する試論
——むすびに代えて——

最後に、説経「をぐり」の餓鬼阿弥蘇生譚に、元曲「鉄枴李」の〈借屍還魂〉譚が利用されていると仮定したうえで、その〈借屍還魂〉譚の利用に関して若干の私見を述べ、そこから説経の物語の創造方法の一端にまで見通しを広げて、本章の結びとしたい。

元曲「鉄枴李」の〈借屍還魂〉譚では、「身体が火葬されたため、娑婆世界に戻れない」という話柄は、物語の主人公である李鉄枴が、なぜ醜悪で障がいのある他人の身体を借りて蘇生しなければならなかったのかという理由を語るために用いられていたが、餓鬼阿弥蘇生譚では、この話柄は主人公の小栗ではなく、家来の十人の殿ばらたちに適用され、主人公の小栗については、屍体が土葬にされたために、醜悪で障害を有するものの、〈借り物〉ではない本人自身の肉体による蘇生がなされるという形が取られている。この両者の差違の根本には、前掲の出雲路氏の論考で指摘されるように、中国の〈借屍還魂〉説話には、死に際しての「肉体と魂の分離」という分析的な見方が根底に存し、肉体は滅びても当人の魂さえ現世に蘇るならば、それはその人の蘇生であるという考え方が普遍的であるのに対し、「衣女説話」をはじめとする日本の説話の世界では、あくまでも当人の「肉体」の蘇生が重要で、それがすなわち当人の蘇生であるという考え方が根強く存在していたという、日中の〈蘇生〉に対する観念の相違が横たわっているものと思われる。

ただし、このような日中の〈蘇生〉観の相違という思想的・文化的な理由だけで、両者の差違が生じているのではなく、説経「をぐり」では、「醜悪で障がいを持つ他者の身体を借りての蘇生」から「土葬されて朽ち果て

た自らの肉体に拠る蘇生」への、意図的な転換が図られていると見るべきではないか。説経「をぐり」では主人公小栗が墓から蘇生した姿を「髪ははとして、足手は糸より細うして、腹はただ鞠をくたやうなもの、あなたこなたをはひ回る」という、惨めなものとして描くとともに、さらに「両の手を押し上げて物書くまねをぞしたりける」という文言を添えて、口もきけない状況にあることを示している。これは「鉄枴李」の「片足に障がいがありしかも醜い他人の屍体を借りて蘇生する（ただし枴を使えば移動もでき、口はきけるので、家族に自分が岳寿であることや事の顚末を説明できる）」という障がいの設定を、さらに身体的に困難な状況へと推し進めたものであり、小栗は土葬された故に自らの肉体に拠って蘇生できたものの、土葬されたことでその身体は朽ち果て、地獄の餓鬼を彷彿とさせる醜悪な姿となったうえに、歩行も会話もできない最悪の形で蘇生することになったわけである（元曲「鉄枴李」で、鉄枴が何故条件の悪い小李屠の屍を借りて蘇生しなければならなかったかという理由として、彼の屍が亡くなって間も無くまだぬくみが残っていたからとされていた点に留意したい。そこには、死して時間が経ってしまうと肉体は残っても損傷がひどく、その肉体に拠り蘇生しても使い物にならないという発想があり、「をぐり」の餓鬼阿弥としての蘇生もその発想に則っている）。

説経「をぐり」の〈作者〉――現在我々が一般に用いる小説などの個人としての「作者」とは異なり、ある集団が共同で作品を創り出したり、複数の創作主体が何次かに渡って作品を仕上げていったりした可能性もあるので、以下〈　〉付きの〈作者〉を用いる――が、「鉄枴李」や他の中国説話にも多く見える〈借屍還魂〉ではなく、あえて小栗当人の肉体を土葬にして、大きく損なわれた形で蘇生するという方向を選んだ背景には、この主人公に説経の徒と関連の深い癩などによる障がいを持った人々の面影を重ね、熊野の湯によるその損なわれた肉体の復活を語っていこうという意図が働いていることは確実であろう。

『鎌倉大草紙』に見える小栗小次郎の物語に脚色を加えるにあたり、説経「をぐり」の〈作者〉は、頑強な武者である主人公小栗に、自分たち癩者に重なる苦難を背負わせるために、被差別者・障がい者の身体を借りて蘇生した、元曲「鉄枴李」に登場する鉄枴の、特異な主人公像に目を付けたのではあるまいか。

かつて説経「しんとく丸」に関する拙稿(9)において、富貴の家に生まれた主人公が継母の奸計により盲目になり、家を追われて流浪するという話柄が、仏典の「クナラ太子譚」を利用したものであり、また、継母の奸計に気づかず主人公を家から追放した父親が、その後に落剝して盲目となり、息子と知らずに彼から施しを受け、最後は息子の助けによって再び眼が開くという話柄には、「孝子伝」などで知られた舜譚が利用されていることを指摘し、「しんとく丸」は、クナラ太子譚と舜譚を接合して成立した作品であろうと論じたことがある。その後、阪口弘之氏が論考「『しんとく丸』の成立基盤(10)」において、「しんとく丸」の物語の基盤には、高安―平野大念仏寺―四天王寺―和泉近木の荘―熊野、四天王寺と能勢、瀬田、さらには清水寺などの、聖地と街道の要衝を結ぶようにして活動した、律宗や融通念仏の徒により育まれ語られてきた、貴種の盲目遺棄、乞食流浪の四天王寺伝承が存することが、様々な資料を通じて論じられている。

本章で「をぐり」について論じたことを参考にすれば、「しんとく丸」の場合においても、先の拙稿で述べたことと阪口氏が述べられたこととは矛盾・対立するのではなく、阪口氏が説経の基盤と論じられた、四天王寺を中心に聖地や街道の要衝を結んで活動していた宗教者たちの間で語られていた貴種の遺棄、乞食流浪の四天王寺の伝承がまず存在し――阪口氏の推論に拠れば、十三世紀末から十四世紀にかけての四天王寺とそれぞれの地域に関わる宗教的営為がおよそ一世紀から一世紀半をかけて説経的装いを整えたとされるが――、その在地の伝承（「をぐり」でいえば『鎌倉大草紙』に収録された小栗小次郎譚がそれに相当しよう）をもとに、最終的に現存の説経「しんとく丸」として装いを整える際に、拙稿で論じたクナラ太子譚や舜譚が利用されて（「をぐり」でいえば元曲「鉄枴李」の〈借屍還魂〉譚の導入に相当しよう）、よりドラマティックな作品世界が構想されたのではないか。換言すれば、「しんとく丸」にも「をぐり」と同様に、作品成立の基盤としての在地の伝承の存在と、それを説経として芸能化する時点での中国伝来の物語の導入という、時間軸に沿った展開があったと理解すればよいのではなかろうか。

さらに注意すべきは、「しんとく丸」においても「をぐり」においても、中国伝来の物語が導入されるに当たり、「しんとく丸」では〈盲目・乞食の身となり流浪――クナラ太子譚（主人公）・舜譚（父親）〉、「をぐり」では〈歩行障がい・被差別階層の身体への転生――元曲「鉄枴李」〉というように、障がいや差別という要素に積極的に目が向けられている点であろう。それは決して偶然の類似ではなく、説経の〈作者〉たちが意図的にこれらの話柄を持った中国の物語を選び取った結果に違いない。

以上のように、本章で論じてきた「をぐり」の餓鬼阿弥蘇生譚の成立過程と、「しんとく丸」の成立過程とを併せて考えてみるならば、そこに説経〈作者〉が、説経という作品を創り上げていく方法の一端が垣間見えてくるのではないだろうか。

注

（1）『折口信夫全集』第二巻（中央公論社、一九五五年初刊）所収。

（2）『國學院雑誌』第66巻第11号（一九六五年十一月）所収。

（3）和辻哲郎「歌舞伎と操り浄瑠璃」（『和辻哲郎全集』第十六巻、岩波書店、一九六二年）の第三篇「説経節とその正本」第五章「小栗判官」に、説経「をぐり」が『鎌倉大草紙』に拠っている箇所を部分的に解説している。

また「をぐり」が他の説経の語りを共用している部分もいくつかを指摘している。ただし「をぐり」と『鎌倉大草紙』との対応を、全体にわたり逐一取り上げたものは未見であるので、あらためて私に検討してみた。

（4）『国語国文』38巻2号（一九六九年二月）。

（5）『国語国文』49巻2号（一九八〇年二月）、後に同氏『説話集の世界』（岩波書店、一九八八年）に所収。

（6）平凡社中国古典文学大系52『戯曲集 上』解説468頁参照。

（7）伊井春樹氏編『古代中世文学研究論集』第一集（和泉書院、一九九六年）所収。

（8）福永美佳氏「元雑劇『鉄枴李』と落語『鉄枴』」（『アジア遊学』105号、二〇〇七年十二月）は、元曲「鉄枴李」をはじめ、中国における様々な鉄枴伝説を紹介した後、日本の落語「鉄枴」に、元曲の鉄枴とは異なる、口から息を吐き出すように自らの分身を吹き出す術を身につけた鉄枴像が語られていることに言及し、鉄枴の絵画からの想像で落語のストーリーが作られたのではないかと述べられるが、中本氏の論考を見落としているために、落語「鉄枴」が、中世後期に既に日本において定着していた鉄枴像をベースに作られていることを論じ切れていない。

（9）本書Ⅲ―1「説経「しんとく丸」「あいごの若」の成立と中国伝来の〈継子いじめ譚〉――クナラ太子譚と舜譚・伯奇譚の接合による物語形成の可能性について――」参照。

（10）『説話文学論集』第十五集（清文堂出版、二〇〇六年）、後に同氏『古浄瑠璃・説経研究 近世初期芸能事情』上巻（和泉書院、二〇二〇年）に所収。

〔初出〕『国語国文』第78巻11号（二〇〇九年十一月）に同題で掲載。

〔初出時附記〕本稿は二〇〇八年十二月二十七日に大阪市立大学文化交流センターで行われた、近世文学特別研究会での研究発表にもとづく。発表当日、阪口弘之氏をはじめ出席者から意見をいただき、当初の発表内容を大きく進展させることができた。さらに投稿後、『国語国文』編集部の方々から〈借屍還魂〉に関する先行資料の存在について重要な指摘をいただき、さらに改稿を加えた。多くの貴重な指針を賜った諸氏に、心より感謝申し上げる。

〔刊行時補記〕この照手の受難譚については、中国宋～元代に巷間で行われていた講談のテキストをまとめた『清平山堂話本』（明・嘉靖二十～三十年〈一五四一～五一〉頃刊）所収の「陳巡検梅嶺失妻記」に見える、陳巡検の妻の張如春が梅嶺で猿の怪物〈申公〉に攫（さら）われ、申公の閨房の奉仕を拒絶したことで、下女の身となり水運びの仕事をさせられる受難譚との関連が注意される。つまり小栗と照手の受難譚は、ともに中国宋～元代に流行していた俗文学の話柄を取り入れて構成され、説経のストーリーに組み込まれた可能性が浮上するが、このことについては稿を改めて述べたい。

あとがき

本書をまとめるに至った経緯は冒頭の「はしがき」に記したが、『孝子伝』の輪読会からの刺激を受けて稿を起こした最初の拙稿「「竹取翁歌」臆解――現存の作品形態にもとづく主題の考察――」（本書Ⅱ―1）が二〇世紀最後の年の一九九九年に刊行されているので、本書にはほぼ四半世紀にわたる拙稿が収められていることになる。主に平安朝漢文学や平安和歌を対象として比較文学的研究を続けてきた筆者であるが、孝子譚を中心とした中国の古伝承と日本の古典文学との関係を扱った拙稿も、四半世紀の間にそれなりの分量になっており、このたび七〇歳という節目を迎え、ひとまずこれらをまとめておこうと思い立った次第である。

「古希記念」と銘打つほどでもないが、他に述べる場所もなく、今後こうした機会があるとも思えないので、筆者の生い立ちと学究生活の歩みを簡単にここに記しておくことをお許しいただきたい。

筆者は西暦一九五四（昭和29）年九月二九日、和歌山県和歌山市に生まれた。生家は旧国鉄和歌山駅（現ＪＲ紀和駅）前の商店街で本と文房具を販売する「三木書店」を営んでいた。南海和歌山市駅のホームにも本のスタンド売店を出しており、父方の祖父母と父母の四人で切り盛りしていた。さほど大きくない三木書店の店舗には、新聞・雑誌を中心に新刊書や各出版社の文庫本・コミック、絵本や図鑑の類までめぼしいものは一通り揃っていた。今思うと実に効率よくスペース配分された店であった。ここに生まれていなければ今の自分はいない。

父母は駅の売店の仕事をしていたため、私は主に明治生まれの祖母に育てられた。祖父母はともに和歌山の生まれであるが、太平洋戦争以前は日本領であった朝鮮の釜山に渡り、そこで文房具や本を扱う店を営み、ある程度成功を収めたらしい。しかし敗戦により全てを失い、引き揚げ者として和歌山で再度店を立ち上げたのである。祖母はよく釜山での思い出を話してくれた。当地の人々の習慣や言葉も。多分このことが後に中国をはじめとする東アジアに引かれ、比較文学的なことに興味を持つこととどこかで繋がっているのだろう。

筆者は小学校に上がるのを待たず、ソロバンと習字を習いに行かされた。今時の英才教育ではなく、店員を雇わずに店を切り盛りするためである。小学三年生になると時々店番を任されるようになった。ほぼ年中無休の三木書店であったが、店番をしている時は店にある読みたい本を好きなだけ読める。この環境が大学院生になるまで続いたのは幸せであった（店は弟が引き継いでくれ、今も細々と営業している）。

高校は県立桐蔭高校に進学した。まだ旧制和歌山中学の名残があり、一年の古典の授業では「鬼の○○」と呼ばれた先生から古文と漢文の文法や読み方を徹底的にたたき込まれた。「文法は頭で覚えるんやない、舌で覚えるんや」と品詞の種類や活用を繰り返し大声で言わされ、間違えると容赦なくそのまま立たされる。その時は理系に進学して電気か自動車のメーカーの技術者になるつもりだったので、立たされたくない一心だけで必死で文法をものにしたが、そのお蔭で大学入学後に古文や漢文の読解で苦しむことはあまりなかった。

高校三年になり進学先を選ぶ夏休みに、工学部に進学して帰省した物理部の先輩が部室に顔を出し、大学に入っても電子機器や車の全体を触らせてもらえるわけではなく、その一部の研究開発に携わるだけだと話しているのを聞き、理系への進学の興味が失せ、それなら好きだった漢文や古典の勉強ができる文学部に行こうと決心した。一九七二年、折しも田中角栄が訪中し日中国交回復がなされた（しかもその日はちょうど筆者の誕生日だった）こともあって、「中国語を学びたい」という目標もできた。進学の絶対条件である「店の手伝いをしながら和歌山から通える大学」、そして「文学部がある大学」、「中国語が学べる大学」、はたしてそんな大学が…あった。大阪市立大学（現大阪公立大学）である。当時、近隣では外国語大学以外で唯一の外国語科目として中国語が学べる国公立大学であった。

当時は今のように大学の教員スタッフや教育内容について懇切丁寧な情報が有るわけでもなく、文学部には「国文・中文学科」があるから古文も漢文も勉強できるだろうという安易な見通しで、どんな先生がいるかも知らずに入学した大阪市立大学では、今から考えればこれ以上望めない先生方に教えていただくことになる。国文では退職前の小島憲之先生を筆頭に、上代は井手至、中古は塚原鉄雄・増田繁夫、中世は伊藤正義、近世は森修・阪口弘之、中文では思想史の本田濟、語学の宮田一郎、そして本書にもお名前が挙がる西野貞治といった先生方に学部から大学院まで常に厳しく、時には優しく鍛えていただいた。本書ではいくつかの論考で「説経」を扱っているが、学部生の時に非常勤講師で出講されていた大阪教育大学の榎克朗先生の授業で説経「をぐり」を読み、その物語の面白さと独特な語りに引き込まれて以来、なぜ「説経」のようなユニークな物語が生まれたのかという疑問を持ち続けていたが、日中比較文学の視点からその疑問の一端に迫ることができたのは嬉しかった。

また筆者の研究は研究会・輪読会の存在に支えられている。小島憲之先生のご退職の翌年からご自宅で月一回開かれた「読古会」から始まり、それを母体に『田氏家集』『新撰万葉集』『大江千里集（句題和歌）』と半世紀近く続いてきた研究会、そして黒田彰氏を中心に、後藤昭雄、東野治之、山崎誠の諸氏と続けてきた幼学書を輪読する「幼学の会」。後藤昭雄氏を中心としたメンバーにより行われている『菅家文草』の散文作品の輪読会「文草の会」、拙稿のテーマはこれらの研究会・輪読会の最中にふと疑問に思ったり、思いついたりした事柄に端を発するものがほとんどである。さらに「幼学の会」では黒田彰氏が科研費の獲得に奔走してくださり、長年にわたり通常では見ることの叶わない中国の貴重な古跡や博物館・美術館を訪れ遺跡や遺物に触れ、得がたい現地体験を積むことができた。

本書には半世紀近い筆者の学究生活のちょうど後半の時期の拙稿を収めている。おそらくこれまでの筆者の歩みの途上で経験した様々な体験や抱いた疑問がどこかで結びつき反応を起こした結果が、それぞれの拙稿となって現れているのであろう。その価値判断は読者に委ねるしかないが、筆者としては本書を学究生活の一つの節目としておきたい。

なお、本書の刊行に当たり、勉誠社社長の吉田祐輔氏には快く出版をお引き受けくださるとともに、編集の面でも様々なご助言をいただいた。銘記して感謝申し上げたい。

二〇二四年七月末日　猛暑の折に

三木雅博

著者主要著述目録

○著書

・単著

〈研究書〉

『和漢朗詠集とその享受』初版（勉誠社、一九九五年）　＊内容は後掲「増訂版」を参照

『平安詩歌の展開と中国文学』（和泉書院、一九九九年）

本書の視点と内容――序にかえて

第一部　視覚を超えて　Ⅰ風の音の系譜／Ⅱ聴雨考／Ⅲ楽の音と歌声をめぐる小考／Ⅳ「匂」字と「にほふ」――菅原道真と和語の漢字表記――／Ⅴ和歌の自然把握と漢詩の自然把握――「名」への注目――

第二部　四季の景物の展開　Ⅵ花と「のどけし」――平安詩歌における花詠の展開と中国文学――／Ⅶ雨後の爽涼――白氏文集詩句の改変と新しい自然詠の誕生――／Ⅷ紅葉降るやど――古今集時代における「長恨歌」享受の一端――／Ⅸ冬夜の詠――平安時代における「夜」の展開と貫之――　あとがき／初出一覧／引用作品索引／英文要旨

『平安朝漢文学鉤沈』（和泉書院、二〇一七年）

序

Ⅰ平安朝漢文学と白氏文集　1紀長谷雄の「山家秋歌」をめぐって――白詩享受の一端――／2嶋田忠臣と白詩／3平安朝文人と白氏文集――どう向き合い、どう用いたか――／4平安朝における「劉白唱和集解」の享受をめぐって――文人たちの作品と『仲文章』――

Ⅱ平安朝漢文学と中・晩唐文学　1中国晩唐期の唐代詩受容と平安中期の佳句選――顧陶撰『唐詩類選』と『千載佳句』『和漢朗詠集』――／2菅原道真の「端午日賦艾人」詩と唐人陳章の「艾人賦」――平安朝における

唐代律賦受容の一端——

Ⅲ詩と歌の交感　1『文華秀麗集』『経国集』の「雑詠」部についての覚書——その位置づけと作品の配列をめぐって——／2嶋田忠臣と在原業平——漢詩が和歌を意識し始めた頃——／3漢詩文と『古今集』——万葉から古今に至る〈香〉の世界の展開と漢詩文——／4〈香〉と視覚——『古今集』前夜における詩と歌の交感——

Ⅳ菅原道真の文学活動　1『菅家文草』——その成立・伝来など——／2「行春詞」札記——讃岐守菅原道真の国内巡視——／3菅原道真「讃州客中詩」の形成と「詩人無用」論／4「舟行五事」札記

Ⅴ幼学の世界と平安朝漢文学　1下層官吏層の〈学文〉と文学活動——その実態と展開について／2『仲文章』に関する二・三の考察——『和漢朗詠註抄』所引『代讃章』佚文との関連から——／3教訓書『仲文章』の世界——平安朝漢学の底流——／4『童子教』の成立と『三教指帰』／5『口遊』所引の中国の占雨誦句と大江匡衡の賀雨詩序の「東方朔之前言」　索引

『和漢朗詠集とその享受 増訂版』（勉誠出版、二〇二〇年）

序文（伊藤正義）／増訂版の刊行にあたって

序『和漢朗詠集』研究史の沿革と本書

第Ⅰ篇『和漢朗詠集』の構成　一『和漢朗詠集』全般の構成——『古今集』をはじめとする勅撰和歌集との関連において——／二 和漢朗詠集』上巻四季部の構成——先行詞華集との関連において——／三 和漢朗詠集』下巻雑部の構成——先行詞華集との関連において——／四『和漢朗詠集』八月十五夜・月部の構成——都の月・他郷の月——／五『和漢朗詠集』の部立「白」に関する考察——『朗詠集』の構成と周辺の資料から——／六『和漢朗詠集』帝王・親王・丞相部の所収和歌をめぐって——『古今集』序、同序古注（公任注）とのかかわりを視野において——

第Ⅱ篇『和漢朗詠集』の本文　一『和漢朗詠集』の享受と諸写本の本文形態の相違／二『和漢朗詠集』古写本における佳句本文の改変をめぐって／三『和漢朗詠集』古写本における和歌本文の異同と部立の配列——春部末の「藤」「躑躅」「款冬」の部立を中心に——／四『和漢朗詠集』博士家写本の解読——学的情報としての注記の「読み取り」

第Ⅲ篇『和漢朗詠集』の享受と古注釈　一院政期における和漢朗詠集注釈の展開——『朗詠江注』から『和漢朗

詠集私注』へ――／二『和漢朗詠集私注』の方法／三『和漢朗詠集私注』の変貌――平安末期から室町期にかけての『和漢朗詠集』写本の動向と関連して――／四 鎌倉前期における和漢朗詠集注釈の展開――『和漢朗詠集私注』から『和漢朗詠集永済注』『和漢朗詠註抄』へ――／五 朗詠注における説話
附篇 一『千載佳句』の部門の構成に関する考察――冒頭の四時部を対象として――／二『和漢朗詠集』所引唐人賦句雑考――出処と享受の問題を中心に―― 索引
『日本古典文学と中国の古伝承――物語形成の比較文学的考察――』（勉誠社、二〇二四年）＊本書。内容は省略

〈研究資料〉
『紀長谷雄漢詩文集並びに漢字索引』（和泉書院、一九九二年）

〈一般教養書〉
角川ソフィア文庫『和漢朗詠集 現代語訳付き』（株式会社KADOKAWA、二〇一三年初版）

・共著
〈研究資料〉
『上野本 注千字文注解』（和泉書院、一九八九年）＊共著者…黒田彰、後藤昭雄、東野治之の各氏
『諸本集成 仲文章注解』（勉誠社、一九九三年）＊共著者…黒田彰、後藤昭雄、東野治之、山崎誠の各氏
『口遊注解』（勉誠社、一九九七年）＊共著者…黒田彰、後藤昭雄、東野治之、山崎誠の各氏
『和漢朗詠集古注釈集成 第一巻』（大学堂書店、一九九七年）＊共著者…伊藤正義先生、黒田彰氏
『孝子伝注解』（汲古書院、二〇〇三年）＊共著者…黒田彰、後藤昭雄、東野治之、山崎誠の各氏
『太公家教注解』（汲古書院、二〇〇九年）＊共著者…黒田彰、後藤昭雄、山崎誠の各氏

〈一般教養書〉
『和歌の浦の誕生 古典文学と玉津島社』（清文堂出版、二〇一六年）＊共著者…村瀬憲夫、金田圭弘の各氏

〈教科書〉
『平安詩歌選』（和泉書院、一九九〇年初版）　＊共著者…増田繁夫先生、田中登氏

○研究論文（前掲単著研究書に未収録のもの）

「和歌と漢文学の関わりをいかにとらえていくか――出典研究の次に来るもの――」（『国文学』〈學燈社〉第45巻14号、二〇〇〇年一一月）
「中世漢文学作品における幼学書『仲文章』の利用について――『鎌倉遺文』を対象とした調査と考察――」（『京都語文』〈佛教大学国語国文学会〉第25号、二〇一七年一一月）
「菅原道真「舟行五事」における『荘子』の位置づけ――白居易「江州左遷旅中詩」における『荘子』の位置づけとの比較において――」（『国語と国文学』〈東京大学国語国文学会〉第95巻第5号、二〇一八年一二月）
「釈信救『新楽府略意』所引の白廷翰『唐蒙求注』について――院政期新楽府注釈における唐代歴史故事把握の一端――」（『白居易研究年報』〈白居易研究会〉第19号、二〇一八年一二月）
「下層階級の漢文世界は『本朝文粋』的漢文世界とどのように相対するのか――見過ごされてきた平安朝漢文学のもう一つの世界――」（『梅花女子大学文化表現学部紀要』第19号、二〇二三年三月）
「上代における一般識字層の漢文作品の特質――「那須国造碑」の表現を通して――」（『第19回若手研究者支援プログラム「下級官人の文学」報告集』〈奈良女子大学古代学・聖地学研究センター〉、二〇二四年二月）
「平安時代の下級官人・僧侶たちの文書用語と唐代の俗語的用法との関連――「伴類」「濫悪」を例として――」（『国語と国文学』〈東京大学国語国文学会〉第101巻第3号、二〇二四年三月）

○解説・報告等

「素性」（『一冊の講座 古今和歌集』〈有精堂〉、一九八七年三月）
「平安朝における『千字文』享受の諸相」（『いずみ通信』〈和泉書院〉第15号、一九九一年九月）
「『落窪物語』を読む」（『王朝物語を学ぶ人のために』〈世界思想社〉、一九九二年一一月）
「中国故事から日本詩歌へ――秋風が運ぶ味――」（『風の文化誌』〈和泉書院〉、二〇〇六年三月）

「漢文学は〈鳥羽離宮〉をどう荘厳したか――『本朝続文粋』詩序の分析を通じて――」（『説話文学研究』〈説話文学会〉第45号、二〇一〇年七月）

「衣通姫と玉津島神社――歌神伝承の形成と津守氏――」（『歌神と古今伝授』〈和泉書院〉、二〇一八年一〇月）

「仁平道明氏蔵『未詳朗詠注切』について：紹介と位置付け」（『和漢比較文学』〈和漢比較文学会〉第68号、二〇二二年二月）

＊書評、辞書等の項目解説、雑文の類は掲載していない。

索　引

凡例
書名・作品名
・書名は太字で記した。
・本文中で略称・異称などにより記されている場合でも、一つに統一して五十音順に掲出し、〈　〉に略称・異称などを記載した。また他に参照すべき項目がある場合は→でそれを示した。
・漢文の詩題・歌題などは漢字音直読の形で掲出した。
・馴染みの薄いと思われる書名・作品名には（　）で適宜説明を施した。
例：まつら長者（説経）　朝花夕拾（魯迅随筆）　陳巡検梅嶺失妻記（宋代話本）

人名
・本文中では略称・異称などにより記されている場合でも、一つに統一して五十音順に掲出し、〈　〉に略称・異称などを記載した。

事項
・特に日本・中国には分けず、五十音順に掲出した。

引用研究文献
・著者名・編者名、書名・論文名（執筆項目名）、の順で著者名の五十音順に掲出した。
・書名は太字で記し、同一著者に著書と論文が併存する場合は、書名を先にして論文名を後に掲出した。

書名・作品名

〔国書〕

（ア行）

人　名

事　項

引用研究文献

君島久子　荘族のシンデレラとその周辺―重葬との関わりにおいて―　173
金文京　『万葉集』の「竹取翁の歌」と「詠水江浦嶋子」について―中国文学の視点から　73, 258
金文京　規範としての古典とその日常的変容―元代類書『事林広記』所引法令考―　142
金文京　敦煌本『舜子至孝変文』と広西壮族師公戯『舜児』　257
金文京　（研究発表）幸徳秋水『鳥語傳』について（付録）新発見「韓朋賦」「遊仙窟」唐代写本について　229, 230, 232, 233, 256
倉林正次　**饗宴の研究 儀礼篇**　72
黒田彰　**孝子伝の研究**　15, 39, 71, 106, 107, 141, 142, 159, 173, 195, 222
黒田彰　**孝子伝図の研究**　141, 142, 159
黒田彰　陽明本・船橋本孝子伝について　15, 39
黒田彰　船橋本孝子伝の成立―その改修時期をめぐって―　15
黒田彰　令集解の引く孝子伝について　15, 40, 71, 106, 107, 195
黒田彰　重華外伝―注好選と孝子伝　108, 141
黒田彰　昔話と孝子伝　141
黒田彰　伯奇贅語―孝子伝図と孝子伝　141, 159
黒田彰　二十四孝の研究　142
黒田彰　開封白沙鎮出土後漢画象石の孝子伝図―E・シャバンヌ1914による―　222
黒田彰　韓朋溯源―呉氏蔵韓朋画象石について―　260, 261, 279
黒田彰　韓朋溯源（二）―呉氏蔵韓朋画象石について―　260, 269, 279
小泉道　説話の享受―霊異記の衣女の話をめぐって―　295
項青　平安時代における劉阮天台説話の受容と風土記系「浦島子」伝　256
小島憲之　**上代日本文学と中国文学 中**　71
小島憲之　**上代日本文学と中国文学 下**　39
小島憲之　**国風暗黒時代の文学 上**　40
小島憲之　**国風暗黒時代の文学 補篇**　40
小島憲之　**萬葉以前―上代びとの表現―**　15, 40, 71, 106, 194, 222
小島憲之　上代官人の『あや』その一―外来説話類を中心として―　15, 40, 71, 106, 194, 222
小島憲之　『経国集』詩注（256）　40
小島憲之　萬葉語の解釈と出典の問題　71
小島憲之　原據論の周辺　71
小島憲之　遊仙窟の投げた影　71
後藤昭雄　仲文章・注好選　16
後藤昭雄　対冊（**岩波新大系『本朝文粋』**文体解説）　20
今野達　**今野達説話文学論集**　16, 141, 159
今野達　陽明文庫蔵孝子伝と日本説話文学の交渉 附 今昔物語出典攷　16, 141
今野達　古代・中世文学の形成に参与した古孝子伝二種について―今昔物語集以下諸書所収の中国孝養説話典拠考―　16, 141, 145, 159

（サ行）

（タ行）

（ナ行）

（ハ行）
橋本四郎　**万葉集を学ぶ**　47, 57
橋本四郎　**橋本四郎論文集　万葉集編**　71
橋本四郎　「竹取翁歌」の構成とその性格―二三の訓詁にふれて―　71
橋本四郎　はばき　71
橋本四郎　竹取翁歌ところどころ　71
福田晃　小栗・照手譚の生成　284
服藤早苗　平安時代の相続について―とくに女子相続権を中心として―　161
福永美佳　元雑劇『鉄枴李』と落語『鉄枴』　309
本田義憲　竹取翁歌拾遺　47, 48, 71
（マ行）
益田勝実　**平凡社世界大百科事典**「ままこ話」項目解説　156
三上満　忠こそ物語の意義について―忠こその巻を中心に―　147, 159
三木雅博　**平安朝漢文学鉤沈**　16
三木雅博　『童子教』の成立と『三教指帰』　16
南方熊楠　西暦九世紀の支那書に載せたるシンダレラ物語　161, 167, 173
森あかね　**平安期物語における継子譚受容―孝子説話型継子譚との比較研究から―**　159, 174, 176, 195
森あかね　平安期物語の継子譚展開―孝子説話型の継子譚との関わり―二「先行研究概観と問題点」　181, 195
森あかね　『うつほ物語』忠こそ物語における長編への方法　145, 159, 162, 174, 185, 195
森あかね　平安期の継子譚展開―中国孝子譚との関わり―　174
森あかね　『落窪物語』における孝養―継子いじめとの関わりから―　174
森あかね　『落窪物語』北の方における継母造形―継子譚における迫害行為―　174
森田実歳　『忠こそ』の説話的背景　153
（ヤ行）
柳田国男　**昔話と文学**　46
柳田国男　竹伐翁　44, 46, 51, 76, 106
柳田国男　竹取翁考　106
矢作武　韓朋賦と古事記・伊勢物語　263, 278
山岸徳平　竹取物語と中国文学　16, 98, 108
山室静　**世界のシンデレラ物語**　167, 168
山本登朗　親と子―宇津保物語の方法―　16, 159
余鴻燕　「忠こそ物語」の人物と構造―継子物語の変容―　162, 174
（ラ行）
郎浄　**董永故事的展演及其文化結構**　107
（ワ行）
和辻哲郎　**歌舞伎と操り浄瑠璃**第三篇「説経節とその正本」第五章「小栗判官」　308

著者略歴

三 木 雅 博（みき・まさひろ）

1954年和歌山県生まれ。大阪市立大学大学院博士後期課程単位取得満期退学。梅花女子大学文化表現学部日本文化学科教授。博士（文学）。

専門は日中比較文学・平安朝漢文学。

主な著書に『平安詩歌の展開と中国文学』（和泉書院、1999年）、『平安朝漢文学鉤沈』（和泉書院、2017年）、『和漢朗詠集とその享受 増訂新版』（勉誠出版、2022年）、角川ソフィア文庫『和漢朗詠集 現代語訳付き』（株式会社KADOKAWA、2013年）など。

日本古典文学と中国の古伝承
物語形成の比較文学的考察

著者 三木雅博
発行者 吉田祐輔
発行所 ㈱勉誠社
〒101-0061 東京都千代田区神田三崎町二-一八-四
電話 〇三-五二一五-九〇二一㈹

二〇二四年九月二十九日 初版発行

印刷 製本 三美印刷

ISBN978-4-585-39042-8 C3095

和漢朗詠集とその享受
増訂新版

『和漢朗詠集』の成立と享受を論じ、和の世界と漢の世界が交錯し、新しい流れが生み出されていく我が国の文化の創造の過程で現れた、一つの典型的な現象を明らかにする。

三木雅博 著・本体一五〇〇〇円（＋税）

東アジアの「孝」の文化史
前近代の人びとを支えた価値観を読み解く

社会史、思想史、文学史、美術史など多領域に散見される「孝」という文化が、長い歴史の中で果たしてきた役割を客観的に認識し、学際的な視点から考察する。

雋雪艶・黒田彰 編・本体三二〇〇円（＋税）

孝の風景
説話表象文化論序説

「孝」にまつわる空間の生成と構造を立体的に捉え、淵源たる中国漢代から出版文化の隆盛をみた日本近世に至る展開を精緻かつダイナミックに描き出す。

宇野瑞木 著・本体一五〇〇〇円（＋税）

平安朝詩文論集

平安朝の文人たちが残した漢文資料と真摯に向き合い、内容を読解。彼らの学問環境、史的位置づけと重ね合わせ、平安朝の漢詩文をめぐる歴史的状況を明らかにする。

後藤昭雄 著・本体一二〇〇〇円（＋税）